Huis vol leugens

Van Nicci French verscheen eveneens
bij Ambo|Anthos *uitgevers*

Het geheugenspel
Het veilige huis
Bezeten van mij
Onderhuids
De rode kamer
De bewoonde wereld
Verlies
De mensen die weggingen
De verborgen glimlach
Vang me als ik val
Verloren
Tot het voorbij is
Wat te doen als iemand sterft
Medeplichtig
In hechtenis

In de Frieda Klein-reeks:
Blauwe maandag
Dinsdag is voorbij
Wachten op woensdag
Donderdagskinderen
Denken aan vrijdag
Als het zaterdag wordt
Zondagochtend breekt aan
De dag van de doden

Nicci French

Huis vol leugens

Vertaald uit het Engels door
Linda Broeder en Bert Meelker

Ambo|Anthos
Amsterdam

MIX
Papier van verantwoorde herkomst
FSC® C014496

Eerste druk 2019
Tiende druk 2020

ISBN 978 90 263 5392 5 (paperback)
ISBN 978 90 263 4861 7 (gebonden)
ISBN 978 90 498 0733 7 (dwarsligger®)

Het motto is afkomstig uit Sonnet 138, uit L.A.J. Burgersdijk, *De Werken van William Shakespeare*, deel 12, E.J. Brill, Leiden, 1884-1888.
Oorspronkelijke titel *The Lying Room*
Oorspronkelijke uitgever Simon & Schuster
Omslagontwerp Marry van Baar
Omslagillustratie © Magdalena Wasiczek / Trevillion Images
Foto auteur © Mark Kohn

Verspreiding voor België:
Veen Bosch & Keuning uitgevers nv, Antwerpen

Voor de geweldige Sarah Ballard,
onze gids en vriendin

‘Daarom belieg ik haar, en zij weer mij’

Shakespeare, Sonnet 138

1

HET AFSPRAAKJE

Toen Neve de jaloezieën opentrok kwam de keuken tot leven, leeg als een decor in afwachting van de vertrouwde show. Ze keek om zich heen: het was allemaal een beetje sleets, met kale plekken op de plinten en die scheur in de muur. Daar wilden Fletcher en zij al jaren iets aan doen. De tafel werd ontsierd door wijnvlekken en een paar brandplekken van sigaretten, en er zat spinrag aan de plafondlampen. Er was niet opgeruimd na het eten gisteravond. De vieze borden stonden op het aanrecht en de melk was niet in de koelkast teruggezet. Gisteravond... Ze liet de herinnering door zich heen stromen en verdrong die toen weer. Niet nu. Niet hier.

Ze keek op de klok. Het was tien over zeven. Ze vulde een glas met water en dronk het langzaam leeg, knoopte haar ochtendjas steviger dicht, haalde diep adem en draaide zich om naar de keuken. Precies op dat moment ging de deur open.

'Morgen,' zei ze opgewekt tegen haar oudste zoon.

Rory knipperde met zijn ogen en knikte mompelend. Hij droeg een blauwe spijkerbroek, een blauw T-shirt en een blauwe trui. Hij had haar Ierse bleke huid en zou minstens net zo lang worden als zij: het afgelopen jaar was hij tien centimeter gegroeid, als een elastiek dat zo ver was uitgerekt dat het op knappen stond. Soms dacht Neve dat ze hem haast kon zien groeien, met zijn uitgerekte ledematen, zijn grote, platte voeten en zijn magere, uitgeputte gezicht.

'Wat zie jij er mooi afgestemd uit,' zei ze. Ze wilde een arm om hem heen slaan maar hield zich in. Hij begon het vervelend te vinden om aangeraakt te worden; een omhelzing was tegenwoordig stijf en ongemakkelijk. Hij werd bijna elf. Volgend jaar ging hij naar de middelbare school en moest hij een uniform aan.

Hij ging aan tafel zitten en ze zette cornflakes, melk en een kom voor hem neer. Hij ontbeet altijd met cornflakes en kiepte een knisperende berg in de kom waar hij een plens melk overheen goot. Hij trok een boek naar zich toe en sloeg het open. Boven hoorde ze luide stemmen, een wc die werd doorgetrokken, een dichtslaande deur. Met een schok herinnerde ze zich de kleren die ze de vorige avond in de wasmachine had gegooid. Ze haastte zich om ze eruit te halen en in de wasmand te doen.

Ze keek weer op de klok. Kwart over zeven.

'Morgen,' zei ze nogmaals, nog steeds opgewekt. Het was altijd een van haar taken geweest om de dag op te starten en iedereen op gang te helpen.

Deze keer kwam Fletcher binnen, zijn haar nog vochtig van het douchen en zijn baard fris getrimd. Hij keek haar nauwelijks aan maar staarde afwezig de tuin in. Gelukkig maar.

'Thee?' vroeg hij.

Ze hoefde geen antwoord te geven. Ze nam 's ochtends altijd thee. Fletcher nam altijd koffie. Het was zijn taak om die te zetten, de vaatwasser leeg te ruimen en het vuilnis naar buiten te brengen. Het was haar taak om het ontbijt voor de kinderen te verzorgen en hun lunchpakketjes klaar te maken.

Ze schudde havermout in een steelpan, voegde melk en een snufje zout toe en zette het op het fornuis om op te warmen. Dat deed ze allemaal zonder nadenken. Connor at elke ochtend havermoutpap met suikerstroop. Fletcher at toast met marmelade.

Fletcher goot water op de theezakjes, waarna hij naar de trap liep en riep: 'Connor! Ontbijt!'

Neve roerde afwezig in de havermoutpap en merkte dat hij dikker werd. Haar lijf voelde week en slap. De tuin straalde in de herfstzon. Ze drukte haar duim tegen haar onderlip en deed even haar ogen dicht. Vaag hoorde ze Fletcher achter haar iets zeggen en ze keek om.

'Wat zijn je plannen voor vandaag?' Hij zette een mok thee voor haar neer.

'Ik wilde weer eens naar de volkstuin gaan. Om mijn extra vrije tijd zo goed mogelijk te besteden.'

Lekker buiten zijn in de koele ochtendlucht, dacht ze verlangend, een schep in de aarde steken, onkruid wieden, moe en vies worden, met blaren op haar handen en aarde onder haar nagels, zonder ook maar ergens aan te denken. Een paar weken geleden had ze de sprong gewaagd en was ze parttime gaan werken. Ze wist dat het in bijna elk opzicht een dwaas besluit was. Ze was altijd de hoofdkostwinner geweest en ze hadden het geld nu harder nodig dan ooit. Mabel ging bijna studeren. En ondertussen leek alles het langzaam te begeven, van het dak tot de cv-ketel. De dakgoten moesten worden vervangen en er zaten vochtplekken in de bijkeuken. Soms telde ze alle bedragen op en probeerde tot een andere uitkomst te komen, wat ze op zakelijke toon met Fletcher besprak om hem geen minderwaardigheidscomplex te bezorgen. 'Het is gewoon zo gelopen,' zei ze dan.

Op een avond een paar maanden geleden, nadat ze door

de stromende regen van haar werk naar huis was gefietst en gestrest stond te koken, nog in haar gele fietsjack en met een doorweekte broek, soppende schoenen en druppend haar, had ze opeens gedacht: zo kan ik niet doorgaan, ik heb er genoeg van. Genoeg van altijd haasten, altijd achterlopen, altijd bang zijn dat ze iets was vergeten; genoeg van het gevoel in huilen te kunnen uitbarsten tijdens een vergadering en 's nachts wakker worden met een hoofd dat omliep van wat ze allemaal nog moest doen; genoeg van die aanhoudende, meedogenloze, alles verwoestende zorgen om Mabel die als een donkere wolk boven al het andere hing. Minder gaan werken, nog maar drieenhalve dag per week, was een experiment om een plekje voor zichzelf op te eisen – een klein plekje maar – zodat ze niet helemaal gek werd. En kijk eens hoe dat had uitgepakt.

Fletcher ruimde de vaatwasser uit terwijl zij in de koelkast naar eten voor de lunchpakketjes van de jongens zocht. Op dat moment stapte Connor de keuken binnen, met zijn ronde gezicht en warrige haar, stevig gebouwd, luid en daadkrachtig, terwijl zijn magere oudere broer zich over een boek met insecten boog. Neve keek naar haar zoons en haar man, en even leken ze net opwindfiguurtjes die werktuiglijk dezelfde routine afdraaiden als ze elke ochtend deden, een routine die ze in de loop der jaren ongemerkt hadden opgebouwd, ieder met zijn eigen rol.

Ik zie je wel. Die opmerking rolde door haar hoofd als een gladde ronde steen, zo duidelijk dat ze even dacht dat iemand het hardop had gezegd. Ze keek om zich heen. Fletcher stond toast te snijden, met een geconcentreerde frons op zijn voorhoofd en het puntje van zijn tong tegen zijn bovenlip gedrukt. Of was het: ík zie je wél?

Ze haalde een stuk kaas uit de verpakking. Hoe kon ze zich

zo moe en tegelijkertijd zo wakker voelen, zo ellendig en toch zo extatisch? Normaal, doe normaal, hield ze zichzelf voor.

'Heb je lekker geslapen?' vroeg ze aan Fletcher.

'Prima. Ik ben niet eens wakker geworden toen je thuiskwam. Hoe laat was dat?'

'Geen idee. Niet al te laat. Maar je sliep als een os.' Ze pakte haar thee en nam een grote, hete slok.

'Na twaalven,' klonk een stem, zo koud en scherp als een mes.

'Mabel! Wat ben jij vroeg op.'

Mabel stond in de deuropening. Ze droeg een korte bruinzwart geruite jurk, een geribde maillot en modieuze enkellaarsjes. Haar bruine haar, dat van zichzelf in pluizige krullen viel, was in strakke vlechten gebonden. Misschien was dat de reden dat haar gezicht magerder leek dan normaal.

'Ik ben al uren wakker,' zei ze. 'Misschien heb ik wel helemaal niet geslapen. Misschien heb ik wel de hele nacht wakker gelegen. Niet doen!' Ze keek boos naar Connor, die in de doos met cornflakes graaide en een handvol in zijn mond propte. Hij keek boos terug; zijn mond zat te vol om iets te kunnen zeggen. 'Maar goed,' ging ze verder tegen Neve. 'Ik hoorde je dus thuiskomen. Na twaalven.'

'Geen wonder dat ik zo moe ben,' zei Neve vrolijk. Misschien iets te vrolijk. Ze verlangde plotseling naar een sigaret, hoewel ze al jaren niet meer rookte, tenzij je een enkele sigaret op een feestje meerekende. Ze was gestopt toen ze kinderen kreeg. Gestopt met roken, gestopt met drinken, gestopt met dansen tot 's morgens vroeg en ontbijten met fish & chips, gestopt met hele dagen over markten struinen met haar vrienden en met Fletcher spontaan weekendjes naar zee gaan omdat ze daar zin in hadden. Niet dat ze er spijt van had dat ze met die dingen was gestopt, want zelfs nu – of zeker nu, nu ze alles op het spel zette – hield ze van haar leven, haar kinderen, haar man. Maar waarom vertelt niemand je hoe zwáár het is, vroeg ze zich af. Dat doen ze natuurlijk wel, maar je gelooft ze gewoon niet. Je denkt dat jij het anders kan aanpakken, zonder moeite, zonder zorgen.

Mabel ging aan tafel zitten en Fletcher zette een mok gember-citroenthee voor haar neer. Mabel dronk altijd kruidenthee bij het ontbijt en als ze zich goed voelde at ze ook wat fruit, een paar bosbessen die ze een voor een in haar mond stopte, of partjes mandarijn waar al het wit zorgvuldig van af was gepeuterd. Geen fruit deze ochtend. Neve deed haar best om haar niet in de gaten te houden. Het leek wel alsof ze haar dochter al jaren ongewild in de gaten hield, altijd op haar hoede, met pijn in haar hart en een van vrees samengeknepen keel terwijl ze deed alsof alles in orde was. Over acht dagen, zei ze tegen zichzelf, zou Mabel vertrekken – en wat moest ze dan? Wie was ze zonder haar?

'Hoe was het met Tamsin?' vroeg Fletcher.

'O, gewoon. Nog steeds boos. Ze was een beetje dronken,' antwoordde Neve terwijl ze boter op boterhammen smeerde en ondertussen bedacht wat ze precies moest zeggen. 'Ik wilde haar eigenlijk niet alleen laten.'

Fletcher zette de radio aan voor het nieuws van halfacht en ging zitten met zijn toast met marmelade. Hij keek aandachtig naar iets op zijn telefoon, met het puntje van zijn tong weer tegen zijn bovenlip gedrukt. Connor zei iets over voetbal na school. Rory hees zich van zijn stoel zonder te stoppen met lezen, knokig en graatmager. Hij moest nieuwe kleren hebben; hij moest stevige soep en boerenkool en karamelcake eten. Mabel nipte van haar thee en keek waakzaam over de rand van haar mok. Haar nette vlechten omlijstten haar opstandige gezicht.

Er klonk gekras van een stoel toen Connor overeind sprong, tegelijk met de ping van een binnenkomend berichtje op Neve's telefoon, die midden tussen de ontbijtspullen op tafel lag, vol in het zicht.

Ze keek erop en dekte hem snel af met haar hand.

'Hup, tanden poetsen,' zei ze tegen Connor. 'Je wilt niet weer te laat komen. En je moet de cavia nog voer geven.' Ze wist dat hij dat niet zou doen.

Ze pakte de telefoon en stopte hem in de zak van haar ochtendjas.

Mabel glipte van haar stoel. 'Ik ben weg,' zei ze.

'Ga je de deur uit?'

'Is dat een probleem?'

'Waar ga je heen?' Het rolde ongewild haar mond uit. Sinds wanneer waren woorden zo verraderlijk? 'Ik bedoel, het is wel een beetje vroeg. Stil nou, Connor, ik kan mezelf niet eens horen praten. Tanden poetsen! Nu!'

'Een beetje vroeg voor wat?'

'Geen idee. Let maar niet op mij. Ik ben gewoon moe. Ik zie je straks. Als je er tenminste bent. Eet je vanavond mee?'

'Weet ik niet.'

Mabel zette haar mok neer en liep de keuken uit. De voordeur ging open en weer dicht. Een snelle aftocht was haar specialiteit.

'Je lijkt inderdaad nogal uitgeblust,' zei Fletcher. 'En je blauwe plek wordt geel.'

Neve streek even over haar wang, die pijnlijk en dik aanvoelde. Een paar dagen geleden, toen ze in het donker naar huis fietste, had iemand haar van haar fiets geduwd of was tegen haar op gebotst – misschien een dronkaard, of iemand die boos was op de hele wereld. Ze was in angstaanjagende slow motion door de lucht gevlogen, terwijl ze bedacht dat het flink pijn ging doen, en languit op de straat geland. Haar wang was flink geschaafd en er zat een scheur in haar spijkerbroek.

Ze keek naar haar man: naar zijn donkere, halflange haar en zijn nette baard; naar zijn droevige bruine, waakzame ogen achter ronde brillenglazen. Hij had kleine rimpels in zijn gezicht die ze nog niet eerder had opgemerkt, en er kwam een koortszweer op in zijn ene mondhoek. Hij had een beetje een ochtendhumeur. Haar telefoon trilde ondertussen in haar zak.

'Komt wel goed. Gewoon vroeg naar bed.' Ze herinnerde zich iets. 'Je weet dat we morgenavond Renata's verjaardag hebben, hè?'

'Is het een borrel?'

'Meer een feestje.'

Fletcher kreunde.

'Overmorgen hebben we ook al iets,' ging Neve verder.

'Wat dan?' vroeg Fletcher.

'Een soort studiereünie. Jackie dinges heeft het georganiseerd, samen met Tamsin.'

'Jackie wie?'

Neve dacht even na.

'Ik ben haar naam vergeten. Wacht. Cornfield. Jackie Cornfield. Je kent haar vast nog wel.'

'Vaag. Maar waarom moeten we iets met haar gaan drinken?'

'Dat doen oude studievrienden nou eenmaal. En het is niet alleen met haar – ook met ons clubje, en andere mensen.'

'Dit wordt een vreselijke week.' Hij stond op. 'Ik heb een afspraak over een mogelijke klus. Ik zie je straks.'

Neve gunde zich een momentje om over haar man na te denken. Misschien was die afspraak wel de reden dat hij in zo'n slecht humeur was. Fletcher was illustrator. Of dat zei hij tenminste als mensen vroegen wat hij deed. Maar hij verdiende zijn geld vooral als huisschilder. Hij had een hekel aan dat werk. Hij vond het vreselijk om geen geld te verdienen en vreselijk om wel geld te verdienen. Soms, als hij geen klus had, zat hij de hele dag in het kamertje dat ze tot zijn atelier hadden omgetoverd, zonder ook maar een lijn op papier te zetten. Dat wist Neve, en hij wist dat zij dat wist. Soms zat Mabel ook op haar kamer, of ze lag in bed met de dekens over zich heen. Op zulke dagen deed Neve altijd extra veel moeite om het huis op te vrolijken: ze draaide muziek, deed alle lampen aan, bakte taarten of koekjes, speelde kaartspelletjes met de jongens of werd door hen ingemaakt met computergames. Het was alsof er een knop in haar nek zat: als je erop drukte, schoot ze meteen in de vrolijkemoederstand.

'Dat wist ik niet. Ik zal voor je duimen.' Ze legde een hand op Fletchers schouder. Ze waren bijna even lang: schouder aan schouder, op gelijke ooghoogte. Rory zou ook lang worden en bij Connor was het nog te vroeg om daar iets over te kunnen zeggen. Maar Mabel was klein en tenger: hun wisselkind.

Fletcher pakte zijn jas en vertrok. Neve joeg Connor de trap op en riep hem instructies na. Toen was ze weer alleen in de keuken, met niets dan stilte om zich heen. Ze haalde haar telefoon uit haar zak en typte de code in. Het berichtje verscheen op het scherm: IK BEN VRIJ TOT VANMIDDAG. KOM ZODRA JE KAN. Het was vanaf een onbekend nummer verstuurd, maar dat maakte niet uit. Het kon maar van één iemand zijn.

Ze zette de ontbijtspullen in de vaatwasser, veegde de tafel schoon en hing de paar gewassen kleren op in de tuin. De fleurige rok en de witte blouse met de ontbrekende bovenste knoopjes wapperden in de wind. Toen ging ze verder met de lunchpakketjes: sandwiches – kaas met tomaat voor Rory, kaas zonder tomaat voor Connor – en allebei een appel en een granenreep. Niks bijzonders, want ze was de vorige dag vergeten boodschappen te doen. Gisteren: het voelde als een droom, of als het enige wat echt leek terwijl al het andere ijl en vaag was. Ze sneed een nectarine in stukjes boven een kom, schepte er yoghurt overheen en ging met nog een mok thee zitten om te ontbijten, terwijl ze hoorde dat boven iemand de kraan opendraaide en iets op de grond liet vallen. Maar ze kreeg geen hap door haar keel.

Om halfnegen zwaaide ze haar zoons uit en keek hen na toen ze door de straat liepen, zij aan zij maar ieder in zijn eigen wereldje: Rory had een koptelefoon op en liep met opgetrokken schouders en zijn handen in zijn zakken. Connor leek klein en robuust naast hem en liep in een onregelmatig tempo: hij vertraagde en versnelde terwijl hij zijn rugzak van de ene naar de andere schouder zwaaide.

Eindelijk was ze alleen. Ze liep naar boven, trok haar ochtendjas uit, keek nog eens naar het berichtje op haar telefoon en legde die toen omgekeerd op het bed. Ze nam zo'n hete douche dat het water als naalden prikte. Ze zeepte haar hele lijf in, waste haar haar en nam zowaar de moeite om het te föhnen in plaats van ruw met een handdoek droog te wrijven. Ze poetste haar tanden langer dan normaal en bestudeerde ondertussen haar gezicht in de spiegel. Fletcher had gelijk: de blauwe plek werd geel, waardoor ze er ziekjes uitzag. Over twee weken werd ze zesenveertig. Volgend jaar waren Fletcher en zij twintig jaar getrouwd. Ze waren zo jong en ongeduldig geweest, zo zeker van elkaar en van hun leven samen. Nu zaten er plukjes zilvergrijs in haar donkere haar; dat was verder nog niemand opgevallen. Ze kreeg steeds meer fijne lijntjes in haar gezicht.

’s Nachts naast Fletcher in bed kreeg ze soms opvliegers, waardoor haar hele lijf zwaar en benauwd voelde, alsof ze verdronk in een vloedgolf die door haar heen trok.

Eigenlijk zou ze echt naar de volkstuin moeten gaan, maar dat was ze niet van plan. Ze wist dat ze hier op een dag spijt van zou krijgen, waarschijnlijk al snel. Een deel van haar, het deel dat veroordelend toekeek, had nu al spijt.

Ze smeerde zich in met bodylotion, crème op haar gezicht. Ze trok een zwarte slip en een nieuwe zwarte beha aan, knipte het prijskaartje eraf en voelde zich bijna misselijk van verlangen, van het risico, van schuldgevoel, van vrijheid, van verwondering over zichzelf. Ze hulde zich in een zwarte skinny spijkerbroek en haar favoriete versleten enkellaarsjes. Toen rommelde ze in haar laden tot ze een lichtgrijs truitje had gevonden dat zacht aanvoelde op haar huid. Kleine zilveren oorbellen. Een afgedragen leren jack dat ze al bijna haar hele volwassen leven had. Een fleurige sjaal. Geen make-up: de eerste paar keer had ze wel wat opgedaan, maar die tijd was voorbij. Ze depte parfum op haar polsen en achter haar oren, een droge, zwoele geur voor in de avond. Het was nog geen negen uur, maar de tijd leek zich in elkaar te hebben gevouwen. Ze schoof haar armband om haar pols.

Sleutel. Telefoon. Portemonnee. Ze deed haar nieuwe leren rugzak om waarmee ze nog niet echt vertrouwd was; hij was te glimmend en had te veel ingewikkelde vakken waardoor ze er steeds van alles in kwijtraakte. Haar oude was meer dan vijftien jaar meegegaan, totdat hij onder haar neus vandaan was gestolen tijdens een lunch met Renata en Tamsin.

Ze tilde haar fiets van de haak in de gang en reed hem naar buiten, stapte op en trapte de koele, zonnige ochtend in. Haar hart fladderde in haar borst als een vogel in volle vlucht. Weg.

Ze had de route van Clapton naar het centrum en terug naar Clapton zo vaak gefietst dat het bijna een automatisme was geworden. Ze had hem afgelegd op warme zomeravonden in een T-shirt en korte broek, en in de stromende regen, met handen zo verdoofd van de kou dat ze nauwelijks kon schakelen. Ze was naar zakenafspraken, kerstfeestjes, verjaardagsfeestjes en afscheidsfeestjes gefietst. Naar markten, winkels en uitvaartcentra. Eens was ze zo moe geweest dat ze bijna al fietsend in slaap viel. En op heldere, zonnige winterochtenden was ze zich bewust van elke lichtstraal, elke geluidsgolf. Ze had nuchter op de fiets gezeten, stoned, dronken, en één angstige keer was ze zelfs afgestapt omdat ze het stellige idee had dat de langsrijdende auto's tegen haar praatten.

Ze passeerde het kruispunt bij Hackney Downs.

Er liepen twee mannen voorbij met tennisrackets in de hand. Mensen duwden buggy's voort. En zij fietste naar het centrum om overspel te plegen, zoals ze de vorige avond ook had gedaan. Door London Fields, langs rondrennende kleine kinderen, apporterende honden.

Gisteren was ze zonder verlichting in het donker naar huis gefietst in een waas van wijn, gloeiend genot en schuldgevoel. Het was al na twaalven geweest, zoals Mabel haar nors in herinnering had gebracht, toen ze zachtjes de deur open had gedaan, haar schoenen had uitgetrokken en de trap op was geslopen. In de badkamer, gespitst op elk geluid, had ze haastig haar kleren uitgetrokken. Toen was ze in het donker weer naar beneden geglipt, had haar kleren in de wasmachine gedaan en hem aangezet.

Gisteravond was een soort afscheid geweest: hij ging een paar dagen naar een congres. Vanmorgen was onverwacht: hij had blijkbaar nog een paar extra uurtjes kunnen vrijmaken.

Het was lang geleden dat iemand zo vurig naar haar had verlangd, alsof elke minuut telde.

Bij het kanaal sloot ze aan bij alle andere fietsers met glimmende helmen en reflecterende jacks die op weg waren naar het drukke centrum.

De vorige avond toen ze in het donker naast Fletcher in bed was gekropen, voelde dat hij ging verliggen en hem hoorde mompelen in zijn slaap, vroeg ze zich af hoe het kon dat hij het niet wist. Hoe was het mogelijk dat hij het niet aanvoelde, zelfs al was hij diep in slaap? Ze had het idee dat ze tintelde van statische elektriciteit, van vonkjes die zouden overspringen op iedereen die in haar buurt kwam. Ze had altijd gedacht dat hun huwelijk uit elkaar zou spatten als een van hen vreemdging, dat hun zorgvuldig opgebouwde leven door het bedrog in glinsterende scherven zou vallen. Maar ze had Fletcher nu al maanden bedrogen, elke dag, en er was niets gebeurd. Hij sliep nog steeds vredig naast haar en stond samen met haar op; de jongens gingen naar school en kwamen weer thuis; Mabel bleef het gezin verwarren met haar stemmingswisselingen, van charmant tot woedend; zijzelf runde nog steeds het chaotische huishouden, ging naar haar werk, sprak af met haar vrienden, betaalde de rekeningen. Het leven ging gewoon door. Misschien was het net als met een oud gebouw dat tot ontploffing werd gebracht en zijn vorm vasthield nadat er op de knop was gedrukt, waarna het geleidelijk aan met een bulderend kabaal implodeerde.

Ze fietste over het jaagpad en probeerde weer helder na te denken, al was het maar om niet in het kanaal te eindigen. Dat had ze eens gezien, dat iemand erin reed. Ze wist niet of die man was geduwd of voor iemand had moeten uitwijken, of dat hij gewoon niet had opgelet en de bocht had gemist. Maar ze had wel de nasleep gezien: een man in een pak, tot aan zijn knieën in het water, met één hand om zijn fiets geklemd en de andere graaiend naar de oever. Ze was samen met wat andere mensen gestopt om hem en zijn fiets weer op het droge te trekken. Hij verontschuldigde zich aan één stuk door. Iedereen zei dat het niet erg was, maar hij bleef sorry zeggen, al was niet duidelijk tegen wie en waarvoor. Ze herinnerde zich vooral dat ze verbaasd was hoe ondiep het kanaal was, een halve meter maar. Ze had altijd gedacht dat het veel dieper was.

Ze liet het kanaal achter zich, fietste door de hippe straatjes achter het Angel Building, stak City Road over, passeerde Sadler's Wells Theatre en reed door naar Theobalds Road. Ze zag een glimp van de enorme platanen van Gray's Inn Walks Gardens, met een bonzend hart van verwachting en het spannende gevoel dat niemand behalve hij wist waar ze was. De afgelopen weken was het alsof ze naar een ander land was gereisd, een land waar alles anders voelde, waar de regels niet meer golden. Het was haar volkomen duidelijk dat wat ze deed fout was. Ze kon Fletcher dan wel voor de gek houden, maar zichzelf niet.

Ze moest goed opletten toen ze Red Lion Square overstak, met alle vrachtwagens, bussen, wegwerkzaamheden en uitlaatgassen waarvan ze moest hoesten. Bij het stoplicht wachtte ze naast een fietskoerier die broodjes bezorgde, en toen de vrachtwagen naast hen ongeduldig het gaspedaal intrapte, wisselden ze een afkeurende blik: de nachtmerrie van High Holborn. Het licht sprong op groen en ze werd bijna aangereden door een afslaande taxi, maar toen was ze eindelijk voorbij Kingsway. Ze reed de stoep op, stapte af en liep met de fiets aan de hand naar Drury Lane, waar ze hem aan een paaltje op slot zette. Snel bekeek ze haar spiegelbeeld in de ruit van een broodjeszaak.

Het onopvallende bakstenen gebouw in de kleine zijstraat was waarschijnlijk ooit een pakhuis geweest maar was nu omgebouwd tot een appartementencomplex, zoals zoveel gebouwen. Neve toetste de toegangscode in en liep de trap op. Ze pakte haar portemonnee, wurmde de sleutel eruit die ze discreet achter een creditcard had verstopt, maakte de deur open en stapte naar binnen.

'Hoi,' riep ze.

Er kwam geen antwoord.

'Saul.'

Geen antwoord. Misschien was hij even de deur uit om koffie of melk te halen. Het was halftien. Ze trok haar jas uit en hing hem aan een haak bij de voordeur. Door de kleine gang liep ze naar de woonkamer, en ineens was er te veel om te bevatten, alsof ze werd verblind door het licht of verdoofd door een explosie terwijl ze tegelijkertijd een klap in haar gezicht kreeg. Ze stapte naar achteren tot ze de muur voelde en leunde ertegenaan.

Hij lag op zijn rug en hij was dood. Op de een of andere manier had ze nooit echt begrepen wat dood zijn betekende, tot ze die open ogen zag. Het waren geen starende ogen meer. Het waren dingen geworden, open en onbeschut. Zijn mond hing ook open, als in oneindige verbazing.

Zijn hoofd werd omgeven door een plas bloed, donkerrood, glad. Zijn gezicht zag er dood uit, net als elk ander deel van zijn lichaam. Zijn armen en benen lagen in een onnatuurlijke houding. Zijn rechterelleboog zat klem onder zijn lichaam, waardoor zijn hand omhoogstak. Het was alsof hij zich had willen omdraaien en maar tot halverwege was gekomen. Het zag er oncomfortabel uit en Neve voelde de drang om het hem gemakkelijk te maken, om zijn arm los te trekken, zoals wanneer ze verstrengeld in bed lagen, hijgend en bezweet, en ze hem hielp zijn hand te bevrijden van onder haar blote rug.

Het voorpand van zijn grijze pak was omhooggekropen, waardoor ze zijn riem en het onderste deel van zijn witte overhemd kon zien. Een van zijn knieën was een stukje opgetrokken, waardoor een onverwacht opzichtige, rood-gele sok zichtbaar werd. Ze kende die sokken. Saul en zij waren eens haastig en vol blinde passie in bed beland, en toen ze na afloop tegen hem aan lag had ze die sokken alsnog uitgetrokken terwijl hij lachte.

Ze keek de kamer rond. Aan de andere kant, weg van de straat, stond een kleine eettafel. Een van de stoelen lag op zijn kant en ze meende te begrijpen wat er was gebeurd. Hij was op de stoel geklommen om iets te doen – een fotolijstje ophangen? Een lamp vervangen? – maar was weggegleden en hard met zijn hoofd op de tafelrand geklapt. Hij had nog geprobeerd zich omhoog te hijsen maar was weer achterovergevallen en doodgebloed.

Heel even dacht ze: wat een afschuwelijke, suffe manier om dood te gaan. Toen zag ze iets op de grond liggen, buiten zijn bereik. Het lag dicht bij haar, meer aan de straatkant van de kamer. Het was een grote hamer. Het handvat was omwikkeld met blauw vinyltape; de steel was van zilverkleurig staal. Maar de kop was donker, nat. Ze bukte zich om die beter te bekijken. Het was duidelijk bloed. Ze stapte naar het lichaam toe en deinsde bijna meteen terug. De andere kant van zijn gezicht, de kant die ze eerst niet had kunnen zien, was er niet meer. Het was ingeslagen. Het was een donkere brij. Ze zag stukjes bot zitten.

Het duizelde haar toen ze zich overeind hees, alsof ze zou flauwvallen of moest overgeven. Ze haalde een paar keer diep adem om weer tot bedaren te komen.

Ze keek van de hamer naar het lichaam. Naar Sauls lichaam. Ze kon amper nadenken. Het was nauwelijks te bevatten, maar één gedachte kwam langzaam bovendrijven en nam een steeds vastere vorm aan. Dit was moord. Saul was vermoord. Ze draaide de zin om in haar hoofd: iemand had Saul vermoord. Hij had haar een berichtje gestuurd – wanneer? Eén, twee uur geleden? – en ergens daarna was hij vermoord.

Ze pakte haar telefoon en wilde het alarmnummer bellen. Het had haar nog nooit zoveel moeite gekost om een nummer in te toetsen. Haar vingers trilden boven het scherm, maar toen stopte ze en keek om naar de tafel. Die was nog gedekt voor de maaltijd van de vorige avond, de maaltijd die ze samen hadden gegeten. Borden, bestek, een halflege slakom. Maar geen wijnfles en geen wijnglazen. Die hoefde ze niet te zoeken, ze wist waar die waren. Ze liep terug naar de gang waar ze gisteravond al zoenend doorheen waren gestrompeld, met de glazen en de halfvolle fles in hun handen, en ze opende de slaapkamerdeur, waar ze werd overspoeld door de geur van parfum – haar parfum – en andere geuren, lichaamsgeuren.

Het bed was onopgemaakt. Aan beide kanten stond een glas. De lege fles lag op het tapijt.

In de hoek stond een kleine stoel, en voor de eerste keer sinds ze de flat was binnengestapt ging ze zitten en dwong zichzelf te denken: niet aan haarzelf, zelfs niet aan Saul, van wie ze had gehouden – of op wie ze in elk geval verliefd was geweest – en die nu dood was en die ze nooit meer zou zien of vasthouden. Nee. Ze dacht aan Mabel, aan die vreselijke afgelopen jaren, aan alles wat ze met haar hadden meegemaakt. Mabel was zo'n vrolijk meisje geweest, optimistisch en kwetsbaar, maar in haar tienertijd was dat veranderd; de sfeer in huis was steeds somberder geworden en het gezin werd overheerst door vrees. Misschien kwam het door de drugs; misschien door die jongen aan wie ze haar hart had verloren, die allesverterende eerste liefde; misschien gewoon doordat ze een tiener was, turbulent en vol verlangens. Terwijl Neve daar stond met haar telefoon in haar hand, dacht ze terug aan die tijd: Mabel die met haar armen om haar knieën in de hoek van haar kamer zat, weggekropen naast een plas kots op de vloer, en Neve aanstaarde met een doffe blik. Mabel die niet thuiskwam. Mabel die vroeg in de ochtend thuiskwam, met uitgesmeerde lippenstift en gescheurde kleren. Mabel in het ziekenhuis in die vreselijke nacht, met slangetjes in haar arm en een gelig gezicht. Er waren momenten geweest dat Neve en Fletcher dachten dat ze het niet zou overleven. Telkens als de telefoon ging had Neve's hart in haar keel gebonsd. Maar ze had het wel overleefd. Wat zou er gebeuren als ze erachter kwam dat haar moeder een affaire had gehad, dat haar geliefde vader was bedrogen? Zou alles dan weer instorten, het leven dat ze zo zorgvuldig opnieuw hadden opgebouwd?

Neve stond op, liep terug naar de woonkamer en keek naar Saul op de vloer.

Hij was dood. Hij was vermoord. Maar niet vanwege haar of vanwege hun affaire. Dat had niets te maken met wat hier was gebeurd, wat dat dan ook mocht zijn. Ze keek op haar horloge en besefte dat ze de knoop moest doorhakken en in actie moest komen. De gordijnen voor het raam aan de straatkant waren dicht. Niemand kon naar binnen kijken vanuit het kantoorgebouw aan de overkant van de straat.

Ze hakte de knoop door.

Eerst het belangrijkste. In de slaapkamer haalde ze het bed af en rolde alles op tot een prop. Ze pakte de handdoeken uit de badkamer (ze waren nog nat van de vorige avond) en het gastendoekje van het toilet. Ze stopte alles in de wasmachine in de kleine keuken. Moest er nog meer bij? Ze kon niets bedenken. Ze zette hem op een snelle was: achtentwintig minuten.

Ze deed haar armband af en legde die op het aanrecht. Toen vond ze in het gootsteenkastje een paar huishoudhandschoenen en trok die aan. Ze liep meerdere keren heen en weer van de eettafel naar de keuken om de borden en glazen in de vaatwasser te zetten. Ze nam de tafel en alle andere oppervlakken af. Was ze nog iets vergeten? Ze maakte een extra rondje door de flat. In de badkamer stond een glas met twee tandenborstels. Stom, maar ineens kon ze zich niet meer herinneren welke zij had meegebracht, dus ze pakte ze maar allebei.

Ze deed de vaatwasser dicht en zette hem op het kortste programma: vierendertig minuten. De grotere spullen – de slakom, een steelpan, opscheplepels – lagen in de gootsteen. Ze waste ze af en zette ze in het afdruiprek.

Dit was nog maar het begin.

Ze haalde de zwarte vuilniszak uit de pedaalemmer in de keuken. Hij zat voor ongeveer een kwart vol. Ze gooide de twee tandenborstels erbij. Terwijl ze daar in de keuken stond, met een diepe, doffe pijn die in haar borst begon en zich gonzend uitbreidde naar haar keel, oren en hoofd, dwong ze zich na te denken. Ze moest dit systematisch aanpakken, kamer voor kamer, om er zeker van te zijn dat ze niets zou vergeten. Ze moest elk spoor van zichzelf uitwissen. Saul was dood, maar Mabel leefde nog. Daar moest ze zich aan vasthouden.

Ze pakte nog een plastic zak uit het gootsteenkastje voor de spullen die ze zou meenemen en begon op de makkelijkste plek: in de badkamer. Ze trok haar zachte trui uit en legde hem in de gang, met het vage idee dat ze zo min mogelijk vezels wilde achterlaten. In het medicijnkastje lag een pak condooms: dat gooide ze in de vuilniszak. Haar handcrème, migrainepillen en het ronde flesje parfum zou ze bewaren. Ze gooide de wattenbollen en de halfvolle fles shampoo die naast het bad stond in de vuilniszak. Het stompje van de kaars die ze hadden aangestoken om samen in het flakkerende licht te genieten van het warme bad... Ze knipperde dat beeld weg. Later, dat kwam later. Niet nu. Vuilniszak.

Ze spoot schoonmaakmiddel in het bad en schrobde het grondig schoon, zelfs de buitenkant. Ze nam de kranen af, gooide voor de zekerheid het nagelborsteltje en de zeep weg, boende de wasbak met schoonmaakmiddel. Wat had ze allemaal aangeraakt? Ze probeerde het zich te herinneren. Misschien het spiegeltje, waarin ze nu haar gezicht zag. Ze schrok van de grauwheid ervan, de ernstige uitdrukking, de opgezwollen blauwe plek en de gruwelijke absurditeit van haar nieuwe zwarte beha. Ze spoot schoonmaakmiddel op het glas tot ze nog maar een mistige schim was.

Toen de slaapkamer. Ze nam de twee zakken mee en bleef even staan, slapjes en ontzet. Ging ze dit echt doen? Ze reikte achter de gordijnen om de ramen wijd open te zetten. Deze kamer had frisse lucht nodig, om de geuren van de avond ervoor te verdrijven. De wijnfles ging in de vuilniszak. Er stond een tumbler op de vloer aan elke kant van het bed – alsof ze ieder een eigen kant van het bed hadden gehad en een gesetteld paar waren geweest. Ze nam de glazen mee naar de keuken, waste ze af en zette ze in het afdruiprek, waarna ze naar de slaapkamer terugkeerde. Als eerste keek ze onder het bed. Er lagen een tissue, een oud treinkaartje, een bonnetje voor een afhaalmaaltijd die ze een week geleden hadden gegeten, een pen zonder dop. In de vuilniszak.

Elk nieuw voorwerp riep een scherpe, pijnlijke herinnering op. Neve voelde keer op keer een steek in haar maag. Naast zijn kant van het bed lag een ansichtkaart die ze hem had gegeven, van een schilderij van Modigliani dat ze altijd zo mooi had gevonden; ze had er niets op geschreven. Ze schreven elkaar nooit. Waarom zouden ze ook? Ze hadden elkaar bijna dagelijks gezien, in het voorbijgaan, terwijl ze deden alsof ze elkaar niet zagen, de andere kant op keken. Hoe kon niemand dat hebben gemerkt? Ze zou de kaart bewaren. En de lipgloss, de deodorant, een panty. In de kledingkast, waar een aantal van Sauls overhemden naast een enkel net pak hing, vond ze een van haar favoriete T-shirts dat ze daar bij haar weten nooit had gedragen maar wel mee naar huis moest nemen. Ze bukte om te controleren of er niets onder de ladekast was gerold en op dat moment hoorde ze een zacht geluid. Ze verstarde, hield haar adem in. Haar hele lichaam was verstijfd van angst: er sloop iemand stilletjes door de flat. Maar het geluid stierf weg en in een vlaag van opluchting besefte ze dat het gewoon de wind was die door het open raam naar binnen waaide en de gordijnen liet ruisen. Ze richtte zich weer op haar zoektocht: ze wist zeker dat ze hier wat ondergoed had achtergelaten, maar waar ze ook keek, in elke la, onder de kussens en zelfs onder het matras, ze kon het niet vinden.

De vaatwasser in de keuken moest nog zeven minuten en de wasmachine twee. Neve staarde ongeduldig naar het rode lampje, dwong het apparaat sneller te gaan terwijl ze keek hoe de opgepropte lakens en handdoeken langs het raampje tuimelden. De wasmachine trilde zacht. Nog één minuut. Ze ruimde de steelpan, de slakom, de opscheplepels en de tumblers op. Wanneer zouden ze hem gaan missen? Wanneer zou iemand hem komen zoeken? Het zweet brak haar uit bij de gedachte dat er iemand aan zou kloppen.

De wasmachine begon schel te piepen. Ze trok het deurtje open, haalde de natte lakens eruit, propte ze in de droger, draaide aan de knop en hoorde het apparaat ronkend in beweging komen. Ze dacht aan haar eigen kleren van de vorige avond, die thuis aan de waslijn wapperden.

Ze zag haar fietslampjes op de vensterbank in de gang liggen, naast een trofee die Saul vorige week nog had gekregen voor 'innovatief management'. Het was een modernistisch, ruw stenen blok met zijn naam erin gegraveerd. Hij had gezegd dat hij hem alleen op de wc kwijt kon, maar zover was hij niet eens gekomen. Ze pakte de fietslampjes en deed ze in de plastic zak.

Nu de woonkamer. Waar hij lag. Hij. Saul. Saul lag daar met zijn ingeslagen schedel en zijn doodse blik, maar ze moest het toch doen. Ze ademde huiverend in en liep naar binnen. In eerste instantie probeerde ze gewoon niet te kijken, maar dat maakte het alleen maar erger. Ze voelde hem daar liggen, die donkere, stevige massa van vlees en bloed die steeds meer afkoelde. Ineens had ze de behoefte om hem aan te raken, maar dat kon niet. Niet met rubberhandschoenen aan, als een patholoog die een lijk onderzocht; en niet zonder handschoenen, als een dierbare die haar vingerafdrukken op zijn huid achterliet. Ze keek naar hem, naar het lichaam dat hij ooit was geweest, en heel even liet ze een andere versie van het verhaal in haar hoofd afspelen: Saul die de deur opendeed in zijn grijze pak en witte overhemd, haar hand pakte, haar naar binnen trok, de deur sloot, haar die glimlach toewierp en toen serieus keek. Ze hadden allebei geweten hoeveel kwaad ze hiermee deden – en Neve was niet het type dat mensen kwaad deed, niet op die manier. Ze was de echtgenote, de moeder, de harde werker, de vriendin, met zilvergrijze plukjes in haar haar en fijne lijntjes in haar gezicht.

Uiteindelijk draaide ze zich weg. Ze zag een tekening liggen die ze hier had gemaakt, toen ze Saul had verteld wat ze allemaal in de volkstuin verbouwde en kleine schetsen van de groenten had getekend: potloodkrabbels van courgettes, pompoenen, knoflook, sperziebonen, snijbiet, rode bieten. Ze verfrommelde het papier tot een prop en gooide het in de vuilniszak. Een boek met korte verhalen dat ze hier had laten liggen ging mee naar huis. De droger stond te brommen in de keuken. Ze liep door de kamer, om het lichaam heen, en pakte spullen op, bladerde door boeken, keek achter en onder de kussens van de bank. Ze wierp een blik op de stapel werkspullen op tafel – mappen, aan elkaar geniete facturen, brochures die Redfern had gemaakt – en liet ze liggen.

In een flits herinnerde ze zich het gedichtje dat ze voor hem had opgeschreven omdat hij zo graag een aandenken aan haar wilde hebben dat hij bij zich kon dragen. Hij had het half serieus en half schertsend gevraagd, hartstochtelijk en gespeeld hartstochtelijk, waardoor ze zelfs in die eerste periode vol passie had gedacht: hij heeft dit al eens eerder gedaan. Niet dat ze hem daarnaar had gevraagd. Het deed er niet toe. Lachend had ze het enige gedicht opgeschreven dat ze uit haar hoofd kende, het gedicht dat ze op feestjes voordroeg als ze aangeschoten was. 'Jenny kuste mij toen ze me zag,/ Sprong terstond op uit haar stoel....' Jenny was Neve's tweede naam, dus ze had altijd het gevoel gehad dat het gedicht op haar sloeg. Waar was het gebleven?

Ze liep naar de gang en vond zijn jas met daarin zijn portefeuille. De rubberhandschoenen bemoeilijkten het zoeken, maar ze durfde ze niet uit te trekken, dus rommelde ze onhandig door de vakken tot ze zeker wist dat het gedicht er niet in zat. Toen kwam er een vreselijke gedachte in haar op: misschien droeg hij het bij zich, in een van zijn zakken. Ze keerde terug naar de woonkamer, knielde naast het lichaam neer, met haar ogen half dichtgeknepen zodat ze de wond niet duidelijk kon zien, en dwong zichzelf zijn zakken te bekloppen en haar handen erin te steken, eerst in die van zijn jasje, toen in die van zijn broek. Zijn lichaam deinde mee onder haar verkennende handen. Werd hij al koud? Verstijfden zijn ledematen en stolde zijn bloed? Geen gedicht. Misschien lag het bij hem thuis, weggestopt op een geheime plek. De politie zou het vast vinden. Ze zouden het aan zijn vrouw en de mensen op het werk laten zien en vragen: 'Herkent u dit handschrift?' Of misschien lag het in de la van zijn bureau op kantoor. Daar zouden ze het ook vinden, en dan zouden al haar collega's het weten. En dan zou Fletcher het ook weten. En dan...

Ze kwam overeind. Misschien had hij het niet bewaard.

Ze bedacht nog iets. Zijn telefoon. Waar was die? Verwoed speurde ze om zich heen. Deze flat was maar een klein pied-à-terre waar hij kon blijven slapen als hij tot laat moest werken of vroeg moest beginnen. Er waren weinig spullen: een kast met boeken, wat opgestapelde werkmappen, een bijna lege koelkast, een vriesvak met ijsklontjes, een stel schone kleren. Bij Neve thuis kon je makkelijk iets kwijtraken tussen de vele lagen rommel die zich in de loop der jaren hadden opgestapeld, maar hier niet. Neve besefte dat ze totaal niet helder nadacht maar zich gedroeg als iemand die dronken was en zich probeerde te herinneren hoe een nuchter iemand deed. Bij die gedachte gierde de angst door haar lijf. Haar bewegingen werden schokkerig en haar handen trilden. Ze hoorde haar bloed in haar oren ruisen. Ze had langzaam door de flat gedwaald, maar ze moest hier weg. En snel. Elke seconde telde. Wat moest ze nog doen? De was. Ja. Ze rende bijna naar de keuken en trok de droger open. Het beddengoed was nog klam en ze zette de timer kreunend op nog eens tien minuten.

De vaatwasser. Ze trok hem open en haalde borden, bestek en glazen eruit. Met een rinkelend kabaal liet ze een glas op de vloer vallen. Ze raapte de stukken op en voelde een scherf dwars door het rubber van de handschoen in haar duim snijden. Ze veegde de rest bij elkaar en gooide alles in de vuilniszak.

Wat was ze vergeten? De keuken zag er brandschoon uit, maar ineens was ze ervan overtuigd dat ze ergens een fout had gemaakt, zo'n grote fout dat ze eroverheen keek. Ze liep terug naar de woonkamer en keek neer op Saul, alsof hij de fout was. Zijn gezicht begon te veranderen, werd grauwer. Ze had het gevoel dat ze het niet meer aankon, maar toch zette ze door.

Terug in de keuken haalde ze de was uit de droger: nog steeds een beetje klam, maar het moest maar zo. Het duurde veel te lang om het overtrek om het dekbed te krijgen; het dekbed was onhandelbaar en werd een grote knoedel.

Eindelijk was ze klaar. Ze trok de handschoenen uit en gooide ze in de vuilniszak, die ze dichtknoopte. Saul had haar verteld dat het vuilnis hier elke dag werd opgehaald, zelfs met kerst. Ze wilde net de voordeur opendoen toen ze besefte dat ze nog steeds in haar beha stond. Bijna schoot ze in de lach – of misschien moest ze bijna overgeven, op de houten vloer van de gedesinfecteerde flat waar de geuren van parfum en seks werden verhuld door die van schoonmaakmiddel en bleek. Ze trok haar trui aan, en daarna haar jas en sjaal. Ze had haar duim opengehaald aan het glas en zoog erop terwijl ze bedacht hoe gemakkelijk ze bloed op de deur had kunnen smeren bij haar vertrek. Haar handen leken niet meer van haar en haar gezicht voelde gespannen en van rubber, alsof er een masker overheen was getrokken. Ze duwde de voordeur een paar centimeter open, luisterde gespannen of ze iets hoorde, stapte het portaal in en trok de deur achter zich dicht.

Weer werd ze overspoeld door het gevoel dat ze iets belangrijks was vergeten. Roerloos bleef ze staan, met haar ene voet voor de andere. Het gevoel wilde maar niet weggaan. Ze opende de klep van de kleine brievenbus en tuurde naar binnen, maar ze zag niets. Ze haalde de sleutel weer tevoorschijn, wist de deur open te krijgen zonder hem te laten vallen en liep terug de flat in. In de keuken stond de plastic zak met al haar spullen: ze had hem bijna laten staan, met haar parfum, boek, T-shirt, panty. Ze pakte hem op en propte hem onder in haar leren rugzak. Toen wierp ze nog een laatste blik op Saul. Zijn lichaam leek wel te krimpen, of de kamer werd steeds groter. Was dat ooit Saul geweest? Ze staarde naar hem terwijl hij steeds verder weg leek.

'Vaarwel,' zei ze hardop, maar haar stem klonk schril en gemaakt. Ze hoorde allerlei geluiden in de flat, geritsel en gekraak en een tikkende verwarmingsbuis. Er trok een tochtstroom langs haar heen. Haar nekharen stonden rechtovereind, maar toen ze zich omdraaide was er niemand.

Buiten op de stoep probeerde Neve van het gebouw weg te rennen, de vuilniszak tegen haar zij ketsend, maar haar benen voelden slap en ze ademde in pijnlijke teugen, alsof de lucht ijl was en ze niet genoeg in haar longen kon zuigen. Ze remde af, probeerde rustig te lopen en normaal te lijken. De zon scheen in haar ogen en niets was echt. De kleine woonkamer die ze had achtergelaten was niet echt, maar gewoon een filmset waar een brute moord was geënsceneerd. Haar omgeving, die flikkerde en vervaagde in het gouden licht, was niet echt. Haar affaire met Saul was gewoon een koortsdroom van een vrouw van in de veertig die was uitgekeken op de sleur van het gezinsleven.

Ze dumpte de vuilniszak op de stoep voor een Turks restaurant, tussen een berg identieke zakken. Wat nu? Ze keek op haar horloge: tien over halfelf. Heel even wist ze niet meer waar ze haar fiets had neergezet. Drury Lane, dat was het. Dus daar liep ze naartoe, heel langzaam, door haar nieuwe onderwaterwereld. Toen ze opstapte dacht ze ineens aan alle bewakingscamera's waar je volgens iedereen niet meer aan kon ontsnappen. Misschien was ze al gefilmd en zouden rechercheurs binnen de kortste keren korrelige beelden van haar bekijken waarop ze om even voor halftien het gebouw binnenging en om even na halfelf weer vertrok, en dan was dit allemaal voor niets geweest. Ze trok haar sjaal over het onderste deel van haar gezicht en fietste weg, halfblind en wiebelend langs stilstaande auto's laverend.

Op het jaagpad langs het kanaal remde ze af en stapte van haar fiets. Het was een ondraaglijk idee om gewoon maar naar huis te gaan, want wat moest ze doen tussen het sjofele rommeltje van haar gezinsleven? Misschien was Fletcher er wel, of Mabel, of allebei, en dan moest ze doen alsof er niets was gebeurd, stamelend haar tekst opzeggen en zichzelf spelen. Daar was ze nog niet klaar voor. Met een doffe schok besefte ze ineens dat ze hier nooit meer overheen zou raken. Als ze alleen een affaire had gehad, een midlifecrisis, dan was ze er wel weer bovenop gekomen, schuldbewust maar onbeschadigd. Het leven zou geleidelijk weer zijn oude vorm hebben aangenomen. Op een dag zou de herinnering de scherpe randjes verliezen, tot het uiteindelijk niet meer dan een wazig beeld in haar hoofd was, tussen alle andere herinneringen. Maar dit veranderde alles, maakte het veel wezenlijker en veel gevaarlijker. Wat eerst een affaire was geweest was nu een sterfgeval geworden. Een moord.

Er zat een cafeetje aan het water. Neve maakte haar fiets vast aan het rek voor de deur en liep naar binnen. De enige andere klant was een jonge vrouw met dik bruin golvend haar tot haar middel en een kinderwagen die voor haar stond. Eén bizar moment lang dacht Neve dat de baby Mabel was; alles leek onbegrijpelijk in elkaar te schuiven. De baby was precies Mabel vroeger: klein en kaal, met een nieuwsgierige uitdrukking op het ronde koppie. Wat was Mabel toch een rustige baby geweest, en zo'n kalme en ondoorgrondelijke peuter. Fletcher en Neve hadden zichzelf op de borst geklopt omdat ze het zo goed hadden gedaan als ouders.

Ze bestelde earlgreythee en nam die mee naar het zitje bij het lange, lage raam. Een potige man met een diepe frons op zijn gezicht jogde uiterst langzaam voorbij. Ze omklemde de beker met beide handen om troost te zoeken en nam een heet slokje. De steen in haar maag werd iets lichter. Ze staarde naar de wereld buiten zonder echt iets te zien.

Neve had Saul negen maanden geleden ontmoet, toen zijn grote succesvolle bedrijf het kleine falende bedrijfje overnam dat zij en haar drie vrienden als twintigers, net van de kunstacademie, waren begonnen. Zijn bedrijf heette Redfern Publishing, dat van hen Sans Serif. Vroeger ontwierpen ze flyers, pamfletten, posters voor muziekfestivals en poëzievoordrachten, en prachtig vormgegeven boeken in kleine oplagen met dik, ruw papier, zorgvuldig uitgekozen lettertypen en gemarmerde schutbladen. Bij Redfern werkten ze nog steeds voor een aantal van hun oude klanten maar ontwierpen ze ook congresbrochures en vakbladen. Gary zei dat hij altijd had gedacht dat ze de wereld zouden veroveren, maar dat uiteindelijk de wereld hen had veroverd. Eerlijk gezegd was het een opluchting dat ze hun uitputtende hoogtijdagen achter zich konden laten en gewoon werknemer konden worden, met een vast salaris, vaste werktijden en een pensioen.

Neve vond dat ze zich haar eerste ontmoeting met Saul eigenlijk wel zou moeten herinneren. Het had vreemd of romantisch of grappig moeten zijn. Maar er speelden toen nog zoveel andere dingen. Fletcher en zij hadden net die twee vreselijke jaren met Mabel achter de rug, waarin ze hun dochter zagen instorten en hun best deden om haar weer op te bouwen. Dat was hun ook min of meer gelukt – of eigenlijk had ze zichzelf weer opgebouwd – maar het voelde nog steeds alsof het elk moment kon misgaan.

En dan was er nog de hectiek van de verhuizing naar een ander kantoor, van een bouwvallige zaak vlak bij Seven Sisters Road naar een nieuw glimmend gebouw aan de Old Streetrotonde. Er was emotionele bagage, maar vooral echte bagage, jaren aan spullen die ze hadden verzameld: kasten vol brieven, documenten, oorspronkelijke ontwerpen en kunstwerken. Een deel was prachtig en verdiende het om te worden ingelijst, er was financiële administratie die moest worden bewaard, er waren sentimentele aandenkens aan vroeger, en er was veel rommel. Maar het was lastig om dat onderscheid te maken. Het voelde alsof ze niet alleen werden overgenomen maar ook nog eens uit huis gingen, naar een andere plek verhuisden en een zenuwinzinking kregen, en dat allemaal tegelijk.

In die tijd was Saul nog gewoon een van de hoge piefen geweest. Vóór de verhuizing hadden Neve en haar drie vrienden veel vergaderingen gehad waarbij een of meerdere hoge piefen hen op problemen wezen, de les lazen, berispten en instrueerden. Saul moest daar ook een paar keer bij zijn geweest, maar het liep allemaal in elkaar over en ze kon zich hem niet echt herinneren.

Toen ze eenmaal in het kantoorgebouw aan Old Street waren getrokken, was hij gewoon een van de mensen die ze geregeld tegenkwamen, net als de norse vrouw in de kamer naast die van hen of de verschillende medewerkers die ze bij de receptie of het koffiezetapparaat zagen.

Maar terwijl ze een slok van haar thee nam en bijna expres haar mond brandde om zichzelf wakker te schudden, bleef ze maar denken aan die eerste keer dat hij haar echt was opgevallen. Ze had in haar eentje op kantoor zitten overwerken toen ze een stem bij de deur hoorde.

'Ga toch naar huis.'

Neve keek op; hij stond tegen de deurpost geleund.

'Is dat een bevel?'

Hij stapte naar binnen. 'Ik vind dat je om zes uur wel klaar moet kunnen zijn,' zei hij.

Voor het eerst bekeek ze hem eens goed. Hij was lang, had kort donker haar met een vleugje grijs en droeg een zilvergrijs pak dat een beetje leek te glimmen. Ze wist nog dat ze hem totaal niet haar type had gevonden. Ze ging altijd voor de buitenbeentjes, de hopeloze gevallen, de getergde zielen. Dat leek Saul allemaal niet te zijn. Maar hij had wel mooie ogen. Grijsblauw, lichtelijk geamuseerd. Ze bedacht hoe die ogen nu naar het plafond staarden.

'Toen we net begonnen,' had ze tegen Saul gezegd, 'werkten we bij grote projecten soms de hele nacht door. Om een uur of drie, vier in de ochtend ging iemand de deur uit om bagels te halen, en dan aten we die op met een kop koffie en gingen we gewoon weer verder.'

Hij glimlachte en leunde tegen het bureau tegenover haar. 'Toen jullie net begonnen,' zei hij. 'Wat is er dan veranderd?'

'We werden ouder, trouwden, kregen kinderen – of nou ja, ík kreeg kinderen. De romantiek van overwerken verdwijnt een beetje als je eerst een oppas moet regelen. Het klinkt vooral vermoeiend en je hebt weinig zin meer in bagels midden in de nacht.'

'Maar toch zit je hier,' zei hij.

'Mijn man is thuis. Geen zorgen. Ik zal het licht uitdoen voordat ik ga.'

Hij draaide zich om en wilde vertrekken, maar toen bleef hij staan en keek weer naar haar. 'Dat deed ik vroeger ook,' zei hij. 'Niet op het werk. Ik zou nooit de hele nacht doorwerken. Dat is onzin. Maar ik weet nog dat ik in mijn studententijd naar feestjes ging, en dan kwam ik om een uur of zeven, acht 's ochtends terug op mijn kamer om te ontbijten en ging ik meteen door met de dag. Als ik een tijdmachine had zou ik teruggaan en tegen mezelf zeggen: geniet ervan zolang het kan, want als je vijftig bent – eigenlijk word ik dat volgend jaar pas, maar toch – als je vijftig bent trek je dat niet meer.'

'Het ergste is nog wel dat je dat op je vijftigste niet eens meer zou wíllen,' zei Neve.

'Hou maar op,' zei hij. 'Dat zijn wel weer genoeg sombere observaties over ouder worden. Trouwens, je kunt het niet uitdoen.'

'Wat uitdoen?'

'Het licht. Als je weggaat. Dat wordt allemaal centraal geregeld. Een vage regel die ik nooit heb begrepen.'

Neve dacht terug aan wat hij had gezegd over vijftig worden, een leeftijd die hij dus nooit zou bereiken.

Eigenlijk stelde dat gesprekje weinig voor, maar vanaf dat

moment knikten ze elkaar toe in de lift of als ze elkaar op de gang tegenkwamen. En als haar collega's hem bekritiseerden – zoals ze alles en iedereen bij Redfern bekritiseerden – dan deed Neve niet mee.

Ze bestelde nog een thee.

Wat was er gebeurd? Wie had hem dit aangedaan?

Een week of twee na hun eerste gesprekje liep ze haar kantoor uit en stapte bij hem in de lift, waar ze weer aan de praat raakten.

'Het verbaast me je hier op dit tijdstip te zien,' zei hij. 'Als ik aan jou denk, denk ik aan bagels om drie uur 's nachts. Ik kan er niks aan doen.'

Het verbaasde Neve dat hij überhaupt aan haar dacht, maar toen ze naar buiten liepen stelde hij voor samen iets te gaan drinken. Hij hief meteen zijn hand op.

'Voordat je antwoord geeft moet ik erbij zeggen dat het niet over werk gaat,' zei hij. 'Ik zal niet over bedrijfsplannen beginnen. Ik zal je niet naar je collega's vragen. Het is geen verkapt verhoor.'

'Oké,' zei ze.

Wat wist ze nog over dat eerste drankje samen? Ze herinnerde zich de fles wijn op tafel. Hij had op de kaart gekeken en opgemerkt dat het goedkoper was om een fles te bestellen als ze meer dan één glas zouden nemen. Toch voelde het alsof ze aan iets toegaven. Waar hadden ze over gepraat? Ze wist alleen nog waar ze het niet over hadden gehad. Niet over werk. Niet over kinderen en hoe lastig het was met een tiener in huis. Neve wist dat hij getrouwd was en hij wist dat ook van haar, maar dat was evenmin ter sprake gekomen. Hij had niet gezegd dat zijn vrouw hem niet begreep. Ze hadden het niet gehad over ouder worden en uitdijen en grijze haren krijgen en onzichtbaar worden. Ze hadden gewoon gepraat. Het was ongedwongen. Fijn.

Nu ze hier aan tafel zat terwijl zijn lichaam een eindje verderop op de vloer lag, herinnerde Neve zich die avond bijna als een stomme film. Zijn glimlach. Zijn verrassend zachte, bijna tere gladde handen. Ze herinnerde zich zijn aandachtige blik. Ze wist niet meer wat ze had gezegd, maar ze herinnerde zich hoe hij knikte, oplette, lachte. Ze wist ook niet meer wat hij had gezegd, alleen dat hij onder het praten elegant met zijn handen had gebaard en naar haar had gekeken, écht naar haar had gekeken. Misschien was dat wel het moment waarop ze besefte hoezeer ze snakte naar dat intieme, doordringende gevoel van gezien worden, opgemerkt worden, erkend worden – of misschien kwam dat pas later.

Het enige deel van hun gesprek dat ze zich nog herinnerde was op het eind, toen ze uit de bar vertrokken en hij met haar meeliep naar haar fiets.

'Ik wilde weten of je er echt een had,' zei hij. 'Of die fiets van je niet denkbeeldig was.'

'Ik heb echt een fiets.'

'Waar is je helm?'

'Die heb ik niet.'

'Waarom niet?'

'Omdat ik dat niet nodig vind.'

'Waarom niet?'

'Omdat ik me vrij wil voelen?'

'Vrij om hersenletsel op te lopen?' zei hij.

'Die dingen hoeven niet per se samen te gaan.'

Hersenletsel. Hersenletsel. Misschien had hij voor zich gezien hoe ze op de fiets onder een vrachtwagen of bus terecht zou komen, zoals zij hem nu weer voor zich zag, daar op de vloer.

'We moeten dit zeker nog eens doen,' zei hij.

'Oké.'

Neve herinnerde zich ook van die avond dat hij zich niet aan haar had opgedrongen. Hij was tegenover haar gaan zitten, had niet tegen haar aan gehangen, zich niet over haar heen gebogen. Hij had haar arm niet aangeraakt en zijn hand niet op de hare gelegd.

Maar toen ze haar fiets had losgemaakt en met het hangslot in haar handen stond, kuste hij haar op beide wangen gedag. En daarna – op de een of andere manier kwam het initiatief niet van hem of van haar maar van hen allebei – zoenden ze elkaar op de mond, eerst zachtjes, toen gretiger. Haar lippen weken uiteen. Hij smaakte naar de wijn die ze samen hadden gedronken. Neve voelde zich weer vijftien, met haar hele leven nog voor zich. Het was zo intiem dat ze zich licht in haar hoofd voelde. Ze maakten zich van elkaar los en keken elkaar aan, een beetje verdwaasd.

'Jezus christus,' zei ze.

'Ik...' begon hij, '... ik doe dit normaal nooit.'

Zelfs toen wist Neve zeker dat hij loog, maar dat vond ze niet erg. Hij wilde gewoon beleefd zijn.

Ze kon zich niet precies herinneren wat er was gebeurd toen ze thuiskwam. Misschien had Rory zitten lezen terwijl Connor in de tuin voetbalde, waar hij de bal tegen de kwetsbare struiken trapte en het nette gazon omploegde. Waarschijnlijk had ze avondeten gekookt. Misschien had ze ruzie gehad met Mabel. Ze kon zich niet eens herinneren of Mabel wel thuis was geweest. Fletcher had vast op zijn werkkamer gezeten. Ze zouden met z'n allen aan tafel hebben gegeten – dat deden ze altijd, zelfs in slechte tijden.

Misschien hadden ze daarna tv gekeken, een van de series

die ze met het hele gezin volgden; of misschien hadden ze een potje gekaart; of misschien had iedereen zich op zijn eigen kamer teruggetrokken, Rory met een boek, Connor met een computerspelletje, Mabel om god weet wat te doen: tobben en naar haar bleke gezicht in de spiegel staren, wegkruipen onder de dekens en huilen. Soms voelde het huis licht en vrolijk, maar soms was het een en al somberheid, wat Neve ook deed. Fletcher en zij zouden samen naar bed zijn gegaan. Hadden ze seks gehad? Ze vreeën nog steeds vrij regelmatig, zelfs na al die jaren en na zijn depressies en na Mabels dramatische en zelfs levensgevaarlijke vorm van wanhoop. Ze hadden hun best gedaan om zich aan elkaar vast te blijven houden, ondanks de verleiding om van elkaar weg te vluchten vanwege alle pijn. Maar Neve kon zich die avond niet meer herinneren.

Het enige wat ze nog wel wist was dat ze in het donker in bed had gelegen naast een zachtjes snurkende Fletcher en zich afvroeg: wat is er gebeurd? Daar in het donker herbeleefde ze het gevoel van Sauls lippen op de hare, zijn onbekende smaak. Ze dacht aan dat gevoel en haar reactie erop alsof het om iemand anders ging.

Hij gaat het me vragen, dacht ze bij zichzelf. En ja, dacht ze, ja, dat wil ik.

Neve dronk van haar tweede mok thee. Ze wist dat ze niet zo aan Saul moest blijven denken, want ze maakte zichzelf er helemaal gek mee. Bovendien waren er genoeg andere dingen om over na te denken. Zijn berichtje van vanochtend bijvoorbeeld. Was dat niet net zo bezwarend als eventuele sporen van haar in zijn flat? Ze besefte dat dit het eerste berichtje was dat ze ooit van hem had gekregen; ze had hem nooit gebeld en wist niet eens dat hij haar mobiele nummer had. Ze pakte haar telefoon, ging naar het bericht en verwijderde het. Maar wat betekende dat? Was een verwijderde boodschap echt verwijderd? Werd alles niet ergens opgeslagen? Was alles niet terug te halen? Ze opende haar browser en typte een zoekopdracht in: ZIJN VERWIJDERDE BERICHTJES TERUG TE HALEN?

Er was goed nieuws en slecht nieuws. Zodra je je telefoon met je computer synchroniseerde werd het berichtje permanent verwijderd. Maar voor zover ze begreep kon het misschien wel door het telecombedrijf worden bewaard. Ze dacht terug aan wat erin had gestaan. Het verwees niet specifiek naar de flat. Of naar haar. Of naar hem.

Maar het berichtje stond toch ook op zijn telefoon? Dus waar was die dan? Het meest logische antwoord was dat Sauls moordenaar hem had meegenomen. Maar waarom? Wat ging diegene ermee doen? Zolang de telefoon niet werd gevonden kon zij niet via dat berichtje aan de flat of aan Saul gelinkt worden.

Neve besefte dat ze al als een echte misdadiger dacht.

Het was bijna een uur 's middags toen ze thuiskwam. Ze deed de deur open en stapte naar binnen, klaar om een normaal gezicht op te zetten en een reden te geven waarom ze toch niet naar de volkstuin was gegaan. Maar het was stil in huis. Ze trok haar jas uit en sloop de trap op. Fletchers werkkamer was op de tweede verdieping, maar ze kon vanaf de overloop al zien dat de deur dicht zat, wat betekende dat hij daarbinnen druk aan het werk was of zat te niksen. Mooi. Ze liep naar de slaapkamer, deed haar kleren uit en trok een oude spijkerbroek, een T-shirt en een flanellen blouse aan: tuinierskleding. Stilletjes liep ze de trap weer af en stopte haar broek en trui in de wasmachine. Alweer. Toen sloop ze als een dief door het huis om alle spullen die ze uit de flat had meegenomen – het parfum, het boek, de fietslampjes, het T-shirt en de panty – weer op hun plek te leggen. Straks zou ze lekker lang in bad gaan en haar haar nog eens wassen. Het was alsof de ochtend aan haar bleef kleven, als onzichtbare sporen over haar hele lijf: spetters, vingerafdrukken, vezels, leugens.

Uiteindelijk riep ze met opgewekte stem 'hallo' onder aan de trap. Ze zette water op en liep de tuin in, langs de stapel frames die daar nu al maanden lagen te wachten tot er een kas van gebouwd werd. De arme cavia kreeg te eten, vers water in de waterfles en een handvol schoon stro in het hok. Het beestje tuurde bezorgd naar buiten en stootte zijn kenmerkende kanarieachtige fluitje uit.

Ze haalde de was van de lijn en zette thee – nog meer thee. Bij de gedachte aan eten werd ze misselijk.

Ze schrok toen haar telefoon in haar zak begon te rinkelen. Het was haar moeder, die wilde weten wat Rory voor zijn verjaardag wilde.

'O, goede vraag. Even denken.'

'Wat dacht je van zo'n kleine microscoop? Hij is toch gek op wetenschap?'

'Goed idee.'

'Je vader denkt dat een verrekijker leuker is.'

'Het klinkt allebei prima.'

'Nou ja, laat maar weten.'

Fletcher kwam de trap af en begroette haar, terwijl hij zijn hand door zijn haar haalde. Hij zag er moe en een beetje verslagen uit, was weer eens in een sombere stemming. Er trok een steek van medelijden en genegenheid door Neve's hart. Ze legde haar hand even op zijn schouder. Hij wierp haar een blik toe en stapte weg. Ze vroeg naar zijn afspraak van die ochtend en hij haalde zijn schouders op: gewoon de zoveelste klus.

Hij keek in de koelkast, op zoek naar iets te eten. Ze moest boodschappen doen, de koelkast volladen, bloemen kopen, het huis vullen met vertroosting.

'Hoe was het op de tuin?' vroeg hij.

Ze antwoordde dat het precies was wat ze nodig had gehad en dat ze de volgende keer een heleboel groenten zou meenemen: bonen, uien, rode bieten en wat herfstframbozen. Ze probeerde zich in te beelden dat ze er toch heen was gegaan en haar handen in de kleiachtige aarde had gestoken. Ze vertelde hem dat het fijn was geweest om buiten te zijn op zo'n mooie septemberdag. 'Dit soort dagen zijn een cadeautje,' zei ze tegen hem, maar haar stem leek van heel ver weg te komen.

Ze zweeg abrupt, want de woorden riepen iets gevaarlijks en onvoorstelbaar verdrietigs in haar op. Saul was dood. Natuurlijk had ze hem daar wel zien liggen – dood, een lijk, een ding op de vloer, met kreukels in zijn mooie pak en een lege blik in zijn blauwgrijze ogen. Maar ze had het niet beseft of gevoeld, of tot zich laten doordringen wat het betekende. Alles was afgelopen voor hem; hij kreeg geen dagen meer cadeau. Hij had een zoon, al had hij niet veel over hem verteld. Hij had een vrouw. Ze wist vrij zeker dat zijn moeder nog leefde. Hij had vrienden. Collega's op het werk. Hij had een hele eigen wereld, waarvan zij slechts een klein, geheim hoekje was. Maar iemand had zijn schedel ingeslagen met een hamer en nu was overal een eind aan gekomen: aan al zijn dromen en plannen, aan zijn luchtigheid, zijn zelfverzekerdheid, zijn lach, de elegante manier waarop hij zijn handen ophief in een gebaar van overgave of vertwijfeling.

'Is er iets?' hoorde ze Fletcher vragen.

'Wat zou er moeten zijn?'

De middag ging in een waas voorbij. Ze liep naar de supermarkt verderop in de straat en staarde in trance naar de pakken yoghurt, terwijl mensen doelbewust langs haar heen snelden en hun karretjes als een stormram voortduwden. Op de groente-en-fruitafdeling wees een oude man naar de bleke sinaasappels met putjes en vertelde dat die hem deden denken aan vakanties naar Malaga met zijn vrouw, die een jaar geleden was overleden, dus nu zouden ze nooit meer samen naar Spanje gaan. De tranen sprongen hem in de ogen, net als bij Neve.

Ze kocht te veel eten en haalde bloemen bij de bloemist aan de overkant. Toen sjokte ze terug naar huis, terwijl de boodschappentasjes in haar vingers sneden. In haar maag voelde ze een leegte, maar ze wist niet of ze hongerig of misselijk was.

Ze besloot een citroencake te bakken en zeefde de bloem terwijl de zon inmiddels laag aan de hemel stond, zo geel als een eierdooier. Ze hield zich voor dat er een eind zou komen aan deze dag.

Rory kwam thuis, sloop stilletjes naar binnen alsof hij niet zeker wist of hij hier wel hoorde.

Mabel kwam thuis. Neve hoorde haar de trap op lopen en lang onder de douche staan, waarna ze naar haar kamer ging. Toen ze een uur of wat later naar beneden kwam, droeg ze een zwarte legging, een gele slobbertrui en gebreide pantoffels, en haar haar hing los om haar gezicht. Onder haar beide ogen zat een paarse vlek, als van een grote duimafdruk. Haar lippen waren bleek en gebarsten. Ze zag een beetje pips, en leek hooguit een jaar of negen oud.

Ze keek toe terwijl Neve de cake uit de oven haalde en met een prikker testte of hij gaar was, waarna ze hem op een taartrooster omkiepte. Ze keek hoe ze de vaat waste en het aanrecht afnam. Neve voelde dat de blik van haar dochter haar door de keuken volgde en ineens was dat beklemmend. Ze dacht: ik zou kunnen wegrennen, nu meteen, het huis uit, de heuvel op, met de wind in mijn haar en niemand die naar me kijkt – alleen, onbezwaard, onbeschaamd, vrij.

Vrij, hoorde ze zichzelf weer tegen Saul zeggen. En toen had hij haar gekust.

Ineens, ondanks Mabels starende blik, voelde ze die eerste huivering van onverwacht verlangen terugkeren. Heel even was ze weer daar, bij hem, toen alles op het punt stond te beginnen.

'Ik ga Connor ophalen van voetbal,' zei ze tegen Mabel.

En toen waren ze allemaal bij elkaar op dezelfde plek. Haar gezin, haar kleine clan. Ze stond in de keuken een vegetarische lasagne te bereiden omdat dat een troostrijk gerecht was en omdat het best lang duurde om klaar te maken, en dat had ze nodig. Ondertussen luisterde ze naar de geluiden in huis: Connor die de trap op en af stormde, Fletchers zware tred, muziek uit Mabels kamer, de telefoon die rinkelde en werd opgenomen, iemand aan de deur met een pakketje, een oplaaiende ruzie die even abrupt weer eindigde. Haar telefoon trilde in haar zak, maar het was Renata maar en ze kon zich er niet toe zetten met iemand te praten. Het ene moment voelde ze zich kalm en het andere moment zwak, rillerig en vreselijk, verlamd van angst.

Ze aten met z'n allen. Neve stak kaarsen aan en zette bloemen op tafel. Ze trok een fles rode wijn open en schonk wat in voor Fletcher, Mabel en zichzelf. Ze nam een kleine, duizeligmakende slok en voelde hoe ze haar grip op de realiteit langzaam verloor. Geconcentreerd probeerde ze zich te herinneren hoe ze zich normaal gesproken gedroeg, vroeg zich af wat Neve zou doen. Ze keek van het ene naar het andere gezicht en boog zich glimlachend dichter naar hen toe. Ze vroeg hoe hun dag was geweest en vertelde over een boek dat ze aan het lezen was – het ging over bomen en hoe die met elkaar communiceerden. Ze vertelde over dingen die ze op het nieuws had gehoord. Rory viste de champignons uit de lasagne en legde ze op de rand van zijn bord. Hij hing aan haar lippen toen ze het ondergrondse netwerk tussen bomen beschreef; zijn smalle gezicht straalde.

Mabel zei niets en at nauwelijks. Ze zat voorovergebogen op haar stoel, met haar haar voor haar gezicht. Haar polsen waren knokig, met kleine holtes onder de duimgewrichten. Haar nagels waren helemaal afgekloven. Neve herinnerde haar eraan dat ze zouden gaan shoppen voor alle spullen die ze voor haar studentenkamer nodig had. Mabel stak haar vork in haar lasagne en zei op gedempte, dreigende toon: 'Als ik nog ga.' Fletcher vertrok zijn gezicht toen hij dit hoorde, maar ze hadden hun lesje wel geleerd, dus niemand reageerde. Ze aten verder in stilte totdat Neve opstond om de tafel af te ruimen. Fletcher hielp mee, liet de gootsteen vollopen met water en rolde zijn mouwen op. Zijn gezicht was getekend door zorgen en hij liet zijn schouders hangen, maar Neve voelde Mabels blik branden, dus ze legde haar hand niet op de zijne zoals ze eigenlijk had willen doen om hem eraan te herinneren dat hij er niet alleen voor stond.

Later – nadat Fletcher en zij hadden opgeruimd, nadat ze Connor had voorgelezen op de rand van zijn bed terwijl ze zijn blozende, frisgewassen gezicht slaperig zag worden en zijn oogleden zag zakken, nadat Rory haar zijn nieuwste cartoontekeningen had laten zien, nadat ze achter haar computer was gekropen om nieuwssites door te spitten maar niets over Saul had gevonden – kroop ze naast Fletcher in bed. Ze deden allebei hun bedlampje uit en zochten hun vaste slaaphouding, draaiden tot ze lekker lagen, sjorden aan het dekbed, verschikten hun kussens. Neve dacht aan al die keren dat ze dit in de loop der jaren hadden gedaan, samen in dit bed kruipen. Ze zou zich de eerste keer toch wel moeten herinneren, maar ze wist het niet meer. Twintig jaar samen slapen. Twintig jaar de liefde bedrijven, seks hebben, naast elkaar een boek lezen, ruziën en het weer bijleggen, praten in het donker; twintig jaar een kind dat huilde in een andere kamer totdat een van hen opstond om ernaartoe te gaan, of een kind dat met zijn warme lijf tussen hen in kroop; twintig jaar naast elkaar liggen, ieder in zijn eigen dromenland. Nu lag Fletcher op zijn rug, met zijn onderarm over zijn ogen. Neve lag op haar zij, van hem weggedraaid met haar gezicht naar het raam, vurig hopend dat hij haar niet zou aanraken. Want ze kon het niet. Niet vanavond. Toen draaide hij zich om en lagen ze met hun rug naar elkaar toe. Na een paar minuten veranderde zijn ademhaling en wist ze dat hij sliep.

Maar zij kon niet slapen. Ze had uitgekeken naar het moment dat deze dag voorbij zou zijn en de nacht zou vallen, haar zou omhullen in duisternis en stilte, maar nu het zover was leek het wel of ze op een hoge rots lag, en als ze zich ook maar even ontspande zou ze ervan af vallen. Ze durfde niet eens haar ogen dicht te doen. Gedachten dwarrelden als dorre bladeren door haar hoofd, gewichtloos maar tergend. Ze had de laatste was niet aangezet. Ze was vergeten boter, groentebouillon en wasmiddel te kopen. Ze moest Connors leraar spreken. Ze moest een afspraak met de dokter maken. Ze moest regelen dat Fletcher en zij een weekend naar zijn ouders konden. Dat vroegen ze hem steeds. Rory was bijna jarig, een paar dagen na haar, maar ze had nog niets voor hem gekocht, en waarom was hij zo stil? Was hij stil om dezelfde reden dat Connor zo luidruchtig was: vanwege de afgelopen jaren met Mabel? Ze bedacht dat hun volkstuin nodig moest worden onderhouden. En het hok van de cavia schoongemaakt. De fotolijstjes in de keuken opgehangen. De cv-ketel gerepareerd of vervangen. Ze kon wat oude potten, pannen en bestek opzoeken om aan Mabel mee te geven – en meende Mabel het nou echt dat ze misschien toch niet zou gaan? Morgen moest ze naar haar werk; tegen die tijd zou het nieuws wel bekend zijn. Had ze het raam in de slaapkamer dichtgedaan voordat ze was vertrokken? Maakte dat iets uit? Zijn lichaam zou nu wel koud zijn. Stijf. Ze had Renata niet teruggebeld. En ze was vreemdgegaan en Saul was dood. Ze was verliefd op een dode man, verblind door schuldgevoelens, en wanhopig van verdriet en verlangen om een dode man, terwijl haar eigen man zachtjes naast haar lag te snurken.

Ze had nooit gedacht dat ze zou kunnen slapen, maar blijkbaar was het toch gelukt, want ze schrok wakker, met het zweet op haar voorhoofd, rug en tussen haar borsten. Ze ademde raspend, alsof ze bijna was verdronken en nu weer bovenkwam, happend naar adem.

Haar armband. Ze had haar armband in Sauls flat laten liggen. Ze had hem afgedaan en op het aanrecht gelegd toen ze de huishoudhandschoenen aantrok. En ze had hem niet meer omgedaan. Ze zag voor zich hoe hij daar open en bloot lag: een golvende zilveren cirkel.

Ze kreunde bijna hardop. Dit was zo'n beetje het ergste wat ze had kunnen achterlaten. Het was niet zomaar een armband. Hij was zo'n beetje haar signatuur. Ze droeg niet veel sieraden, maar die armband had ze bijna altijd om als ze de deur uit ging. Iedereen zou hem herkennen: de politie hoefde hem maar aan haar vrienden op het werk te laten zien en ze zouden zeggen: 'Ja, die is van Neve.' En het was een uniek stuk: toen Fletcher hem op haar veertigste verjaardag aan haar gaf, had hij trots verteld dat hij handgemaakt was door een ontwerper uit Hackney wiens kleine atelier hij had bezocht. Geen twee stuks waren hetzelfde. Ze had net zo goed met lippenstift op de badkamerspiegel kunnen schrijven: NEVE WAS HIER.

Wat moest ze nu doen? Terwijl ze daar in het donker naast Fletchers warme lichaam lag, voelde ze de plotselinge drang om hem wakker te maken en alles te vertellen en overspoeld te worden door opluchting omdat ze het kwijt had gekund. Maar toen dacht ze aan Mabel, altijd weer Mabel, hun wispelturige dochter. Ze kon niet opgeven. Ze moest teruggaan. Nu meteen. Ze draaide zich naar de wekker om te kijken hoe laat het was: kwart voor drie.

Ze glipte het bed uit. Fletcher snoof een keer, alsof hij lachte, en trok het dekbed dichter om zich heen. Hij was nog steeds diep in slaap. Ze durfde geen laden open te trekken, dus ze sloop de kamer uit en bleef een paar seconden op de overloop staan luisteren. Connor en Rory sliepen op de tweede verdieping, maar Mabel sliep op dezelfde verdieping als Neve en Fletcher, in een kamer die uitkeek op de tuin. Het huis kraakte, de oude verwarmingsbuizen tikten. Verder niets. Op haar tenen sloop ze de trap af. Ze haalde de nog ongewassen kleren die ze die morgen naar Sauls flat aanhad uit de wasmachine en trok ze aan. Er zaten geen sokken bij; ze stapte met haar blote voeten in haar wandelschoenen die in het schoenenrek naast de voordeur stonden, griste haar leren jack van de haak en pakte haar sleutels, die op de vensterbank lagen. Ze controleerde of ze haar portemonnee bij zich had, waarna ze haar rugzak over haar schouder gooide, de fietslampjes aanzette, haar fiets naar buiten reed en de voordeur achter zich dichttrok, ineenkrimpend bij de luide klik. In een vlaag van paniek dacht ze dat ze de huissleutels misschien nog binnen had laten liggen, maar ze klopte op haar zakken en voelde ze zitten.

Ze vermeed het kanaal, dat 's nachts altijd griezelig leek, en fietste zo snel mogelijk door de vrijwel verlaten straten. Er reden een paar auto's langs en er drentelde een vos midden over de weg, alsof hij daar de baas was. De nacht was koud en windstil; de lucht was niet langer helder en de sterren hadden zich achter wolken verscholen. Ze was bang dat Fletcher misschien wakker zou worden en ontdekte dat ze weg was. Of dat Connor weer een van zijn nachtmerries zou krijgen en de kamer binnenstormde om getroost te worden.

Ze zette haar fiets op slot, deed de lampjes uit en liep naar de ingang, half verwachtend dat ze van alle kanten zou worden besprongen door politie met zaklampen, wapenstokken en megafoons waardoor ze haar toeschreeuwden. Maar de straat was verlaten. Ze toetste de toegangscode in bij het licht van de straatlantaarn, stapte naar binnen en rende de trap op. Ze schrok van de lampen die automatisch aangingen en bleef even staan. Nog voordat ze boven was deed ze haar rugzak af en pakte haar portemonnee. Achter die deur lag het lijk van Saul. Ze hoefde niet eens de woonkamer binnen te gaan, hoefde alleen naar de keuken te snellen, de armband te pakken en weer te vertrekken.

Ze opende haar portemonnee en stak haar vinger in het vakje om de sleutel eruit te vissen. Ze hapte naar adem. Hij zat er niet in. Ze begreep er niets van. Knielend op de vloer schudde ze haar portemonnee leeg, maar er zat weinig in want hij was net zo nieuw als de rugzak, dus zat hij nog niet vol met creditcards, contant geld, diverse lidmaatschapspasjes en visitekaartjes, zoals haar oude portemonnee. Ze doorzocht alle zakken van haar broek, haar jas. Ze graaide in de verschillende vakken van haar rugzak.

Ze probeerde zich alles te herinneren wat ze vanmorgen had gedaan: ze wist zeker dat ze de sleutel weer in haar portemonnee had gestopt nadat ze de deur had geopend. Maar later – o nee – later had ze hem nog eens gepakt om terug naar binnen te gaan. Wat had ze er toen mee gedaan? Ze deed haar uiterste best om het zich te herinneren, maar ze wist het niet meer. Had ze hem binnen laten liggen, naast de armband? Ze wilde in huilen uitbarsten, hier in foetushouding op de vloer gaan liggen.

Met trillende, onhandige vingers stopte ze alles terug in haar portemonnee en kwam overeind. Ze tuurde door de kleine opening van de brievenbus. Toen deed ze haar rugzak weer om en liep de trap af, de verlaten straat op. Ze haalde haar fiets van het slot, deed de lampjes aan, reed terug naar huis. Ze tilde haar fiets op de haak in de gang, trok haar jas uit en hing hem op, deed haar wandelschoenen uit en zette ze terug in het rek. Ze liep naar de keuken, trok al haar kleren uit en stopte ze terug in de wasmachine. Naakt sloop ze de trap op, ineenkrimpend bij elke krakende trede, langs Mabels dichte deur naar hun eigen slaapkamer. In het schemerdonker kon ze Fletchers ineengedoken gedaante ontwaren, en ze hoorde zijn gestaag brommende ademhaling. Ze kroop in bed, sloeg haar armen om zich heen en wachtte tot het ochtend werd.

2

HET VERJAARDAGSFEEST

Toen Neve het laatste bord in de vaatwasser had gestopt, zo dicht op de rest dat het waarschijnlijk niet goed schoon zou worden, bleef ze staan en wist ze heel even niet meer waar ze was. Ze was opgestaan, had gedoucht en zich aangekleed, een paar woorden met Fletcher gewisseld, het ontbijt in goede banen geleid, de lunchpakketjes klaargemaakt en de jongens de deur uit geloodst, en dat allemaal in een soort trance, terwijl haar gedachten elders waren.

Ze knipperde met haar ogen en keek om zich heen. Fletcher zat aan tafel met zijn koffie en las een tijdschrift. Mabel had zich nog niet laten zien.

Ze dacht aan de armband: ze zag hem voor zich als ze haar ogen sloot. Ze zag hem voor zich als ze haar ogen opende. De lege plek om haar pols was haast voelbaar. Op elk moment, of ze nu onder de douche stond of brood smeerde of de jongens vroeg wat er vandaag op het programma stond, zag ze hem in gedachten daar op het aanrecht liggen. Fletcher zei iets over het artikel dat hij las, maar hij had net zo goed Chinees kunnen praten.

Ze moest hier weg. Ze kon het geen seconde langer verdragen.

'Ik moet naar mijn werk,' zei ze. 'Ik moet vroeg beginnen.'

Fletcher keek haar aan. 'Vergeet je het feest niet?'

Feest? Dat was ze inderdaad vergeten. Maar nu wist ze het weer. Renata. Die had haar gisteren gebeld, maar ze had niet teruggebeld. Haar verjaardag. Fuck.

'Nee, nee, natuurlijk niet.'

'Hebben we iets voor haar gekocht?' vroeg Fletcher.

'Kun jij dat vandaag doen als je verder niets hebt gepland? Een boek of zo.'

'Jij bent veel beter in dat soort dingen.'

'Ik heb het nogal druk.'

'Ze is vooral jouw vriendin. Jij weet wat ze leuk vindt.'

Op elke andere dag zou dit het begin van een woordenwisseling zijn geweest. Vandaag niet.

'Ik zal mijn best doen,' zei ze.

'Laat maar weten als het niet lukt.'

'Komt goed.'

Fletcher had gelijk. Hij was vreselijk slecht in cadeaus uitzoeken. Hij presteerde het altijd om óf iets te kopen wat ze al hadden, óf iets wat ze nooit zouden willen hebben. Niets daartussenin.

Ze liep naar de gang en maakte zich klaar om te gaan, pakte haar rugzak, zocht er haar portemonnee in. Ze voelde de vertrouwde verzameling troep, en toen gleden haar vingers langs iets wat helemaal onderin zat, in een van de overbodige zijvakjes. Zou het kunnen? Ze haalde het eruit. In haar hand lag de sleutel van de flat.

Ze haalde een paar keer diep adem en er schoot van alles door haar hoofd. Ten eerste een overweldigend gevoel van dankbaarheid zoals ze nog nooit had ervaren. Ze dankte alles wat ze kon bedenken: de voorzienigheid, het universum, God

– al zag ze wel in dat dit dan een hele vreemde god zou moeten zijn als die mensen hielp om met een plaats delict te knoeien.

Toen voelde ze een andere emotie: ongerustheid. Ze dacht aan die keren dat ze op haar fiets had gezeten en niet goed oplette, dat ze niet had gezien dat de auto voor haar links afsloeg, dat ze door een kuil reed omdat ze niet goed naar het wegdek had gekeken. Op zulke dagen merkte ze dat ze er niet helemaal bij was met haar hoofd. Meestal was er weinig aan de hand, was ze gewoon te laat naar bed gegaan of piekerde ze over een van de kinderen. Maar op zulke momenten probeerde ze zich voor te houden dat dit de dag was waarop het helemaal mis kon gaan en dat ze zich extra goed moest concentreren om ongelukken te voorkomen.

Nu speelde er heel wat meer dan een nachtje slecht slapen. Ze had het lijk van haar minnaar gevonden, en ze dacht dan misschien wel dat ze normaal functioneerde, maar dat was niet zo. Waarschijnlijk was ze in shock. Ze had geprobeerd elk spoor van zichzelf uit de flat te wissen, maar ze had haar armband achtergelaten, als een visitekaartje. Ze had de sleutel niet kunnen vinden, ook al had die gewoon in haar tas gezeten en was ze ervan overtuigd geweest dat ze overal had gezocht. Kalmeer een beetje, zei ze tegen zichzelf. Rustig aan.

'Wat zei je?' klonk Fletchers stem uit de keuken.

Ze besefte niet dat ze de woorden hardop had gezegd. Nog een teken van waanzin: in jezelf praten.

'Niks. Ik ga. Tot later.'

Ze vertrok gehaast op haar fiets, reed door rood bij Dalston Lane en botste bijna op een bestelbus die met piepende banden tot stilstand kwam. Ze leunde tegen de voorbumper terwijl een vuurrood gezicht haar onverstaanbaar uitschold van achter de voorruit. Ze maakte een verontschuldigend gebaar en reed langzamer en voorzichtiger verder. Haar wang schrijnde bij de herinnering aan haar val.

Het was om gek van te worden. Het leek wel alsof elk stoplicht tussen Hackney en Holborn op rood sprong zodra zij aan kwam fietsen. Ze probeerde zichzelf geen pijnlijke vragen te stellen: wat als het lijk was gevonden? Wat als iemand haar uit de flat had zien komen? En juist omdat ze zo haar best deed om zich dit niet af te vragen dacht ze er de hele weg aan.

Opnieuw parkeerde ze haar fiets om de hoek. Het had geen zin om in de straat te blijven dralen tot het veilig leek. Hoe kon ze weten of het veilig was? Als ze buiten bleef rondhangen en zenuwachtig om zich heen keek, zouden mensen zich haar zeker herinneren. Dus ze liep recht op de deur af, met haar hoofd gebogen voor het geval dat er een onopvallende camera op haar was gericht, toetste de code in, liep de trap op zonder iemand tegen te komen en liet zichzelf de flat binnen.

Ze had gedacht dat ze niet meer naar het lijk hoefde te kijken. Ze kon gewoon naar de keuken lopen, de armband pakken en vertrekken. Maar ze voelde een vreselijke, duizeligmakende drang om het nog eens te zien, om er zeker van te zijn dat het niet allemaal een afschuwelijke droom was. Ze gaf er niet aan toe en liep rechtstreeks naar de keuken.

De armband lag er niet.

Ze kon het niet geloven. De lege plek was als een gat in de realiteit. Ze was er zo zeker van geweest. Toen ze de keuken binnenkwam, had ze haar hand al bijna uitgestrekt om hem te pakken. Ze deed haar ogen dicht. Ze kon zich zo duidelijk herinneren dat ze de armband had afgedaan dat ze hem bijna weer over haar hand voelde glijden. Was het misschien niet in de keuken maar in de badkamer geweest? Ze begon te rennen maar hoorde haar schoenen op de vloer klakken. Als er iemand thuis was in de flat hieronder, zou die haar nu horen. Ze stopte en liep zo stilletjes mogelijk naar de badkamer. Nee, daar lag hij ook niet.

Ze dwong zich geconcentreerd na te denken. Had ze de armband in haar zak gestopt? Ze voelde in haar jas; natuurlijk zat hij daar niet in, dat wist ze al. De spijkerbroek die ze had gedragen lag thuis. Die zou ze later controleren. Maar dat had ze al gedaan, en bovendien zat die veel te strak om een armband in de zak te kunnen stoppen.

Misschien had ze de armband ergens anders in de flat neergelegd. Maar waar? Ze was in elke kamer geweest en had in elke kast en elke la gekeken. Ze speurde eerst alle oppervlakken af en keek toen in de nachtkastjes en onder het bed. Ze begon laden open te trekken maar besefte dat dit belachelijk was. Ze controleerde de vensterbanken terwijl ze door de gang liep. Toen stapte ze de woonkamer in. En daar was hij.

Hij lag nog in dezelfde houding, maar hij zag er anders uit. Zijn ogen waren nu troebel. Zijn gezicht was verkleurd, gevlekt en opgezwollen. Hij zag eruit alsof hij in elkaar was geslagen. Maar ze wist dat de verandering kwam door wat er binnen in zijn dode lichaam gebeurde. Er hing ook een geur, een beetje zoetig maar onaangenaam. Ze dwong zichzelf door haar mond te ademen en niet naar hem te kijken terwijl ze langs hem heen schuifelde. Ze liep terug naar de badkamer, gewoon om te controleren of ze de armband de eerste keer niet over het hoofd had gezien. Nee. Hij lag er echt niet. Misschien had ze hem in de vuilniszak gestopt. Dat zou kunnen. In dat geval was er niks aan de hand. Dan zou hij met de rest van het afval verdwijnen.

Het zou ook kunnen dat ze hem toch had meegenomen zonder dat ze het doorhad. Dat was ook prima. Zolang hij maar niet in de flat lag.

Maar wat als hij hier wél was? Zou het kunnen dat hij op een volkomen logische plek lag, maar dat ze er gewoon overheen keek? Hoe langer ze hier bleef, hoe groter de kans dat er iets misliep. Ze moest gaan. Met een tissue veegde ze snel de paar dingen schoon die ze had aangeraakt, deurklinken en handvatten.

Ze wilde net gaan – ze had haar hand al naar de voordeur uitgestoken – toen ze bleef staan. Er was iets vreemds aan de flat. Maar wat? Ze dacht diep na en liep terug naar de woonkamer. Ineens besefte ze het. Het ging niet om wat ze zag. Het ging om wat ze niet meer zag. De hamer. De bebloede hamer waarmee Saul was vermoord was weg. Er was iemand anders binnen geweest. Met een schok vroeg ze zich af of diegene er nog steeds was. Nee. Ze had in elke kamer gekeken.

Ze was compleet in de war, maar het voelde nu nog belangrijker om zo snel mogelijk te vertrekken. Met een tissue deed ze de deur open en ze stapte de flat uit. Meteen hoorde ze voetstappen. In eerste instantie kon ze niet bepalen waar ze vandaan kwamen. Ze spitste haar oren. Ze kwamen van boven. Zo stilletjes mogelijk ging ze de flat weer binnen en duwde de deur bijna helemaal dicht, zonder hem met een klik in het slot te laten vallen. Ze wachtte met ingehouden adem, hoorde de voetstappen luider worden, recht langs de deur lopen en verder de trap af gaan. Het leek wel een eeuwigheid te duren voordat de buitendeur openging en weer dichtviel. Ze liep naar het raam en zag een man in pak de straat oversteken en om de hoek verdwijnen.

Ze ging de flat weer uit, trok de deur achter zich dicht en verliet het gebouw zonder iemand tegen te komen. Ze liep terug naar haar fiets en haalde hem van het slot, maar ze stapte niet op. Ze moest nadenken. Iemand had de hamer meegenomen. Dat kon alleen maar de moordenaar zijn geweest. Hij – of zij – vond het blijkbaar toch te riskant om die te laten liggen. Betekende dit dat de moordenaar ook haar armband had gepakt? Maar waarom dan? Ze probeerde andere verklaringen te bedenken. Het zou allebei waar kunnen zijn: dat ze de armband onbewust zelf had meegenomen én dat de moordenaar was teruggekomen voor de hamer. Maar ze kon niet meer helder nadenken. Haar hart bonsde te wild, haar ademhaling was te gejaagd.

Toen drong zich een andere gedachte op: de gedachte aan Sauls lichaam op de vloer en wat daarmee gebeurde in de centraal verwarmde flat. Ze wist dat ze iets slechts had gedaan door alleen aan zichzelf en haar gezin te denken toen ze hem vond. Maar ze kon nog steeds het juiste doen, of in elk geval deels. Ze kon het melden. Maar hoe?

Het meest voor de hand liggende antwoord was bellen vanuit een telefooncel, tenminste, als dit dertig jaar geleden was gebeurd. Ze kon zich niet herinneren wanneer ze voor het laatst een telefooncel had gebruikt, maar ze wist dat er nog een paar waren. Ze pakte haar mobiel en zocht naar telefooncellen in de buurt. Russell Square.

Het duurde nog geen vijf minuten om er te komen. Ze zette haar fiets op slot en voelde zich vreselijk opvallen toen ze de deur opentrok en naar binnen stapte. Het voelde alsof alle voorbijgangers haar bekeken en in hun geheugen prentten, zich afvragend wat ze daar deed. Er hing een sticker naast de telefoon waarop stond dat je gratis naar het alarmnummer kon bellen. Dat was in elk geval iets. Ze trok haar mouw over haar hand, pakte de hoorn en belde 999. Ze ging ervan uit dat het gesprek werd opgenomen, dus ze hield een tissue voor haar mond.

‘Wilt u politie, brandweer of ambulance spreken?’ vroeg de stem.

‘Er ligt een lijk.’

‘Naam, alstublieft.’

Neve noemde langzaam het adres en hing de hoorn weer op de haak. Ze stapte de telefooncel uit met het gevoel dat het nu echt ging beginnen.

Ze bleef staan en keek Russell Square rond. Er zaten mensen op de bankjes, en sommigen waren zelfs zo dapper om met hun koffie op het gras te gaan zitten. Bij alles wat Neve de afgelopen vierentwintig uur had gezegd en gedaan had ze steeds aan dat lijk op de vloer gedacht. Ze was de enige die ervan had geweten. Nee, er was nog iemand die het wist, verbeterde ze zichzelf.

Maar nu had ze het aan iemand anders verteld, en de telefoniste zou het aan nog meer mensen doorgeven. Er zou een politieauto worden gestuurd. Misschien was die al onderweg. Ze zouden aankloppen, maar er zou niemand opendoen. Wat deden ze in zo’n geval? Belden ze een slotenmaker? Gebruikten ze een stormram? En dan zouden ze hem vinden.

Neve zou het allerliefst naar huis gaan, in bed kruipen, de dekens over haar hoofd trekken en er pas weer uit komen als dit allemaal voorbij was. Kon ze zich niet ziek melden? Heel even overwoog ze deze optie serieus, maar ze besefte al snel wat er dan zou gebeuren. Saul zou dood worden aangetroffen en het zou duidelijk worden dat Neve Connolly niet naar kantoor was gekomen op de dag dat de moord was aangegeven, zogenaamd omdat ze ziek was. Zich verstoppen onder de dekens zou haar niet beschermen.

Ze kon er niet aan ontsnappen. Ze moest doorgaan met haar

leven en zich gedragen als een onschuldig iemand. Dat ze ook daadwerkelijk onschuldig was – in elk geval onschuldig aan de moord – maakte verder niet uit.

Ze stapte op haar fiets en reed in oostelijke richting terug, slingerend langs bussen en vrachtwagens. Ze stopte voor een stoplicht en zag dat er op de stoep een witte fiets aan een reling was vastgemaakt als gedenkteken voor een fietser die op deze plek was omgekomen. Overal geesten. In een flits stelde ze zich voor dat ze hier een ongeluk zou krijgen, dat ze door een auto werd aangereden, dat er een ambulance kwam en dat ze moest uitleggen wat ze hier deed, waarom ze uit de verkeerde richting naar haar werk toe fietste. Dat zou bijna net zo erg zijn als in de flat betrapt worden. Die gedachte gaf haar een adrenalinestoot en maakte haar hoofd weer helder terwijl ze terugfietste over Theobalds Road en Clerkenwell Road en vlak voor de Old Street-rotonde afsloeg.

Ze zette haar fiets op slot. Het voelde alsof ze het toneel op stapte en zichzelf moest spelen. Wat deed ze normaal gesproken? Ze ging koffie halen in het zaakje verderop in de straat omdat ze dat altijd deed. Zou ze ook koffie voor de rest van het kantoor meenemen? Nee, dat zou te veel opvallen. Het belangrijkste was dat niemand later zou zeggen: 'Ze leek anders die ochtend, alsof ze veel aan haar hoofd had.'

Ze stapte de lift in met een paar mensen die ze niet kende en stapte uit op de vierde verdieping, die helemaal van Redfern Publishers was. De ruimte was grotendeels open – met rijen bureaus en computers en halfhoge afscheidingen – maar langs de rand bevonden zich grote kamers met glazen wanden, waarvan er eentje aan Neve en haar vrienden was toegewezen toen ze hier waren ingetrokken. Ze hadden een deel van hun oude spullen van Sans Serif meegenomen, en Renata had erop gestaan een paar van hun vergeelde posters op de glazen wanden te hangen en hun oude mokken te blijven gebruiken. Ze deden alsof er niets was veranderd, dacht Neve. Vooral Gary kwam zelden hun kamer uit en deed geen moeite om de rest van zijn collega's te leren kennen.

Om bij haar kamer te komen moest Neve eerst langs de kamer van Saul en dan langs die van zijn assistent Katie. Wat was daar nou zo moeilijk aan? Toen ze Katies kamer passeerde keek ze even naar binnen en zag dat er niemand was. Ze voelde net een zekere opluchting toen ze Katie in de verte zag aankomen, met kwieke tred en in zakelijk donkergrijs gekleed. Neve probeerde zo neutraal mogelijk te kijken.

'Ja?' Katie bleef voor haar staan en versperde haar de weg.

'Wat?' zei Neve.

'Je leek iets te willen zeggen.'

Neve probeerde te bedenken wat ze normaal gesproken zou zeggen. 'Ik vroeg me af of Saul er vandaag is.'

Katies wenkbrauwen schoten omhoog. 'Heb je de e-mail niet gehad? Hij heeft vandaag en morgen een congres. Dus hij is er pas weer na het weekend.'

'O ja, sorry, dat was ik vergeten.'

'Maar je kunt hem wel bellen. Heb je zijn mobiele nummer?'

'Dat hoeft niet,' zei Neve. 'Het is niet belangrijk.'

'Of kan ik je misschien helpen?'

'Niet nodig. Ik spreek hem wel als hij terug is.'

Ze liep langs Katie naar haar eigen kamer en bleef in de deuropening staan om naar binnen te kijken. Renata en Gary zaten al aan hun bureau. Ze hadden na de verhuizing de beste plekjes ingepikt, bij het raam. Het uitzicht was niet geweldig: het verkeer op de rotonde dat permanent vastzat en de bombastische appartementencomplexen daarachter, maar het was er wel licht.

'Morgen,' zei ze.

Ze keken allebei op. Neve kende hen al zo lang – vijfentwintig jaar, een kwarteeuw – dat ze haar nauwelijks nog opvielen. Ze hoorden tot haar vertrouwde omgeving. Maar nu, in deze gestreste toestand, leek het wel alsof ze hen weer voor het eerst zag. Renata's krullende kastanjekleurige haar dat vroeger tot over haar schouders viel was inmiddels kortgeknipt en grijzend; haar grote donkere ogen werden omlijst door rimpeltjes. Ze droeg een trui met een bontgekleurd patroon, de mouwen opgerold tot aan haar ellebogen. Maar ze was nog steeds knap, dacht Neve, met haar kleine welgevormde lijf, haar egale huid en haar expressieve gezicht. Gary boog zich naar zijn computerscherm. Zijn haar was helemaal grijs en zijn baard was gewoon een baard, geen fashion statement zoals bij de mannen even verderop in Hoxton en Shoreditch. Hij droeg een wijd lichtbruin overhemd. Ze leken allebei gekleed in een stijl die duidelijk wilde maken: wij zijn niet van de gevestigde orde, wij zijn anders dan de rest, wij horen hier eigenlijk niet.

'Ze heeft het niet gedaan,' zei Gary tegen Renata.

'Nee.'

'Pardon?' vroeg Neve.

'We hadden erom gewed. Dat je zingend zou binnenkomen.'

'Wat?'

'Dat doe je altijd als een van ons jarig is,' zei Gary. 'Dan zing je "Happy Birthday" als je binnenkomt.'

Ja, dacht Neve schuldbewust, dat deed ze inderdaad altijd. En meestal bracht ze ook bloemen of een blik koekjes mee, of een zelfgebakken taart.

'Gefeliciteerd met je verjaardag,' zei ze terwijl ze naar Renata liep en een kus op haar kruin drukte. Ze rook de nicotine en de citrusachtige shampoo die ze al gebruikte zolang Neve zich kon herinneren. 'Sorry dat ik niet voor je heb gezongen. Het was weer zo'n ochtend.'

Geen van hen vroeg wat ze daarmee bedoelde, want dat wisten ze wel – of dat dachten ze tenminste. Ze bedoelde Mabel, ze bedoelde Fletcher, ze bedoelde vergeten huiswerk en lunchpakketjes en gymspullen en rekeningen en lekkende leidingen en een zoekgeraakte portemonnee en een lekke band en een cavia die moest worden verzorgd – o fuck, de cavia, dacht Neve bij zichzelf. Ze had hem geen voer gegeven.

'Geeft niet. Het is geen bijzondere verjaardag,' zei Renata. 'Zing vanavond maar voor me.'

Vanavond: het feest, de korte speech die ze had beloofd te houden, het cadeau.

'Natuurlijk.' Neve knikte een paar keer verwoed, dwong zichzelf daarmee te stoppen.

'Kom je een beetje bijtijds?'

'Ik zal mijn best doen. Je maakt je altijd zorgen om feestjes, maar als het eenmaal zover is vermaak je je prima.'

'Je bedoelt dat ik te veel drink.'

'Je drinkt precies genoeg. Waar is Tamsin?'

'Onder de douche,' antwoordde Gary. 'Al dat hardlopen kan nooit goed voor haar zijn. Toen ze hier binnenkwam zag ze eruit alsof ze net een marathon had gelopen.'

'Het werkt therapeutisch,' zei Renata. 'Dat zegt ze tenminste. Hoe zit dat bij jou?' Ze keek naar Neve. 'Werkt fietsen ook therapeutisch?'

'Dat durf ik niet te zeggen. Het is behoorlijk stressvol.'

'Je blauwe plek wordt geel.'

'Dat weet ik.' Ze zou willen dat mensen daar niet steeds over begonnen.

'Weet je zeker dat je niet hebt gevochten?' vroeg Gary.

'Heel zeker.' Neve zette haar koffie op haar bureau.

'Hé,' klonk een stem achter haar.

Neve draaide zich om. Het was Tamsin, met haar natte haar in een staart en een rood aangelopen gezicht, gekleed in een spijkerrok met een half ingestopte katoenen blouse en sportschoenen. Weer had Neve het vreemde gevoel dat ze haar vriendin voor het eerst in jaren echt zag: de kilo's die ze was aangekomen (en er nu weer af probeerde te sporten), de fronsrimpels, hoe ze op haar lip beet als ze gespannen was. Het leek nog maar zo kort geleden dat ze jong en roekeloos waren, vol grenzeloos optimisme. Ineens kwam er een herinnering in haar op, zo levendig dat het leek alsof ze daar weer was, op de begraafplaats vlak bij dit kantoor, waar ze eens met z'n vieren in de lunchpauze kersen hadden zitten eten, lachend en pitten uitspugend. Ze wist niet meer waarom ze hadden gelachen, maar ze kon zich nog wel herinneren hoe ze zich had gevoeld, zorgeloos en blij. Even was Neve in gedachten verzonken.

Toen veranderde de uitdrukking op Tamsins gezicht. 'Shit!'

Neve had haar koffie omgestoten. Alles zat onder: haar papieren, een map, een boek, er zaten zelfs wat spetters op het toetsenbord van haar computer. De anderen haastten zich naar haar toe en wilden zo graag helpen dat ze haar aan de kant duwden. Gary tilde haar papieren uit de plas koffie. Renata scheurde een paar vellen keukenpapier af en begon het bureaublad droog te deppen.

'Is het ook op de computer gekomen?' vroeg Tamsin.

'Dat weet ik niet,' zei Neve. Ze kon wel janken. Ze voelde een enorme drang om te krijsen en dat vreemde, nare gevoel diep vanbinnen eruit te gooien. Ze beet op haar lip. 'Volgens mij wel een beetje.'

'Je zult me wel irritant vinden,' ging Tamsin verder, 'maar je moet vloeistoffen altijd ver van computers houden. Dat is het enige waar ze echt kapot van kunnen gaan. Daar heb je nu weinig meer aan, maar misschien is dit wel een wijze les.'

Neve weerstond de drang om te zeggen dat Tamsin inderdaad irritant klonk. Het was allemaal al erg genoeg. Ze slikte moeizaam, bedankte hen allemaal en zei dat ze maar weer aan het werk moesten gaan.

Ze waren bezig met een brochure voor een farmaceutisch congres. Dat was ander werk dan ze gewend waren. Gary had er al vanaf het begin over geklaagd.

'Vroeger zouden we met spandoeken tegen dat congres hebben gedemonstreerd, in plaats van hun propagandamateriaal voor ze te maken.'

Renata had de gemoederen willen sussen door te zeggen dat ze als nieuwelingen moesten laten zien dat ze teamspelers waren, maar Tamsin stond aan Gary's kant.

'En wat is het volgende?' had ze gezegd. 'Wapenhandel? De tabaksindustrie?'

Neve had zich liever niet met dit soort ruzies bemoeid. Saul hoorde bij het management en ze wilde geen partij kiezen, niet vóór en niet tegen hem. Toen Tamsin haar om haar mening had gevraagd, zei ze alleen dat het geen zin had om erover te discussiëren. Ze moesten deze klus gewoon doen en daarmee uit. En daar had ze gelijk in, zoals zelfs Gary mopperend had toegegeven.

Nu keek hij peinzend naar Neve's computer. 'Dat is eigenlijk nog niet zo'n slecht idee.'

'Wat?'

'Om "per ongeluk"' – hij maakte aanhalingstekens met zijn vingers – 'koffie te knoeien over een paar strategisch gekozen computers hier op kantoor. Misschien dat dat de pijn van de overname wat verzacht.'

Renata schudde haar hoofd. 'Zal het je pijn verzachten als we allemaal worden ontslagen? Of gearresteerd?'

'Laat maar,' zei Neve. 'Het was gewoon dom van me. Ga maar weer aan het werk, ik ruim het wel op.'

Ze pakte een doos tissues, veegde haar bureau verder schoon en depte de koffie van de papieren, die allemaal niet zo belangrijk leken. Toen ze klaar was ging ze even zitten en staarde naar haar computerscherm, waarna ze omkeek naar haar collega's. Het was alsof er elk moment een bom kon ontploffen die hun levens compleet zou veranderen, maar zij was de enige die ervan wist. Bijna de enige.

Tamsin was luid aan het telefoneren. 'En toen zei hij dus...' Ze besefte dat iedereen kon meeluisteren en dempte haar stem. Neve nam aan dat het niet over werk ging. Gary zat op zijn toetsenbord te hameren alsof het een ouderwetse typemachine was. Renata staarde alleen maar naar haar scherm. Neve dacht aan vroeger tijden, in hun oude, bouwvallige kantoor. Toen was meestal wel duidelijk wat mensen aan het doen waren. Je zag ze schetsen, pagina's opmaken, drukproeven corrigeren. Nu zat iedereen over zijn computer gebogen; ze zouden net zo goed boekhouders of dichters kunnen zijn.

Neve kon zich er amper toe zetten zelfs maar naar haar computer of de papieren op haar bureau te kijken. Ze nam haar e-mail door en verwijderde aanbiedingen voor autoverzekeringen en geld uit Nigeria en Oost-Europa. Ondertussen dacht ze steeds aan wat er nu in Covent Garden gebeurde, en ze vroeg zich af hoe ze het nieuws zouden horen. De politie zou de familie inlichten. Maar zouden ze ook zijn werk op de hoogte brengen? En zo ja, wie dan? Zouden ze contact opnemen met de CEO? Neve wist zijn naam niet eens meer. Een Canadees die pas een paar maanden geleden was benoemd. Misschien zou Sauls vrouw iemand van het bedrijf bellen, waarschijnlijk Katie.

Saul had Neve niets over zijn vrouw verteld. Toch wist ze dat ze Bernice heette, en ze wist nog veel meer dingen die ze eigenlijk niet wilde weten. Ze was een keer aan haar voorgesteld op een bedrijfsfeestje, toen ze pas bij Redfern werkten, maar verder had ze haar nooit gezien.

Renata had haar ook een of twee keer ontmoet. Ze was met haar aan de praat geraakt op een borrel. Ze omschreef haar als elegant, een beetje kortaf en kil, en ze keek steeds over haar schouder op zoek naar belangrijker mensen. Gary had haar nooit ontmoet en hij had sinds de overname ook nog maar weinig met Saul te maken gehad. Hij was boos over wat er met hun bedrijf was gebeurd en minachtte de mensen die nu macht over hen hadden. Hij projecteerde veel van die woede op Saul en de andere hoge piefen. Een paar weken geleden was Neve een avondje uit geweest met Gary. Hij had snel gedronken: wel drie drankjes tegen één van haar. Hoe meer hij op had, hoe negatiever hij overal over werd, ook over zichzelf. Hij had ontslag moeten nemen zodra deze overname ter sprake was gekomen. Of eigenlijk had hij al jaren geleden moeten weggaan om een eigen bedrijf op te zetten. Hij had freelancer moeten worden, net als Fletcher. Dat was nog eens een integere man. Niemand zei Fletcher wat hij moest doen. Niemand zei Fletcher hoe laat hij op kantoor moest zijn. (Neve dacht bij zichzelf dat dat juist het probleem was met Fletcher, maar dat zei ze niet hardop.)

Neve herinnerde zich een paar specifieke dingen die Gary had gezegd toen de alcohol echt vat op hem begon te krijgen. ‘Wat mannen zoals ik is aangedaan door mannen zoals Saul maakt wel duidelijk wat er mis is met dit land,’ zei hij, terwijl hij zo priemend naar Neve wees dat ze een stap naar achteren deed.

Deze herinnering zette Neve met een schok aan het denken over iets wat ze tot nu toe had vermeden. Wie kon Saul dit hebben aangedaan? Gary had een hekel aan Saul. Meer dan dat. Voor Gary stond hij symbool voor alles wat er was misgegaan in zijn leven, voor alles wat hem ervan had weerhouden de persoon te zijn die hij had willen zijn. Maar kon hij hem ook echt hebben vermoord? Neve probeerde zich een scenario voor te stellen waarin die twee hadden afgesproken en zo'n erge ruzie hadden gekregen dat het uit de hand was gelopen, dat Gary naar Saul had uitgehaald en dat hij was gevallen en daarbij zijn hoofd had gestoten, wat het bijna een ongeluk maakte.

Maar dat was een belachelijke gedachte. Zelfs Tamsin, zelfs Renata, zou nog eerder in een gevecht verwikkeld raken dan die magere, bange Gary. En waarom zou Saul überhaupt met Gary in zijn flat afspreken? En als Gary hem op eigen initiatief had opgezocht, waarom zou hij dan naar de flat zijn gegaan terwijl Saul eigenlijk op een congres hoorde te zijn? En als dat allemaal toch was gebeurd, waarom zou Gary dan nu afgeven op Saul en de aandacht vestigen op het feit dat hij een hekel aan hem had? Toen herinnerde ze zich de hamer weer.

Ze dwong zich daar niet aan te denken. Dat leidde alleen maar af. Op een zeker moment, vandaag of misschien pas morgen, zou iedereen het horen. Ze moest zich erop voorbereiden. Ze moest zich gedragen zoals mensen zich gedroegen als er iets totaal onverwachts gebeurde, iets schokkends. Ze probeerde te bedenken hoe ze zou reageren als ze het niet vooraf had geweten. Zou ze huilen? Vloeken? Nerveus lachen, zoals mensen ook op begrafenissen deden? Ze was nooit goed geweest in acteren, zelfs niet in toneelstukken op school. Ze moest ijzig kalm blijven. Zo reageerden mensen vaak op vreselijk nieuws. Ja, dat zou ze doen. Stil blijven, uitdrukkingsloos.

Ze ging verder met de e-mail die ze aan het schrijven was, maar toen merkte ze dat er iemand naast haar stond. Ze keek op. Gary leunde op de rand van haar bureau, iets te dichtbij, met een grote, vreemde grijns op zijn smalle gezicht. Ineens voelde ze zich doodmoe. Ze keek weg. Dit was allemaal veel te moeilijk. 'Sorry, ik ben even met iets bezig.'

Gary begon te praten alsof hij haar niet had gehoord. 'Herinner je je die ene vriendin van mij, Jill Blaine? Van de universiteit?'

'Volgens mij heb ik haar weleens ontmoet. Waarom grijns je zo naar me?' Zijn glimlach trilde, alsof er een levend wezen op zijn gezicht zat.

'Dat weet ik niet. Ik kan er niks aan doen. Het is helemaal niet grappig.' Hij slikte; ze zag zijn adamsappel op en neer gaan. 'Het toeval wil dat ze een paar jaar geleden met Bernice Stevenson samenwerkte. Bij een tijdschrift. Dat maakt verder niet uit. Maar ze zijn goed bevriend geraakt. Je weet toch dat Bernice Stevenson de vrouw van Saul is?'

Neve hoorde een ruis in haar oren; alles werd zo wazig dat ze in haar ogen moest wrijven. Ze voelde een hevige misselijkheid opkomen. Het was zover. Nu ging het gebeuren. Ze moest denken aan dat moment dat je je hand in kokendheet water houdt en nog geen pijn voelt maar weet dat die pijn gaat komen.

'Ja, dat weet ik,' wist ze uit te brengen.

'Ik sprak haar net. Jill, bedoel ik. En zij had Bernice net aan de telefoon gehad.' Hij zweeg even, en toen hij verderging klonk zijn stem verbijsterd, alsof hij zijn eigen woorden niet geloofde. 'Hij is dood. Saul is dood.'

Er viel een stilte. Ineens kon Neve niet meer nadenken. Ze wist niet wat ze moest doen, wat ze moest zeggen. Ze wilde kijken hoe Tamsin en Renata reageerden zodat ze hen kon nadoen, maar Gary zat ervoor dus dat ging niet. Ze greep haar bureau met beide handen vast alsof ze zichzelf overeind probeerde te houden.

'Mijn god,' zei ze. Dat leek te weinig. 'Wie zou zoiets doen?'

'Hoe bedoel je?'

Neve voelde een golf van paniek en schaamte door zich heen razen. Wat stom van haar. Ze had nog maar nauwelijks iets gezegd of ze had zichzelf al bijna verraden.

'Wat is er gebeurd?' vroeg ze. 'Weet je het zeker?'

'Dood?' zei Tamsin. 'Jezus, zeg. Heeft hij een hartaanval gehad? Hij was nog zo jong.'

'Dat weet ik niet,' zei Gary. 'Volgens mij niet. Jill zei dat iedereen daar in huis alleen maar huilde. Maar er was ook politie bij. Dat klinkt niet alsof het een hartaanval was.'

'Het was vast een ongeluk.' Tamsin keek naar Gary. 'Of was jij het? Heb je naalden in een voodoopoppetje gestoken?'

Gary keek haar aan. Zijn glimlach verdween. 'Dat is niet grappig.'

'Wat?' zei Tamsin. 'Ga je nu ineens doen alsof je hem aardig vond?'

'Hou op.' Neve had zich eindelijk herpakt. 'Er is iemand dood. Iemand die we kennen.'

Toen hoorden ze een snik en keken ze allemaal om. De tranen stroomden over Renata's wangen en ze probeerde ze weg te vegen met haar mouw.

'Sorry,' zei ze. 'Ik gedraag me belachelijk. Ik kan er niks aan doen. Wat vreselijk.'

Neve liep naar Renata toe en sloeg haar armen om haar heen. Ze voelde hoe haar borsten tegen haar aan drukten en haar haar in haar gezicht kriebelde.

'Je reageert gewoon zoals we allemaal zouden moeten doen.'
'Jij lijkt anders aardig kalm,' zei Tamsin.
'Ik ben gewoon in shock,' zei Neve. 'Zoals wij allemaal.'

Een paar minuten lang waren zij de enigen die het wisten. Buiten hun kamer gingen de andere medewerkers gewoon door met hun dagelijkse routine: ze tuurden naar hun computerscherm, praatten aan de telefoon, dronken koffie uit kartonnen bekertjes, staarden voor zich uit. Maar toen werd alles anders: ineens werden er groepjes gevormd, stonden er mensen op om naar andere bureaus te lopen. Het was alsof het hele bedrijf plotseling tot leven kwam. Neve zag meerdere gezichten met dezelfde uitdrukking: een soort gretige opwinding. Maar andere mensen huilden: Sauls assistent Katie snikte openlijk en enkele collega's dromden om haar heen en reikten glaasjes water en handenvol tissues aan.

'Kom mee,' zei Tamsin. Ze stond op en deed de deur open. Haar blouse was nog steeds maar half ingestopt.

'Waar ga je heen?' vroeg Gary.

'We kunnen hier niet gewoon maar blijven zitten alsof we er niet bij horen.'

'We horen er ook niet bij.'

'Jawel, Gary.'

Samen stortten ze zich in de drukte, en het was net alsof ze op een feestje waren. Mensen verhieven en dempten hun stem, gebaarden wild, bogen zich naar elkaar toe, sloegen hun hand voor hun mond in een karikaturale schrikreactie. Neve keek van gezicht naar gezicht. Ze zag open en gesloten monden, knipperende ogen. Saul, dacht ze bij zichzelf, dit gaat over jou, maar je bent er niet bij. Jij bent de grote afwezige. Wat zou jij hiervan vinden? Ineens zag ze voor zich hoe hij haar vanaf de andere kant van de ruimte zou aankijken, met opgetrokken wenkbrauwen en die ironische glimlach.

Niemand wist nog wat de doodsoorzaak was. Iemand vertelde haar – alsof hij deze informatie zelf had ontdekt – dat Saul in zijn flat was gevonden, niet thuis. Neve voelde haar hoofd tollen. Was het logisch dat ze op de hoogte was van de flat? Wisten andere mensen ervan? Ze begreep nu pas hoe ingewikkeld en verfijnd communicatie eigenlijk was, hoeveel signalen en contexten er waren. Dat had ze allemaal vanzelfsprekend gevonden, maar nu had ze geen grip meer op al die ongeschreven regels. Ze wist niet meer hoe ze moest praten. Als ze haar mond opendeed, zou de waarheid er misschien wel uit spuien.

'Flat?' wist ze uit te brengen.

Dat zou ze doen. Als ze iets moest zeggen, zou ze gewoon herhalen wat de ander zei.

Ze nam afstand van de samendrommende mensen en liep naar de deur. Niemand zag haar weggaan.

Ze wandelde naar de begraafplaats Bunhill Fields, waar ze al die jaren geleden met z'n vieren een zak kersen hadden gegeten. Dat moest in juni zijn geweest, bedacht ze, of misschien zelfs in juli – kersen kwamen altijd later dan je dacht. Natuurlijk was ze hier sindsdien nog vaak geweest. Op weg naar haar werk, met haar fiets aan de hand; of om een broodje te eten in de lunchpauze. Het was een kleine, overvolle plek – de buitenkerkelijken waren in dichte rijen begraven, met hun stenen half tegen elkaar aan geleund, alsof de doden een gemeenschap vormden die nog steeds met elkaar in gesprek was. John Bunyan lag hier, en William Blake, op wiens gedenksteen Gary soms een veldboeketje legde dat hij op weg ernaartoe in de berm had geplukt. 'Wat zou William Blake hiervan vinden?'

had Gary eens gevraagd over een voorstel van Redfern. 'William Blake is in armoede gestorven, man,' had Tamsin geantwoord.

Neve ging op het gras zitten onder een van de grote platanen waarvan de bladeren koper kleurden. Ze deed haar ogen dicht en probeerde normaal te ademen; het was alsof ze zelfs dat niet meer kon. In en uit. Ze voelde haar hart bonzen, alsof het uit haar borst wilde ontsnappen. Saul was vermoord, en zij had bewijs verduisterd – in elk geval bewijs van hun affaire – en iemand anders was na haar binnen geweest en had nog meer weggehaald. De hamer. Misschien nog andere dingen.

Ze dacht terug aan zijn dode lichaam, hoe verstijfd het was toen ze voor de tweede keer was teruggegaan. Hoe zou hij er nu uitzien? Was hij nog wel een 'hij', of meer een 'het', een lijk? Ze stelde zich voor dat hij nu op een snijtafel lag, in de kou en het felle licht, terwijl pathologen hem omdraaiden, onderzochten, zijn ledematen en borstkas aftastten, zijn hoofd heen en weer bewogen, zijn mond opentrokken, zijn zachte huid opensneden.

'Ik wil je weer zien,' had hij gezegd op de ochtend na die eerste kus. Hij was langs haar bureau gelopen en vroeg haar even mee te komen naar zijn kamer, alsof het de normaalste zaak van de wereld was. En daar, terwijl iedereen hen kon zien door de glazen wanden, had hij het gezegd, zonder haar aan te raken, zonder zelfs maar even met zijn hand langs de hare te strijken, zonder naar haar te glimlachen. Alleen maar: 'Ik wil je weer zien.' Ze had geknikt. Het had geen zin om de schijn op te houden: dit ging toch wel gebeuren.

'Kom je naar mijn flat?' vroeg hij.

'Wanneer?'

'Nu. Ik vertrek meteen. Volg me over een halfuurtje.'

Ze vertelde Tamsin, Renata en Gary dat er thuis een noodgeval was, en ze knikten zonder op te kijken. Ze waren wel gewend aan elkaars noodgevallen, en bovendien werkte Neve meestal harder dan zij allemaal: ze kwam vroeger, vertrok later, was betrouwbaar. Ze stuurde een berichtje naar Fletcher om te zeggen dat ze misschien wat later thuis zou zijn; noodgeval op het werk. Ze voegde eraan toe dat Connor na school zwemles had en moest worden opgehaald. Toen fietste ze naar het adres dat Saul haar had gegeven. De zon had op haar gezicht geschenen – ze kon het bijna weer voelen – en er stond een warm briesje. Ze was weer jong, voelde de jaren en de zorgen van zich af glijden tot ze zo licht was als een veertje en brandde van verlangen.

Dat was het enige wat toen nog telde. Een deur die openging. Gordijnen die dicht werden getrokken. Geen geluiden, behalve van het verkeer buiten. Kleren die werden uitgetrokken, stuk voor stuk. Ze raakten elkaar nauwelijks aan, hielden zich in, wachtten tot het wachten eindelijk voorbij was. Die eerste keer in de flat voelde voor Neve alsof ze jarenlang dorstig door de woestijn had gedoold, maar dit pas besefte toen Saul haar had gekust.

'Ik heb dit nog nooit gedaan,' zei ze na afloop, terwijl ze samen in de lakens verstrikt lagen. In de plotselinge stilte voegde ze eraan toe: 'Daar hoef je niet op te reageren.'

'Oké.'

'Waarom ik?'

'Niet zo bescheiden.'

'Ik bedoelde het niet bescheiden.'

Hij keek haar aan met een lichte frons op zijn gezicht. Uiteindelijk zei hij: 'Ik weet niet waarom, Neve.'

'O.' Maar ze voelde zich vreemd blij met zijn antwoord.

'Ik ben niet zo goed met woorden,' zei hij, maar dat was niet waar. Hij was heel goed met woorden; hij wist ze altijd precies naar zijn hand te zetten. 'Ik ben gewoon stapelgek op je.'

'Stapelgek is genoeg,' zei Neve. 'Voor nu.' Ze draaide zich naar hem toe en trok hem tegen zich aan. Die eerste keer, toen ze alles om haar heen even vergat.

Nu deed ze haar ogen weer open en ze zag de grafzerken en herfstige bomen. Haar telefoon pingde herhaaldelijk en ze haalde hem uit haar zak. Het was Tamsin: KOM TERUG NAAR KANTOOR! Daarna: HIJ IS VERMOORD!!! Daarna Gary: DE POLITIE KOMT HIERHEEN. WAAR ZIT JE?

IK KOM ERAAN, stuurde ze terug. Ze stond op, klopte het gras en de dorre bladeren van haar kleren en probeerde te bedaren. Nu komt het, dacht ze bij zichzelf.

Rechercheur Alastair Hitching was lang en potig en zag eruit als iemand die naar de sportschool ging. Neve schatte hem ongeveer even oud als zijzelf, maar dat was lastig te zeggen omdat hij helemaal kaal was, wat hem vreemd leeftijdloos maakte. Zijn bleke schedel glom in het tl-licht terwijl hij door het kantoor liep. Hij droeg een donkergrijs pak met een wit overhemd en zijn zwarte schoenen waren glimmend gepoetst.

'Hij ziet eruit als een begrafenisondernemer,' zei Tamsin terwijl ze door het glas gluurde.

'Helemaal niet. Hij ziet eruit als een bokscoach,' zei Gary.

Neve zei niets. Ze vond dat hij eruitzag als een rechercheur.

Hij bleef lange tijd in de kamer van Katie. Een paar agenten in uniform maakten een rondje over de afdeling. Hitching kwam pas na drieën bij hen en stapte hun kamer binnen met een jonge vrouw die haar haar zo strak in een staart had gebonden dat haar ooghoeken naar achteren werden getrokken. Ze zei geen woord tijdens het gesprek, maakte alleen aantekeningen, krassend met haar pen op het papier terwijl het puntje van haar tong uit haar mond stak. Rechercheur Hitching schudde hen om de beurt de hand met zijn grote kolenschoppen. Neve zag Renata ineenkrimpen door zijn stevige grip. Toen hij bij haar aankwam, dwong ze zichzelf hem in de ogen te kijken en beleefd te glimlachen. Hij hield haar hand langer vast dan ze zou willen en keek haar aan met een blik waar ze bang van werd. Misschien wist hij alles al, dacht ze bij zichzelf. Van dichtbij zag ze een flauw waas van stoppels aan de zijkanten van zijn hoofd: hij schoor zich vast elke ochtend. Hij gaf een korte uitleg, vertelde dat hij alleen wat inleidende vragen wilde stellen. Informeel. Neve had moeite om zich op zijn woorden te concentreren.

Ze stelden zich aan hem voor, hoewel hij al leek te weten wie ze waren.

'Iers?' vroeg hij toen Neve haar naam noemde.

'Min of meer. Mijn ouders zijn als twintigers hierheen gekomen vanuit Cork. Ik heb altijd in Londen gewoond.'

'Mooie plek, Cork,' zei hij. Zijn stem klonk diep en verrassend zacht; hij had een licht noordelijk accent.

'Ik ken het niet echt.'

'Je kunt er langs de kust walvissen spotten,' ging hij verder. 'Als de mist lang genoeg optrekt.'

Hitching leunde met zijn potige lijf op de hoek van een bureau en keek om zich heen.

'Jullie zijn nieuw hier,' zei hij. Het was geen vraag. 'Jullie blijven een beetje op jezelf.'

'Zeggen ze dat?' vroeg Gary. Hij leek zo klein en sjofel naast de kale rechercheur dat Neve door een golf van genegenheid voor hem werd overspoeld.

‘Hadden jullie veel met Stevenson te maken?’

‘Nee,’ zei Tamsin.

‘Nee,’ zei Renata.

‘Waarom zouden we ook?’ vroeg Gary. ‘Hij was van het management en wij zijn maar werkpaarden.’

Hitching richtte zijn volle aandacht op hem. Neve zag dat Gary rood aanliep.

‘Nee,’ zei ze zachtjes, alleen maar zodat Hitching zich van Gary weg zou draaien. ‘We hadden weinig met hem te maken. Maar we vinden het heel erg.’ Haar stem klonk kalm. ‘Hebt u...’ Ze praatte behoedzaam verder, woog elk woord voordat ze het uitsprak. ‘Hebt u al enig idee hoe hij is gestorven?’

Hitching glimlachte plotseling, en zijn gezicht leek totaal anders door de rimpels rond zijn ogen, al wist Neve niet of hij er zo meer of minder verontrustend uitzag. ‘Daar mag ik niets over zeggen.’

‘Maar is hij vermoord?’ vroeg Renata. ‘Dat zegt iedereen.’

‘Daarom ben ik hier.’ Zijn donkere ogen gleden over hen heen.

Na afloop kon Neve zich nauwelijks nog herinneren wat hij had gevraagd en wat ze hadden geantwoord. Het was vrij kort en standaard; hij probeerde gewoon de situatie te peilen, zei hij, terwijl zijn blik van gezicht naar gezicht ging. Hij vroeg alle medewerkers naar dezelfde simpele zaken: hun relatie tot het slachtoffer, wanneer ze hem voor het laatst hadden gezien, hun routine op kantoor, of ze de laatste tijd iets vreemds aan Stevenson hadden opgemerkt.

‘O, en waar jullie waren op het tijdstip van zijn overlijden,’ voegde hij er nonchalant aan toe, alsof hij het bijna zou vergeten.

‘We weten niet wanneer dat was,’ zei Tamsin.

'Ruim genomen, waar waren jullie tussen dinsdagavond en woensdagmiddag?'

Ze gaven om de beurt antwoord. Renata zei dat ze dinsdagavond thuis was geweest met haar man.

'We zijn op dit moment maar alleen. Onze zoon is er een jaartje tussenuit.'

'En gisteren?'

Ze vertelde Hitching dat ze even na negenen op kantoor was aangekomen.

Gary was dinsdagavond met vrienden naar de film en daarna naar de pub geweest. Hij kwam rond halftwaalf thuis.

'Woont u met iemand samen?' vroeg Hitching.

'Met mijn partner Jane.' Gary wendde zijn blik af van de rechercheur. 'Ze lag te slapen toen ik thuiskwam, maar ze werd wakker toen ik in bed kroop. En de volgende ochtend waren we ook samen thuis voordat ik hiernaartoe ging.'

Gary vertelde er niet bij dat Jane, met wie hij al veertien jaar samenwoonde, MS had en dat ze de afgelopen vijf jaar behoorlijk achteruit was gegaan. Gary verzorgde haar met veel toewijding. Hij was een neurotische en soms verbitterde man, maar voor Jane was hij zachtaardig en geduldig, bijna vaderlijk. Ze hadden geen kinderen kunnen krijgen. Neve wist niet of ze wel kinderen hadden gewild en daar had Gary ook nooit iets over gezegd, maar toen haar eigen kinderen nog kleiner waren had ze hem weleens met een zekere weemoed naar hen zien kijken.

'Ik was alleen,' zei Tamsin uitdagend. 'Niemand die voor me opblijft of me 's ochtends uitzwaait!'

Hitching keek haar afwachtend aan.

'Mijn man heeft me een halfjaar geleden verlaten,' ging ze verder. 'Dus nu woon ik alleen.'

'Dat spijt me voor u.'

'Ik ben beter af zonder hem. Ze mag hem hebben.'

'Juist,' zei hij, weer met een flauwe glimlach. 'Ik begrijp het.'

'Maar goed,' zei Tamsin, 'dat heeft er verder niks mee te maken. Op dinsdag ben ik na het werk gaan zwemmen. Toen ik thuiskwam heb ik bloemkool met yoghurt en tahin gegeten en daarna heb ik met mijn moeder gebeld. Ik ben vroeg naar bed gegaan en ben de volgende ochtend hiernaartoe gejogd. Dertien kilometer in minder dan een uur.' Ze keek naar Hitchings gezicht. 'Ik wil weer in vorm komen,' zei ze. 'Een nieuwe ik, na de scheiding. Te veel informatie?'

'Je kan nooit te veel informatie hebben,' zei hij. Toen richtte hij zich tot Neve. 'En u?'

Neve herinnerde zich dat ze tegen Fletcher en Mabel had gezegd dat ze bij Tamsin was. Weer een fout.

'Gewoon een normaal avondje thuis. Met mijn man Fletcher. En mijn drie kinderen.'

'En de volgende dag?'

De herinnering aan die volgende ochtend flitste door haar hoofd. Ze aarzelde, alsof ze het niet meer goed wist, en zei toen: 'Ik ben naar onze volkstuin geweest. Ik ben sinds kort minder gaan werken en gisteren was mijn vrije dag. Ik ben rond negen uur vertrokken en was tegen lunchtijd weer thuis. Daar ben ik de rest van de dag geweest, en ook nog even bij de supermarkt verderop in de straat om boodschappen te doen. En bij de bloemist. Fletcher was er ook – hij werkt vooral vanuit huis.'

Hitching knikte. 'Bedankt. Zoals ik al zei, dit is gewoon routine. Misschien komen we nog bij jullie terug, maar voorlopig was dit alles. Jullie kunnen weer aan het werk gaan.' Hij glimlachte en keek door de glazen wand. 'Al wordt er zo te zien weinig gewerkt.' Hij stond op om te gaan, maar leek zich toen iets te herinneren. 'Jullie moeten waarschijnlijk nog wel een individuele verklaring afleggen.'

'Waarom?' vroeg Gary. 'Is er iets mis?'

'U bedoelt buiten het feit dat er iemand van uw werk is vermoord?'

'Ik vroeg me alleen af of we soms iets verkeerds hebben gezegd.'

Hitching schudde zijn hoofd. 'Gewoon papierwerk,' zei hij. 'De nagel aan mijn doodskist. Maar er is nog wel één ding. Is iemand van jullie in de flat van Stevenson geweest?'

'U bedoelt in de afgelopen paar dagen?' vroeg Renata.

'Ik bedoel ooit,' zei Hitching.

'Nee,' zei Gary.

'Nee,' zei Tamsin.

'Nee,' zei Renata.

In die paar seconden werd het Neve zonneklaar. Ze wist dat de flat op ditzelfde moment door experts werd onderzocht op allerlei sporen: haren, vezels, vingerafdrukken. Ze had er ruim een uur schoongemaakt, maar er was maar één foutje nodig, één draadje.

'Ik wel,' zei ze.

Hitching vertoonde een sprankje nieuwsgierigheid. 'Wanneer was dat?'

Ze deed haar best om nonchalant haar schouders op te halen. 'Geen idee. Een week of twee geleden, denk ik.'

'Wat deed u daar?'

'Hij vroeg me een pakketje te komen brengen.'

'Was er nog iemand anders bij?'

'Nee. Ik was er maar kort.' Ze kreeg een idee. 'Hij had net koffiegezet en bood mij ook een kop aan. We kletsten wat en toen vertrok ik weer.' Ze dacht dat dit haar wel zou indekken als ze haar vingerafdruk op een mok of ergens in de keuken vonden.

Hitching haalde een notitieboekje uit zijn zak en schreef

iets op. 'In wat voor stemming was hij?'

'Ik kan me niets bijzonders herinneren,' zei ze. 'Bovendien heb ik – hebben wij – hem daarna nog op kantoor gezien.'

'Uiteraard,' zei Hitching terwijl hij zijn notitieboekje dichtklapte en weer in zijn zak stopte. 'Dat was het wel. Mijn collega komt zo jullie vingerafdrukken afnemen, en wat wangslijm voor DNA.'

'Waarom?' vroeg Gary.

'Gewoon standaardprocedure. Hebt u daar bezwaar tegen?'

'Natuurlijk heb ik daar bezwaar tegen,' antwoordde hij. 'Ik ken mijn rechten. Ik mag weigeren.'

Hitching glimlachte. 'Dat is waar. U mag weigeren als u wilt.'

'Gary,' zei Neve, terwijl ze haar hand even op zijn schouder legde. 'Het is in orde. Ze doen gewoon hun werk.'

'Hoe vaak heb ik dat al niet gehoord?' zei Gary. 'Ze deden gewoon hun werk.'

Gary zocht ruzie, maar Hitching hapte niet. Hij draaide zich naar Neve toe.

'Wat een lelijke blauwe plek hebt u daar.'

'Met de fiets gevallen,' zei Neve, en ze verwachtte al half dat hij ook iets over de gele kleur zou zeggen.

De anderen slenterden terug naar hun bureau, maar Hitching bleef naast Neve staan. Ze twijfelde of ze zou doen alsof ze echt weer aan het werk moest.

'Nog één vraag,' zei hij tegen haar.

Er trok een vlaag van verontrusting door haar heen. Had ze een fout gemaakt? Het was hem waarschijnlijk overduidelijk dat ze iets probeerde te verbergen. Dat was tenslotte zijn werk. Hij zag het vast in haar ogen.

'Wat?'

‘Ik vroeg me af wat u zoal in uw tuin verbouwt.’

‘O, ja,’ zei ze opgelucht. ‘Van alles. Vooral groenten: aardappels, uien, sperzie- en tuinbonen, snijbiet, knoflook. Maar ik heb ook rode en zwarte bessen. En herfstframbozen.’

‘Is dit niet de tijd van het jaar dat u alles moet oogsten?’

‘Ja.’ Neve dacht aan haar kleine verwaarloosde lapje grond. Ze moest er snel weer eens naartoe, anders zou alles verrotten.

‘Leuk,’ zei hij. ‘Misschien ga ik ook eens kijken of ik een volkstuin kan krijgen.’

‘Dan moet u waarschijnlijk wel lang wachten. Bij ons duurde het jaren voordat er iets vrijkwam.’

‘Ik ben een geduldig man,’ zei hij. Toen knikte hij nog eens naar hen alle vier en wandelde de kamer uit.

Neve wachtte een paar minuten en ging toen naar het toilet. Ze sloot zich op in een hokje, boog zich over de pot en moest een paar keer hevig overgeven. Daarna waste ze haar gezicht en spoelde haar mond. Toen ze terugkwam haalde ze een pakje pepermuntjes uit de la van haar bureau en stopte er een in haar mond.

Tamsin liep naar haar toe. ‘Ik wist niet dat je naar Sauls flat was geweest,’ zei ze.

‘Het was niets bijzonders,’ zei Neve.

‘Het lijkt me anders best veel gevraagd om een pakketje naar de andere kant van de stad te moeten brengen.’

‘Het is niet bepaald aan de andere kant van de stad,’ zei Neve. Ze zou willen dat Tamsin hierover ophield, maar ze kon haar moeilijk de mond snoeren. ‘Het is vanaf hier maar een paar minuten fietsen.’

‘Maar waarom vroeg hij het niet aan Katie?’

‘Dat weet ik niet,’ zei Neve. ‘Luister, het leek me toen niet belangrijk om te melden, en ik weet niet eens meer wat voor pakketje het precies was.’

'Het punt is dat ik me er altijd over heb verbaasd dat ze ons hier alle vier hebben aangenomen,' zei Tamsin. 'Eigenlijk zit ik er gewoon op te wachten totdat ze iemand van ons ontslaan, of ons allemaal. Dus tja, als een van ons dan naar de flat van Saul Stevenson gaat zonder dat aan de rest te vertellen, word ik een beetje achterdochtig.'

'Dat is nergens voor nodig,' zei Neve.

'Wij zijn toch als familie? Wij zouden dit bedrijf toch niet boven elkaar verkiezen?'

'Dat is helemaal niet aan de orde.'

Uiteindelijk gaf Gary toch zijn vingerafdrukken en deed hij braaf zijn mond open voor de DNA-afname, net als alle andere medewerkers, al bleef hij nors mompelen over Big Brother. Toen Neve eindelijk naar huis wilde gaan kwam Renata naar haar toe.

'Het is nogal een bizarre dag voor een feestje,' zei ze. 'Misschien moet ik het maar afzeggen.'

'Maar het is je verjaardag,' zei Neve.

'Nog een reden om het af te zeggen. Ouder worden is helemaal niet zo feestelijk.'

'Het wordt vast leuk,' zei Neve, al geloofde ze dat niet echt.

Toen ze thuiskwam en van haar fiets stapte, zag ze dat er iets aan de hand was voor de deur van haar huis. Pas toen ze dichterbij kwam zag ze wat er was. Een slungelige jongeman in een spijkerbroek en een wit T-shirt stond te worstelen met een grote leunstoel die overdwars in de deuropening klem zat. Hij keek om en zag haar staan. 'U kunt er niet langs.'

'Wie ben jij?' vroeg Neve.

'Ik ben Robbie,' antwoordde de jongeman. 'We kennen elkaar al van Mabels feestje.'

Mabels feestje. Neve herinnerde zich die zomeravond als een kruising tussen een heksensabbat en een gekkenhuis. Het was een avond geweest van stampende muziek, exotische geuren en een stroom van jonge mensen die binnenkwamen en pas bij zonsopkomst weer vertrokken, waarbij ze een spoor van gebroken glas, kleverige vloeren en vochtige tapijten hadden achtergelaten. Ze kon zich Robbie niet herinneren.

'Wat is dit?' vroeg Neve, wijzend naar de stoel.

'Ik doe mijn stoel weg,' zei Robbie.

'Maar ze gaat bijna studeren,' zei Neve.

'Ik kan hem op mijn slaapkamer zetten,' klonk een stem van achter de stoel.

'Dan staat die gelijk vol,' zei Neve. 'En je bent er straks niet eens.'

Neve had ervan gedroomd een deel van Mabels rommel uit haar kamer op te ruimen. Het was daar soms zo'n bende dat die kamer wel symbool leek te staan voor de chaos in het hoofd van haar dochter.

'Ik denk dat de deur eruit moet,' zei Robbie.

'Het is een voordeur,' zei Neve. 'Die kun je er niet zomaar uit halen.'

'Ik zet hem ook weer terug.'

'Dat bedoel ik niet. Volgens mij zitten er speciale scharnieren op ter beveiliging. Maar doe wat je wilt. Als ik maar naar binnen kan.'

'Op dit moment zit hij een beetje klem,' zei Robbie.

'Trek hem gewoon een stukje terug,' zei Neve, terwijl ze kalm probeerde te blijven. Ze voelde de drang om tegen Robbie te schreeuwen en hem aan zijn vlassige baard opzij te sleuren, maar ze wist dat dat niet door de situatie met de stoel kwam, hoe vervelend die ook was.

Hij trok de stoel achteruit en kantelde hem een stukje zodat Neve zich erlangs kon wurmen.

Mabel keek haar moeder zuur aan. 'Het was makkelijker geweest om hem verder naar binnen te duwen dan om hem terug naar buiten te trekken,' zei ze nors.

'Is Fletcher thuis?' vroeg Neve.

'Als hij er was, zou hij ons wel komen helpen, denk je niet?' zei Mabel.

'O,' zei Neve. 'Heeft hij gezegd wanneer hij terug is?'

'Ik maakte maar een grapje. Hij zit boven in zijn werkkamer, zoals altijd als er iets moet worden gedaan.'

'Niet zo gemeen, Mabel.'

'Hoe was je dag eigenlijk?' vroeg Mabel. Haar stem had iets verontrustends, iets uitdagends.

'Vreemd,' zei Neve. 'Ik moet je iets vertellen.'

'Vertel maar.'

'Later. Als je klaar bent met die stoel.' Neve keek ernaar en kreeg hoofdpijn bij de gedachte aan dat ding in haar huis. 'Heb je al gekeken of de poten eraf kunnen?'

Dat liet ze verder aan Mabel en Robbie over. Ze liep de trap op en klopte op Fletchers deur. Er klonk een gemompeld antwoord, dus ze deed de deur open en stapte naar binnen. Bij het zien van Fletchers werkkamer voelde ze vaak een steek van afgunst. Het was de mooiste kamer van het huis, gelegen op het oosten, met uitzicht op hun tuin en de tuinen van de huizen erachter. Het was bijna alsof je op een park uitkeek. De kamer zelf werd gedomineerd door zijn tekentafel, de retro filmposters aan de muren en de kasten vol catalogussen en kunstboeken. Fletcher zelf zat met zijn laptop in de oude leren leunstoel.

'Hoe was je dag?' vroeg Neve, zoals Mabel ook aan haar had gevraagd.

'Ik heb wat mensen gesproken.'

'Waarover?'

'Projecten.'

Normaliter zou Neve nog wel wat verder door hebben gevraagd. 'Een paar mensen' en 'projecten' klonk als Fletchers manier om te zeggen 'niemand' en 'niets'. Maar nu niet.

'Er is iets gebeurd,' zei ze.

En ze vertelde Fletcher het nieuws. Dat vereiste opperste concentratie: ze informeerde haar man over de dood van haar minnaar, maar ze moest het verhaal vertellen alsof het haar weinig deed. Ze moest van streek lijken maar niet al te erg en ze mocht alleen de informatie delen die ze op kantoor had gehoord. Ze probeerde kalm te blijven, ondanks de vrees die in haar oplaaide terwijl ze naar Fletchers gezicht keek.

Toen ze klaar was, bleef het stil. Hij staarde haar alleen maar aan.

'Zeg iets,' zei Neve. 'Alsjeblieft.' Het klonk als een snik. Ze sloeg haar hand voor haar mond, doodsbang dat haar nog meer zou ontglippen.

'Wat moet ik dan zeggen?'

'Dat het vreselijk is. Verdrietig. Schokkend.'

Fletcher keek haar bedachtzaam aan. 'Oké,' zei hij. 'Het is vreselijk. En erg schokkend.'

'Dit is iemand van mijn werk,' zei ze. 'Jij hebt hem ook weleens ontmoet.'

'Eén keer. Op dat feestje vlak nadat jullie naar het nieuwe kantoor waren verhuisd. Ik heb hem misschien een minuut gezien en hij praatte vooral met jou, niet met mij.'

Neve wilde dit gesprek niet voortzetten. Het had iets onfatsoenlijks om met Fletcher over Saul te praten. Het voelde als liegen, ook al loog ze niet direct.

'Wil jij het de kinderen vertellen?'

'Waarom?'

'Ik kan er even niet meer over praten,' zei ze.

Hij haalde zijn schouders op. 'Wat je wilt.'

'Bedankt. We moeten zo weg,' zei ze.

'Wat?'

'Naar Renata's verjaardagsfeest.'

'O shit, dat is waar ook. Moet dat echt?'

'Ja, dat moet. We hoeven niet lang te blijven.'

'Maar is het niet ongepast? Nu Saul net is vermoord?'

'Zo goed kenden we hem ook weer niet.'

'Heb je iets voor haar gekocht?' vroeg Fletcher.

'Dat had ik aan jou gevraagd. Vanmorgen, weet je nog?'

'Is dat zo?'

'Ja. Toch?'

'Nee. Volgens mij zei je dat jij het wel zou doen. Kun je niet iets uit je voorraad pakken?' vroeg Fletcher.

Neve had een doos met cadeautjes voor noodgevallen. Maar na een paar verjaardagen en onverwachte gelegenheden was die bijna leeg, dus toen ze naar haar slaapkamer was gelopen en de doos uit de kast had gepakt, vond ze alleen een herenriem en een T-shirt dat minstens drie maten te groot was. Koortsachtig keek ze om zich heen. Toen kreeg ze een idee. Ze pakte een boek uit de kast dat ze voor haar vorige verjaardag van Fletchers zus gekregen had. Het had een prijs gewonnen en kreeg lovende kritieken. Ze had het wel willen lezen, maar dat was er nog niet van gekomen. Ze bekeek het van alle kanten. Het zag er nog nieuw uit. Ze controleerde of Fletchers zus het niet had verpest door er een opdracht in te schrijven, maar dat was gelukkig niet zo.

Ineens hoorde ze een bons, gevolgd door het geluid van brekend glas. Ze rende de overloop op. Robbie en Mabel hadden de stoel het huis in gekregen en duwden hem nu de trap op. Hij stond te wankelen op de leuning. Neve zag dat er een fotolijstje van de muur was gestoten dat nu in scherven op de vloer lag.

'Dat ruim ik straks wel op,' zei Mabel. Haar gezicht trilde van woede toen ze Neve aankeek.

'Stoppen,' zei Neve.

'Ik kan niet stoppen,' klonk Robbies stem. Hij stond onder de stoel en hield hem omhoog.

Neve riep Fletcher erbij, die met tegenzin verscheen. Toen wurmde ze zich onder de stoel door en hielp Robbie om hem omhoog te duwen terwijl Fletcher aan de andere kant stond te trekken. Ze kantelden het ding de overloop op en kwamen bij de deur van Mabels kamer. Maar hoe ze de stoel ook draaiden, hij was net een centimeter te groot voor de opening.

'Dit keer zul je echt de deur eruit moeten halen,' zei Neve.

'Kun jij daarmee helpen?' vroeg Mabel nors aan haar moeder.

'Ik help wel,' zei Fletcher.

'Je vader heeft geen tijd om te helpen,' zei Neve. 'Hij gaat mee naar een feestje.'

Renata deed de deur open in een nauwsluitende paarse jurk, met een verenboa om haar nek en een glas wijn in haar hand. Neve gaf haar het cadeau, verpakt in pakpapier dat Renata er gretig afscheurde. Ze keek naar het boek met de wazige blik van iemand die al een beetje aangeschoten was.

'Is dit niet dat boek dat een prijs heeft gewonnen?'

'Ik heb het zelf niet gelezen,' zei Neve. 'Maar ze zeggen dat het heel goed is.'

'Ik zal het wel lezen,' zei Renata. 'Ik wil me ontwikkelen. Kom binnen, kom binnen. Stort je in het feestgewoel.'

Fletcher bleef met Renata praten terwijl Neve langs mensen liep die ze niet kende en een glas witte wijn voor zichzelf inschonk in de keuken. Ze raakte kort in gesprek met een man die zei dat hij een buurman van Renata en Charlie was en dat hij in de afgelopen tien jaar meer had verdiend aan de waardestijging van zijn huis dan aan salaris.

'Wat zeg je me daarvan?' zei hij. Toen zag Neve door de keukendeur dat Gary in de achtertuin stond. Ze excuseerde zich en liep naar hem toe. Hij stond een sigaret te roken.

'Alles goed?' vroeg ze.

Gary glimlachte haar loom toe en gaf haar een kus op de wang.

'Kunnen we iets afspreken?' vroeg hij.

'Wat dan?'

'Sinds ik hier ben zijn er al drie mensen naar me toe gekomen om te vragen of ik bij dat bedrijf werk waar iemand is vermoord. Het lijkt wel alsof ik een heel klein beetje beroemd ben en zij er een graantje van willen meepikken.'

'Maar wat wil je dan afspreken?'

'Zullen we het gewoon als een gegeven beschouwen dat we bedroefd en geschokt zijn en het verhaal niet verder uitmelken?'

Neve nam een slok van haar drankje. 'Dat zou ik best willen, maar hij is vermoord. Dat is nu eenmaal groot nieuws.'

Gary maakte een afwijzend gebaar met zijn sigaret.

'Waarschijnlijk is hij gewoon door een inbreker om zeep geholpen,' zei hij. 'Of door een jaloerse geliefde. Het zal snel worden opgelost.' Hij keek over Neve's schouder en vertrok zijn gezicht. 'Iemand heeft een rothumeur.'

Neve keek om. Renata's man Charlie liep door de keuken,

waar hij lege glazen verzamelde en in de gootsteen zette. Hij gedroeg zich eerder alsof het feestje bijna was afgelopen dan dat het net was begonnen. Gary wenkte hem verwoed.

Charlie fronste zijn wenkbrauwen. 'Hebben jullie Renata gezien?'

'Ze liet me binnen,' zei Neve. 'Ze leek het prima naar haar zin te hebben. Misschien rookt ze een sigaretje in de voortuin.'

'Willen jullie me een plezier doen?' vroeg Charlie.

'Wat?'

'Willen jullie haar een beetje in de gaten houden en zorgen dat ze niet te veel drinkt?'

'In het algemeen?' vroeg Gary jolig.

'Vanavond. Op dit feestje.'

'Het is haar verjaardag,' zei Neve.

'En ik wil niet dat ze die verpest.'

Het volgende uur dwaalde Neve rond op het feestje, waar iedereen geanimeerd stond te praten: over de opleiding van hun kinderen, over de brexit, over hoe erg het met de wereld was gesteld. Een paar mensen spraken haar aan, sommigen hadden over de moord gehoord. Neve knikte alleen en mompelde wat, en dat leek voldoende. Telkens werd haar glas bijgevuld, en ze voelde zich aardig beneveld toen Renata naar haar toe wankelde en haar arm om haar heen sloeg, waarbij ze haar bijna omver trok.

'Wat bedoelde hij daarmee?' vroeg Renata.

'Wat bedoelde wie waarmee?'

'Met die vraag over de flat? Over wie er naar de flat was geweest? En jij was er geweest. Waarom ook alweer?'

'Laten we hier morgen verder over praten,' zei Neve, terwijl ze lichtelijk wanhopig om zich heen keek. Ze zag Charlie aan de andere kant van de kamer staan en kreeg een idee. Ze maakte zich los van Renata en liep naar hem toe, terwijl ze ondertussen tegen haar glas tikte en om stilte riep. Het feestgedruis stopte. Ze kuchte.

'Hallo, allemaal. Ik ben Neve, een oude vriendin van Renata. We willen haar allemaal een fijne verjaardag wensen, maar voor we dat doen wil haar man Charlie vast een toost uitbrengen.'

Ze keek om naar Charlie en zag zijn bleke, ronde, norse gezicht, en op dat moment besefte ze dat ze zelf ook te veel had gedronken. Maar het was al te laat. Iedereen had zich omgedraaid en keek hem verwachtingsvol aan, en hij keek haar aan met een lastig te peilen uitdrukking die in elk geval geen dankbaarheid uitstraalde.

'Nou,' zei hij. 'Nou.' Hij schraapte zijn keel.

'Laat iemand een drankje voor hem halen,' riep een van de gasten.

'Dat doe ik wel.'

Het was Renata's stem, vlak achter Neve.

Neve durfde niet te bewegen of om te kijken of ook maar iets te zeggen. Ze keek alleen naar Charlie terwijl haar een gevoel van vrees bekroop. Toen hoorde ze een geluid. Een vreselijk geluid, dat begon met een kreet en overging in een rinkelende klap. Nu keek ze wel om. Renata lag languit op de vloer en had in haar val naar het tafelkleed gegraaid. Het tafelkleed waarop de glazen en flessen hadden gestaan. En die had ze allemaal op de grond getrokken. Ze had een kreet geslaakt tijdens de val, maar nu lachte ze. Neve keek naar Charlie. Hij lachte niet. Hij draaide zich om en liep de kamer uit.

Neve en Fletcher zwegen tijdens de Uber-rit naar huis. Neve was zich ervan bewust dat ze dronkener was dan Fletcher. Misschien was Fletcher wel helemaal niet dronken, maar hij was wel chagrijnig.

Toen ze het donkere huis binnenstapten drukte Neve haar vinger tegen haar lippen. 'Ze liggen vast al te slapen,' zei ze.

'Wat weet jij nou van stil zijn,' mompelde Fletcher. 'Meestal word ik wel wakker van je als je 's avonds laat binnen komt sluipen.'

Ze hoopte vurig dat dit niet waar was. Fletcher liep de trap op en ze volgde hem met overdreven voorzichtige passen. Ze had niet echt het idee dat ze haar bewegingen onder controle had, zeker niet in het donker. Het huis leek langzaam om haar heen te tollen. Ze kwam boven aan de trap en zag de grijze gedaante van Fletchers rug voor zich bewegen. Ineens klonk het geluid van een bons, een val en een kreet in het donker. Het kwam van ergens onder haar, op de vloer.

'Fuck,' klonk Fletchers stem. 'Fuck. Fuck.'

Ze tuurde in de duisternis en zag de vage contouren van iets waar Fletcher over was gevallen. Het was de leunstoel die klem zat in Mabels deuropening.

3

DE REÜNIE

De stoel stond er nog steeds toen Neve de volgende ochtend uit bed strompelde en de overloop op liep, met een houten kop en een droge mond. Ze bukte zich om eronderdoor te turen, Mabels kamer in. De dikke gordijnen waren dicht, maar het lampje naast het bed brandde en wierp een flauwe cirkel van licht over een complete chaos. Het was alsof er een bende inbrekers was binnengedrongen die alles overhoop had gehaald om een verstopt voorwerp te vinden. Kleren lagen in hoopjes op de vloer en hingen uit de openstaande laden van de kast, inclusief enkele kledingstukken die van Neve waren. Ze zag wankele stapels boeken, uit elkaar vallende mappen met papieren, meerdere handdoeken (Mabel gebruikte een handdoek zelden vaker dan één keer), een slordige berg schoenen in de hoek, een wirwar van opladers, een overvolle prullenmand, een lege wijnfles, meerdere geplette blikjes en zes of zeven mokken op de vensterbank. En daar, bijna aan het zicht onttrokken door de stoel, zag Neve haar dochter zelf. Ze zat op haar hurken voor de kledingkast en rommelde in een propvolle vuilniszak waar ze dingen uit haalde en achter zich neer smeet. Dit deed Neve ergens aan denken, en na een paar seconden wist ze aan wat:

de morsige terriër die ze als kind had gehad en die het leuk had gevonden om in hun kleine tuin te graven, waarbij de aarde alle kanten op vloog. Het was een vreemd verontrustende aanblik, helemaal toen Mabel ineens stilhield en opkeek. Ze staarde haar moeder recht aan; haar gezicht glom als de maan en haar lippen waren bleek. Geen van beiden zei iets. Neve kwam weer overeind en liep de trap af.

Alle medewerkers waren ongebruikelijk vroeg op het kantoor van Redfern aanwezig. Ze wilden niets missen, ook al waren het alleen maar geruchten en speculaties. Niemand deed nog of hij aan het werk was. Mensen stonden in groepjes koffie te drinken en te gebaren, en gaven hun deskundige mening over het lot van Saul Stevenson. Moord had hen nader tot elkaar gebracht. Ze vroegen elkaar hoe het ging, wat ze hadden gehoord, sloegen een arm om mensen heen die ze nauwelijks kenden. De deuren naar de kamers met glazen wanden stonden open en iedereen liep in en uit zonder te kloppen. Een vrouw die Ellie heette dwaalde rond met een enorme koektrommel die ze van thuis had meegenomen. 'Is het niet vreselijk?' mompelde ze bij elk koekje dat ze uitdeelde.

Neve en haar vrienden voelden zich er meer bij horen dan ooit. Zelfs Gary werd door een geanimeerd groepje bij het koffiezetapparaat aangesproken en bleef een tijdje bij hen staan, zichtbaar opgelaten maar niet in staat zich te excuseren. Sauls assistent Katie was het middelpunt van alle drukte. Ze zag eruit alsof ze nauwelijks had geslapen en liep verdwaasd rond. Gisteren had ze gehuild, maar vanochtend waren haar ogen droog en was haar mond een smalle rechte lijn. Ze had jaren voor Saul gewerkt en Saul noemde haar altijd zijn waakhond: ordelijk, streng, recht voor zijn raap en trouw. Neve keek nerveus haar kant op: ineens leek het onwaarschijnlijk dat Katie niet op de hoogte was van Sauls privéleven, van haar.

Uiteindelijk, met de komst van CEO Bob, slenterden de mensen met tegenzin terug naar hun bureau. Neve keek naar haar vrienden in hun kleine kamer en besefte ineens wat een vreemd clubje ze waren. Gary zag er schriel en kleurloos uit, met zijn ruige, onverzorgde baard en zijn favoriete grijze trui die door motten was aangevreten. Tamsin was die ochtend niet komen hardlopen maar was gaan zwemmen in het London Fields Lido; haar haar was nog nat en in een hoge, scheve staart gebonden. Ze had een potlood achter haar ene oor gestoken en er zat een donkere veeg op haar wang. En Renata – tja, Renata had duidelijk een kater van de avond ervoor. Haar koperkleurige haar was een warrige pluizenbol, haar anders zo stralende huid zag vlekkerig en grauw, en ze kreunde zacht toen ze haar ranke vingers tegen haar oogleden drukte. Ze droeg een vormeloze jumpsuit en toen ze opstond om meer koffie voor zichzelf te zetten leek ze net een versleten lappenpop.

Ze grimaste toen ze Neve zag kijken. 'Ik voel me belabberd. Jij bent de volgende.'

'De volgende?'

'Jarige. Over twee weken, toch?'

'O, dat. Ik denk dat ik gewoon maar vroeg mijn bed in duik met een kop thee.'

Maar ze moest nog wel iets bedenken voor Rory's verjaardag, een paar dagen na die van haar. Mabel zou dan al weg zijn – tenzij ze echt niet van plan was te gaan studeren. Neve dacht terug aan haar dochters boze gezicht toen ze haar die ochtend had aangekeken. Alles lijkt mis te lopen, dacht ze.

De telefoon op haar bureau rinkelde luid. Renata kreunde getergd.

'Hallo?' Neve nam op.

'Spreek ik met Neve Connolly?' Het was een vrouwenstem, afgemeten en burgerlijk.

'Ja. Wat kan ik voor u doen?'

'Je spreekt met Bernice Stevenson.'

Eén vreselijk moment lang kon Neve niets uitbrengen. Ze weet het, dacht ze. Ze weet van Saul en mij.

'Hallo,' stamelde ze uiteindelijk, en ze raapte zich weer bij elkaar. 'Gecondoleerd met het verlies van je man.' Koortsachtig keek ze om zich heen naar de anderen; niemand leek te merken dat haar wereld instortte. Ze zaten nietsvermoedend naar hun scherm te turen.

'Ik weet dat dit nogal uit de lucht komt vallen,' zei Bernice, 'maar ik wil je graag spreken.'

'Natuurlijk,' zei Neve. Dan hebben we dat maar gehad, dacht ze bij zichzelf.

'Persoonlijk, bedoel ik.'

'O. Maar ik...'

'Ik ben in de buurt,' ging Bernice verder. 'In café de Roundabout.'

'Dat ken ik wel.'

'Ik zit beneden.'

Neve hing op. Toen ze opstond voelden haar benen als rubber. Ze maakte een vaag gebaar. 'Ik moet even weg.'

'Pardon?' Tamsins wenkbrauwen schoten omhoog.

'Ik moet even iets afhandelen,' was Neve's onzinnige reactie. Ze gebruikte nooit woorden als 'afhandelen'.

'Problemen?' vroeg Renata meelevend. Ze doelde op Mabel.

Neve maakte een onbestemd geluid. 'Ik ben zo terug,' zei ze terwijl ze haar jas pakte.

Ze liep naar het damestoilet en bleef voor de lange, vlekkerige spiegel staan. Haar oude, afgedragen jack, haar versleten schoenen, haar vermoeide gezicht zonder make-up, haar haar dat wel weer eens geknipt mocht worden. Ze wist dat Bernice slank, chic en elegant was. 'Gesoigneerd', dat was het woord. Maar zij – ze boog zich naar het glas dat besloeg door haar adem en tuurde naar haar rimpeltjes en vlekjes – zij was alledaags, praktisch, niet bevallig, zeker niet deftig. Ze droeg platte schoenen, kocht haar kleren op de markt en in tweedehandswinkels en reed op een fiets.

Plotseling voelde Neve zich gegeneerd. Saul was dood en zijn weduwe – de vrouw die was bedrogen – wachtte vlakbij om haar te spreken, en zij maakte zich druk om haar uiterlijk. Ze waste haar gezicht en haar handen en keek naar de trouwring om haar vinger. Die was niet duur en hij was in de loop der tijd een beetje verbogen, waardoor ze hem bijna niet af kreeg. Ze herinnerde zich hoe Fletcher hem op het stadhuis over haar knokkel had geschoven, met een vertrokken gezicht alsof hij elk moment in lachen of huilen kon uitbarsten, of allebei. Zo lang geleden, dacht Neve. Ze hadden intussen zoveel meegemaakt. Waarom had niemand hun verteld hoe zwaar het zou worden?

Neve kocht een latte voor zichzelf en nam die mee naar beneden, waar Bernice op de bank in de hoek zat met een glas muntthee onaangeroerd voor zich op tafel. Ze zag er beheerst en ondoorgrondelijk uit – en dat was waarschijnlijk ook precies de bedoeling. Haar handen lagen in haar schoot gevouwen en ze had haar benen over elkaar geslagen. Haar donkerblonde haar zat in een strenge knot. Haar gezicht was als een prachtig masker: geëpileerde wenkbrauwen, egale huid, glanzende lippen. Neve, die haar bekeek van onder aan de trap, bedacht hoe vreemd het was dat Bernice Stevenson op de ochtend nadat het vermoorde lichaam van haar man was gevonden zorgvuldig haar make-up had aangebracht, haar haar had gestyled en oorbellen in had gedaan. Zelfs haar donkerblauwe spijkerbroek leek netjes gestreken – wie strijkt er nou spijkerbroeken, dacht Neve bij zichzelf, en dat op de dag nadat je hebt gehoord dat je man vermoord is.

Ze wist dat Bernice vroeger redactieassistent bij een vrouwentijdschrift was geweest maar enkele jaren geleden was gestopt met werken. Saul had eens een opmerking gemaakt over 'dames met hun theekransjes' en Neve was tegen hem uitgevallen: 'Ik haat het als een man zulke dingen zegt.'

'Wat voor dingen?'

'Straks ga je me nog vertellen dat ze je niet begrijpt.'

Dat had hij niet gedaan. Maar hij had Neve wel verteld dat Bernice eens midden in een vrijpartij had gezegd: 'Vergeet niet dat we morgenochtend het grofvuil buiten moeten zetten.' Neve vroeg zich af of dat echt waar was, of dat Saul het gewoon had verzonnen om zich beter te voelen. Maar als het wel waar was, wilde ze het niet weten. Ze had er spijt van dat ze Saul ook over Fletchers depressie had verteld, alsof ze een excuus zocht voor haar ontrouw. Ze voelde zich laag, achterbaks en beschaamd. Maar misschien kwam alles zo meteen wel aan het licht, en wat dan?

Ze liep naar Bernice en deed haar best om haar aan te kijken zonder te glimlachen. Moest ze haar een hand geven?

'Neve.' Bernice glimlachte ook niet.

'Gecondoleerd met je man.'

Van dichtbij zag ze dat Bernice ouder was dan ze van een afstandje had geleken, dat haar huid wat losser hing en dat ze plooitjes rond haar mond had, en ze voelde een ongewilde vlaag van medelijden met haar. Ze ging aan de andere kant van de bank zitten en nam een slok van haar koffie voordat ze die op de tafel neerzette.

'Je had vast niet verwacht van mij te horen,' zei Bernice.

'Nou...' begon Neve, maar Bernice onderbrak haar.

'Mijn man is net vermoord en ik bel naar iemand die ik niet ken. Dat komt vast vreemd over. Waarom zou ik dat doen?'

Neve wachtte af. Haar keel deed pijn en haar ogen schrijnden. Haar hele lijf voelde zo gespannen dat het leek alsof ze elk moment uit elkaar kon barsten. Zeg het nou maar, dacht ze bij zichzelf. Het zou een opluchting zijn om dit achter de rug te hebben.

'Ik begin een beetje door te draaien,' zei Bernice.

'Dat is heel begrijpelijk,' zei Neve, 'na wat er is gebeurd.'

'Nee, ik meen het. Toen de postbode vanmorgen langskwam, begon ik hem te vertellen wat er was gebeurd en toen zag ik een bepaalde blik in zijn ogen. Ik zag dat hij weg wilde. Logisch ook. Hij moest verder met zijn werk. Hij moest verder met zijn eigen leven. Ik heb de neiging volslagen vreemden op straat aan te klampen om te vertellen dat mijn man is vermoord. Het is alsof ik het moet blijven vertellen.'

'Je kan het mij vertellen,' zei Neve zwakjes, maar was Bernice echt alleen op zoek naar een luisterend oor?

'We hebben een zoon, wist je dat?' zei Bernice. Ze had diepblauwe ogen, zag Neve. Smalle lippen. Een rechte neus. Alles aan haar leek in strakke lijnen getekend.

'Dat wist ik niet,' loog Neve. 'Wat vreselijk,' voegde ze er wanhopig aan toe.

'Hij is zeventien. Ik heb hem pas laat gekregen.' Ze keek naar haar handen die zo kalm in haar schoot lagen. 'Ik ben ouder dan Saul. We dachten dat we geen kinderen konden krijgen;

na jaren van proberen hadden we het eigenlijk al min of meer opgegeven en toen werd ik zwanger. Het was een cadeautje.' Ze keek op naar Neve toen ze dit zei.

Neve deed haar best om niet ineen te krimpen van schaamte. Het voelde ongepast om Sauls vrouw over hun huwelijk te horen vertellen.

'Heb jij kinderen?' vroeg Bernice.

'Drie.' Neve pakte haar koffie. Haar handen trilden een beetje toen ze de mok naar haar mond bracht.

'Dan weet je hoe een moeder zich voelt.'

Wat bedoelde ze? Beschermend, onderdrukt, adorerend, uitgeput, alert, liefdevol, extatisch, wanhopig, onzichtbaar, als een leeuwin, als oud vuil, compleet opgeslokt? Ze zette haar mok weer neer.

'Waarom wilde je me spreken?' vroeg ze.

Bernice knipperde met haar ogen en streek over haar wang alsof ze een traan wegveegde.

'Ik weet dat Saul een affaire had.'

'O.' Dus nu kwam het. Neve ging meer rechtop zitten.

'Je lijkt niet verbaasd.'

'Ik weet het niet,' zei Neve. 'Ik bedoel – ik weet gewoon niet wat ik moet zeggen.'

'Met iemand van kantoor. Overwerken, in de flat blijven slapen, meerdere prepaidtelefoons gebruiken, bloemen voor me kopen. Denken mannen echt dat we zo dom zijn?'

Neve dacht koortsachtig na, maar haar gedachten gingen in een kringetje en ze kon nergens grip op krijgen. Wist Bernice het of niet?

'Wie?' hoorde ze zichzelf vragen.

'Dat is de vraag. Ik heb zo mijn vermoedens, maar ik wil het zeker weten voordat ik iemand beschuldig.'

'Ik begrijp het nog steeds niet.'

'Je begrijpt niet waarom ik dit aan jou vertel?'

'Nee.'

Er viel een stilte. Neve moest zich inhouden om die niet op te vullen met een bekentenis.

'Ik kon het niet aan Katie vragen – Katie is heel loyaal aan Saul. Ze mag me niet, omdat ik zijn vrouw ben. Was. Ze zou me niets vertellen. En mensen zoals Bob, tja...' Ze haalde laatdunkend haar schouders op. 'Mannen steunen elkaar. Alleen vrouwen weten wat vrouwen doormaken.'

Haar ogen glommen, maar Neve wist niet precies of dit door woede of door tranen kwam. 'Ik wil niet beweren dat er geen problemen waren in ons huwelijk. Saul was absoluut geen heilige.' Ze lachte verbitterd en vroeg toen: 'Je bent vrij nieuw bij Redfern, toch?'

'Ja.'

'Heb ik je niet op een van de feestjes ontmoet?'

'Ik geloof het wel. We hebben elkaar alleen even gedag gezegd.'

'Je droeg een lange felgekleurde rok waarvan de hele zoom loshing.'

'O ja?' Neve had die rok al twintig jaar; hij viel half uit elkaar, maar ze kon zich er niet toe zetten hem weg te gooien.

'Toen ik Saul daarop wees, lachte hij en zei dat dat typisch iets voor jou was.'

'O.'

'Dus heb ik gelijk?'

'Pardon?'

'Had hij inderdaad een affaire? Wist iedereen op kantoor dat hij een affaire had? Lachte iedereen me achter mijn rug om uit?'

'Nee. Ik bedoel, dat weet ik natuurlijk niet. Maar als hij een affaire had, nou, als dat zo was, dan wist niemand ervan. In elk geval niet voor zover ik weet. Niet dat ze mij iets zouden vertellen. Ik bedoel, ik ben een buitenstaander, ik hoor er niet echt bij, maar ik heb niets gemerkt, geen teken van...'

Opeens had ze het gevoel dat ze zich steeds dieper in de problemen werkte. 'Niemand lachte je uit,' zei ze wanhopig.

Bernice boog zich dichter naar haar toe. 'Hoe moet je rouwen om iemand die je zo vernederd heeft?'

'Dat weet ik niet. Het spijt me.'

'Ik ben niet verdrietig. Nog niet. Ik heb geen traan gelaten. Dat zal allemaal later nog wel komen. Op dit moment ben ik vooral boos.'

'Op Saul?'

'Hij is dood. Het is veel makkelijker om boos te zijn op iemand die nog leeft, vind je niet?'

'Misschien,' zei Neve. Ze aarzelde even. 'Wat zegt de politie?'

'Die doet nogal geheimzinnig. Maar die kale rechercheur, heb je die ontmoet?'

'Wij allemaal.'

'Hem ontgaat niets. Hij komt er wel achter.'

'Mooi.' Neve's stem klonk ijl en raspend.

'Blijkbaar heeft Sauls moordenaar de flat grondig schoongemaakt. En er lijken spullen te ontbreken.'

'Dus het was een inbreker?'

'Nee. Niks waardevols.'

Neve knikte. Ze voelde een bonzende hoofdpijn opkomen.

Bernice sloeg haar benen van elkaar en kwam in één vloeiende beweging overeind, terwijl ze de jas oppakte die opgevouwen naast haar op de bank lag. Ze was lang, misschien wel net zo lang als Neve. 'Jij kan een oogje voor me in het zeil houden,' zei ze, en voor het eerst glimlachte ze, alsof ze een onderonsje hadden. 'Een beetje laat misschien, maar beter laat dan nooit.'

Neve keek haar na tot ze de trap op was gelopen. Toen boog ze zich voorover en liet haar hoofd in haar handen zakken. Wat was er zojuist gebeurd? Had Bernice haar echt om hulp gevraagd, of had ze haar willen laten weten dat ze het wist? Lange tijd bleef ze zo zitten, met geroezemoes op de achtergrond. Toen pingde haar telefoon. Ze ging rechtop zitten en haalde hem uit haar zak. Een berichtje van Mabel. HOE LAAT? stond er alleen. Neve fronste haar wenkbrauwen, niet wetend wat dit betekende.

Ze wist dat ze terug moest naar kantoor, maar ze had een paar minuten nodig om zich te herpakken. Ze liep naar boven, bestelde nog een latte en ging aan een tafeltje bij het raam zitten, met uitzicht op de straat. Er liep een brede, bebaarde man in een gele rok voorbij, en Neve voelde een diepe genegenheid voor haar stad in zich opwellen.

Ze nipte langzaam van haar koffie zodat ze er langer mee deed en dacht aan wat Bernice had gezegd. De politie wist dat er was schoongemaakt en dat er spullen waren meegenomen, maar hoe wisten ze dat en wat wisten ze precies? Natuurlijk had ze zelf spullen gepakt, maar iemand anders ook. Ze dacht diep na en probeerde zich voor de geest te halen hoe de flat eruit had gezien toen ze daar met Saul was geweest, hoe de flat eruit had gezien toen ze zijn lichaam had gevonden, hoe de flat eruit had gezien toen ze de volgende ochtend was teruggekomen. Ze pakte een pen uit haar kleine rugzak en begon op het papieren servet voor haar op tafel een lijst te maken van de door haar weggehaalde spullen.

TANDENBORSTELS X 2

HANDCRÈME

MIGRAINEPILLEN

LIPGLOSS

PARFUM

SHAMPOO

ANSICHTKAART

T-SHIRT

TEKENING VAN GROENTEN

Terwijl ze dit opschreef, was het alsof ze daar weer was en door de flat sloop terwijl Sauls lichaam in de woonkamer lag. Ze keek naar de lijst: allemaal nietszeggend. Niemand zou kunnen weten dat die spullen waren weggehaald – al zouden ze het misschien wel vreemd vinden dat er geen tandenborstel of shampoo in de flat aanwezig was. Belangrijker waren de dingen die ze niet had kunnen vinden. Die schreef ze ook op:

GEDICHT

ONDERGOED

SAULS TELEFOON

En daaronder schreef ze in hoofdletters, die ze onderstreepte:

ARMBAND

Toen voegde ze eraan toe, met twee strepen eronder:

HAMER

'Hallo, Neve Connolly,' klonk het ineens.

Ze schrok op en stootte tegen de tafel, waardoor er een theelepeltje op de vloer viel. Voor haar stond rechercheur Hitching, zo groot als een huis. Ze griste het papieren servet van tafel, snoot haar neus erin en verfrommelde het tot een prop.

'Verkouden?' vroeg hij meelevend.

Ze knikte verwoed en stopte het servet in haar zak.

'Ik zag u door het raam,' zei hij. 'Ik dacht dat ik wel even kon aanschuiven om met u te praten.'

'Ik moet weer aan het werk,' zei ze.

'Die paar minuten maken vast niet uit.'

Hij liet zich op de stoel tegenover haar zakken. Ze zaten zo dicht bij elkaar dat ze de vlekjes in zijn irissen kon zien. Hij had harige polsen en ogen als kolen.

'Ik moest even weg van kantoor,' zei ze.

'Ik weet hoe benauwend het kan worden. Mensen gedragen zich vreemd in dit soort situaties.'

'Ja.'

'Maar u niet.' Hij keek haar aan met een blik die haar kippenvel bezorgde. 'Ik vind het knap dat u zo...' Hij zweeg even. '... flegmatisch blijft.'

'Flegmatisch?' zei Neve. 'Ik weet niet precies wat dat betekent, maar volgens mij geldt dat niet voor mij.'

'Kalm,' zei Hitching. 'Kalm en beheerst. Daarom wilde ik even aanschuiven toen ik u hier in gedachten verzonken zag zitten. Het is altijd handig om dingen door te spreken met iemand die rustig en rationeel blijft.'

'Dan moet u misschien niet bij mij zijn.'

Hij glimlachte. 'Wilt u zeggen dat u niet rustig en rationeel bent?'

'U zou me eens 's morgens vroeg moeten zien,' zei Neve. 'Ik heb drie kinderen.'

'Ik begrijp u helemaal,' zei Hitching. 'Ik heb er ook twee. Kan ik iets voor u halen? Koffie? Thee?'

'Nee, bedankt. Ik heb al twee koffie op.'

'Thee, dan.'

'Nee, bedankt,' zei ze nogmaals, maar Hitching was al weggelopen. Hij kwam terug met een dienblad met twee theepotjes. Hij gaf er een aan Neve en schonk uit het andere een kop thee voor zichzelf in.

'Kaneel en kamille,' zei hij. 'De vrouw achter de kassa zei dat het me zou helpen ontspannen. Dat kan ik wel gebruiken.'

'Mag ik iets zeggen?' vroeg Neve, die niet van kruidenthee hield.

'Natuurlijk.'

'U zei dat u gewoon over straat liep en me toevallig hier zag zitten. Dat klinkt nogal vreemd.'

Hitching nam een slok van zijn thee en keek opgewekt.

'Met "vreemd" bedoelt u "onwaarschijnlijk".'

'Dat niet direct.'

'Nee, u hebt gelijk. Scherp opgemerkt, Neve. Mag ik Neve zeggen?'

Neve knikte.

'Ik was bij jullie op kantoor om een paar collega's van je te spreken. Jij was een van degenen die ik wilde opzoeken. Ik liep naar je kamer en daar zeiden ze dat je plotseling even weg moest. Maar toen ik vertrok, liep ik toevallig langs dit gebouw en zag ik je zitten. Wat een mazzel. Dubbele mazzel. Leuke tent dit.'

'Ja.'

'Goede plek voor een afspraak,' zei hij. 'Had je een afspraak?'

Neve was geneigd gewoon ja te antwoorden en verder niets, maar als Hitching later over Bernice hoorde, zou dat misschien vreemd overkomen. Verdacht zelfs.

'Ik heb Bernice Stevenson gesproken. Dat is de vrouw van Saul Stevenson. Of zijn weduwe, moet ik nu zeggen.'

Hitching was zichtbaar verbaasd. 'Is ze een vriendin van je?'

'Ik had haar pas één keer eerder ontmoet. Ze belde me en zei dat ze me wilde spreken.'

'Waarom?'

'Ik denk dat ze iemand zocht om mee te praten.'

Hitching keek haar met hernieuwde interesse aan. 'Ja, dat klinkt logisch. Je lijkt me wel iemand die je in vertrouwen kunt nemen.'

'Ze wilde gewoon praten.'

'Wat zei ze?'

Weer wist Neve niet wat ze moest antwoorden. Bernice had eigenlijk maar één ding gezegd en dat wilde Neve liever niet delen met de rechercheur die de leiding had over het onderzoek. Maar hij zou ongetwijfeld met Bernice gaan praten en haar vragen waarom ze Neve had willen spreken. Dus ze had geen keus.

'Ze vermoedde dat haar man een affaire had.'

'Waarom?'

'Dat vermoedde ze gewoon.'

'En waarom kwam ze dat hier aan jou vertellen?'

Neve vroeg zich af of Hitching mogelijk hetzelfde vermoedde. Probeerde hij haar tot een leugen te verleiden terwijl hij allang de waarheid wist? Ze moest uitkijken.

'Soms vinden mensen het makkelijker om dit soort dingen met onbekenden te delen. Of met mensen die ze nauwelijks kennen. Maar ik denk dat u dat beter aan haar kunt vragen.'

'Kwam ze boos over?'

'Ze kwam over als iemand wier echtgenoot is vermoord.'

Hitching leek hier diep over na te denken. Hij haalde een notitieboekje uit zijn zak en schreef iets op wat Neve niet kon zien. 'Als je een ingeving krijgt, kun je die beter meteen opschrijven,' legde hij uit. 'Je denkt misschien dat je het wel zal onthouden, maar dat is niet zo.'

Neve vroeg zich af wat voor ingeving Hitching had gekregen, maar het leek haar niet gepast daarnaar te vragen.

'Je bent naar zijn flat geweest om een pakketje af te geven,' ging Hitching verder. 'Weet je wat erin zat?'

'Dat kan ik me niet meer herinneren.'

'Is er iets wat je je nog wel kunt herinneren?'

'Sorry. Ik heb er verder niet bij stilgestaan.'

'Was het groot? Klein?'

Neve voelde paniek opwellen. Zoiets zou je wel onthouden. Ze moest iets overtuigends bedenken, zonder al te specifiek te zijn.

'Volgens mij waren het wat papieren of mappen. Ze lagen op zijn bureau, in een pakketje, of een grote envelop.'

'Dus het was ongeveer zo groot als een A4-envelop?'

'Dat zou goed kunnen.'

'Of groter?'

'Ja, misschien.'

'Dik?'

'Dat weet ik niet meer. Het paste in mijn rugzak. Waarom vraagt u dat?'

Hitching keek om zich heen, alsof hij wilde zien of er niemand meeluisterde. Er was maar één ander tafeltje bezet, in de hoek, door een jongeman die op zijn laptop zat te typen. Toch boog Hitching zich over de tafel en sprak op gedempte toon.

'Ik heb talloze plaatsen delict gezien: op straat, bij het kanaal, in parken, in huizen, flats en studio's. Maar ik heb er nog nooit zo een als deze gezien.'

'Hoe bedoelt u?'

'We geven vanmiddag een persconferentie, maar ik kan wel vast een tipje van de sluier oplichten. Je collega is op brute wijze om het leven gebracht. Ik zal je verdere details besparen. Anders lust je je thee niet meer. Maar goed, dat brute is op zich niets ongewoons. Het vreemde was de staat van de flat. Ik heb wel vaker pogingen gezien om sporen uit te wissen, maar dit overstijgt alles. De flat is grondig schoongemaakt, en dan bedoel ik ook echt brandschoon. Alles lag op zijn plek. Zelfs de prullenbakken waren geleegd. We hebben alle afvalcontainers in de buurt doorzocht.'

Neve voelde haar paniek zo hoog oplaaien dat ze bang was dat het van haar gezicht was af te lezen. Ze moest het vragen. Ze kon er niets aan doen.

'Hebben jullie iets gevonden?'

Hij schudde zijn hoofd. 'Ik ontdekte wel iets interessants. Ze komen daar elke dag het vuilnis ophalen. Ik zou willen dat ze dat bij mij in de buurt ook deden.'

'Maar het is toch niet zo vreemd dat de moordenaar zijn sporen heeft uitgewist?'

'Het lijkt gewoon zo'n vreemde combinatie. Eerst iemand vermoorden in een vlaag van geweld en dan de flat systematisch schoonmaken. Dat moet flink wat tijd hebben gekost.'

'Sorry, rechercheur,' zei Neve.

'Zeg maar Alastair.'

'Alastair. Ik begrijp niet waarom u me dit allemaal vertelt.'

'Daar kom ik nog op. Waarschijnlijk heeft het er verder niets mee te maken, maar er was nog iets vreemds aan de plaats delict.'

'Wat dan?'

'Zoals ik al zei: de hele flat was schoongemaakt. Maar er lag wel een stapel mappen op de tafel. Personeelsdossiers. Drie stuks. Tamsin Olivia Brodal, Renata Searle en Gary Peter Baldwin. De drie mensen met wie jij een kamer deelt op je werk.'

Neve keek omlaag naar haar handen. Ze durfde niets te zeggen.

'Heb je enig idee waarom Stevenson die dossiers op zijn tafel had liggen? En dan bedoel ik in het bijzonder de dossiers van die mensen. Ik heb begrepen dat er tientallen mensen bij jullie bedrijf werken.'

'Ik zou het niet weten.'

'Maar wat denk je?'

'Ons bedrijf is onlangs overgenomen en in Redfern opgegaan. Misschien dat...' Neve stopte acuut en kuchte even. Ze had bijna 'Saul' gezegd. Hoe noemden de anderen hem: Saul of meneer Stevenson? 'Meneer Stevenson was misschien met een evaluatie bezig.'

'Bedoel je dat hij van plan was mensen te ontslaan?'

'Dat zou kunnen. We wisten niet zeker of we wel alle vier mochten blijven. Misschien mochten we wel geen van vieren blijven.'

'Waarom lag jouw dossier er dan niet bij?'

'Wat?'

'Stevenson had de dossiers van de drie mensen met wie je werkt, maar niet dat van jou. Neve Jennifer Connolly zat er niet bij.'

Jenny kuste mij toen ze me zag, schoot door Neve's hoofd. Haar wangen gloeiden. *Sprong terstond op uit haar stoel.* Ze zag Sauls gezicht voor zich, zijn glimlach. Ineens leek het alsof hij hier bij haar was.

'O,' wist ze uit te brengen.

'Waarom niet?'

Neve pakte haar thee en nam een grote slok, deels om wat te kalmeren, deels om zichzelf wat tijd te geven om na te denken. Ze hoopte maar dat haar hand niet verraderlijk trilde.

'Hoe moet ik dat weten?'

'Er zijn genoeg manieren waarop je dat zou kunnen weten. Misschien heeft Stevenson je verteld dat jij zeker was van je baan. Misschien waardeerde hij jou meer dan je collega's. Of misschien was er nog iets anders. Daarom vroeg ik het ook.'

'Ik ben net minder gaan werken, dus ik heb onlangs nog opnieuw over mijn contract onderhandeld. En het bedrijf zou waarschijnlijk dus ook minder besparen als ze mij ontslaan.'

'Dus je denkt dat hij van plan was een of meer van je collega's de laan uit te sturen?'

'Ik dacht gewoon hardop na,' zei Neve. 'Dat had ik niet moeten doen. Ik weet helemaal niets van eventuele plannen.'

'Maar je zei net dat Stevenson bezig was met een evaluatie.'

'Ik weet niet meer wat ik precies heb gezegd. Ik was gewoon wat aan het speculeren omdat ik dacht dat we een informeel praatje maakten, maar ineens veranderde het in een verhoor en nu heb ik het idee dat u te veel achter mijn woorden zoekt.'

Hitching glimlachte. 'Een verhoor? Welnee. Als dit een verhoor was, zouden we in een kamertje zitten met een recorder en een getuige en ging alles uiterst formeel. Ik zal eerlijk tegen je zijn: ik heb geen idee wat ik hier allemaal van moet maken. Bij de meeste moorden is meteen duidelijk wat er is gebeurd zodra je op de plaats delict aankomt. Maar hier niet. Ik zit nog steeds in de fase waarin ik vragen stel om erachter te komen waar ik vragen over zou moeten stellen.'

'Dat klinkt verwarrend,' zei Neve. 'Sorry dat ik u niet heb kunnen helpen.'

'Dat is niet waar,' zei Hitching. 'Je hebt me meer geholpen

dan iedereen die ik tot nu toe heb gesproken.'

'O, dat is mooi,' zei Neve, hoewel ze dat helemaal niet zo mooi vond. 'Hoe heb ik u dan geholpen?'

'In meerdere opzichten. Bernice Stevenson, bijvoorbeeld, heeft in haar verklaring aan een van mijn jonge, scherpzinnige collega's niets gezegd over haar vermoeden dat haar man een affaire had.'

Neve had er meteen spijt van dat ze dit had verklapt. 'Nu voelt het alsof ik haar heb verraden,' zei ze.

'Je hebt gewoon de waarheid verteld,' zei Hitching. 'En geen zorgen, ik zal heel discreet zijn. Maar als ze je nog meer toevertrouwt, hoop ik dat je me dat laat weten.'

'Dat doet ze vast niet.'

'En die kwestie met die dossiers.'

'Ik kan me niet voorstellen dat dat er iets mee te maken heeft.'

'Ik ben gewoon benieuwd waarom hij je vroeg de dossiers van je collega's te komen brengen.'

Neve kreeg het verontrustende gevoel dat ze de verdenking op zich had geladen door iets te beschrijven wat niet eens was gebeurd.

'Het is al weken geleden dat ik dat pakketje heb langsgebracht,' zei ze lichtelijk wanhopig. 'Dat waren vast niet de dossiers die u gevonden hebt.'

Hitching keek bedachtzaam. 'Waarschijnlijk heb je gelijk,' zei hij.

'Gelijk? Hoezo? Ik heb niets gezegd.'

'Jouw dossier ligt ook niet bij de overige dossiers op kantoor. Het is verdwenen.'

'O,' zei Neve. 'Ik weet niet waar het is.'

'Maar het is wel vreemd.'

'Vindt u? Misschien wel.'

'Zijn assistent vindt het ook vreemd.'

Neve dacht aan Katies strenge gezicht en haar doordringende blik.

'En wat eveneens vreemd is, is dat hij volgens zijn vrouw en zijn collega's die ochtend naar een congres zou gaan. Wat deed hij dan in de flat?'

'Dat weet ik niet,' zei Neve. Ze wilde al bijna een paar mogelijke redenen opsommen maar hield zich in.

'Weet je wat het probleem is met dit soort onderzoeken? Je achterhaalt wat interessante informatie en bouwt daar een theorie omheen, maar zo verlies je andere opties uit het oog.'

'Wat voor theorie?' vroeg Neve behoedzaam.

'Dat is het probleem. Ik heb een halfuurtje met jou gepraat en ik heb nu al twee theorieën. Nummer één: Stevenson had een affaire.'

'Had mógelijk een affaire.'

'Oké, had mógelijk een affaire. Dat zou wel verklaren waarom hij in de flat was, nietwaar?' Hij glimlachte naar haar. 'Dan zou het om een afgewezen minnaar of een jaloerse partner kunnen gaan. En theorie nummer twee: Stevenson stond op het punt een of meer mensen te ontslaan.'

'Mógelijk,' zei Neve. 'En je vermoordt iemand toch niet omdat hij je mógelijk van plan is te ontslaan?'

Hitching schudde zijn hoofd. 'Mijn vorige moordzaak ging over een drugsdeal die zo onbenullig was dat je er nog geen cappuccino van zou kunnen kopen. Dus het zou theorie één of twee kunnen zijn, maar niet allebei. En het zou ook geen van beide kunnen zijn.'

Neve keek naar haar kopje. Dat was leeg.

'Je vriendin Renata leek nogal een kater te hebben,' zei Hitching meelevend.

'Ze was gisteren jarig.'

'Dat zei ze. En jij bent ook binnenkort jarig, hoorde ik.'

Neve keek hem aan. Waarom had Renata hem dat verteld en wat had haar verjaardag met dit alles te maken? Speelde hij gewoon een raar spelletje? Toen kreeg ze opeens een akelig gevoel, alsof ze schipbreuk had geleden en een brokstuk van haar leven langzaam op zich af zag drijven. Even bleef ze doodstil zitten terwijl ze probeerde te bedenken wat er mis was, tot de herinnering met verwoestende kracht op haar in beukte. Ze kreunde hardop.

'Gaat het?' vroeg Hitching.

'Ja,' wist ze uit te brengen, maar dat was gelogen.

Haar verjaardag was over twee weken. En – fuck, fuck, fuck – Saul had een cadeau voor haar gekocht. Ze hoorde zijn stem weer glashelder, alsof hij hier naast haar stond: 'Wacht maar af. Zo zul je me nooit meer vergeten.'

'Brandend maagzuur?' vroeg Hitching terwijl hij zich naar haar toe boog. Zo breed, zo dichtbij. Ze kon hem ruiken.

'Wat? Nee.'

Maar haar maag brandde wel, en haar hart bonsde, en haar gezicht was klam van angst. Saul had iets voor haar gekocht en dat zou bij de flat worden bezorgd. Hij had gezegd dat het ruim op tijd zou aankomen. Zou het aan haar of aan hem geadresseerd zijn? Zou haar naam erop staan? Zou Hitching weten dat het voor Neve Connolly was bedoeld zodra hij het zag? Het zou deze of volgende week worden afgeleverd. Ze voelde zich duizelig worden.

Hitching zei iets. Ze kneep haar ogen tot spleetjes en richtte haar aandacht weer op zijn gezicht. Hij keek haar nauwlettend aan.

'Sorry,' zei ze, 'ik moest maar weer eens, u weet wel... En u hebt vast ook belangrijker dingen te doen.'

'Natuurlijk, natuurlijk,' zei Hitching. 'Ik ben degene die zich moet verontschuldigen. Ik zou willen dat al mijn verhoren zo aangenaam waren. En zo nuttig. Niet dat dit een verhoor was, maar dat had ik al gezegd.'

Ze liepen samen de zaak uit en bleven nog even op de stoep staan. Ineens dacht Neve terug aan haar eerste echte afspraakje met Saul. Hitching zou toch niet zoiets vreselijks doen als haar op beide wangen kussen? Hij stak zijn grote hand uit, die ze schudde.

Terwijl ze terugliep naar kantoor probeerde ze door de nevel van angst heen te dringen.

Waar was dit gesprek nou echt over gegaan?

'Denk je wel aan vanavond?' vroeg Tamsin.

'Vanavond?'

'Je bent het vergeten, hè?' Tamsin klonk gekwetst.

'Moet je haar gezicht zien.' Gary grijnsde. 'Ze is het echt vergeten.'

'Sorry, er speelt ook zoveel. Wat is er vanavond?'

'Neve! De reünie.'

Neve's hart verkrampte. Een groepje uit hun studententijd zou bij elkaar komen in een pub in Hackney, maar ze had echt, echt geen zin om te gaan. Ze had al vanaf het begin geen zin gehad: er was tenslotte een goede reden waarom ze het contact had verloren met bijna iedereen die zou komen, zoals ze ook tegen Tamsin had gezegd. Maar Tamsin, nog murw van haar scheiding, deed een poging zich socialer op te stellen en had haar gesmeekt mee te komen om haar te steunen.

'Je gaat toch niet afzeggen?' vroeg Tamsin wantrouwig.

'Nee, ik zeg niet af. Maar ik blijf niet lang. Ik ben nog behoorlijk moe van gisteravond.'

'Praat me er niet van,' zei Renata. 'Ik voel me net een zombie.'

'Maar heb je het wel naar je zin gehad?'

'Voordat ik mezelf voor schut zette, bedoel je? Waarschijnlijk wel. Maar ik denk niet dat dat het waard was. De dingen die ik me nog kan herinneren zijn al erg genoeg. Ik wil echt niet weten wat er verder nog allemaal is gebeurd.'

'Hoe is het met Charlie?' vroeg Neve, terwijl ze terugdacht aan de uitdrukking op zijn gezicht toen Renata was gevallen.

'Charlie is Charlie: heel afkeurend. Hij wordt nooit dronken. Hij doet nooit dingen waar hij zich later voor schaamt. Heel netjes allemaal.' Ze vertrok haar gezicht. 'Ik vind het niet leuk om ouder te worden,' klaagde ze. 'Ik vind het niet leuk om in de veertig te zijn. Eínd veertig. Toen ik vanmorgen in de spiegel keek herkende ik mezelf nauwelijks, met mijn opgezwollen gezicht en dikke ogen.'

'Dat komt door de kater,' zei Gary.

'Ik dacht dat ik wijzer zou worden.' Ineens leek Renata net een kind, pruilend met haar knappe gezicht. 'Ik dacht dat ik inmiddels wel een beetje bedaard zou zijn en, nou ja, gelukkig. Gelukkig!' Haar stem galmde luid. 'Maar nu weer dit met Saul,' zei ze ellendig.

Neve wilde net iets zeggen toen haar telefoon pingde, en daarna nog eens. Ze haalde hem uit haar zak. Het was Mabel weer: HOE LAAT SPREKEN WE AF? stond er in het eerste berichtje, en in het tweede: OVER EEN HALFUUR????

'O nee,' zei ze. 'Ik zou gaan shoppen met Mabel. Dat ben ik ook al vergeten.'

'Shoppen? Waarvoor?' vroeg Renata, terwijl ze met haar mouwen in haar ogen wreef en haar mascara uitsmeerde.

'Spullen voor als je op kamers gaat. Je weet wel: mokken, lepels, dat soort dingen.' Ze had zich een ontspannen uurtje met Mabel voorgesteld, moeder en dochter die nader tot elkaar kwamen tussen de theepotten, dekbedovertrekken en wokken – gebruikten mensen nog steeds een wok? 'Ik kan nu niet weggaan,' zei ze terwijl ze neerplofte. Ze was zo overmand door vermoeidheid dat ze waarschijnlijk alleen maar haar ogen dicht hoefde te doen om ter plekke in slaap te vallen en aan deze nachtmerrie te ontsnappen. 'Dat kan echt niet.'

'Natuurlijk wel,' zei Gary. 'Je neemt anders nooit lunchpauze en dit is belangrijk. Mabel gaat het huis uit.'

'Daar heb je wel gelijk in.' Neve hees zich uit haar stoel. Haar lijf leek ongelooflijk zwaar, maar tegelijkertijd had ze het gevoel dat ze zweefde. 'Slechte timing. Ik blijf niet langer dan een uurtje weg. Als Bob ernaar vraagt, zeg dan maar dat ik even de deur uit ben. Ik haal het wel weer in. Ik werk wel over.'

'Dat kan niet,' zei Tamsin. 'De reünie, weet je nog?'

'Dan werk ik morgen over.'

'Doe niet zo gek,' zei Renata terwijl ze haar een duwtje gaf. 'Ga nou maar gezellig met je dochter op pad.'

Dat gezellig op pad gaan begon slecht. De ketting schoot van haar fiets en draaide helemaal in elkaar. Neve moest de fiets op zijn kop op de stoep zetten om de ketting er weer om te krijgen, en toen ze klaar was zaten haar handen onder het smeer, net als haar spijkerbroek. Ze dacht aan Bernice en hoe elegant zij er die ochtend uit had gezien, en ze streek haar haar uit haar gezicht, waarbij ze te laat bedacht dat ze nu ook smeer op haar wangen had.

'Ik sta hier al tien minuten,' zei Mabel. Ze kwam naast haar staan terwijl Neve haar fiets vastmaakte aan een verkeersbord voor de deur van het warenhuis. 'Wat zit er op je gezicht?'

'Smeer.'

Neve zag er dan misschien niet op haar best uit, maar Mabel ook niet. Ze leek veel afgevallen in korte tijd, al kwam dat misschien ook wel door haar plateauzolen, die haar slanker deden lijken. Door haar overdreven grote rugzak, die ze hoog op haar rug droeg, leek het alsof ze een bochel had. Haar gezicht zag bleek en grauw, en haar haar zat strak naar achteren getrokken in een knot. Ze had een licht waas van puistjes op haar wangen. Haar kleren – zwarte gescheurde spijkerbroek, zwarte longsleeve, zwarte hoodie – waren niet erg schoon en ze zag er ondervoed en verwaarloosd uit. Neve vroeg zich af of ze weer drugs gebruikte – of misschien speelde ze dat ze drugs gebruikte. Ze was een kameleon, nam altijd de kleur aan van haar stemming en haar omgeving, kleedde zich altijd naar een bepaalde rol. Het viel niet te zeggen wat echt was en wat gespeeld of verzonnen, of in hoeverre Mabel daar onderscheid tussen maakte. Dat was een groot probleem geweest tijdens de absurde therapiesessies met het hele gezin die ze de afgelopen jaren hadden gehad.

Ze was duidelijk in een slecht humeur. Haar ogen glommen geïrriteerd en ze kon niet stil blijven staan.

'Hoe gaat het met inpakken?' vroeg Neve. Ze haatte haar opgewekte toon, haatte het hoe ze zich in die vertrouwde rol perste, zelfs nu de grond langzaam onder haar voeten in de afgrond wegzakte. Zij was de hoopvolle, de optimist, de verbinder. 'Is de stoel al los uit de deuropening?'

Mabel draaide zich naar haar toe op de bal van haar voeten en schudde haar hoofd. 'Nee,' antwoordde ze.

'Ik zal het eens proberen zodra ik thuis ben.'

'Doe geen moeite.'

'Hij kan daar zo niet blijven staan.'

'Waarom niet?'

'Het is je slaapkamer.' Normaal gesproken deed Mabel haar deur zelfs op slot.

'Maar ik ben straks toch weg.' Ze zag de uitdrukking op Neve's gezicht en voegde eraan toe: 'Misschien.'

'Nou goed, laten we eens kijken wat je allemaal nodig hebt,' zei Neve terwijl ze door de draaideur stapten.

Het kostte Mabel tien minuten om een waterkoker uit te kiezen. Ze vond alle mokken lelijk. Ze zei dat ze geen pannen nodig had. Toen ze zich geïrriteerd omdraaide stootte ze met haar rugzak drie glazen van het schap, die op de vloer kapot vielen. Een medewerker haastte zich naar hen toe met een vergevensgezinde glimlach en begon met veel omhaal de scherven op te vegen terwijl Mabel nors toekeek.

'Wat dacht je van een broodrooster?' vroeg Neve.

'Grapje zeker?'

'Wat is daar mis mee?'

'Iedereen heeft een broodrooster.'

Neve pakte een cafetière uit het schap en reikte die aan.

'Ik drink geen koffie, weet je nog?'

'Je wilt wel koffie voor andere mensen kunnen zetten.'

'Je wilt dat ik sociaal doe.'

'Natuurlijk.'

Mabel mompelde iets onverstaanbaars en pakte toen een set houten lepels. 'Ik wil deze.'

'Prima.'

'En deze.' Ze koos een lang scherp mes in een plastic hoes uit.

Neve kreeg een naar gevoel toen ze haar dochter met dat mes in haar hand zag staan. 'Zullen we bij de theepotten kijken?'

'Dat interesseert me niet.'

'Theepotten niet?'

'Fuck theepotten. Het interesseert me niet. Het interesseert me niet wat we kopen. Het interesseert me niet of ik een broodrooster heb, of een snijplank, of een melkpannetje, of bijpassende kussenslopen, of notitieboekjes, of...' Ze keek verwoed om zich heen. '... een wasmand, of een leeslampje. Het interesseert me niet. Het is allemaal onzin, oké?'

'Oké.' Neve duwde alle angsten die haar overspoelden weg en probeerde zich te concentreren op haar dochter, die zo stijf stond van woede en spanning dat ze elk moment leek te kunnen exploderen. 'Laten we het voor gezien houden. Dit is niet het juiste moment. We doen het wel een andere keer – of we kijken gewoon ter plekke wat je nodig hebt.' Ze hief haar hand op. 'Áls je besluit te gaan. En daar kunnen we ook over praten, maar niet nu. Nu gaan we iets eten en een kop thee drinken en dan ga ik weer aan het werk. Oké?'

'Ik heb geen honger.'

'Alleen thee dan.'

'Het is hier veel te warm en te licht. Ik krijg zin om met dingen te gaan smijten.'

'Ik weet het. Hier, kom mee.' Neve sloeg haar arm om Mabels knokige schouders en leidde haar de winkel uit, door de hoofdstraat, naar een cafeetje in een steeg. Ze schoof een stoel voor haar naar achteren en ging tegenover haar zitten, bestelde een pot Chinese thee met een schijfje citroen ernaast en vroeg zich af hoeveel koppen koffie en thee ze vandaag al had gedronken. Ze besefte dat ze zich niet eens kon herinneren wanneer ze voor het laatst iets had gegeten, maar alleen al bij de gedachte aan eten voelde ze haar maag omdraaien.

Mabel keek haar even aan en liet haar hoofd toen in haar handen zakken. 'Mam?' zei ze, bijna onhoorbaar.

Het was jaren geleden dat ze Neve zo had genoemd. Huilde

ze? Neve wilde haar aanraken, vasthouden, de tranen van haar dochters smalle, groezelige gezicht vegen, maar ze hield zich in. 'Zeg het maar. Je kunt altijd met me praten.'

Mabel tilde haar hoofd op en ging rechtop zitten. De uitdrukking op haar gezicht verhardde, waardoor ze er bijna boosaardig uitzag. 'Waarom zou ik met jóú willen praten?' zei ze. 'Waarom, in godsnaam?'

Eigenlijk, bedacht Neve terwijl ze de lift in stapte en op de knop voor de vierde verdieping drukte, kon het haar allemaal niet meer schelen: ze was te moe, te afgestompt door al het bedrog en alle angst. Ze zag zichzelf in de onflatteuze spiegel van de lift: haar gekneusde gezicht was vertrokken en er zat smeer op beide wangen. Dit was niet de vrouw op wie Saul was gevallen. Saul, dacht ze bij zichzelf. Hij lag nu vast in het mortuarium, op zo'n metalen tafel.

Ze hadden nooit een hele nacht samen doorgebracht, daar was geen tijd voor. Maar één keer, toen ze na het vrijen samen in bed lagen, was hij in slaap gevallen met zijn arm om haar heen. Hun benen waren verstrengeld. Neve had wel een halfuur of langer naar hem gekeken terwijl hij sliep: hoe zijn mond een klein stukje openstond, en hoeveel serieuzer hij eruitzag dan wanneer hij wakker was. Hij leek jonger en onschuldiger in zijn slaap, zijn gezicht was egaler, alle rimpels waren weggevaagd. Ze had de veranderingen in zijn gezicht minutieus bestudeerd. Hij was zo vertrouwd maar ook zo mysterieus, een vreemde die haar leven was binnengewandeld en er ook weer uit zou verdwijnen, wist ze. Toen bewoog hij, deed zijn ogen open en zag dat ze naar hem keek, en hij glimlachte naar haar – wat een glimlach. Ze zou het nooit vergeten. Ondanks de schaamte, het schuldgevoel, de vrees en deze hele verschrikkelijke puinhoop zou ze het nooit vergeten.

De liftdeuren schoven open en ze stond oog in oog met Katie.

'Hallo,' zei ze geschrokken.

'Neve,' zei Katie met een knikje. 'Dat komt goed uit. Ik wilde je iets vragen.'

'Natuurlijk.'

'In mijn kamer, als je het niet erg vindt. Het is hier net een vissenkom.'

Neve volgde Katie naar haar kamer, naast die van Saul.

'Blijkbaar...' zei Katie nadat ze de deur had dichtgedaan, 'ben je aan het rondbazuinen dat Saul een affaire had.'

'Helemaal niet!'

'Dat heb ik gehoord.'

'Dat heb je dan verkeerd gehoord.'

'Je bent nieuw hier.'

'Ik zou niet weten wat dat...'

'Alles ging prima totdat jij en je collega's erbij kwamen.'

'Wat wil je daarmee zeggen?'

'Dat lijkt me duidelijk. Er gaan geruchten dat Saul een affaire had met iemand van kantoor. Wat zeg je daarvan?'

Neve zou bijna in lachen uitbarsten. 'Weet ik veel,' zei ze. 'Zoals je al zei: ik ben nieuw hier. Ik weet niet wat er allemaal speelt. En ik heb al zeker niet zulke roddels verspreid.' Ze zweeg even en voegde eraan toe: 'Zijn vrouw denkt dat hij vreemdging.'

'Bernice?'

'Ja.'

'Dus ze wist ervan?'

Neve had het gevoel alsof ze door een dichte mist strompelde waar van alles uit opdoemde. 'Wacht even, dus je wist dat

Saul een affaire had, maar niet dat zijn vrouw ervan wist?'

'Katie schudde haar hoofd. 'Als je eens wist wat ik allemaal weet,' zei ze. 'Mij ontgaat vrijwel niets.'

'Ik moet weer aan het werk.'

'Hij mag dan dood zijn,' zei Katie, 'maar ik kan hem nog steeds beschermen.'

'Succes daarmee.'

Alleen Renata en Tamsin zaten achter hun computer. Neve ging aan haar bureau zitten en opende de bestanden waaraan ze had zitten werken. Ze liet haar kin op haar hand rusten en staarde naar de afbeeldingen zonder ze echt te zien. Kleine spikkels zweefden voor haar ogen. Ze was zo uitgeput dat ze moeite moest doen om niet op haar toetsenbord in slaap te vallen, maar er spookten scherpe splinters van vrees door haar vermoeide hoofd. Saul had een cadeau voor haar gekocht dat in de komende paar dagen bij de flat zou worden bezorgd. Bernice wist van de affaire en had een verdachte op het oog – wie? Katie wist ook van Sauls affaire en had laten doorschemeren dat ze wist met wie het was. Mabel zat weer in een neerwaartse spiraal, schichtig, onbesuisd en vol woede. En er waren nog meer dingen: haar armband, die was verdwenen. De hamer, die ook was verdwenen. Haar personeelsdossier, dat niet bij die van Gary, Tamsin en Renata had gezeten en niet hier op kantoor lag. Ze begreep er niets meer van. En dan was er nog rechercheur Hitching. Ze vond de manier waarop hij naar haar keek niet prettig. Het gaf haar het akelige gevoel dat hij iets wist.

'Hoe was het met Mabel?' vroeg Renata.

'Niet geweldig. We hebben uiteindelijk niks gekocht. Ik weet niet eens of ze wel gaat.' Ze keek naar Renata en overwoog hun alles te vertellen: over de affaire, het uitwissen van haar sporen, het gevoel van angst dat haar overspoelde. De drang om alles op te biechten en zich van die last te bevrijden was zo sterk dat de woorden op haar lippen brandden. Ze wilde net iets zeggen, maar Tamsin was haar voor.

'Gary zit er helemaal doorheen,' zei ze.

'O jee, hoezo? Door Jane?'

'Nee, of in elk geval niet direct. Het gaat om geld.'

'Wat is er dan?'

'Hij heeft me net verteld dat hij tot over zijn oren in de schulden zit.'

'Daar wist ik niks van.'

'Hij dacht dat Redfern veel meer voor de overname zou neertellen. Daarom heeft hij in het jaar daarvoor aardig wat geld geleend. Voor zijn vrouw, zegt hij. Maar toen kreeg hij dus veel minder dan verwacht en kon hij de lening niet aflossen, dus die schuld loopt nu met de dag op.'

Neve herinnerde zich hoe kwaad Gary was geweest op Saul en het hele management: 'Niet overgenomen maar in de maling genomen,' zei hij steeds.

'We moeten hem helpen.'

'Natuurlijk,' zei Renata. 'Maar hoe? Heb jij spaargeld?'

'Ik heb niks.'

'Net zoveel als Tamsin en ik.'

'Nee, ik heb nog minder dan niks,' zei Tamsin. 'Door de scheiding ben ik financieel uitgekleed. Ik heb geprobeerd een tweede hypotheek aan te vragen, maar dat werd afgewezen. Gelukkig heb ik geen kinderen om me zorgen over te maken.'

'Maar eigenlijk zijn we allemaal rijk,' zei Neve. 'We hebben dan wel geen spaargeld, maar we hebben allemaal een huis dat drie, vier keer zoveel waard is als toen we het kochten. We zijn allemaal miljonair.'

Tamsin snoof.

'Ik meen het,' hield Neve vol. 'Fletcher en ik konden nog geen schoenendoos kopen van ons inkomen, maar ik durf te wedden dat ons huis nu meer dan een miljoen pond waard is en daar hebben we niks voor hoeven doen. Onze generatie heeft gewoon heel veel geluk gehad. Alleen heeft Gary nooit een huis gekocht. Hij wilde niet meedoen aan het kapitalistische systeem.'

'Dus nu is hij de pineut,' zei Tamsin somber.

'Sst.'

Gary kwam door de open ruimte naar hun kamer gelopen. Zijn baard leek pluizig en zijn bril was vies. Neve keek naar hem en dacht terug aan hoe ze elkaar als student hadden leren kennen. Hij had wel een elfje of een faun geleken, klein, vlot en vol streken. Nu leek hij alleen nog maar verslagen. Wat was er met hem gebeurd, met hen allemaal? En wat stond er nog te gebeuren? Ze voelde een lange, trage huivering door zich heen trekken.

'Ik sprak Terry van de boekhouding,' zei Gary toen hij binnenkwam. 'En die had net Bob gesproken. En Bob vertelde hem dat hij denkt dat de politie geen enkel aanknopingspunt heeft.'

'Het is pas dag drie,' zei Tamsin.

'Het is ál dag drie,' zei Gary.

Neve boog zich over haar toetsenbord. Als ze geen aanknopingspunten hadden, dan kwam dat doordat zij – en iemand anders – al het bewijsmateriaal had laten verdwijnen. Ze kon het niet meer terugdraaien, maar ze moest uitvinden wat dit betekende.

Er kwam een gedachte in haar op. Saul had eigenlijk op een congres moeten zitten. Hij was stiekem naar de flat gegaan en had haar gezegd daarnaartoe te komen. Wie wist nog meer dat hij daar zou zijn? Het logische antwoord daarop was: niemand. Die gedachte was als een afgebroken tand waar ze met haar tong langs bleef gaan.

Ze probeerde het uit haar hoofd te zetten en aan het werk te gaan, al was ze zich amper bewust van waar ze mee bezig was. Er leek nauwelijks tijd verstreken, maar ineens was het halfvier. Ze moest de jongens van school ophalen. Ze stond op en begon haar spullen te pakken.

'Dan zien we je straks,' zei Tamsin.

'Wat?' zei Neve.

'Dat weet je best,' zei Tamsin. 'Het wordt vast leuk.'

'Ik zal mijn gezicht wel even laten zien.'

'Dat klinkt als een manier om te zeggen dat je misschien helemaal niet komt.'

De gedachte om niet te gaan was verleidelijk, maar Neve had beloofd dat ze zou komen. Toen ze wegliep hoorde ze een stem achter zich. Renata was achter haar aan gelopen.

'Je komt toch wel?' vroeg ze.

'Waarom vraagt iedereen dat toch steeds?'

'Ik moet met je praten. Het is belangrijk.'

Dat klonk Neve nogal onheilspellend in de oren. 'Als het belangrijk is, kan het ook nu,' zei ze.

'Het is nogal ingewikkeld,' zei Renata. 'Ik heb eerst een drankje nodig, en wat meer privacy.' Ze klonk luchtig maar ze keek serieus. 'Kom nou maar gewoon.'

Eigenlijk hoefde Neve de jongens niet meer van school te halen. Rory was elf. Volgend jaar zou hij op school zitten met leerlingen die oud genoeg waren om te mogen stemmen. Toch genoot Neve van het oude, vertrouwde ritueel van kletsen op het schoolplein met de andere ouders, samen roddelen en over leraren klagen. In het afgelopen jaar waren de gesprekken complexer geworden, toen de verschillende keuzes voor middelbare scholen werden gedeeld, besproken, verdedigd en betwist. Vandaag was dat allemaal irrelevant omdat ze te laat was. Rory en Connor stonden al bij het hek van het schoolplein te wachten, samen met andere kinderen wier ouders er nog niet waren. Connor stond bij zijn vriend Elias en Rory stond alleen, met zijn handen in zijn zakken.

'Sorry, jongens,' zei Neve, terwijl ze zich ervan weerhield hen te omhelzen. Ze vond het vreselijk om te laat bij haar kinderen aan te komen. En ze vond het vreselijk om Rory op school te zien. Hij leek altijd overal buiten te vallen, hoewel hij deed alsof dat hem niets kon schelen – en misschien kon het hem ook werkelijk niets schelen. Fletcher zei dat ze zich veel te veel zorgen om hem maakte en ze wist dat hij gelijk had. Maar hoe stop je daarmee, vroeg ze zich af. Al die weken en maanden van wakker liggen tot diep in de nacht, met bonzend hart en droge mond, piekerend over Mabel.

'Je hoeft ons helemaal niet op te halen,' zei Rory.

'Maar dat doe ik graag.'

Sarah, de moeder van Elias, kwam half rennend, half lopend de heuvel op en arriveerde buiten adem, al zag ze er nog steeds piekfijn uit. Haar donkerbruine haar zat in een knot in haar nek, haar mantelpakje zat als gegoten, haar make-up was bescheiden.

'Ben ik weer te laat?'

'Je bent altijd te laat,' zei Elias met een norse blik. 'En dan vraag je altijd of je weer te laat bent.' Hij schopte tegen een steen. 'Alsof het de eerste keer is.'

Sarah stootte een gekwetst lachje uit, waarna ze zich naar Neve toe draaide. 'Voel je je niet vreselijk schuldig?'

'Schuldig?'

'Dat je een werkende moeder bent?'

'O, dat. Ja, natuurlijk.'

'Schuldig op je werk omdat je je naar huis moet haasten, schuldig thuis omdat je je naar je werk moet haasten. Die telefoontjes van school als je kind ziek is of een ongelukje heeft gehad en je het moet komen ophalen. Mijn vriendin zegt dat ik nooit op mijn werk moet zeggen dat ik weg moet vanwege de kinderen – elk excuus is beter dan dat, zegt ze. Maar jij hebt drie kinderen en jou lukt het prima. Je lijkt altijd zo kalm en verstandig.'

Het lukte Neve zowaar om te lachen. 'Zo voel ik me anders niet. Bovendien werkt Fletcher vanuit huis, dus dat maakt een groot verschil. Ik heb gewoon geluk gehad. Eigenlijk modder ik ook maar wat aan, net als iedereen. Ik doe mijn best, al is dat vaak niet genoeg. Ik probeer niet al te hard te oordelen over mezelf.' Ze glimlachte flauwtjes: twee uitgeputte vrouwen tegen de rest van de wereld. 'Maar goed, we hebben niet echt veel keus.'

'Nee, dat is zo,' beaamde Sarah. 'Dat hebben we zeker niet.' Ze was een alleenstaande moeder. Neve en Fletcher hadden Elias regelmatig over de vloer om haar even wat rust te gunnen.

Met z'n allen liepen ze de heuvel af, Neve met haar fiets aan de hand, Connor en Elias voorop, lachend en stoeiend. Rory slenterde er vlak achteraan.

'Dag,' zei Sarah op de hoek.

Toen ze thuiskwamen en de jongens naar boven renden, herinnerde Neve zich iets. 'Heeft Whisky wel eten gehad?'

'Hoe moeten wij dat weten?' zei Connor, waarna hij naar zijn kamer verdween.

Neve wilde achter hem aan roepen: omdat jullie dat hadden beloofd toen jullie om een cavia vroegen – dat jullie hem eten zouden geven en zijn hok zouden verschonen en dat Fletcher en ik helemaal niets hoefden te doen. Maar dat deed ze niet. In plaats daarvan haalde ze de doos met caviavoer uit de voorraadkast, liep naar de keuken, trok de koelkast open en pakte wat blaadjes sla, spinazie en boerenkool. Ze liep de tuin in en maakte het hok open, vulde de etensbak, verspreidde de blaadjes en deed het hok weer dicht. Whisky kwam uit zijn kleine schuilplaats tevoorschijn en begon stilletjes aan de blaadjes te knabbelen.

Whisky. Connor had die naam uitgekozen. Ze wist niet precies waarom. Het beestje was niet eens whiskykleurig. Hij was vuilwit met grote zwarte vlekken. Ze bleef even naar hem kijken terwijl hij at. Ze had een beetje medelijden met hem gehad, maar hij leek behoorlijk tevreden. Benijdenswaardig tevreden, zelfs. Een leven van slapen in warm stro en knagen op verse slablaadjes klonk een stuk beter dan haar eigen leven. Ze deed de deur van het hok weer open en aaide hem zachtjes over zijn kop. Hij at gewoon door en besteedde geen aandacht aan haar.

Ze liep terug naar het huis en dacht aan komende avond. Ongeveer één keer per jaar kwamen ze met hun oude groepje studievrienden bij elkaar. Soms organiseerde iemand een feestje, maar af en toe – zoals vanavond – gingen ze gewoon wat drinken in de pub. Neve nam aan dat dit betekende dat er maar weinig mensen zouden komen. Dat was mooi. Ze was niet in de stemming voor drukte. Het betekende ook dat het vast niet al te laat zou worden.

Toen ze weer binnenkwam liep ze meteen door naar de badkamer, deed de deur op slot en liet het bad vollopen. Even later liet ze zich erin zakken en ze probeerde de geluiden in huis te negeren, de kibbelende stemmen, iemand die iets zwaars liet vallen. Ze ging helemaal kopje-onder en even was de wereld stil, op het geluid van haar hartslag na. Ze kon ook hier blijven, dacht ze bij zichzelf, af en toe warm water erbij doen, kijken hoe de huid van haar vingers rimpelig werd, gewoon een lichaam in het water.

Er klopte iemand op de deur. Ze zuchtte en hees zich uit het bad, wikkelde een handdoek om zich heen, deed de deur open.

'Er brandt iets aan,' riep ze naar beneden.

'Het is maar toast,' riep Rory terug.

Ze trok een wijde broek en een roestkleurige slobbertrui aan. Ze wilde zich behaaglijk voelen, onaantrekkelijk, onzichtbaar. Ze probeerde de spiegel te negeren: ze wilde zichzelf niet zien. Maar sommige dingen waren onvermijdelijk. Ze liep naar de kamer van Mabel. De stoel was eindelijk weg, al zaten er krassen en groeven in de muur op de overloop en hing de deur een beetje scheef. Neve klopte aan. Er klonk een onbestemd gemompel van achter de deur, wat ze opvatte als toestemming om de deur open te doen. De gordijnen waren dicht en het was donker in de kamer.

'Vind je het goed als ik het licht aandoe?' vroeg ze.

'Liever niet,' klonk Mabels stem.

'Lig je hier gewoon in het donker?'

'Wat denk je zelf?'

'Ik denk helemaal niks. Het is donker. Daarom vraag ik het.'

'Ik ben aan het yogaën.'

'Echt?'

'Nee, natuurlijk niet.'

'Oké,' zei Neve. 'Een paar dingen. Ik heb Whisky voer gegeven, dus daar hoef je niet meer aan te denken.'

'O, moest ík dat dan doen?'

'En ik wilde je er even aan herinneren dat Fletcher en ik vanavond met wat mensen hebben afgesproken.'

'Alweer?'

'We gaan alleen een drankje drinken. Het wordt niet laat. Misschien kun jij met de jongens samen koken.'

'Wat moeten we dan maken?'

Er volgde een moeizame discussie tussen Neve en de stem in het donker over wat er in de koelkast en de voorraadkast lag en hoe dit kon worden samengevoegd. Toen dacht Neve aan de vierde persoon in het gezin die Whisky niet te eten had gegeven. Ze liep naar Fletchers werkkamer en klopte aan. 'Mag ik binnenkomen?'

'Ik kom wel naar buiten.'

Neve voelde zich altijd vreemd verontwaardigd als hij dit zei. Het was alsof hij een geheim had dat ze zou zien door zijn heiligdom te betreden, alsof er iemand bij hem op de kamer was. Hij deed open en stak zijn hoofd om de deur.

'Ben je er klaar voor?' vroeg Neve.

'Waarvoor?'

'Dat drankje. In de pub.'

'Ga jij maar,' zei hij. 'Ik blijf liever thuis.'

'Ik vind dat je mee moet gaan.'

'Waarom?'

'Omdat het goed voor je is om er even uit te zijn. En omdat ik het fijn zou vinden.'

'Oké,' zei Fletcher. 'Ga jij maar vast. Ik kom zo.'

'Wacht niet te lang,' zei ze.

Het was maar een klein stukje fietsen. De Urban Fox lag aan Kingsland Road: een oude pub die een nieuwe naam en een nieuwe look had gekregen en er nu 'authentieker' uitzag dan de vorige versie met bloemetjesbehang en sfeerverlichting. Nu zag je kale baksteen muren, plankenvloeren en vintage tafels en stoelen. Toen Neve binnenkwam was het er leeg, op Tamsin, Renata en Gary na, die aan een tafeltje in de hoek zaten. Voor hen stonden geopende flessen rode en witte wijn en schaaltjes met kaas en gerookt vlees.

Neve schonk zich een glas rode wijn in. 'Ik dacht dat dit een reünie van studievrienden zou zijn,' zei ze. 'Niet een van het kantoor waar ik net vandaan kom.'

'Ben je niet blij om ons te zien?' vroeg Gary. 'Anders moet je bij Tamsin zijn. Het was haar idee.'

'Ik zal er niemand op aankijken,' zei Neve.

'Eigenlijk was het niet mijn idee,' zei Tamsin. 'Herinner je je Jackie Cornfield?'

'Natuurlijk,' zei Neve. 'Mijn god, het is eeuwen geleden dat ik die voor het laatst heb gezien. Is zij niet als een van de weinigen in Newcastle gebleven?'

'Klopt... Volgens mij heeft ze net een zware tijd achter de rug en zoekt ze nu weer contact met de mensen die ze uit het oog is verloren.'

'O help,' zei Gary.

'Ik vind het een goed plan,' zei Tamsin. 'Dus ik breng drie mopperkonten in en zij heeft nog een paar andere mensen gebeld. Ik heb geen idee wie er allemaal komen.'

'Ze is niet echt van onze oude club,' zei Renata. 'Ik kende haar nauwelijks.'

'Natuurlijk kende je haar wel, en ze is leuk,' zei Tamsin. 'Of tenminste, ze was leuk. Maar ja, dat waren we vroeger allemaal, en toen werden we oud.'

'Maar waar is ze dan?' vroeg Neve. Ze had het nog niet gezegd of er klonk een luide begroetingskreet. Ze keek om. Jackie Cornfield kwam niet gewoon het café binnen, maar maakte haar entree als een explosie. Ze zagen lang golvend haar met plukken groen erdoor, een paarse jurk en kleurige kralen. Ze was zo overweldigend aanwezig dat het Neve een ogenblik kostte om op te merken dat ze iemand bij zich had: een wat afwachtende man in een bruin pak en een donkerrood overhemd die een flinke reistas bij zich had. Hij had rossig haar, hoge jukbeenderen en lichte flaporen, en hij keek met een half geamuseerde, half gegeneerde blik naar wat er zich voor hem afspeelde.

Ze bekeken elkaar zoals ze elkaar altijd bekeken bij gelegenheden als deze: iedereen stelde vast hoeveel ouder de anderen waren geworden, om het vervolgens onmiddellijk weg te stoppen.

'Wat zien jullie er allemaal fantastisch uit,' zei Jackie. 'Jullie zijn geen van allen ook maar een spat veranderd.'

'Maak dat mijn haar eens wijs,' zei Gary.

Iedereen stond op en liep om de tafel heen om Jackie te omhelzen.

'Dat is lang geleden,' zei Neve tegen haar, waarna ze naar de man keek. 'Dus dit is jouw...' Ze onderbrak zichzelf. Dat was altijd een wat lastige zin om af te maken.

Jackie schoot in de lach en sloeg een arm om de man heen, die er een beetje schaapachtig bij stond.

'Dus jij denkt dat wij een leuk stel zouden zijn? Lief van je. Maar herken je Will dan niet? Will Ziegler? Hij stapte net uit de trein uit Bristol.'

Neve keek nog eens aandachtig en herkende toen inderdaad iemand uit haar lichting, iemand die ze vrij goed had gekend, destijds. 'Wat stom van me,' zei ze.

Hij glimlachte. 'We zijn allemaal stom,' zei hij. 'En ook nog eens steeds ouder.'

'Fijn, wrijf het er maar in,' zei Renata. 'Ik voel me al zwak en broos genoeg.'

Neve keek hen beiden aan. Jackie stond haar nog levendig voor ogen; ze was altijd iemand van de overtreffende trap geweest: kleurrijker, luidruchtiger en uitbundiger dan de rest. Maar haar herinneringen aan Will waren vager. Ze wist alleen nog dat hij erbij was geweest in die onstuimige tijd toen alles nog openlag. Ze glimlachte naar beiden.

Tamsin haakte haar arm in die van Will en nam hem mee naar de andere kant van de tafel, waarbij hij een stoel omver trok met zijn reistas.

'Ik voel me hier wel de provinciaal,' zei hij. 'Het is jaren geleden dat ik voor het laatst in Londen was.'

Gary trok een extra stoel bij. Jackie ging naast Neve zitten. Renata bestelde nog twee flessen wijn. Ze leek hersteld van de kater van de vorige avond.

Er ontstond vrijwel onmiddellijk een rumoerig gesprek. Jackie vertelde over haar werk bij de reclassering. 'Het is een harde wereld,' zei ze met een lach. 'Je zou het niet geloven, wat ik allemaal hoor en zie. Het is een hele kunst om optimistisch te blijven, maar je hebt geen keus, toch?' Ze maakte een weids gebaar waarbij ze Will bijna in zijn gezicht sloeg.

Ze was getrouwd, had kinderen gekregen en was gescheiden. 'Het bekende verhaal,' zei ze opgewekt.

Will woonde met zijn vrouw Karen en twee asielhonden in een dorp net buiten Bristol. 'Geen kinderen,' zei hij. 'Het kwam er gewoon niet van.'

'Was Karen niet bevriend met Alison Ferrimore?' vroeg Tamsin.

'Alison met haar verschillende kleuren ogen,' zei Renata. 'Dat weet ik nog! Wat zou er van haar geworden zijn? Ze speelde hobo.'

'Saxofoon.'

Neve zag de lichtelijk teleurgestelde blik op Wills gezicht toen het gesprek zich – op weg naar andere herinneringen – al zo snel van hem afwendde.

'En wat doe jij?' vroeg ze hem.

Hij leefde op. 'Dat is moeilijk uit te leggen.'

'Probeer maar.'

'Ik heb een bedrijf dat zich bezighoudt met data en dat soort zaken.' Hij keek de tafel rond. 'Ik zei al dat het lastig uit te leggen was.'

'Dat klinkt als management consultancy,' zei Gary argwanend.

'Het zit meer in de hoek van de logistiek, infrastructuur.'

'En jij bent daar de baas?'

Will haalde zijn schouders op. 'We zijn eigenlijk meer een team. Het is een hele strijd geweest om te komen waar we nu zijn.'

'Dan is er tenminste één van ons een succes geworden,' zei Gary. 'Misschien kun je voor ons allemaal een baan regelen.'

'Nou,' begon Will, licht blozend. 'Als jullie...'

'Hij maakt maar een grapje,' zei Neve, terwijl ze een hand op zijn arm legde.

'En jullie hebben altijd met z'n vieren gewerkt,' zei Jackie. 'Dat moet wel fijn zijn. Jullie waren altijd al een hecht clubje.' Ze klonk weemoedig.

Toen boog ze zich naar Neve toe. 'Maar ik hoorde dat jij en Fletcher...' Ze zweeg en keek Neve meevoelend aan.

'Wat is er met ons?'

'Problemen hadden.'

'Fletcher en ik?'

'Ik zal het wel verkeerd begrepen hebben.'

'Van wie heb je dat?'

‘Ik dacht dat Tamsin zei dat jullie een moeilijke tijd doormaakten. Ik had er niet over moeten beginnen. Ik kan ook nooit mijn mond houden.’

Neve zuchtte. Tamsin zou wel iets hebben gezegd over alles wat ze met Mabel hadden meegemaakt. Ze wou dat ze dat niet had gedaan. ‘Met ons gaat het prima.’ Ze keek naar Jackie en Will, mensen die ze in geen – wat was het? – twintig jaar had gezien. Ze leken haast schimmen van hun jongere ik. Neve herinnerde zich dat ze een keer met Will had gedanst, in een schemerig en overvol zaaltje; hij was een waardeloze danser gebleken: een verlegen schuifelaar met te grote voeten. En dan was er de grappige en wilde Jackie. Haar herinnerde ze zich als iemand die op feestjes te veel dronk, rookte en luidkeels zong. Toen keek ze naar Renata, Tamsin en Gary. Objectief gezien waren ze nu van middelbare leeftijd, compleet met rimpels, grijze haren en een slappe huid, en ze hadden de nodige tikken van het leven gehad, maar toch, voor haar behielden ze de leeftijd die ze hadden toen ze ze leerde kennen en waren ze jong, hoopvol en roekeloos.

Ze voelde een por en keek opzij.

Het was Renata. ‘Ik ga even naar buiten om te roken.’

‘Oké.’

‘Ga je mee?’

‘Ik rook niet. Al een jaar of vijftien niet meer.’

Renata boog zich naar haar toe en fluisterde: ‘Weet ik toch. Maar ik wil even met je praten.’

Eigenlijk voelde ze zich er wat ongemakkelijk onder, maar ze stond op en liep achter Renata aan naar buiten. Ze bleven staan op de voor rokers aangewezen plek op het trottoir, die bezaaid was met peuken. Renata pakte een sigaret, stak hem op en nam een paar korte trekjes.

‘Nou?’ zei Neve.

‘Ik weet niet wat ik moet doen,’ zei Renata.

‘Waarmee?’

Ze zoog bijna wanhopig aan haar sigaret. ‘Ik zou aan de e-sigaret moeten,’ zei ze. ‘Die zijn net zo lekker, zeggen ze.’

‘Renata, waar gaat dit over?’

‘Ik weet niet goed hoe ik je dit moet vertellen.’ Ze zweeg even. ‘Toen we in mei in ons nieuwe kantoor trokken hadden ze iets voor ons georganiseerd om kennis te maken met de mensen van het bedrijf, weet je nog?’

‘Vaag.’

‘Ik vond het reuze eng, dus ik weet nog dat ik ontzettend mijn best had gedaan op mijn kleren en supervriendelijk tegen iedereen deed en een hoop dronk. Ik raakte in een lang gesprek verwikkeld met Saul. Ik vertelde over ons allemaal, dat we al sinds onze studietijd bevriend waren. Ik weet nog dat hij zei dat hij daar jaloers op was. Maar goed, dat doet er allemaal niet toe. Wat ik eigenlijk wou zeggen is dat ik een uur of twee later met hem in bed lag in zijn flat in Covent Garden.’ Ze keek naar haar sigaret, drukte die uit in het koperen asbakje aan de muur en stak er meteen weer een op.

Neve keek naar haar, naar hoe haar vingers met een routine van dertig jaar de sigaret en lucifers hanteerden. Het deed haar denken aan op een schip zitten en naar de horizon staren om maar niet zeeziek te worden.

‘Jij verwacht nu waarschijnlijk van me te horen dat het kwam doordat ik een rottijd had met Charlie en op zoek was naar iemand die echt naar me verlangde.’

‘Ik denk niet echt...’ begon Neve, maar Renata onderbrak haar.

‘Maar zo was het eigenlijk niet. Met Charlie was het gewoon

zoals altijd, wat dat ook betekent. Ik raakte er domweg in verzeild en liet het een paar weken doorgaan... Een paar maanden, om eerlijk te zijn.' Ze keek Neve bijna verbaasd aan. 'Het was best intens, zou je kunnen zeggen. De seks was geweldig. En natuurlijk ging het me allemaal veel meer doen dan ik had gedacht.'

Neve wilde haar laten ophouden, maar ze vertrouwde haar eigen stem niet.

'Ik wist dat het geen toekomst had, en ik denk dat dat voor hem juist ook het aantrekkelijke was. Ik voelde me er behoorlijk rot over. Het kwam bijna als een opluchting toen hij er een punt achter zette, al deed het ook pijn.'

'Wanneer was dat?' wist Neve uit te brengen.

'Een paar maanden geleden, ongeveer.'

Dat kon wel kloppen, dacht Neve bij zichzelf.

'Hij vertelde dingen over zijn vrouw,' ging Renata verder. 'Dat was voor het eerst dat hij het over haar had. Maar eigenlijk denk ik dat hij iemand anders had ontmoet. Iemand die spannender was.'

'Waarom denk je dat?'

'Dat denk ik gewoon. Doet het ertoe?'

'Nee,' zei Neve. 'Nee. Natuurlijk niet.'

'Maar waarom ik je dit vertel is dat ik erover gelogen heb tegen de politie.'

'Hoe bedoel je?'

'Je stond er zelf bij. Ik zei dat ik nooit in die flat was geweest.' Renata keek haar indringend aan. 'Dus wat moet ik nu doen? Zoiets is strafbaar toch, liegen tegen de politie? Denk je dat ik het moet opbiechten of zal ik mijn leugen volhouden en het daardoor in feite alleen maar erger maken?'

Even antwoordde Neve niet. Ze wist niet wat ze moest zeggen.

'Ik weet niet wat ze gaan doen als ik het ze vertel. Zouden ze het tegen Charlie zeggen? Dat zou alles kapotmaken.'

Nog steeds wist Neve geen antwoord. Er was niets zinnigs aan toe te voegen, leek het. Als Renata de politie over haar verhouding met Saul zou vertellen en – erger nog – over haar vermoeden dat hij iets met iemand anders was begonnen, zouden ze zeker proberen die ander te vinden. Ze zouden zich afvragen waarom die zich niet had gemeld. Maar ze kon Renata niet vragen tegen de politie te blijven liegen om haar te beschermen.

'Ze zullen er vast discreet mee omgaan,' begon ze voorzichtig. Ze haalde diep adem. 'Ik ben geen expert, maar ik weet wel dat liegen tegen de politie een misdrijf is. Je kunt het ze denk ik beter zelf vertellen dan dat ze er via een omweg achter komen.'

'Maar misschien komen ze er niet achter,' zei Renata. 'En met de dood van Saul kan het niets te maken hebben, toch?'

Neve dacht na. 'Ik neem aan van niet,' zei ze. 'Nee.'

Renata doofde haar tweede sigaret en keek haar aandachtig aan.

'Je bent een topvriendin,' zei ze. 'Jij bent de enige die ik het kan vertellen. Ik wist dat je zou luisteren, dat je niet zou oordelen en het rustig zou opnemen. Je hebt geen idee hoeveel dit voor mij betekent.'

Dat was het laatste zetje dat Neve nodig had. 'Als je het aan de politie vertelt,' zei ze, 'dan wordt dat een pijnlijke toestand. En ga er maar van uit dat Charlie het te weten komt. Maar uiteindelijk zul je je vast beter voelen over jezelf. En het is de juiste beslissing.'

Renata deed een stap naar voren en omhelsde Neve, die haar gebaar zo goed als ze kon beantwoordde, maar haar armen leken niet naar behoren te willen meewerken. Net toen ze weer naar de ingang van de pub liepen zagen ze Fletcher aan komen lopen. Hij stapte op hen af en zoende Renata op beide wangen.

'Neve hield me gezelschap terwijl ik even een sigaret rookte.'

'Ik hoop niet dat je haar weer aan die verslaving krijgt.'

'Welnee.'

Renata ging naar binnen en liet Fletcher en Neve achter op het trottoir.

'Lief dat je bent gekomen,' zei Neve.

Fletcher haalde zijn schouders op en keek haar eens goed aan. 'Gaat het wel?'

'Ja hoor, prima.'

'Zware dag?'

'Het is een rare tijd.'

Het was een opluchting voor haar om weer naar binnen te kunnen gaan, aan te schuiven bij de rest en zich onder te dompelen in de voortkabbelende gesprekken waaraan ze niet veel hoefde bij te dragen. Er waren nog een paar mensen bij gekomen en er heerste een sfeer van lichtelijk gespannen vrolijkheid. Fletcher ging aan de andere kant van de tafel zitten en raakte al snel aan de praat met Tamsin, Jackie en Will. Zo te zien hadden zij het leuker dan Neve. Maar ja, dacht ze, niemand hier zal zich ellendiger voelen dan ik.

Ze beantwoordde vragen, vroeg dingen terug en lachte wanneer iedereen lachte. Ze keek naar Renata's expressieve gezicht, haar wolk van haar, haar dansende handen. Renata en Saul; Saul en Renata. Ze keek peinzend toe toen Renata iedereen omhelsde, haar jas pakte en de pub uit liep.

Haar telefoon gaf een heldere ping. Ze trok hem uit haar zak. Het was Mabel, die wilde weten wanneer ze thuiskwamen omdat ze van plan was om uit te gaan.

GAUW, tikte ze, waarna ze een plaatsje naast Fletcher zocht. 'We moeten zo gaan,' zei ze zacht. 'Mabel wil uit.'

'Nu al?'

'Het is bijna negen uur.'

'Ik kan wel alleen gaan, als jij nog wilt blijven.'

'Nee. Ik ben moe. Het is best.'

Ze stond op, trok haar jas aan en voelde in haar zakken naar haar fietslampjes.

'Ga je al?' vroeg Tamsin. Ze had blosjes op haar wangen en haar kapsel begon los te raken.

'Ik moet Mabel aflossen.' Ze keek om zich heen naar de verzamelde meute en richtte zich tot iedereen terwijl ze een hand opstak ten afscheid. 'Het was leuk om jullie te zien. Super.'

Jackie Cornfield stond op en omhelsde haar met een groots geparfumeerd gebaar. 'We moeten heel gauw nog eens afspreken,' zei ze. 'Wij samen.'

Neve knikte een paar keer zo overtuigend mogelijk.

Will Ziegler stond ook op en zoende haar, eerst op haar ene wang en toen op de andere. Hij rook naar mos en hout.

'Ontzettend leuk om je weer eens ontmoet te hebben, na al die jaren. Ik zou je uit duizenden herkend hebben.'

Neve knikte nog maar eens. Ze was bang dat ze emotioneel zou worden. Ze moest maken dat ze wegkwam.

Ook Fletcher kwam overeind en schudde links en rechts handen. Hij deed echt zijn best, zag ze, maar ze wilde dat hij daar een andere avond voor had uitgekozen toen ze hem hoorde zeggen: 'Weet je wat? Waarom komen jullie drieën' – hij bedoelde Jackie, Will en Tamsin, realiseerde ze zich – 'morgenavond niet bij ons eten? Herinneringen ophalen.'

'Maar...' begon Neve.

'Dat zou leuk zijn,' zei Jackie. 'Maar weet je zeker dat het kan, zo plotseling?'

Neve trok Fletcher aan zijn mouw. 'Volgens mij hebben we al iets morgen,' siste ze.

‘Nee hoor. Zeker weten van niet,’ antwoordde Fletcher.

‘Ik denk het wel.’

Hij haalde zijn telefoon uit zijn zak en opende zijn agenda. ‘Kijk maar. Ik heb al onze afspraken erin staan.’

‘Will moet natuurlijk terug naar Bristol,’ zei ze.

‘Ik ben net een paar uur geleden aangekomen,’ zei Will. ‘Ik logeer bij een vriend van me. Ik heb hier wat zaken af te handelen. Maar luister, het komt kennelijk niet zo goed uit. We doen het gewoon een andere keer.’

‘Onzin,’ zei Fletcher. Hij leek erg met zichzelf ingenomen. ‘We zien jullie graag gauw weer. Kom morgen eten!’

‘Fijn,’ zei Tamsin. ‘En voor mij zou het ook een verademing zijn. Want niemand nodigt je nog uit zodra je niet meer de helft van een stel bent.’

‘Dat is dan afgesproken,’ zei Fletcher. ‘Mooi. We verwachten jullie om een uur of acht.’

Het was gaan regenen, een winderige, nare motregen. Neve vroeg meteen: ‘Waarom deed je dat?’

‘Wat?’

‘Dat weet je best.’

Fletcher keek zo verwonderd dat ze hem het liefst een klap in zijn gezicht had gegeven.

‘Jij zegt altijd dat ik niet genoeg mijn best doe om sociaal te zijn. Je zit me op m’n nek dat ik mensen moet uitnodigen, dat ik de deur uit moet gaan om mensen op te zoeken – en dan doe ik dat en bevalt het je niet. Ik kan het ook nooit goed doen.’

‘Het komt ongelegen.’

‘Het is zaterdagavond. Maar goed, je klinkt nu net als ik. Jij bent degene die altijd zegt dat nu het juiste moment is.’

‘Gisteren waren we al op Renata’s verjaardag, en vanavond dit.’

'Och, het is pas negen uur.' Hij keek haar aan. 'Maar je ziet er inderdaad moe uit. En dinsdag was je al tot na twaalven bij Tamsin.' Ze knikte zwakjes bij die weerkerende leugen. 'Ga gewoon vroeg naar bed en slaap morgen lekker uit. Alles komt goed. We kunnen ze nu niet meer afzeggen.'

'Nee, dat snap ik ook wel.' Ze haalde haar fiets van het slot.

'Waar hadden Renata en jij het over? Ze zag eruit alsof ze een beetje van streek was.' Hij liet een stilte vallen en zei: 'En jij trouwens ook.'

'Ach ja. Het leven. Ik zie je thuis. Ik zet vast thee.'

Terwijl de regen heviger werd en in vlagen op haar neerkwam fietste ze naar huis. Ze wilde nergens aan denken; ze wilde een mok thee drinken, naar bed en de dekens over haar hoofd trekken. Niet dromen; ze wilde een totaal schoongeveegd bewustzijn, tenminste voor een tijdje.

Renata zou met haar verhaal naar de politie gaan. Het was de juiste stap, dacht ze. Zíj moest dat ook doen. Ze moest de waarheid vertellen voordat haar leugens aan het licht kwamen. De gedachte aan het cadeau dat Saul voor haar had besteld en dat elk moment bij de flat bezorgd kon worden pijnigde haar. Ze moest het Fletcher vertellen en vervolgens moest ze naar Hitching om hem alles op te biechten. Haar hele leven zou instorten.

Thuis stond Mabel haar al op te wachten; ze trok net de jas aan die ze voor haar laatste verjaardag van Neve had gekregen. Ze droeg hoge laarzen met plateauzolen, een kort leren rokje en te veel make-up. Het lag als een masker over haar gezicht.

'Is alles goed gegaan?' vroeg Neve.

'We hebben pasta gegeten en ze hebben me ingemaakt met allerlei computergames en nu ligt Connor te slapen op de bank en Rory zit met een boek op zijn kamer.'

Mabel was lief voor haar broers. Zelfs als ze op haar slechtst was, wanneer ze een grauwend dier in nood leek, trok ze zich bij haar haren omhoog uit haar ellende om de oudere zus te spelen.

'Dank je wel,' zei Neve. 'Ik hoop dat we je niet hebben laten wachten.'

'Geeft niet.'

'Waar ga je naartoe?' Ze vroeg het terloops, alsof het haar eigenlijk niet kon schelen.

Mabel wierp haar een schuinse blik toe. 'Gewoon, chillen met een paar vrienden.'

'Veel plezier dan.' Ze besloot geen woord meer te zeggen, onder geen voorwaarde. Ze draaide zich om om naar de keuken te gaan. 'Wees voorzichtig.'

'Neve.'

'Ja. Sorry. Dat was alleen...'

Maar Mabel was al weg.

Ze ging de keuken binnen om de waterkoker te vullen en aan te zetten. Vervolgens liep ze door naar de kamer, waar Connor opgerold lag te slapen – al in zijn pyjama. Even overwoog ze om op Fletcher te wachten, maar toen bukte ze zich, hees hem overeind en bracht hem half dragend de eerste trap op, daarna de tweede en zijn kamer in. Ze liet hem op zijn bed zakken en trok de dekens over hem heen. Tandenpoetsen kon morgenvroeg wel weer. Ze boog zich voorover en gaf hem een zoen op zijn stekelige kruin. Hij rook naar vers zweet. Zijn oogleden trilden en toen verscheen er heel even een glimlach op zijn gezicht, waarna hij zich op zijn zij draaide en weer vertrokken was.

Ze klopte aan bij Rory en stak haar hoofd om de deur. 'Was het leuk vanavond?'

Hij mompelde iets zonder op te kijken uit zijn boek.

Ze trok de deur achter zich dicht en ging naar beneden. Ze had het koud, was drijfnat en doodop. Haar benen voelden aan alsof er cement in zat. Nergens aan denken, bezwoer ze zichzelf. Niet terugkijken en niet vooruit.

Ze was halverwege de tweede trap – op weg naar de keuken om thee te zetten – toen er in Mabels kamer een wekker afging. Ze bleef staan. Mabel had voor kerst van de jongens een wekker met van die wandelende voetjes gekregen, die van het nachtkastje op haar bed sprong als ze hem niet op tijd uitzette. Daarbij werd het geluid almaar harder, non-stop. Het was een familiegrapje. Mabel was in het verleden regelmatig door alle telefoonwekkers heen geslapen die ze had ingesteld op een snooze van vijf minuten. Maar deze wekker maakte alleen maar een hoop lawaai terwijl ze ook vaak vergat om hem überhaupt te zetten of hem domweg op een willekeurige tijd instelde. Zoals nu. Neve keek op haar horloge: vijf voor halftien.

De wekker klonk al harder. Straks zou hij Connor wakker maken. En dan de hele buurt. Ze sjokte weer naar boven en aarzelde voor Mabels kamer. Toen duwde ze de deur naar de donkere ruimte open. Het rook er vreemd, een beetje naar bederf, en ook naar iets anders. Ze probeerde niet stil te staan bij wat het kon zijn: dit was Mabels heiligdom. Toen ze het licht aanknipte kwam de hele kamer in beeld, en plotseling was het alsof ze zich in een heel andere werkelijkheid bevond: Mabels chaotische voorbereidingen op haar studie, Mabels *war zone*, Mabels zelfmutilatie, de binnenkant van Mabels hoofd.

De stoel stond nu binnen, maar zonder de poten, die onder het raam lagen en waarvan er een gebroken was. In de woeste wanorde was het aanvankelijk lastig om afzonderlijke voorwerpen te onderscheiden: ze zag bergen kleren en een kluwen metalen en houten kleerhangers, gescheurde vuilniszakken, een opgerold kleed dat geknakt overeind stond tegen een muur, met bovenop Mabels oude teddybeer – en toen zag ze tot haar schrik en afgrijzen dat Mabel de zachte buik van de beer had opengesneden, waardoor zijn stoffen ingewanden naar buiten hingen. De wekker ging alweer iets harder.

Met een droge mond liep Neve verder de kamer in. Haar ene voet gleed uit over iets glads. Ze keek naar de vloer. Er lagen tientallen foto's, en ze begreep dat Mabel de familiealbums overhoop had gehaald en tientallen, nee, honderden foto's had rondgestrooid. Ze had alle ingelijste platen en posters van de wand gehaald en tegen haar bed gezet, op één poster na, die ze in grote stukken had gescheurd. Een flard van een gezicht staarde Neve vanaf de vloer aan: een oog zo groot als een hand.

De wekker ging weer harder, als een boor in Neves hoofd. Ze baande zich door de puinhoop een weg ernaartoe, maar voor het laatste stukje moest ze met een onhandige beweging over het tafeltje heen stappen, waardoor ze tussen de plooien van Mabels beddengoed viel. Ze sloeg een punt van het dekbed terug en greep de wekker, die ratelde en schudde in haar handen. Hij had een geel smileygezicht. Goedemorgen!

Ze zette hem niet uit en staarde naar iets wat onder het dekbed uit stak. Ze pakte het op en hield haar armband in het licht.

Ze wist niet hoelang ze daar op bed had gezeten, met die armband in de hand, toen de wekker nog meer lawaai maakte en ze Rory hoorde roepen: 'Mam? Mam, kan je dat ding uitzetten?'

Ze schoof de armband om haar pols en prutste aan het knopje op de achterkant van de wekker tot het lawaai stopte. Toen schoot ze de kamer door – ze voelde van alles onder haar voeten knappen –, smeet de deur dicht en draaide hem aan de binnenkant op slot. Ze liet zich op haar knieën vallen en ging koortsachtig graaiend op zoek in de verzameling spullen op de vloer. Ze trok vuilniszakken open en duwde haar hand er diep in, woelde in hoopjes kleren en rukte laden open. Ze ging te werk in een stilte die slechts werd doorbroken door het lichte geruis van haar ademhaling.

Ten slotte vond ze hem in een blauwfluwelen shirt gewikkeld onder in een plastic winkeltas. Ze rolde het shirt open. Haar vingers voelden dik en klungelig. Daar was hij: de hamer.

De voordeur ging open en weer dicht.

'Hallo!' riep Fletcher.

Neve veerde overeind met de hamer in haar hand. In paniek keek ze om zich heen. Ze griste een vochtige handdoek van Mabel van de vloer, rolde de hamer erin, raapte toen willekeurig een paar kleren op en voegde die toe aan het bundeltje.

'Neve?' Weer Fletcher.

Ze draaide de deur van het slot en deed hem open. 'Ik kom eraan!' riep ze.

Ze ging naar beneden, met haar armen stevig om het bundeltje geklemd. Fletcher trok net zijn jas uit in de gang. 'Hoi,' zei hij. Zijn haar plakte aan zijn hoofd en zijn bril was beslagen, maar hij leek vrolijker dan hij in dagen was geweest. 'Dat was een leuke avond, vond je niet?'

'Ik ga thee zetten,' zei Neve. 'En dit in de was doen.' Ze ging naar de keuken. Wat nu? Fletcher was in de gang. Snel deed ze de achterdeur open en liep de tuin in. Toen ze het nachthok opende hoorde ze een flauwe piep van Whisky. Ze legde de bundel op de vochtige grond, pakte de hamer eruit en duwde hem diep in de hoop stro. Ze deed het hok dicht en ging weer naar binnen.

4

HET ETENTJE

Neve lag in bed. Een koortsachtige werveling van rondtollende gedachten, korte momenten van slaap en een nachtmerrie waaruit ze wakker schrok met een langzaam dagend besef van waar ze was wisselden elkaar af. Het werd gevolgd door meer hersenpijniging.

Mabel had de armband. Mabel had de hamer. Mabel had de hamer. Mabel had de armband.

Het was alsof iemand haar de woorden toeschreeuwde. Alsof ze oplichtten op een scherm. Oorverdovend was het, en oogverblindend. Wat betekende het? Hoe kon ze eraan gekomen zijn? Haar hoofd zat vol met vragen. Had iemand ze aan haar gegeven? Had ze ze zelf gepakt? Wat had ze gedáán met die hamer? Afgrijzen overspoelde haar. Toen zakte ze terug in die krankzinnige dromen, en zo ging de rest van de nacht in een waas van verwarring voorbij.

Het was niet zozeer dat ze wakker werd als wel dat ze plotseling merkte dat ze naar het plafond lag te staren terwijl het daglicht er langzaam overheen kroop. Ze pakte haar horloge. Tien over zeven. Ze schrok op bij de gedachte dat ze zich verslapen had, maar besefte toen dat het zaterdag was. Geen school.

De dag dat ze allemaal uitsliepen. Fletcher lag naast haar in bed en ademde kalm.

Voorzichtig stond ze op, liep om het bed heen naar zijn kant en zette de radiowekker uit. Ze pakte haar kleren – een oude canvas broek en een blouse – en nam ze mee naar de badkamer. Ze douchte kort, om niemand in huis wakker te maken, kleedde zich aan en ging op haar tenen de trap af, stil als een insluiper, met in elke hand een schoen.

Ze zette koffie, roosterde een boterham en ging aan tafel zitten. Normaal gesproken zou ze de deur uit zijn gegaan om een krant te kopen voor bij haar ontbijt. Of ze had naar de radio geluisterd. Deze ochtend zat ze alleen maar, dronk haar koffie en kwam niet verder dan één hap van haar toast, die smaakte als oud leer. Verder staarde ze maar wat voor zich uit. Ze dronk twee mokken koffie en schoof haar toast in de pedaalemmer. Ze dacht aan de anderen in huis, die nog lagen te slapen, en toen aan Whisky in zijn hok in de tuin.

De hamer.

Ze liep de tuin in. Het motregende zachtjes. Ze plukte een handvol paardenbloembladeren uit het gras, dat nodig gemaaid moest worden, maakte het deurtje van het nachthok open en gooide ze naar binnen. Whisky kwam tevoorschijn en begon meteen te knabbelen. Ze reikte langs hem heen, haalde de hamer onder het stro vandaan, liep terug naar de keuken en legde hem op tafel.

Wat moest ze doen?

Haar eerste gedachte was dat ze het ding moest zien kwijt te raken. Zoiets kon niet moeilijk zijn. Ze kon hem ergens in een afvalbak doen of tussen de struiken in een park of in een kanaal gooien. Dat voelde natuurlijk niet goed, maar ze had al zoveel bewijsmateriaal vernietigd. Waarom niet nog iets erbij? Maar dit was wel het voorwerp waarmee Saul was vermoord. Misschien, wie weet, zou het nog van pas komen. De moordenaar liep tenslotte nog vrij rond. Ze keek ernaar. Mabel had hem meegenomen. En Mabel had hem bewaard. Waarom? Hoe? Ze kon niet helder denken. Nee, ze begreep er niets van en wilde het ook niet begrijpen.

De bel ging.

Dat zou de postbode wel zijn. Nog terwijl ze opstond om open te doen werd er opnieuw gebeld. Straks wordt het hele huis wakker, dacht ze. Ze keek naar de hamer. Wat als Mabel naar beneden kwam? Snel liet ze hem in haar schoudertas glijden.

Toen deed ze open. Het was niet de postbode. 'Meneer Hitching,' zei ze ongemakkelijk.

'Het is weekend,' zei hij met een glimlach. 'En ik heet Alastair, weet u nog?'

Hij was inderdaad gekleed op het weekend, maar zelfs zijn vrijetijdskleren hadden iets formeels, alsof hij ze had uitgezocht in de catalogus van een postorderbedrijf. Hij droeg een lichte chino, een bruin suède jack met rits en leren instappers.

Neve keek op haar horloge. 'Het is nog niet eens negen uur,' zei ze. 'En dat op zaterdag.'

'Ik weet het,' zei Hitching. 'Mag ik toch binnenkomen? Maar ik wil het familieontbijt niet verstoren.'

'Er is nog niemand op,' zei Neve, waarna ze hem voorging naar de keuken.

Terwijl zij een pot koffie zette, installeerde Hitching zich aan de keukentafel. Haar schoudertas, die voor hem op tafel lag, schoof hij aan de kant. Neve huiverde. Zou hij gevoeld hebben hoe zwaar die was?

'Ik had nu eigenlijk op de golfbaan zullen staan,' zei hij.

'Hebt u dat weleens gedaan, golfen?'

'Nee,' zei Neve.

'Dat lijkt u maar niks?'

'Niet echt iets voor mij, nee.'

'De pest voor een mooie wandeling,' zei Hitching vrolijk. 'Volgens Mark Twain dan. Het zou ook niet Mark Twain zijn, hè? Hij heeft het waarschijnlijk niet eens gezegd. Maar iemand heeft het gezegd.'

Neve ging tegenover hem zitten en schonk koffie in. 'Ik stond op het punt om naar onze volkstuin te gaan,' merkte ze op. 'Die heb ik de laatste tijd een beetje verwaarloosd.'

'Leuk,' zei Hitching. 'Dat zijn van die dingen die wij Engelsen doen op de zaterdagochtend. De tuin omspitten, golfen, de auto wassen.'

'Maar u bent aan het werk,' zei Neve op een wat scherpe toon, waar ze meteen spijt van had.

'Een moordonderzoek gaat vaak voor een vrij weekend. Vraag maar aan mijn vrouw. Maar goed, er zijn ontwikkelingen.'

Neve nam traag een slok van haar koffie. Ze wist dat het natuurlijk zou overkomen om te vragen welke, maar ze aarzelde of ze het wel wilde weten.

'Soms voelt het wat oneerlijk,' zei Hitching. 'Bij gebrek aan iets beters ga je de handel en wandel van het slachtoffer na. Op zoek naar een motief. Je wilt toch weten waarom iemand hem zou willen vermoorden.'

Neve reageerde nog steeds niet.

'Ik heb wat collega's van hem gesproken. Die noemen hem betrouwbaar, gevoelig en charmant. Ze mochten hem graag. Hij was natuurlijk betrokken bij de overname van uw bedrijf. Dat zal wat kwaad bloed hebben gezet. Maar door de bank genomen was hij kennelijk een eerlijke en oprechte vent.' Hij liet een stilte vallen, nam een slok van zijn koffie. 'Als zakenman, bedoel ik.'

Neve kon er niet meer tegen.

'Het spijt me, hoor,' zei ze, 'maar ik begrijp niet wat u hier komt doen.'

Hij glimlachte weer. 'Weet u, het is grappig,' zei hij. 'Wie ik ook spreek, steeds krijg ik te horen: ga met Neve Connolly praten, die weet meer. Zij is degene met wie mensen praten, zij is degene die anderen in vertrouwen nemen.'

'Ik begrijp niet waarom ze dat zouden zeggen.'

'Uw vriendin, Renata Searle, zei dat over u. Zij noemde u zo ongeveer haar geweten.'

'Wanneer zei ze dat?'

Hitching tilde zijn linkerhand op en keek op zijn horloge. Hij moest er de mouw van zijn overhemd iets voor optrekken. 'O, zo'n drie kwartier geleden.'

'Vanochtend, bedoelt u?'

'Ze belde gisteravond en meldde zich meteen vanochtend al. Zoals bleek waren er wel wat dingen in haar verklaring onvolledig. Op z'n zachtst gezegd.'

Neve voelde zich op een vreemde manier kalm. 'Ja,' zei ze. 'Dat weet ik.'

'Ik weet dat u het weet,' zei Hitching. 'U hebt tegen haar gezegd dat ze het moest gaan vertellen.'

'Niet dat ze dat moest.'

'Maar het was een goed advies,' zei Hitching. 'Prima advies.'

'Zit ze nu in de problemen?'

Hij snoof. 'Dat valt nog te bezien. Het belemmeren van de rechtsgang is een serieuze overtreding. Rechters houden daar niet van. Helemaal niet zelfs. Voor hen is dat zoiets als zagen aan de stoelpoten van het systeem. Maar ze is het gelukkig zelf komen opbiechten. Al roept dit natuurlijk wel evenveel vragen op als het beantwoordt.'

Ze hoorden voetstappen en keken om. Mabel kwam de keuken binnenstormen. Ze was in haar pyjamabroek en een kapot T-shirt. Ze zag eruit als een mager klein kind. Heel even voelde Neve zich niet in staat een woord uit te brengen.

'Hallo, ik ben Alastair,' zei Hitching.

'Hij is rechercheur,' zei Neve snel. Misschien te snel, dacht ze. 'Dit is Mabel. Mijn dochter.'

'Gaat dit over de moord?' vroeg Mabel. 'Ja, hè?'

'Ik kwam alleen even een praatje maken.'

Mabel schoof aan. Ze zag zo bleek dat haar gezicht haast een groenblauw waas leek te hebben, en haar lippen waren wit weggetrokken.

'Wil je wat eten?' vroeg Neve.

'Nee, dank je.'

'Kopje thee?'

'Nee, dank je.'

Ze zaten een ogenblik zwijgend bij elkaar.

'Mabel gaat binnenkort het huis uit. Ze gaat studeren. Volgende week.'

'Het zal wel een drukke periode zijn dan,' zei Hitching.

'Nogal,' zei Neve. 'Er is van alles te doen.'

Weer viel er een stilte, die voor Neve aanvoelde als kiespijn, zo'n kiespijn die uitstraalt naar je hele hoofd.

'We hebben de laatste tijd ontzettend veel met elkaar opgetrokken,' zei Mabel. 'Toch, mam?' Ze wendde zich tot haar moeder en plooide haar mond tot een glimlach. Haar pupillen waren enorm.

Neve vroeg zich af of ze iets had gebruikt. 'Ja,' zei ze.

'Shoppen. En meer van die dingen. Alsof we iets in te halen hadden.'

'Zo zou ik het niet willen noemen,' zei Neve flauwtjes. 'Maar we hebben veel gedaan samen.'

'We hebben zelfs samen in onze volkstuin gewerkt,' ging Mabel verder. Ze sprak langzaam en doelbewust. Ze wachtte even. 'Spitten,' voegde ze eraan toe. 'Gieten.'

Neve staarde haar aan, maar ze bleef haar opmerkingen richten tot Hitching.

'Woensdagochtend zijn we er haast nog voor het licht werd naartoe gegaan, en toen hebben we uren achter elkaar gewerkt. Samen.'

Hou je mond, zei Neve wanhopig bij zichzelf tegen haar dochter. Hou je mond. Niets zeggen over dingen waarover hij het niet eens heeft.

'O ja?' zei Hitching. 'Dat is fijn om te horen.' Hij glimlachte opnieuw. 'Je moeder vertelde al dat ze de tuin een tijdje verwaarloosd had. Dus dan is het goed om te weten dat jullie hem samen aanpakken.'

'Er is nog een hoop te doen,' zei Mabel. 'Maar we hebben gedaan wat we konden, bedoel ik. Afgelopen woensdagochtend.'

Neve kon zich niet herinneren wanneer Mabel voor het laatst op de tuin was geweest. Op z'n minst een jaar geleden, en toen ook alleen maar om wat zwarte bessen te plukken. Als Hitching ook maar even doorvroeg zou ze geen antwoord weten.

Hij stond op. 'Jullie zullen elkaar nog missen. Maar toch, voor u het weet is ze er weer.'

Neve stond ook op, in de hoop dat dat hem zou aansporen zo snel mogelijk te vertrekken.

'Waar is die volkstuin?' vroeg hij haar.

'Upper Clapton, vlak bij Springfield Park. Het is maar een minuut of tien lopen, en minder op de fiets.'

'Ik ken het daar. Prachtig plekje. Ik loop een stukje met u op. Het zal me goed doen, wat frisse buitenlucht.'

'Maar uw auto dan?' vroeg Neve in paniek.

'Ik sta een paar straten verderop. Even de benen strekken, dacht ik.'

'Misschien wil ik onderweg nog wat boodschappen doen.'

'Geen probleem,' zei hij opgewekt. Hij keek Mabel aan. 'Ga jij straks ook?'

Mabel trok een verwonderd gezicht.

'Nu je zoveel tijd met je moeder doorbrengt,' vervolgde Hitching.

'Vandaag niet.'

'Vertel eens,' zei hij, terwijl hij zich glimlachend naar Mabel toe boog. 'Over die volkstuin, wat verb–'

'Ik moet nu weg,' zei Neve. 'Anders heeft het geen zin meer.'

'Natuurlijk. Ik loop maar in de weg. Moet u geen tas mee, als u nog boodschappen wilt doen?'

'Mijn tas. Natuurlijk. Ja.'

Hij pakte hem op.

Snel stak ze haar hand ernaar uit.

'Zal ik hem voor u dragen?' vroeg hij. 'Hij is nogal zwaar.'

Ze forceerde een glimlach. 'Nee hoor. Ik neem hem wel. Ik moet alleen nog even iets doen – iets pakken – voor we gaan. Geeft u maar hier.'

Ze ontfutselde hem de tas, die met een klap tegen haar been zwaaide. In haar verbeelding zag ze de tas al kantelen en de hamer tussen hen drieën op de grond vallen. Uit een ooghoek zag ze dat Mabel zat te nagelbijten. Ze rende zowat de keuken uit naar het aangrenzende vochtige bijkeukentje en trok de deur achter zich dicht. Koortsachtig keek ze om zich heen en toen duwde ze de hamer in een zak met kluwens snoeren van oude apparaten, die ze al een poosje wilde uitzoeken.

'Sorry,' zei ze toen ze de keuken weer binnenkwam.

'Ik vroeg Mabel hoe het zat met de slakken,' vertelde Hitching.

'Slakken?'

'De vloek van iedere tuinier. Slakken, en zevenblad natuurlijk.'

'Zevenblad,' herhaalde Mabel, alsof het een woord in een vreemde taal was.

'Ik moet gaan,' zei Neve.

De deur ging open en daar verscheen Fletcher, uilachtig knipperend tegen het licht. Achter hem, in alleen z'n onderbroek, stond Connor, die iets chocoladeachtigs in zijn mond propte.

'Ik heb me verslapen,' zei Fletcher. 'Had me gewekt.'

'Dit is rechercheur Hitching,' zo stelde Neve hem voor. 'Hij leidt het onderzoek naar de moord op Saul Stevenson. Connor, wat sta jij daar in hemelsnaam te eten?'

'Kende u meneer Stevenson?' vroeg Hitching aan Fletcher.

'Nee.'

'Een Twix,' zei Connor, haast onverstaanbaar. Hij keek nieuwsgierig op naar Hitching.

'Weg daarmee! Goed, meneer Hitching ging net weg en ik moet naar de tuin.'

'Tuiniert u ook?' vroeg Hitching aan Fletcher. Hij leek geen haast te maken met zijn vertrek.

'Nee, alleen Neve.'

'En Mabel,' zei Hitching.

'Mabel en tuinieren? Dat hoor ik dan voor het eerst.'

‘Wel,’ zei Mabel luid en schril. ‘Natuurlijk wel.’ Ze trok haar knieën op waardoor ze strak opgevouwen op haar stoel zat. ‘Al die frisse lucht. Natuur.’ Ze hield haar handen met de afgebeten nagels op in een gebaar dat in Neve’s ogen bedoeld was als een uiting van blijdschap.

Fletcher stond er als verdwaasd bij en Connor smakte luid.

‘Tot straks,’ zei Neve. Ze legde zowaar haar hand in de holte van Hitchings rug en gaf hem een stevig duwtje in de richting van de deur.

‘Dus,’ zei Hitching terwijl ze samen de weg af liepen. ‘U hebt dingen voor me achtergehouden.’

‘Pardon?’

‘Uw vriendin Renata en haar affaire.’

‘Ik hoorde dat gisteren pas voor het eerst.’ Het was een opluchting iets te kunnen zeggen wat waar was.

‘Echt?’

‘Ja, echt.’

‘Ik zou er natuurlijk begrip voor hebben als u vond dat u haar vertrouwen niet mocht beschamen.’

‘Maar ik wist het niet.’

‘Had u zelfs geen vermoeden? Ze is tenslotte uw beste vriendin.’

‘Nee, zelfs geen vermoeden.’

‘Grappig, hoe goed mensen een geheim kunnen bewaren. Je zou toch denken dat ze het aan iemand kwijt had gewild.’

‘Niet aan mij.’

‘En aan haar man?’

‘Aan Charlie? Die heeft ze het zeker niet verteld.’

‘Maar vermoedde hij iets?’

Neve herinnerde zich Charlies blik op Renata’s vreselijke feestje.

'Ik geloof het niet. Is het onvermijdelijk dat hij het te weten komt?'

Hitching streek met zijn hand over zijn kale hoofd. 'Dat hangt ervan af. Het zou een stuk eenvoudiger zijn geweest als ze er meteen mee was gekomen. Geheimen,' zei hij, terwijl hij peinzend voor zich uit staarde en grote passen nam, 'zijn gevaarlijke dingen, vindt u ook niet?'

Neve knikte. Ze dacht aan het lichaam van Saul, ze dacht aan haar grondige schoonmaakactie. Ze dacht aan Sauls cadeau voor haar, dat onderweg was naar de flat. Toen dacht ze aan de hamer – en aan Mabels spitse, bleke gezicht. 'Ja,' beaamde ze. 'Dat is waar.'

Bij een splitsing in de weg bleef Hitching staan. 'Nou,' zei hij opgewekt. 'Hoe graag ik ook mee zou lopen om even uw tuin te zien, hier scheiden onze wegen. Voorlopig dan.'

Neve keek hem na terwijl hij wegliep, en pas toen ze hem niet meer kon zien stond ze zichzelf toe weer normaal adem te halen. Het liefst wilde ze ergens gaan zitten en haar hoofd in haar handen leggen. Of gaan liggen. Ze stelde zich voor hoe ze op de stoep in elkaar zou kruipen en haar ogen dichtdoen.

Wat nu? Ging ze echt naar de tuin? De dag strekte zich dreigend en vol valkuilen voor haar uit. Ze dacht aan Mabels overhoopgehaalde kamer, haar zure en doodsbange gezicht. Meteen keerde ze zich om en ze liep met snelle pas terug naar huis.

'Hallo,' zei Fletcher, terwijl hij opkeek van zijn koffie. 'Ik dacht dat je naar de tuin ging.'

'Was ook zo. Is ook zo. Waar is Mabel?'

'Op haar kamer, geloof ik. Hoezo?'

'Niks bijzonders.'

Neve rende de trap op en bonsde op Mabels deur.

'Wat is er?'

'Ik ben het. Ik wil je even spreken.'

Rory kwam bij Neve op de overloop staan. 'Ik heb hoofdpijn,' zei hij.

'Wat vervelend voor je. Mabel!'

'Ga weg.'

'Ik zal zo een paracetamol voor je pakken, Rory. Even geduld alsjeblieft.' Ze liet haar zoon achter op de overloop, ging de ouderlijke slaapkamer binnen, pakte de armband van haar nachtkastje en liep terug om nogmaals een roffel op de deur te geven.

'Ga weg. Ik ben bezig.'

'Je gaat met me mee naar de tuin, Mabel.'

'Echt niet.'

'Doe die deur open. Nu!'

De deur ging met een zwaai open en Mabel staarde haar vanuit de bedompte schemering woedend aan.

Neve hield de armband naar haar op. 'Schiet op,' zei ze. 'Ik geef je vijf minuten om je aan te kleden.'

Zwijgend gingen ze de deur uit. Mabel had een oude, op beide knieën gescheurde spijkerbroek aangetrokken en een flodderige gele sweater met rafelige manchetten. Ze had haar haar niet geborsteld en haar huid zag mat. Ze had haast iets van een dakloze, vond Neve, van iemand die in een portiek sliep.

Ze had geen idee waar te beginnen. Ze voelde zich volkomen leeg, terwijl haar gedachten heen en weer schoten langs alle mogelijke betekenissen van haar ontdekking. 'Mabel.' Het kwam er hees uit. 'Mijn armband lag in jouw kamer. En de hamer ook.'

Mabel draaide zich met een ruk om. 'Nou en?' Ze keek bijna triomfantelijk.

'Waarom lagen ze daar?'

'Moedertje toch,' zei Mabel op een boosaardig speelse toon die Neve deed huiveren. 'Wat dacht je zelf?'

Wat ze dacht? Nu ze zo naar Mabel keek, met dat gezicht vol haat en angst, kon ze zich voorstellen dat haar dochter die hamer op Sauls hoofd had laten neerkomen. 'Ik weet het niet,' antwoordde ze simpelweg.

'Ik weet het wel,' zei Mabel. 'Ik weet álles.'

'Hoe bedoel je?'

'Alles.' Ze leek boos en opgewonden tegelijk, en haar gezicht, dat een paar minuten geleden nog dat van een kind had geleken, had plotseling iets ouds en vijandigs.

'Mabel, luister. Je moet me vertellen waarom mijn armband en die hamer in jouw kamer lagen. Ik moet het weten.'

'Nee. Luister jij maar naar mij. Iedereen vindt jou zo geweldig. Al mijn vriendinnen zeggen dat ik maar geluk heb met zo'n moeder als jij. Ze hebben geen idee dat je gewoon een leugenachtige slet bent.'

'Alsjeblieft. Vertel me wat je gedaan hebt.'

'Wat ík gedaan heb? Wat een grap. Ik weet het al tijden, van jou. Je dacht dat je het slim aanpakte, maar het was gewoon zo duidelijk als wat. Dus ben ik je gevolgd. Ik zag je daar naar binnen gaan. Ik zág je.' Ze kwam adem tekort, had speeksel op haar kin. 'Je zei dat je bij Tamsin of Renata of weet ik veel wie was. Hoe kon je dat doen? En papa dan? En wij? Je bent onze moeder.'

'Mabel,' zei Neve scherp, in een poging de aandacht van haar dochter vast te houden. 'Ik weet dat je boos op me bent en dat je me op dit moment wel zult haten...'

'Goed gezien.'

'Ik weet dat wat ik heb gedaan slecht en fout was...'

'Maar waarom dan? Je bent verdomme bijna vijftig!'

Ja, dacht Neve, ze was inderdaad al bijna vijftig. Ze had een man die min of meer werkloos was en met tussenpozen depressief, ze had een baan die haar uitputte en ze had financiële zorgen. En ze had een dochter die haar leven jarenlang binnenstebuiten had gekeerd en op zijn kop had gezet. Even overwoog ze te zeggen: het kwam door jou. Maar dat deed ze natuurlijk niet en het was ook niet waar, of het was niet de enige reden. Maar er waren wel momenten geweest waarop ze dacht dat ze gek werd van angst en verdriet, en haar verhouding met Saul was als een slok helder water geweest die haar eraan had herinnerd dat ze nog altijd een eigen ik had, een splintertje leven dat alleen van haar was. En zelfs nu ze tot aan haar nek in de ellende zat herinnerde ze zich plotseling de Saul die haar toelachte terwijl hij zijn hand uitstak. Ze kon de aanraking van zijn warme vingers bijna voelen.

'Ik word niet goed van je,' zei Mabel. 'Je bent echt walgelijk.'

'Stop.' Neve hield haar hand op. Er kwam een vrouw langs rennen, haar mooie gezicht glansde van het zweet. Neve wachtte met praten tot ze buiten gehoorsafstand was. 'Over al die dingen moeten we het hebben. Maar allereerst wil ik weten wat je gedaan hebt.'

'Nu probeer je het gewoon om te draaien, alsof dit over mij gaat, maar het gaat over jou. Je hebt papa bedrogen.'

'Ja. Maar dat komt later wel.'

'Telkens maar weer.'

Neve knikte.

'Die van je houdt en nog nooit iets heeft gedaan om jou pijn te doen.'

Daar reageerde Neve niet op.

'Dacht je dan niet aan hem?'

'Natuurlijk dacht ik wel aan hem.'

'Maar dus niet genoeg om ermee op te houden.'

'Nee.'

'Was je zo smoorverliefd?'

Neve vond het wonderlijk dat ze zich nog steeds staande hield, oog in oog met Mabel. 'Het was fris en nieuw,' zei ze. 'Avontuurlijk, of zoiets.'

'Midlifecrisis.' Mabels stem klonk akelig van sarcasme. 'Ik dacht dat alleen mannen dat kregen.'

Neve had er geen antwoord op.

'Weet papa ervan?'

'Nee.'

'Weet je 't zeker?'

'Ik kan je alleen maar zeggen dat ik mijn best heb gedaan om het geheim te houden.'

'Rondsluipen als een dief in de nacht zeker. Nou. Ik heb het gemerkt. En als ík het heb gemerkt...' Haar stem ebde weg.

'Ik denk niet dat Fletcher het weet.'

'Of iets vermoedt?'

'Ik geloof het niet.' Ze zei er niet bij dat Fletcher niet meer naar haar keek, dat hij haar niet meer zag staan, er niet meer voor haar was. Als hij het niet wist, dan kwam dat doordat hij geen aandacht meer voor haar had. Mabel zei dat hij van haar hield – maar was dat wel zo?

'Hou je nog steeds van hem?'

'Dit zijn dingen waar ik het met Fletcher over zou moeten hebben, niet met jou. Niet op deze manier, alsof ik terechtsta.'

'Niet dus.'

'Jawel, ik hou wel van hem. Maar het is niet zo eenvoudig.'

'Wat betekent dat?'

'Het huwelijk is niet eenvoudig.'

'Ja hoor. Arme jij. Schaam je je niet voor jezelf?'

'Natuurlijk wel.'

'Fijn. Want ik schaam me ook voor jou.'

'Nu we hebben vastgesteld dat we ons allebei voor mij schamen, kunnen we dan eindelijk terug naar wat er is gebeurd? Jij had de hamer. Je bent daar geweest.'

'Jij ook.'

'Ja,' zei Neve.

'Je kreeg een berichtje van hem en je bent gegaan.'

'Ja.'

'En ik ook.'

'Mabel, wat moest je daar?'

'Waarom vraag je dat? Jij deed het met een andere man. Ik zag je naar binnen gaan. Ik zag je de code intoetsen. Het was allemaal zo duidelijk als wat.'

Neve dacht aan die ochtend in de flat, de geluiden die ze had gehoord, de rilling over haar rug. Was Mabel er de hele tijd geweest, wachtend tot ze zou vertrekken zodat ze de hamer kon pakken? Ze kon haar gedachten niet op een rijtje krijgen.

'Ik zag je naar buiten komen, met die vuilniszak. Je leek wel een misdadiger.' Haar stem brak. 'En dat ben je ook.'

'Ik wilde niet dat ze erachter zouden komen,' zei Neve tam.

'Je verdient het dat ze erachter komen en dat je naar de gevangenis moet omdat je alles kapot hebt gemaakt. Alles wat je maar bedenken kan. En ik ben ook een misdadiger, en dat komt door jou. En ik haat je en ik zal het je nooit vergeven. Ik wou dat ik dood was.'

'Probeer je me nou te vertellen...' Neve kreeg de woorden nauwelijks over haar lippen. 'Dat jij hem vermoord hebt?'

'Ik vertel je helemaal niks.' Mabel wendde zich met een schok van haar af en ging er schuifelend en met gebogen hoofd vandoor.

Neve holde achter haar aan, haalde haar in en legde een hand op haar schouder om haar te stoppen. Ze waren nu vlak bij het park. Voor haar strekte zich de grillige lappendeken van het volkstuincomplex uit. 'Praat met me,' zei ze.

'Je bent gek,' zei Mabel. 'Je ziet er doodnormaal uit, maar je bent gek. En je probeert mij ook gek te maken. Je zou mij moeten beschermen en niet jezelf. Is dat niet wat een moeder hoort te doen?'

'Ik wil je ook beschermen. Wat heb je gedaan? Waarom was je daar? Je kunt me alles vertellen,' zei Neve. 'Letterlijk alles.'

'Hoor wie het zegt, de vrouw die al weken en weken met een smerig geheim rondloopt.'

'Kennelijk ben je na mij die flat binnengegaan om de hamer en de armband weg te halen. Ben je ook vóór mij binnen geweest?'

Mabel keek op en staarde haar moeder aan. Even stonden ze als verstijfd op het trottoir. 'Ik weet waar jij mee bezig bent,' zei Mabel uiteindelijk. 'Je liegt en liegt. Jouw hele leven is één dikke vette leugen. En nu dit.'

'Mabel, lieverd...'

'Hou je mond. Hou op. Ik kan er niet tegen.' Ze hield haar handen tegen haar slapen en boog zich voorover. 'Wat heb je ons allemaal aangedaan?'

Neve pakte haar bij haar elleboog en trok haar mee het park in. Voor hen lag de rivier. Ze zette Mabel op een bankje waarop een metalen plaatje herinnerde aan een zekere Kitty, die altijd zo van dit plekje had gehouden.

Naar de tuin waren ze ten slotte niet meer gegaan. Neve zat naast Mabel, terwijl die op het bankje heen en weer wiegde, met haar armen om haar middel geslagen, en af en toe haar snotterige gezicht afveegde aan haar groezelige mouw. Uiteindelijk ging ze rechtop zitten. Ze keek Neve aan. 'Ga je me het niet vragen?'

'Wat?'

'Of ik het tegen Fletcher ga zeggen.'

'Was je dat van plan?'

'Nee,' zei Mabel. 'Dat zou hem kapotmaken. Jij bent sterk en je hebt massa's vrienden, maar hij niet. Hij zou gewoon in de vernieling raken zonder jou. En dat is precies waarom het zo monsterlijk is wat je hebt gedaan.'

Neve keek uit over het park en het volkstuincomplex. Ze dacht aan haar stukje grond, aan het vele onkruid, de kolen die begonnen door te schieten, de rottende pompoenen, het fruit dat hing te verkommeren aan de struiken. 'Ik weet nog steeds niet wat er in die flat is gebeurd,' zei ze.

'Wou je dat ik het hardop zei? Oké. Laten we gauw met deze poppenkast ophouden. Ik was het niet,' zei Mabel. 'Ik deed dat voor jou. Nou blij?'

Neve keek haar strak aan en Mabel staarde een ogenblik terug, maar wendde toen haar blik af. Op meer van haar dochter hoefde ze niet te rekenen. 'In dat geval,' zei ze, 'moet ik de politie maar informeren.'

'Dat kan je niet doen.'

'Waarom niet?'

'Dan komt Fletcher alles te weten.'

'Daar moet ik dan maar mee leren leven.'

'Je mag het niet doen. Als de politie hoort dat ik daar dingen heb weggepakt zit ik in de shit. Dan is mijn leven kapot.'

'Daar komen ze niet achter.'

'Dus dan ga je opnieuw tegen ze liegen?'

'Ik denk dat ik maar eens met een advocaat moet gaan praten,' zei Neve.

Terwijl ze langzaam naar huis liepen zei Mabel: 'Nog één laatste vraag.'

'Toe maar.'

'Hield je van hem?'

Neve keek opzij naar haar kleine magere dochter, met haar groezelig betraande gezicht, de kringen onder haar ogen, haar afgebeten nagels. 'Nee,' zei ze, terwijl ze wegkeek en weer voor zich zag hoe Saul de deur opendeed en haar naar binnen trok, weg uit het gedrang van de wereld. 'Nee, ik hield niet van hem.'

'Ja,' had ze gezegd, overlopend van blijdschap en bedrog. 'Ja, natuurlijk.'

Nog geen uur later zat Neve in de woonkamer van haar enige schoolvriendin die echt rijk was geworden en nog altijd haar vriendin was. Amanda Fitzgibbon en haar man, Rudi, waren allebei jurist. Mandy werkte als notaris, maar niet het soort dat de verkoop van je huis bezegelt of je testament helpt opstellen. Tenzij je bij testament fondsen en stichtingen wilde opzetten. Rudi deed iets op juridisch gebied in het financiële hart van Londen waarvan Neve nooit het fijne had begrepen. Maar wat het hun had gebracht liet weinig aan de verbeelding over.

Ze woonden in Hackney, op amper tien minuten fietsen van Neve, maar het voelde daar of ze in een andere wereld was. Ze hadden een groot oud huis met hoge plafonds en hoge ramen, en een belachelijk grote tuin die grensde aan net zulke belachelijk grote tuinen. De vertrekken op de begane grond waren rijkelijk voorzien van manshoge spiegels, grote zachte banken en eikenhouten vloeren. Soms voelde het als het leven waarvan ze altijd had gedroomd, en ze was weleens een tikje jaloers geweest. Maar ze had ook vele avonden in dat huis doorgebracht met Mandy's hand in de hare terwijl de tranen over haar wangen rolden omdat haar problemen met hun twee dochters nog groter waren dan die van Neve met haar dochter. Althans tot nu toe.

In haar lichtblauwe sweater, spijkerbroek en espadrilles in plaats van haar kantoorkleren zag Mandy er bijna uit als een van Neve's vele vriendinnen, maar alles aan haar, van haar donkerblonde haar tot de armband om haar pols had net dat extra beetje glans van discrete rijkdom. Neve had ondertussen nog steeds haar tuinkleren aan: een vuile broek, een oud shirt en afgetrapte wandelschoenen. Ze zaten met z'n tweeën op een van de vele banken, met een mok koffie in de hand en op het tafeltje voor hen een cafetière en een schaaltje met gemberkoekjes die – het was om razend van te worden – Mandy zelf had gebakken.

Ze wist al van de moord, maar Neve praatte haar bij over de details die niet in de krant hadden gestaan. 'Ik voel me hier wel wat rot over,' zei ze. 'Ik heb een neef die arts is, en die wordt dan op zondagochtend gebeld door vrienden over hun kind dat oorpijn heeft; of hij even kan vertellen wat ze moeten doen. En hier zit jij, op zaterdag, binnen ruikt het naar zelfgebakken koekjes, buiten schijnt de zon en dan kom ik je lastigvallen met iets van mijn werk.'

'Je hebt het toch niet gedaan, hoop ik?' vroeg Mandy.

'Wat?'

'Die man vermoord.'

'Natuurlijk heb ik dat niet gedaan.'

Mandy lachte. 'Ik maak maar een grapje. Maar als je het wel gedaan hebt, biecht het dan alsjeblieft op. Dan zul je je een stuk beter voelen.'

'Maar toevallig heb ik het niet gedaan,' zei Neve.

'Nou, blij dat te horen. En voel je trouwens niet schuldig. Ik ben de afgelopen dagen bezig geweest met de saaiste fusie uit de geschiedenis van de mensheid. Het is leuk om weer eens een ouderwets misdaadverhaal te horen.'

Ze keek Neve aan en haar blik veranderde. 'O, sorry,' zei ze. 'We hebben het over een collega van je. Het is natuurlijk gewoon ontzettend naar voor je. Goed, wat kan ik voor je doen?'

Neve haalde diep adem en vertelde Mandy over Renata, hoe die eerst de politie om de tuin had geleid en vervolgens de waarheid had verteld. Terwijl ze haar verhaal deed lette ze op Mandy's gezicht. Tegen de tijd dat ze klaar was leek Mandy een ander iemand geworden. Plotseling zag Neve haar voor zich in haar kantoor, bezig met haar echte werk.

'Dus die werd verstandig,' zei Mandy.

'Ja, zo kun je het ook zien.'

'Zo moet je het zien.'

'Maar zal het haar niet in de problemen brengen?'

Mandy schudde haar hoofd. 'Het is duidelijk dat ze in de fout is gegaan, maar ik stel me voor dat de politie alleen maar blij is dat ze uit zichzelf het echte verhaal is komen vertellen.'

Er viel een stilte. Mandy keek Neve aan met hernieuwde belangstelling. 'Je hebt me nog geen vraag gesteld,' zei ze.

Neve aarzelde. Ze had zoveel gedachten, zoveel vragen, maar ze vond het moeilijk om ze hardop te stellen. 'Wat ik nog vergeten ben te zeggen is dat Renata het me gisteravond vertelde. Ik denk dat ze onder andere door dat gesprek met mij naar de politie is gegaan.'

'In dat geval heb je haar een dienst bewezen,' zei Mandy.

Neve liet opnieuw een stilte vallen. 'Mag ik je een hypothetische vraag stellen?'

Mandy lachte haar vriendelijk toe, maar dat stelde haar niet gerust. Het was de glimlach van iemand die iets over je weet wat hij niet zou behoren te weten.

'Wacht even,' zei Mandy. 'Deze vraag ken ik al, geloof ik. Is dit er niet zo een die begint met: "Ik vraag dit voor een vriendin van me"?'

Neve deed een poging ook te glimlachen. 'Dit gaat niet over mij. Renata vertelde me dat ze dagen, misschien zelfs weken eerder op de plaats van de moord was geweest. Ze was er verschillende keren geweest omdat Saul en zij een poosje iets met elkaar hadden. Maar wat als dat nou niet de volledige waarheid was? Wat als ze er ook nog na de moord is geweest?'

'Je bedoelt, als ze er nog steeds over loog?'

'Erger nog. Als ze er vlak na de moord was geweest en een beetje had lopen opruimen.'

'Waarom zou ze dat gedaan hebben?' vroeg Mandy bedachtzaam.

'Om de sporen van hun verhouding uit te wissen.'

'Zei ze dat tegen jou?'

'Het lijkt me het beste om van een hypothetisch geval uit te gaan,' zei Neve.

Nu dacht Mandy lang na. Ze leek het niet grappig meer te vinden. Ze pakte de cafetière, schonk zichzelf bij en nam een slokje. Ze trok een gezicht. De koffie was koud geworden.

'Als je een jurist om juridisch advies vraagt...' begon ze.

'Wat niet zo is.'

'Prima,' zei Mandy, 'maar wanneer iemand een jurist hypothetisch' – ze trok half spottend een wenkbrauw op – 'om advies vraagt, zal die jurist je in het algemeen aanraden je aan de wet te houden.' Ze keek Neve met een haast strenge blik aan. 'Maar de rechtsgang belemmeren is echt een ernstige zaak. En bewijsmateriaal vernietigen is een bijzonder ernstige manier van de rechtsgang belemmeren.'

'Wat bedoel je met "ernstig"?'

'Ik ben geen strafpleiter,' zei Mandy. 'Maar ik ken er wel een paar. De maximumstraf voor het belemmeren van de rechtsgang is levenslang.'

'Wat?' zei Neve geschrokken.

'Ja, maar niemand die dat ooit krijgt. Voor zover ik weet ligt de straf ergens tussen de zes maanden en drie jaar. En als jouw hypothetische kennis heeft gedaan wat je daarnet omschreef, dan weet ik vrij zeker dat ze – of hij – eerder drie jaar zal krijgen dan zes maanden.'

'Maar kan zo iemand niet op coulance rekenen, als ze het toch zelf kwam opbiechten?'

'Drie jaar moet je dan zien als coulance.'

Neve reageerde niet onmiddellijk. Ze dacht aan Mabel, aan de vlakke toon waarop ze de moord had ontkend. Wat als het niet alleen maar ging om het belemmeren van de rechtsgang? Ze kreeg het koud, heel even, alsof de herfst plotseling, terwijl ze daar zat, was overgegaan in de winter. Ze wist dat er nog talloze vragen waren maar op dat moment kon ze er niet een meer bedenken. Ze durfde Mandy niet eens aan te kijken.

'Wacht,' zei Mandy plotseling.

'Wat is er?'

Mandy stond op en liep de kamer uit.

Even later hoorde Neve gerinkel en kwam Mandy weer binnen, met een fles witte wijn en twee grote glazen.

'Dat is nog een beetje vroeg voor mij,' zei Neve.

'Je zult het nog nodig hebben,' zei Mandy. 'Kom mee.'

Achter in de woonkamer was een deur die uitkwam op een gietijzeren wenteltrap die naar de tuin leidde. Neve liep achter Mandy aan de trap af. Onderaan was een stuk van de tuin verhard met prachtig verweerde tegels van kalkzandsteen. Neve herkende die tegels omdat ze ze had zien liggen bij een hovenier toen ze bezig was haar eigen tuin te ontwerpen en vervolgens de prijs had gezien. Mandy draaide de schroefdop los en schonk twee glazen in, waarna ze de fles wegzette op een tafeltje dat er ook duur uitzag. Alles in de tuin zag er duur uit. Zelfs de bloemen.

Neve nam voorzichtig een slokje van haar wijn, die duur smaakte. 'Lekker,' zei ze.

'Ik ben geen expert,' zei Mandy.

'Je hebt het over de wijn?'

'Nou ja, ik ben niet wat je noemt een wijnkenner, maar dat was niet wat ik bedoelde. Ik ben geen expert op het gebied van strafrecht. Grappig. Toen ik aan mijn rechtenstudie begon zag ik mezelf al zitten in verhoorkamertjes en hoorde ik me mijn cliënten adviseren "geen commentaar" te zeggen. Maar zover is het nooit gekomen. In feite zit ik gewoon in een kantoor de kleine lettertjes te lezen, zodat rijke mensen hun belastingdruk kunnen beperken en verdiensten wegsluizen. Ik heb nog nooit een politiecel vanbinnen gezien.' Ze nam een slokje wijn en keek naar haar glas. 'Je hebt gelijk. Hij is niet slecht.'

'Het spijt me,' zei Neve. 'Ik heb je al genoeg lastiggevallen.'

'Maar je bent nog even niet van me af. Want in de eerste plaats wil ik zeggen dat ik hoop dat die hypothetische kennis van jou ook echt hypothetisch is en dat je hier nu zit omdat je zin had in een filosofisch gesprek. Maar dat lijkt me niet erg aannemelijk. Ik weet niet of we het hier over je vriendin Renata of een vriendin van Renata of een van je andere vriendinnen hebben.' Ze nam nog een slok. Toen ze verderging zei ze behoedzaam en weloverwogen, zodat het indringender overkwam dan alles wat ze tot dan toe had gezegd: 'Of over heel iemand anders.'

Neve maakte aanstalten iets te zeggen, maar Mandy hield haar vrije hand op om haar het zwijgen op te leggen.

'Zoals ik zei,' ging Mandy verder, 'ik ben geen expert op het gebied van strafrecht. Er bestaat natuurlijk zoiets als verschoningsrecht, maar ik weet niet zeker of dat ook van toepassing zou zijn op het gesprek tussen ons tweeën, hier in de tuin. Het handigst, volgens mij, zou zijn dat je mij hardop laat denken, in algemene termen, en dat jij helemaal niets zegt.'

Neve schrok. Ze had Mandy in gedachten altijd meer gekoppeld aan elegante kleding, binnenhuisarchitecten en buitenlandse vakanties. Deze toon had ze nooit achter haar vermoed.

'Om te beginnen,' zei Mandy, 'is juridisch advies vragen aan een jurist een saaie bedoening. Een jurist zal je vertellen hoe de wet luidt en dat je die moet gehoorzamen. Wat ik zou zeggen...' Ze liet een korte stilte vallen, als om de ironie van de situatie te benadrukken. '... tegen die hypothetische kennis van je, is dat ze naar een advocaat moet stappen – niet naar mij, maar naar een echte strafpleiter, en ik kan je wel een paar namen noemen – om het hele verhaal te vertellen en zich vervolgens aan te geven. Leuk zal het niet zijn, maar voor leuk is het nu een beetje te laat. En als je het echt van de gewichtige kant wilt horen, dan zou ik zeggen dat wat jouw hypothetische kennis heeft gedaan niet alleen strafbaar is maar ook fout. Er is een moord gepleegd, en als je met een plaats delict knoeit help je de moordenaar.'

Neve keek om zich heen naar de tuin. Helemaal achterin stond een voederhuisje op een paal. Er zat een vogel op. Hij had een heldergele streep. Een puttertje. Zelfs de vogels in Mandy's mooie tuin waren mooi. 'Mag ik je één vraag stellen?' vroeg ze.

Mandy fronste.

'Het is een algemene vraag,' ging Neve verder. 'Het gaat niet over dit specifieke geval.'

'Nou?'

Even dacht ze na over hoe ze het moest verwoorden. 'Als iemand met een plaats delict had geknoeid omdat hij of zij een heel bijzondere persoonlijke reden had om ermee te knoeien, een reden die niets met het misdrijf te maken had, en er dan voor uitkwam...' Neve stopte. Ze was bijna verstrikt geraakt in haar eigen zin. Ze moest haar gedachten op een rijtje zetten. 'Stel dat zij, of iemand, zoiets gedaan had en het opbiechtte, zou het dan mogelijk zijn om de omstandigheden die daartoe geleid hadden geheim te houden?'

'Je hebt het nu over de reden waarom die persoon met de plaats delict had geknoeid?'

'Ja.'

Mandy glimlachte, maar haar uitdrukking was somber. 'Is die persoon een kind?'

'Nee.'

'Werkte die persoon voor de veiligheidsdienst?'

Neve wist een flauw glimlachje op te brengen. 'Nee.'

'Staat die persoon onder een gerechtelijk bevel dat zijn of haar identiteit beschermt?'

'Nee.'

Mandy dacht een ogenblik na. 'Is er sprake van seksueel geweld?'

'Nee.'

'Dan is het antwoord nee. Als zoiets voor de rechter komt, moet je ervan uitgaan dat alles in de openbaarheid komt.'

Voorzichtig zette Neve haar glas op de tafel. 'Bedankt voor je hulp, Mandy, heel lief van je.'

'Je lijkt er niet zo blij mee.'

'Ik ben ook even niet zo blij.' Ze huiverde. Het voelde plotseling kil in de tuin.

Ze maakte aanstalten om weg te gaan, maar Mandy stak een hand uit om haar tegen te houden.

'Er is iets wat ik nog niet heb gezegd. Weet je nog toen Chris bij me wegging?'

Ja, ze wist dat nog. Mandy's eerste man had haar binnen een jaar na hun huwelijk verlaten. Mandy was volledig ingestort. Neve herinnerde zich hun eindeloze telefoongesprekken, de lange wandelingen, de uren zwijgend bij elkaar zitten.

'Jij was toen heel lief voor mij,' zei Mandy.

'Nou ja, natuurlijk,' zei Neve. 'We wilden je allemaal helpen.'

Mandy gebaarde om zich heen. 'Soms heb ik het gevoel dat ik dit alles alleen maar nodig heb om mezelf overeind te houden. Met mijn moeder kon ik niet praten, maar jij deed wat mijn moeder had moeten doen.'

Ze liepen samen naar de voordeur. Voordat Neve naar buiten stapte sloeg Mandy haar armen om haar heen. 'Zeg tegen die hypothetische kennis van je dat het punt van buiten de wet staan is dat je buiten de wet staat. En dat kan een heel gevaarlijke plek zijn om je op te houden.'

Neve knikte. 'Als ze bestond, zou ik dat tegen haar zeggen.'

Op de fiets naar huis hoorde ze haar mobiel overgaan. Ze stapte af om op te nemen.

Het was Fletcher. 'Als jij nou eens het hoofdgerecht deed, en ik het toetje?' zei hij zonder enige inleiding. 'Ik dacht, dan maak ik mijn succesnummer: de cheesecake.'

Het etentje, dacht Neve. Dat vreselijke etentje dat hij gisteren georganiseerd had. 'Oké,' zei ze.

'Wat ga jij maken?'

'Daar heb ik nog niet over nagedacht.'

'Ik breng Connor zo naar voetballen, dus zul jij de boodschappen moeten doen.'

'Goed.'

'Ik stuur je zo het lijstje met de ingrediënten,' zei Fletcher. 'Ik moet die spullen wel een paar uur van tevoren hebben. Het is nogal bewerkelijk.'

'Goed.'

'Maak je iets met vis of vlees, of geen van beide?'

'Weet ik nog niet.'

'Want je zult ook wijn moeten halen.'

'Dat krijg ik allemaal niet mee op de fiets, en we hebben nog een hoop wijn in huis.'

'Wat doen we als voorafje?'

'Zeg jij het maar.'

'Misschien kun je dat met die gerookte aubergine maken.'

'Baba ganoush.'

'En die pittige noten van je zijn ook lekker.'

'Ik zie je straks.'

Neve stopte de telefoon weer in haar zak en zette haar fiets tegen het tuinmuurtje van een oud herenhuis. Door het benedenraam zag ze een vleugel staan. Ze ging op de stoeprand zitten, legde haar hoofd in haar handen en deed haar ogen dicht. Heel even maar, beloofde ze zichzelf – tot het gevoel van misselijkheid en duizeligheid wat was weggetrokken. Ze kon zich niet herinneren wanneer ze voor het laatst een echte maaltijd had gehad, of een nacht goed had geslapen. In gedachten liep ze het gesprek met Mandy nog eens door. Ze herinnerde zich de strenge en bezorgde blik van haar vriendin en vervolgens dacht ze aan alles wat er met Mabel was gebeurd. De herfstzon voelde warm in haar nek. Ze zou gewoon zo kunnen blijven zitten en de ramp zich ver bij haar vandaan laten ontvouwen. Toen ze de ping van een binnenkomend berichtje op haar telefoon hoorde, dacht ze lusteloos: dat zal Fletchers boodschappenlijstje zijn.

'Gaat het?'

Ze keek op en zag dat er een klein oud vrouwtje naar haar stond te kijken. Haar gezicht deed denken aan een verschrompeld uitje en haar hoed, die veel weg had van een theemuts, scherpte die gelijkenis nog extra aan. Ze was ingepakt in een grote grijze jas.

'Ja, hoor,' zei Neve, terwijl ze moeizaam overeind kwam.

'Kunt u ergens naartoe?'

Haar ogen lagen als blauwe schijfjes diep weggezakt in de rimpels in haar gezicht. Dacht ze soms dat ze een dakloze was? Neve deed haar best om te glimlachen, maar ze wist niet goed of het wel gelukt was want het oude vrouwtje bleef haar met iets van medelijden aankijken.

Ze pakte haar fiets. 'Ik was alleen even een beetje duizelig,' zei ze, en ze fietste weg.

Even later duwde ze een winkelkar voor zich uit door de supermarkt. Ze raadpleegde het lijstje met ingrediënten die Fletcher nodig had voor zijn cheesecake met frambozen en witte chocolade. Die was erg machtig; haar maag draaide zich om als ze eraan dacht. Wat moest zij maken? Hulpeloos keek ze om zich heen. Ze voelde het trage bonzen van beginnende hoofdpijn terwijl ze besefte dat ze geen idee had wat Jackie en Will graag aten. Misschien at Mabel wel mee – de moed zonk haar in de schoenen bij de gedachte – en die at geen vlees en wilde soms zelfs helemaal geen dierlijke producten. Tamsin was op een dieet met veel proteïnen en weinig koolhydraten. Rory at voornamelijk pasta, rijst en cornflakes.

Haar telefoon ging. Het was haar moeder: Neve had haar nog niet laten weten of Rory liever de microscoop of de verrekijker wilde. En of Neve iets van haar broer had gehoord? Haar moeder zei dat ze hem vaker zou moeten opzoeken. Even aarzelde Neve of ze zou laten vallen dat hij in Seattle woonde, maar ze zei niets.

Ze beëindigde het gesprek. En vrijwel meteen werd ze weer gebeld. Het nummer herkende ze niet. 'Hallo?'

'Met Bernice Stevenson.'

'Dag, Bernice.' Haar hart begon onaangenaam te bonzen.

'Ik ben in de stad,' zei Bernice. 'Ik heb weer met die rechercheur gesproken – die lange kale man.'

'O,' zei Neve. Ze kon niets anders bedenken.

'Hij heeft me het een en ander verteld.' Een stilte. Haar stem klonk schril en staccato. 'Over Sauls privéleven.'

Plotseling was het voor Neve alsof de verlichting flikkerde. Alles werd vaag en zwom voor haar ogen. Ze greep zich vast aan haar kar.

'Kunnen we ergens afspreken?' vroeg Bernice.

'Nu, bedoel je?'

'Waar ben je?'

'In een supermarkt.'

'Welke?'

'In Islington.'

'Welke?'

Neve legde het uit.

'Ik weet dat het vreemd klinkt,' zei Bernice, 'maar ik moet hier echt even met jou over praten.'

Neve was geneigd om te zeggen dat het inderdaad heel vreemd was en dat Bernice er misschien maar beter met haar eigen vrienden of een therapeut over kon praten, met iedereen behalve met haar. Maar het was te laat, de verbinding was al verbroken. Als verloren stond ze op de groenteafdeling. Ze pakte een flespompoen en vulde een papieren zak met trostomaten. Wat moest ze ook alweer maken van Fletcher? Baba ganoush, dat was het. Ze legde drie glanzende aubergines in haar kar. Knoflook.

Haar telefoon ging opnieuw, deze keer was het van huis.

Het was Rory. 'Wanneer kom je thuis?' vroeg hij.

'Zo meteen.'

'Zullen we samen iets gaan doen?'

Neve pakte een stuk gember zo groot als een knokige hand. 'Weet je wat,' zei ze. 'Je kunt me helpen met het eten voor vanavond.' Van haar drie kinderen hield alleen Rory van koken.

'Dat is goed,' zei hij, waarna hij zonder dag te zeggen ophing.

Granaatappel, dacht ze, om zich heen starend. Een vrouw in een zwarte broek en een suède jack kwam op haar keurige glanzende schoenen haar kant op klakken. Aan haar schouder hing een ingewikkeld uitziende tas, vol noppen en metalen gespen.

'Neve,' zei Bernice. Haar lippenstift was oranje. Ze zag er beroerd uit. 'Je zult wel denken dat ik in de war ben. Of helemaal geen vrienden heb.'

'Nee hoor, geen van beide.'

'Ik heb nog niet gehuild. Geen traan gelaten. Het is net alsof ik bevroren ben vanbinnen.'

'Zoiets kost tijd,' zei Neve.

'Ik kan het denk ik nog steeds niet geloven.'

'Het is ook best moeilijk.' Ze legde een grote bos verse koriander in haar kar. Met hoeveel zelfhaat kon ze leven?

'Ik had gelijk,' zei Bernice. 'Saul had een verhouding. Of

meerdere verhoudingen. Dat zei die rechercheur, maar ik wist het natuurlijk wel.'

'Het spijt me voor je.'

'Wat koop je allemaal?'

'We krijgen mensen te eten. Ik maak iets met pompoen,' zei ze. 'Misschien marineer ik nog wat vis. En dan nog de salades...' Haar zin ebde weg. Ze verzamelde een paar zakjes gemengde sla en zocht twee avocado's uit.

'Sauls lievelingsmaal was geroosterd lamsvlees. Maar zelf eet ik geen vlees.' Ze glimlachte vreemd verkrampt. 'Ik eet überhaupt niet veel. Ik ben al zo ongeveer sinds mijn vijftiende op dieet. We moeten er wel goed blijven uitzien, vind je niet?'

Neve begon te lopen met de kar. Bernice liep met haar mee. Saul had ooit risotto met wilde paddenstoelen voor haar klaargemaakt. Een andere keer hadden ze samen in bed crackers met blauwe kaas gegeten. Alles was onder de kruimels gekomen. Ze legde drie limoenen in de kar, plus twee bakjes frambozen.

'Ik dacht altijd,' zei Bernice, 'dat als Saul me ontrouw zou zijn, dat ik dan bij hem weg zou gaan. Zomaar, pats.' Ze knipte met haar vingers. Ze had karmozijnrood geverfde nagels, maar de lak schilferde. 'Maar zo eenvoudig is het nooit.'

'Nee,' zei Neve, terwijl ze haar kar naar het volgende gangpad rolde en strak voor zich uit bleef kijken.

'Langzaam maar zeker worden we de mensen die we niet willen zijn,' zei Bernice.

Neve legde yoghurt in haar kar, en toen eieren.

'Ik wil nog naar mijn huisarts om zeker te weten dat ik niks heb opgelopen,' zei Bernice. 'Omdat we het soms, nou ja, nog wel deden. Mannen zijn heel anders dan vrouwen, denk je niet? Die kunnen zich opsplitsen.'

Neve pakte een potje room.

'Al was het niet heel vaak. Ik had er niet echt veel zin meer in. Misschien is dat wel iets wat de meeste vrouwen overkomt als ze ouder worden. Wat denk jij?'

Neve gaf geen antwoord.

'Gek genoeg,' ging Bernice verder, 'was de laatste keer dat we het deden uitgerekend op de ochtend van Sauls dood.'

Ze waren bij het schap met de vis aangekomen. Neve tuurde met half dichtgeknepen ogen naar het aanbod en deed haar best niet te horen wat ze hoorde. Schol, dacht ze. Of schelvis. Harder. Ach, wat zou het ook?

'Hij moest een vroege trein naar Londen halen, dus de radiowekker ging al voor zeven uur, maar hij bracht me thee op bed – hij bracht me altijd thee op bed. En we hadden een of andere stomme woordenwisseling.' Bernice snoof bozig. 'Over een liefdadigheidsdiner. Ik had al toegezegd dat we zouden komen, maar hij wilde niet. En toen, ik weet eigenlijk niet waarom, waren we plotseling aan het zoenen en trok hij zijn kleren uit.' Bernice keek Neve aan, half glimlachend.

Neve deed een poging tot eenzelfde glimlach. Ze was de boter vergeten.

'En het was beter dan in tijden,' zei Bernice. 'De radio stond nog aan en ik herinner me vaag dat ik het nieuws van halfacht hoorde, en pas toen beneden de wekker op zijn telefoon afging, om twintig voor acht, realiseerde hij zich dat hij de trein van acht uur dreigde te missen, waarna hij als een idioot door de kamer holde, alsof hij in een of andere klucht speelde, ondertussen zijn kleren aantrok en ten slotte de deur uit rende. Ik heb hem nooit meer gezien.'

Neve mompelde iets nietszeggends.

'Maar of het daar makkelijker van wordt?' zei Bernice. 'Hij had een verhouding – of had er een gehad. De rechercheur zei dat het voorbij was, maar dat geloof ik niet. Ik denk dat degene die hun verhouding heeft opgebiecht er toch nog over loog. Dat heb ik ook tegen die rechercheur gezegd. Maar goed, waar het om gaat is dat Saul me ontrouw was maar dat hij misschien nog wel van me hield, op zijn manier dan. Dat hij me nog steeds begeerde. Maakt dat het makkelijker? Of juist niet?'

'Makkelijker natuurlijk,' dwong Neve zichzelf te zeggen. Ze haalde diep adem. 'Maar hield jij ook nog steeds van hem?'

'Daar zeg je zowat. Ik heb geen idee. En nu zal ik het misschien ook nooit meer weten. Maar het punt is, ik weet niet hoe het verder moet. Met mijn leven, bedoel ik.' Ze legde haar hand naast die van Neve op de stang van de winkelkar, alsof ze steun zocht. 'Ik weet het niet,' zei ze nog eens.

Ze liepen samen verder. Neve vond de noten en vervolgens de juiste rol biscuit voor de bodem van de cheesecake.

'Jij hebt geluk,' zei Bernice. 'Je hebt een man, je hebt kinderen, je hebt een baan. En ook vast een hele club trouwe vrienden.'

Bernice hield de kar nog steeds vast. Neve stuurde hen langs het toiletpapier, de keukenrollen, het zilver- en vershoudfolie. Ze legde twee lange oranje kaarsen en een pak papieren servetjes met een elegant bloempatroon in de kar.

'Ieders leven is ingewikkeld,' zei Neve. 'Op zijn eigen manier.'

'Iedereen mag jou graag,' zei Bernice. 'Ik denk omdat je niet bedreigend bent. Jij bent recht door zee. Je hebt zelfs die kale rechercheur voor je weten te winnen. Ik ben niet zoals jij. Ik durf te wedden dat de mensen bij jou op kantoor zeggen dat ik kil en arrogant ben.'

'Nee.' Maar ze had wel gelijk.

'Normaal praat ik niet zo. Zelfs niet tegen mensen die ik al van jongs af aan ken. Ook niet tegen Saul. Het komt door de shock. Het is een beetje als dronken zijn. Dat hij is vermoord heeft mijn tong losgemaakt.'

Ze kwamen bij de kassa.

'Ik moet naar huis om te koken,' zei Neve. 'Het spijt me.'

'Ik kan niet naar huis. Mijn zoon logeert vannacht bij mijn zus, dus dan ben ik alleen in dat grote huis. Wat moet ik doen?'

Plotseling werd Neve bevangen door een bang vermoeden. Bernice zou toch niet? Nee. Ze was toch niet aan het vissen naar een uitnodiging om mee naar haar huis te komen? Dat zou hoe dan ook ongepast zijn. 'Is er iemand die je kunt bellen?'

'Ik kan niet terug naar huis.'

'Of bij wie je kunt logeren? Ik weet zeker dat mensen je maar al te graag zouden willen helpen.'

'Ik wil niet dat ze me aankijken met die verschrikkelijke blikken. Alsof ze heimelijk blij zijn.'

'Dat zal wel meevallen.'

'Wat moet ik doen?'

Neve ging eenvoudig door de knieën. Ze kon niets anders bedenken om te zeggen, dus hoorde ze zichzelf zonder veel overtuiging vragen: 'Wil je met mij mee naar huis?' Ze deed haar best neutraal te klinken. Wie weet zou Bernice nee zeggen.

'Zou dat kunnen?'

'Ja.'

'Dan hoef ik tenminste één avond niet in mijn eigen leven te zitten. Hoef ik niet mij te zijn. Dat zou ik fijn vinden.' Bernice liet eindelijk de kar los en rechtte haar rug. Ze streek haar haar glad. 'Als je het zeker weet.' Ze wachtte niet op een antwoord van Neve. 'Dank je. Laat mij wat wijn kopen. Of heb je liever gin? Ja, we nemen gin.'

Ze liepen terug, Neve met de fiets aan de hand; de boodschappentassen zwaaiden aan het stuur en kwamen om de zoveel tijd tussen de spaken. Bernice zei nauwelijks iets, tot haar opluchting. Ze probeerde te bedenken of Bernice een of ander geheim plan kon hebben. Net toen ze er waren en ze de sleutel uit haar rugzak wilde pakken ging de voordeur met een zwaai open en kwam Mabel naar buiten, met in elke hand een gescheurde vuilniszak.

'Dit is mijn dochter Mabel,' zei Neve. 'Mabel, dit is Bernice.'

Mabel bromde iets en liet de zakken naast de container op de grond vallen. Ze had een felgekleurde sjaal om haar haar gebonden.

'Bernice Stevenson,' voegde Neve eraan toe.

Mabel huiverde even, alsof iemand haar een elektrische schok had toegediend.

'Dag,' zei Bernice, terwijl ze haar magere hand uitstak. Mabel nam haar hand aan, schudde die traag – met een lichte frons op haar gezicht – en ging toen naar binnen en de trap op. Ze hoorden een deur slaan.

'Ze gaat binnenkort op kamers. Kom binnen. Ik zal thee zetten.'

Ze duwde haar fiets de gang in en droeg de boodschappen naar de keuken. Fletcher stond in de tuin naar de onderdelen voor de kas te staren. Neve zette het water op terwijl Bernice aan tafel ging zitten, met haar suède jack nog aan. Ze keek uitgebreid om zich heen. Neve probeerde de keuken door haar ogen te zien. Alles was sjofel en nodig toe aan verf en aandacht. In de hoeken hingen spinnenwebben, er ontbrak een peertje, de kozijnen begonnen te rotten. En, realiseerde ze zich, het was er veel te vol. Ze zag al lang niet meer hoeveel dingen overal stonden – niet alleen de dingen die er behoorden te staan, zoals kandelaars, de koffiemolen, de blender en de weegschaal, de broodtrommel en de pot met langzaam wegkwijnende basilicum, maar ook alles wat was komen aanwaaien en nooit meer was opgeruimd: lege potjes, een haarborstel, een frisbee, een aangebroken pak rijst, een kapot bord dat ze van plan was te maken met secondelijm (ze was alweer vergeten secondelijm te kopen), oude ansichtkaarten, een fietspomp, een willekeurige verzameling paperbacks, een schilderspalet, eenzame sokken in afwachting van hun wederhelft, een radio die het niet meer deed, een zwembril, lege wijnflessen, een zaklantaarn met lege batterijen.

Fletcher kwam binnen, een spoor van tuinmodder op de tegels achterlatend.

'Dit is Bernice Stevenson,' zei Neve snel. Ze lette op zijn gezicht en zag dat zich daarop langzaam het besef aftekende wie Bernice was.

Hij schudde haar de hand en vertelde haar hoe erg hij het voor haar vond, en tegelijkertijd schoot zijn blik door de keuken alsof hij een vluchtweg zocht.

Bernice knikte stijfjes en ging in haar ingewikkelde tas op zoek naar een tissue om haar neus te snuiten.

'Connor is bij Elias,' zei hij. 'Ik heb gezegd dat Elias vannacht bij ons kon slapen. Dat is toch wel goed?'

Neve knikte hulpeloos. Op de trap klonk het gestommel van afdalende voetstappen, van dingen die vielen. Mabel, dacht ze.

'Ik dacht, voor ik begin met koken kijk ik even hoe ver ik kom met de kas,' zei Fletcher. 'Neve zeurt daar altijd om,' voegde hij er voor Bernice aan toe.

'Ik zeur niet, ik vraag het vriendelijk,' zei Neve, maar ze bedierf het meteen door er 'keer op keer' bij te zeggen.

'Het zal wel. Weet jij of de oplader voor de elektrische boor in die zak met snoeren zit? Ik heb hem al tijden niet gebruikt.'

Zak met snoeren. Hamer. Moordwapen. Neve sprong naar het midden van de keuken. 'Wacht,' zei ze. 'Zet jij thee! En hou Bernice even gezelschap. Ik moet Rory eventjes hebben. Momentje. Even snel iets doen.'

Ze vloog naar de bijkeuken en stak haar hand in de zak. Toen ze de hamer vastgreep realiseerde ze zich dat daar misschien vingerafdrukken van de moordenaar op zaten – en van haar natuurlijk. En van Mabel. Gespannen keek ze om zich heen op zoek naar een zak, maar ze zag alleen boodschappennetjes, dus schoof ze de hamer onder haar blouse en haastte zich, terwijl ze hem op zijn plaats hield alsof ze kramp in haar buik had, langs Fletcher en Bernice in de keuken en vervolgens met twee treden tegelijk de trap op. Oké, waar? Ze ging haar kamer binnen, haalde de cadeautjesdoos tevoorschijn, stopte de hamer erin en bedekte hem met een blouse die ze van een hanger plukte, waarna ze de doos zo ver mogelijk achter in de klerenkast schoof. Later zou ze wel een betere plek bedenken.

Mabel stak haar hoofd om de deur van haar kamer. 'Wat doet zij hier?'

'Ik kon er niets aan doen.'

'Ben je niet goed snik?'

'Mabel, we moeten...'

'Mam?' klonk Rory van een verdieping hoger.

Haar immer geduldige, teruggetrokken, stille zoon. Ze ging de trap op en trof hem zittend op zijn bed aan. 'Hoe is het met je?'

'Goed.'

'Ben je wel buiten geweest?'

'Nee.'

'We gaan samen koken, toch?'

Hij klaarde op. 'Ja. Wat gaan we maken?'

'Je vader maakt zijn cheesecake. Wil jij de baba ganoush doen? Mag je de aubergines in de fik steken.'

'Cool.'

'En morgen kunnen we een eindje gaan fietsen.'

'Echt waar?'

'Ja.'

Ze gingen samen naar beneden. Neve stelde hem voor aan Bernice, die thee zat te drinken – nog steeds op het puntje van haar stoel. 'Rory en ik gaan koken.'

'Ik moet geloof ik even gaan liggen,' zei Bernice. Ze stond op en keek om zich heen alsof er op magische wijze een bank zou verschijnen.

'Natuurlijk. Op een bed?'

'O, nee hoor, de bank is ook goed.'

Dus nam Neve haar mee naar de woonkamer, waar Bernice haar glimmende tas op de vloer zette, haar onberispelijke suèdejack uittrok, uit haar glanzende schoenen stapte en op de flodderige bank ging liggen die ooit, de dag nadat ze hem hadden gekocht, door Connor met een watervaste roze stift was bewerkt. Toen ze haar ogen sloot leek haar gezicht plotseling wat ingevallen en oud. Neve sloop de kamer uit en trok de deur zachtjes achter zich dicht.

Neve en Rory kookten samen. Neve maakte een pittige knoflookmarinade voor de vis en sneed de pompoen in dunne plakken waarover ze geraspte gember uitstrooide. Ze maakte een saus van yoghurt en limoen voor erbij en liet de rijst wellen in een pan om hem straks sneller te laten garen. Rory schroeide de aubergines, maar zo goed dat de rookmelder met bloedstollend lawaai afging. Hij stampte vol overgave het vruchtvlees fijn door de tahin en schraapte, zichzelf onder het rode sap spattend, de zaadjes uit de granaatappel. Buiten in de tuin zagen ze Fletcher worstelen met de kas, als de hoofdrolspeler in een pantomime over frustratie en tegenslag.

Niet veel later werden Connor en Elias, stuiterend van de energie, door Sarah gebracht.

Sarah knikte hen toe. 'Succes,' zei ze. 'Jullie liever dan ik. En bedankt. Heb ik een avondje voor mezelf. Ik moet alleen nog bedenken wat ik ermee ga doen. Waarschijnlijk gewoon vroeg naar bed. Het spannende bestaan van een alleenstaande moeder.'

Ze vertrok. De jongens stormden de trap op.

Neve waste de potten en pannen af. Ze voelde zich warm en plakkerig, hol van de honger maar misselijk van angst. De vrouw van haar dode minnaar lag te slapen op de bank in haar huiskamer. Boven was haar dochter bezig de hele inhoud van haar kamer weg te gooien, nadat ze cruciaal bewijsmateriaal had verwijderd van de plaats delict die zijzelf al grondig had schoongemaakt. Haar vriendin de advocaat had haar verteld dat zij en Mabel drie jaar konden krijgen voor wat ze hadden gedaan. De rechercheur die het onderzoek leidde was in haar geïnteresseerd om redenen waar ze de vinger niet achter kon krijgen. Het moordwapen lag in haar kleerkast. Een verjaarscadeau voor haar van Saul zou bij Sauls flat bezorgd worden. En ze stonden op het punt een etentje te geven.

Even na zessen nam Fletcher het over in de keuken. Neve kende het precies: het air van vastberaden doelgerichtheid waarmee hij alle ingrediënten uitstalde, zijn mouwen oprolde en vervolgens het kookboek opensloeg om het recept te bestuderen alsof hij het voor het eerst van zijn leven onder ogen kreeg.

'Ga jij maar douchen,' zei hij.

Neve liep nog rond in haar vuile tuinkleren en ze moest haar haar wassen. Ze stak haar hoofd om de kamerdeur, zag dat Bernice sliep als een roos, ging naar boven en liet het bad vollopen. Ze bleef er lang in liggen, luisterend naar de geluiden in huis. Ze hoorde Connor keten met Elias, Mabel nog meer zakken de trap af gooien en de radio schallen.

Toen ze uiteindelijk naar beneden ging, met haar haar nog vochtig, in een rechte grijze jurk waarvan ze de ceintuur niet kon vinden, kwam een opnieuw opgemaakte Bernice net de woonkamer uit. Ze had haar masker weer op.

'Kan ik een schone blouse van je lenen?' vroeg ze. 'Ik voel me een beetje smoezelig.'

'Natuurlijk.'

'Misschien kun je me laten zien wat je hebt.'

'Ik heb niet zoveel bijzonders,' zei Neve. Met een schok bedacht ze: de hamer. In de kledingkast. 'Wacht even,' zei ze. 'Een minuutje maar. Niet eens.' Ze haastte zich weer naar boven, viste de hamer op, deed hem in de wasmand en bleef een ogenblik besluiteloos staan. Wat was een veilige plek?

Een boom verstop je het best in een bos, dacht ze, een boek in een bibliotheek.

Gehaast wikkelde ze de hamer in de sprei die over hun bed lag en ging weer naar beneden, langs Bernice naar de bijkeuken. Ze opende de gereedschapskist, legde de hamer bovenin en sloot het deksel, snel en oppervlakkig ademend.

'Kom mee en kies maar uit,' zei ze tegen Bernice terwijl ze de gang weer in liep.

'Ach, laat ook maar. Ik wil alleen graag een glaasje van die gin,' zei Bernice. Ze rommelde in haar tas en besproeide zich met parfum.

Uit Mabels kamer dreunde muziek. De twee vrouwen stapten de keuken in op het moment dat een voetbal, vanwege een energieke trap van Connor, onder een regen van glassplinters door het grote raam vloog. Fletcher, die aan de tafel krullen witte chocolade op zijn cheesecake stond te schaven, vloekte luid en pakte een scherf van het tafelblad. Buiten duwde de cavia zijn driftige snuit tegen het gaas. De bel ging.

Tamsin was de eerste die aankwam.

'Wat zie je er prachtig uit,' zei Neve, terwijl ze haar armen om haar heen sloeg. En dat was ook zo: lang en sterk, in een strakke blauwe jurk, haar donkere haar hoog opgestoken, lange zwaaiende oorbellen.

'Heus?' Tamsin trok een gezicht, plotseling verlegen. 'Is het niet te?'

'Helemaal niet. Precies goed.'

Fletcher had vier gin-tonics gemixt toen Mabel binnenkwam. Overdag had ze eruitgezien als een meisje van twaalf, maar nu leek ze minstens tien jaar ouder: een jonge vrouw. Ze droeg skinny jeans, een witte blouse van Neve en enkellaarsjes met hoge hakken. Ze had zich licht opgemaakt en haar haar hing zijdeachtig langs haar gezicht.

Met grote ogen keek Neve naar haar dochter. Ze zag er zo zacht, schoon en elegant uit, als de vlam van een kaars. Zelf was Neve nog zo vol van de herinnering aan hun afschuwelijke ochtend dat ze even geen woord kon uitbrengen.

Mabel vertrok geen spier. Haar gespeelde kalmte was bijna erger dan haar woede. Neve dacht aan hun gesprek van die ochtend. Ze herhaalde bij zichzelf de woorden die Mabel op het laatst had gezegd: dat zij het niet was geweest. Ze had Saul niet vermoord. Maar ze had het op zo'n vlakke toon gezegd dat het was alsof ze een toneelstukje opvoerde. Het was al zo vaak gebeurd dat Mabel dingen zei die niet waar waren. Terwijl Neve dan wist dat het niet waar was. En Mabel wist dat Neve het wist. Maar nu?

'Mag ik ook een gin?' vroeg Mabel, en toen Neve Fletcher aankeek zei ze: 'Ik weet wel wat dat betekent.'

'Wat?'

'Die blik. Die betekent: geef Mabel een gin-tonic met haast geen gin erin.'

'Dat is niet waar,' zei Neve. 'En bovendien was er helemaal geen sprake van "een blik".' Beide opmerkingen waren onwaar. Ze ging naar de keuken om iets te halen voor bij de drankjes.

Tamsin liep met haar mee. 'Wat is hier gebeurd?' vroeg ze, met een gebaar naar het plastic dat voor de kapotte ruit was gespannen.

'Dat heeft Connor gedaan. Die voetbalt de hele dag. Chips of olijven?'

'Hoeveel mensen komen er?'

Neve telde ze in gedachten. Tamsin, Bernice, Jackie Cornfield, Will Ziegler, Mabel en Fletcher. 'Zes,' zei ze. 'En ik natuurlijk. Zeven. Ik moet je wel waarschuwen: er is een zeer onverwachte gast bij die–'

'O, nu we het er toch over hebben,' onderbrak Tamsin haar, 'ik hoop dat je het niet erg vindt. Maar ik sprak Renata, en die komt misschien ook nog. Dus dat maakt acht.'

'Renata?' vroeg Neve. Haar hoofd draaide op volle toeren. Ze moest haar meteen bellen om te zeggen dat ze absoluut niet mocht komen.

'We moeten elkaar vooral niet loslaten in tijden als deze, vind ik.'

'Nee, natuurlijk niet.'

'Dus dan zou chips én olijven waarschijnlijk een goed idee zijn.'

Neve pakte een bakje olijven uit de koelkast. Ze trok twee verschillende zakken chips open en verdeelde ze over een paar kommen.

Tamsin pakte een chipje en stopte dat in haar mond. 'Die Will Ziegler kan ik me nog herinneren uit onze studietijd,' zei ze. 'Ik had het gevoel dat het wel iets kon worden met hem, maar het is er nooit echt van gekomen.'

'Dat wist ik niet.'

'Maar ik zou het niet erg vinden als je mij naast hem zette, straks aan tafel.'

'We doen niks formeels,' zei Neve. 'Ga gewoon zitten waar je wilt.'

Gehaast pakte ze haar telefoon, liep ermee naar de gang, zocht Renata's nummer en belde. Ze kreeg meteen haar voicemail. Ze probeerde haar vaste nummer, maar er werd niet opgenomen. Ze stuurde een berichtje: BERNICE IS HIER. KOM NIET!

Op dat moment werd er aangebeld en toen Neve de deur opende stonden daar Jackie en Will. Jackie droeg een enorm oranje gewaad en hield een buitensporig grote bos bloemen voor zich waarachter haar gezicht bijna geheel schuilging; Will had twee flessen wijn bij zich.

'We waren al bij het verkeerde huis,' zei Jackie, alsof het een hilarische grap was.

'Nou, hier zijn jullie goed.'

'Er deed een klein mannetje open. Hij kwam amper tot aan mijn middel. Hij leek wel een tuinkabouter, toch, Will?' Ze klopte Will op zijn rug.

Will knikte, haalde zijn schouders op naar Neve. Hij had

zich geschoren en een schoon wit overhemd aangetrokken. Plotseling kon ze in hem een man zien die zijn eigen bedrijf runde en met zijn vrouw en zijn asielhonden in een kast van een huis ergens op het platteland woonde.

Bernice kwam de trap af, zich aan de leuning vasthoudend alsof ze bang was te vallen. Neve hoorde de geluiden van een computergame van boven komen.

'Ik heb wit en rood,' vertelde Will. 'Ik wist niet wat jullie ons zouden voorzetten.'

Ze liepen naar de woonkamer, waar Fletcher gin-tonics uitdeelde. Neve keek wat bedachtzaam naar haar glas. Ze had nog steeds nauwelijks gegeten of geslapen en zou haar tempo in de gaten moeten houden.

Toen ze Bernice aan iedereen voorstelde was Tamsin zichtbaar gechoqueerd.

'O, god,' zei ze. 'Dat had ik niet door. Het spijt me verschrikkelijk voor je. Ik weet niet wat ik moet zeggen.'

'Zeg dan maar liever niets,' antwoordde Bernice. Ze klonk sarcastisch, bijna giftig. Neve hoorde Tamsin naar lucht happen. 'Sorry, ik wilde niet onbeleefd zijn,' ging Bernice verder. 'Ik heb geen ervaring als rouwende weduwe. Ik weet niet goed hoe ik me moet gedragen. Maar Neve is heel lief voor me geweest.'

Neve nam een flinke slok van haar drankje. Haar wangen gloeiden. Een opvlieger, dacht ze. Een opvlieger van schaamte. 'Het is het minste wat ik kon doen,' zei ze.

Ze verontschuldigde zich door te zeggen dat ze naar het eten moest kijken en ging even later naar boven met een ovenpizza voor de jongens. Ze hingen in een kluwen voor de tv in Connors kamer en speelden een game. Hun ogen konden ze zelfs geen seconde van het scherm losmaken. Ze zette de pizza op het kleine tafeltje en wist dat die binnen de kortste keren door de hele kamer sporen zou hebben achtergelaten. 'Ik zal wat baba ganoush voor je apart houden,' zei ze tegen Rory.

Terug in de woonkamer zag Neve haar gasten gezellig in een groepje bij elkaar staan. Bernice deed haar verhaal met nog diezelfde houding van breekbare zelfbeheersing die elk moment uit elkaar kon vallen. Jackie en Will keken haar aan met een uitdrukking van zowel medeleven als fascinatie. Hun bezoek aan Londen was vast veel verrassender dan ze verwacht hadden, bedacht Neve. En ze dacht ook aan een gezegde dat ze eens had gelezen, dat ergens diep in de tegenslag van anderen iets schuilgaat wat ons niet onwelgevallig is. Dat mocht wat sterk uitgedrukt zijn, maar ze zouden hoe dan ook iets hebben om over na te praten straks, weer thuis in Newcastle en Bristol.

Weer ging de bel. Een paar seconden later kwam Renata de kamer binnenstormen; ze deed opgewonden en chaotisch aan. Ze omhelsde Neve en toen Tamsin. Fletcher schonk haar een drankje in, hoewel het was alsof ze er al een paar op had. Plotseling leek het door de drukte en het rumoer meer op een feestje dan op het etentje dat ze in gedachten had gehad. Inmiddels schonk Fletcher alle glazen nog eens bij.

'Sorry dat ik zomaar kom binnenvallen,' zei Renata tegen Neve. 'Ik moest er niet aan denken een avond alleen thuis te zitten.'

'Is Charlie er niet?'

'Ja, Charlie is thuis.' De bel ging. 'Daar zul je Gary hebben,' kondigde Renata aan. Toen zag ze Neve's blik. 'Sorry. Dat wou ik net zeggen. Ik stond met hem te praten en toen zei ik iets over dit etentje, want ik ging ervan uit dat hij ook zou komen. Dus toen heb ik gezegd dat hij maar mee moest komen. Is dat oké?'

'En als ik nou eens zei van niet?'

Renata gaf Neve een speels duwtje tegen haar schouder. 'Het is altijd oké,' zei ze. 'Jij bent onze rots in de branding.'

'Ik zou hem maar binnenlaten dan,' zei Neve. Ze probeerde niet langer een ramp te vermijden. Die zou er toch wel komen.

Gary kwam binnen met een fles wijn die hij aan Neve overhandigde, waarna hij haar omhelsde. 'Je was vergeten me uit te nodigen,' zei hij met een glimlach die niet onverdeeld warm was.

'Hou je mond,' zei Renata. 'Je bent uitgenodigd door iemand die zelf ook niet uitgenodigd was, dus niet zeuren. En trouwens, Neve was er natuurlijk van uitgegaan dat je op zaterdagavond bij Jane zou blijven. Wat meestal zo is.'

Gary haalde zijn schouders op. 'Nou, nee dus,' zei hij. 'Ik ben hier.'

'Hoe is het met haar?'

'Wat dacht je? Niet goed.'

Renata's ogen vulden zich onmiddellijk met tranen. Ze legde een hand op zijn schouder, keek om zich heen en siste Neve toen toe: 'O, jezus. Is dat...'

'Ik heb je nog een berichtje gestuurd dat je niet moest komen.'

'Ik kan de confrontatie met haar niet aan,' zei Renata. 'Als ik het had geweten was ik nooit gekomen. Wat moet ik doen? Nu is het te laat, toch? Ik kan nu niet meer weggaan. Ik moet gewoon bij haar uit de buurt zien te blijven. O god.' De tranen stonden haar in de ogen.

Eigenlijk leek het Neve wel een goed idee als Renata zou vertrekken. Ze zag dat Mabel zichzelf inschonk uit de kan met gin-tonic die Fletcher onbeheerd had achtergelaten. Toen ze verder de kamer in liep schoof Jackie haar blikveld binnen en ze bleef voor haar staan.

'Wat heb je allemaal gedaan in Londen?' vroeg Neve.

'Te veel om op te noemen. Ik heb geen moment stilgezeten. Ik weet niet eens meer waar ik vandaag allemaal ben geweest. Alles loopt door elkaar.' Ze lachte vrolijk.

'Je hoeft maar op je telefoon te kijken,' zei Will, die het gesprek had opgevangen en hun kant op keek. 'Die laat je precies zien waar je vandaag allemaal bent geweest.'

Neve wendde zich af, haar huid tintelde opeens van de spanning. Haar telefoon kon haar gangen verraden. Dus als ze haar telefoon weggooide zou ze veilig zijn? Of was alles nog ergens anders opgeslagen? Ze nam nog een slok van haar gin. Ze zou gepakt worden, dacht ze. Het was slechts een kwestie van tijd.

'Volgens mij kunnen we aan tafel,' zei ze luid. 'Ik ga het eten halen. Ga gewoon zitten waar je wilt.'

Toen ze in de keuken kwam was de verleiding om gewoon door te lopen – het huis uit – en niet meer terug te komen haast onweerstaanbaar sterk. En misschien moest ze de cavia maar meenemen.

Fletcher en zij brachten het eten naar binnen en stalden het onder overdreven uitroepen van bewondering van hun gasten uit op tafel. Toen Neve ging zitten zag ze dat Mabel zich links naast Will had geïnstalleerd. Tamsin zat aan zijn rechterkant. Neve zat naast Tamsin, aan het hoofd van de tafel. Bernice zat naast haar, met Renata aan haar andere kant, dan Jackie en dan Fletcher aan het andere uiteinde van de tafel. Vervolgens kwam Gary binnen met een stoel uit de keuken en hij schoof aan tussen Renata en Jackie. Neve keek met lichte schrik naar de verschillende combinaties. Will zat voorovergebogen naar Mabel, die iets vertelde wat Neve niet kon verstaan, maar het meest verontrustend was dat Bernice en Renata naast elkaar zaten.

Er werd wijn ingeschonken, eten opgeschept en er werden

complimentjes uitgedeeld. 'Dit is verrukkelijk,' zei Jackie. 'Niet te geloven, dat je dit allemaal zelf hebt gemaakt. Ik had gewoon iets laten bezorgen.'

Ergens aan tafel klonk het getinkel van metaal tegen de rand van een wijnglas. Neve zag met een wee gevoel in haar maag dat Fletcher zich opmaakte om iets te zeggen. Ze had de afgelopen week wel genoeg speeches gehoord, vond ze.

'Nou,' zei hij. 'Ik was niet van plan iets officieels te zeggen. Het is natuurlijk geweldig dat jullie hier allemaal zijn. Dit was wat onverwacht, maar het is wél iets wat we vaker zouden moeten doen. Vroeger deden Neve en ik dit soort dingen regelmatig. En het is mijn schuld dat we ermee opgehouden zijn, want ik ben...' Hij liet een stilte vallen, leek even de kluts kwijt. 'Maar goed, dat is niet wat ik wilde zeggen. Ik weet dat het een vreemde en moeilijke week is geweest. Maar voor één iemand hier aan tafel, Bernice' – hij gebaarde naar haar met zijn glas – 'was het veel erger dan wij ons kunnen voorstellen. Ik ga geen toost uitbrengen, of zoiets. Ik vind alleen wel dat we ons daar bewust van moeten zijn en ik hoop dat een avond als deze op de een of andere manier wat troost kan bieden.'

Hij keek naar Neve om goedkeuring. Ze knikte even.

Toen hij klaar was klonk er instemmend gemompel, gevolgd door een ongemakkelijke stilte, alsof de gasten niet zeker wisten of het al gepast was om hun gesprekken te hervatten.

Jackie Cornfield was de eerste die iets zei. 'Vrienden zijn alles in tijden als deze, toch?'

'Ik ben hier de vreemde eend in de bijt,' zei Bernice en op dat moment realiseerde Neve zich dat Bernice op weg was verschrikkelijk dronken te worden. Dronken zijn leek in haar geval te betekenen dat ze nog gespannener was dan anders, als een te strak opgewonden veer die ieder moment los kon springen. 'Maar misschien ben ik wel een vreemde voor al mijn vrienden. Misschien is iedereen uiteindelijk een vreemde.'

'Zo is dat,' zei Will, vrijwel meteen geschrokken van zijn eigen woorden.

'Je zou mij moeten zien met m'n kat,' zei Jackie vrolijk. Maar niemand die daar iets op wist te zeggen.

Opnieuw was het stil. De gasten aarzelden om van onderwerp te veranderen. Dat voelde oneerbiedig.

'Jullie zijn allemaal oude vrienden, toch?' vroeg Bernice.

'Heel oude vrienden,' zei Jackie. 'En alsmaar ouder.'

'Herinneren jullie je dat weekend nog?' vroeg Will.

'Welk weekend?' vroeg Tamsin. 'Er waren zoveel weekenden.'

'Hét weekend,' zei Gary, terwijl er een trage glimlach over zijn gezicht gleed. 'Dat was toen we naar dat huis ergens buiten gingen. Van iemand z'n vriend. Waar was dat?'

'Het was van mijn vriendin,' antwoordde Jackie. 'Of eigenlijk was het van haar ouders. In de buurt van York stond het.' Ze schoot in de lach, maar sloeg meteen een hand voor haar mond. 'Eigenlijk was het niet grappig. Ze hebben er nog een schilder en een timmerman bij moeten halen. Ik wist niet dat rook zoveel schade kon aanrichten. Ze hebben het me nooit vergeven.'

'Wat was er gebeurd?' vroeg Bernice.

'Het stelde niks voor,' vertelde Jackie. 'We staken de open haard aan en dat ging een beetje mis.'

'Ik herinner me er alleen flarden van,' zei Gary. 'Ik weet nog dat Fletcher vuurwerk afstak en ik herinner me dat ze een zwembad hadden en dat we om een uur of vier 's nachts allemaal onze kleren uittrokken en erin sprongen.'

'O god, dat is waar ook,' zei Renata. Ze nam een grote slok

wijn. Ze wees over de tafel naar Will. 'Was dat niet waar jij en ik iets met elkaar kregen?'

Will schudde zijn hoofd. Hij glimlachte wel, maar scheen licht ontdaan over haar achteloosheid. 'Dat van ons was daarvoor,' zei hij. 'In ons tweede jaar.'

'Ik raak altijd in de war,' zei Renata. 'Ik heb met bijna iedereen wel iets gehad.'

Verontrust keek Neve naar Mabel. Ze had haar eten niet aangeraakt, maar wel haar wijn opgedronken.

'Ik weet nog wat iedereen aanhad,' zei Jackie. 'Renata droeg dat leren jack met ritsen.'

'Dat is waar,' zei Renata. 'Ik wou dat ik het nog had.'

'En Neve had een soort geborduurde hoed op. Ze droeg altijd een hoed of een pet.'

'Die hoed heb ik nog steeds ergens,' zei Neve. 'Maar zo'n ding is lastig als je alles op de fiets doet.'

'Wacht even,' zei Gary, 'het laatste wat ik me herinner is dat we hun drankkast vonden en al die maffe flessen die die mensen van hun vakanties hadden meegenomen hebben leeggezopen.'

'Het was het weekend dat jouw ouders iets met elkaar kregen,' zei Renata opgewekt tegen Mabel, die haar uitdrukkingsloos aankeek.

'Ja, dus hoewel het toen niet zo voelde, was dat het begin van het einde,' zei Gary. 'We begonnen ons te settelen.'

'Ik haat die uitdrukking,' zei Jackie.

Neve kon het zich nog goed herinneren: een vreemde slaapkamer binnenstommelen, handen op elkaars lijf, een gevoel van eindelijk thuiskomen, want waarom had ze niet eerder geweten dat Fletcher degene zou zijn bij wie ze zou uitkomen? Wat was er met hen gebeurd, vroeg ze zich af; wat was er gebeurd met Fletcher, die nooit meer vuurwerk afstak of naakt in een zwembad sprong.

'Iemand liep bij jullie binnen,' zei Renata. 'Weet je dat nog? Was jij dat niet, Gary?'

'Ik niet. Ik geloof dat het Will was.'

'Nee, ik was het zeker niet,' zei Will. 'Het was Jackie.'

'O god, daar weet ik niks meer van,' zei Jackie. 'Misschien was ik te dronken. Ik herinner me dat iedereen brulde van het lachen,' voegde ze eraan toe.

Mabel staarde iedereen om beurten met licht opgetrokken neus aan.

Neve hoorde de anderen praten en lachen over dat feestje uit het verre verleden. Ja, dacht ze bij zichzelf, dat was bijzonder geweest; het was een droom vol gelach, vrolijkheid en mogelijkheden. Ze herinnerde zich dat iemand tegen haar zei – Gary, dacht ze, met zijn arm in de hare gehaakt – dat hij haar aardig vond en blij was haar als makker te hebben. Dat ze danste met Renata en Tamsin, in een kring, hand in hand, en grijnsde tot ze er kramp van in haar kaken had gekregen. En dat ze pasta had gekookt om drie uur 's nachts. Toen had ze gedacht dat ze die dagen nooit meer zou vergeten. Maar de volgende ochtend was grijs en druilerig, en iedereen was moe en katerig. Ze zag zichzelf nog zitten: achter in een auto op de terugweg, met haar hoofd op Fletchers schouder.

Ze keek even naar Bernice. 'Sorry,' zei ze. 'Dit moet voor jou wel zijn alsof je in een reünie bent beland.'

'Geeft niet.'

'We voelen ons allemaal een beetje ongemakkelijk,' zei Tamsin. 'We weten niet of we het nu wel over Saul moeten hebben of juist niet.'

'Ik vind het niet erg om erover te praten,' zei ze. 'Ik denk er toch de hele tijd aan. Dat mijn man dood is, bedoel ik. Vermoord. Waar zou ik anders aan moeten denken?'

Er viel een stilte terwijl de gasten aan tafel bedachten hoe te reageren.

'Dus, nou, wat heb je eigenlijk de afgelopen dagen gedaan?' vroeg Will onhandig. 'Heb je veel contact gehad met de politie? Ik heb geen idee of het oké is om zoiets te vragen.'

'Ik denk niet dat jullie over mijn problemen willen horen.'

'We willen er alles over horen,' zei Jackie.

Neve vervloekte haar in stilte.

'Toen ze de eerste keer langskwamen,' begon Bernice, 'was ik niet eens zo ontdaan.' Ze keek van gezicht naar gezicht. 'Nog steeds niet eigenlijk, niet echt. Het is zo... belachelijk. Zo melodramatisch.'

Neve keek met een zekere fascinatie naar Bernice.

'Ik dacht al dat Saul een affaire had gehad, of had. Het spijt me, mag ik zoiets zeggen, als treurende weduwe? Of hoor ik over de dode geen kwaad te spreken?'

'Nee, dat is prima,' zei Jackie geruststellend. 'Je moet gewoon precies zeggen wat je wilt.'

Bernice nam een grote slok wijn, waarna Fletcher haar bijschonk. Neve trok een gezicht naar Fletcher om hem tegen te houden, maar hij leek het niet in de gaten te hebben.

'De politie was daar erg in geïnteresseerd,' zei Bernice. 'Want wie is de meest voor de hand liggende moordenaar van een ontrouwe echtgenoot?'

'Maar dat denken ze toch niet?' zei Jackie.

'Ik weet niet wat ze denken,' zei Bernice. 'Maar die rechercheur, deze Hitching, hoofdinspecteur Hitching, die sloeg een toon tegen me aan alsof we vrienden waren. Ik weet niet of hij' – ze nam opnieuw een grote slok wijn – 'mij een gevoel van veiligheid of zo probeert aan te praten. Ik kan jullie wel vertellen wat hij zei.' Ze keek de tafel rond. 'Ik praat te veel. Dit willen jullie vast niet horen.'

Er klonk bemoedigend gemompel van iedereen aan tafel. Neve probeerde een manier te verzinnen om het gesprek een andere kant op te sturen, maar ze kon niets bedenken.

'Hitching vertelde me dat alles aan de moord erop wijst dat het plotseling, gewelddadig en onverwacht gebeurd is.'

'Hoe weten ze dat?' vroeg Tamsin.

'Hij zei dat Saul niet had geprobeerd zich te verdedigen. Dus is het allemaal heel snel gebeurd, maar vervolgens was de plaats delict opgeruimd. En niet alleen die kamer, maar de hele flat. Van onder tot boven schoongemaakt. En het was kennelijk gedaan met een hamer. Maar die hamer was er niet.'

'Hoe weten ze dan dat het met een hamer is gedaan?' vroeg Gary.

'Ze hebben me meegenomen naar de flat,' zei Bernice. 'Ik kwam er maar zelden. Maar ik heb wel geholpen met de aanschaf van de inboedel toen we hem pas gekocht hadden. Een hamer kon ik me herinneren, want die heb ik gebruikt om wat schilderijtjes op te hangen. Hij lag altijd in de rommella. Maar nu niet meer.'

'Wat verschrikkelijk voor je,' zei Will.

'Wie neemt nog wat?' vroeg Neve. Terwijl ze het zei klonken haar woorden bot en gevoelloos, maar in feite bracht het wat lucht in het gesprek. Iedereen zei hoe verrukkelijk het eten was en dat ze geen hap meer naar binnen konden krijgen.

'Maar jullie zullen wel moeten,' zei Fletcher, 'want ik heb cheesecake gemaakt. Ik kook bijna nooit, maar áls ik het doe wil ik er uitgebreid over kletsen en moet iedereen me de hemel in prijzen.'

Ze verzamelden de vuile borden, waarna Fletcher binnenkwam met zijn cheesecake en een paar flessen dessertwijn die achterin de drankkast hadden gestaan. De cheesecake was in een mum van tijd verdwenen – tot zichtbaar genoegen van Fletcher. De dessertwijn ging er zo snel doorheen dat Fletcher nog twee flessen moest halen, plus een fles whisky en een paar bijbehorende glazen.

Eerst had Neve geprobeerd het rustig aan te doen met de wijn, maar ze voelde zich als in shock en schonk zichzelf een bodempje whisky in.

Gary stond op van zijn stoel, liep om de tafel heen en boog zich tussen Tamsin en haar naar haar toe. 'Heb je een leuke avond?' vroeg hij glimlachend.

'Ik ben de gastvrouw,' zei Neve. 'Die is nooit blijer dan haar minst blije gast.'

'Iedereen lijkt behoorlijk blij. Ik zeker.'

Hij had vermoedelijk te veel gedronken.

'Maar dit is wat jij doet, toch?' ging hij verder.

'Wat bedoel je?'

'Je brengt mensen bij elkaar. Zoals nu.'

Even had Neve zin om te zeggen dat de écht onverwachte – om niet te zeggen ongenode – persoon aan tafel Gary zelf was. Hij boog nog dichter naar haar toe, waardoor ze de alcohol in zijn adem kon ruiken.

'Ik had niet verwacht dat... nou ja.' Hij knikte in de richting van Bernice, die amper een meter bij hen vandaan zat. Maar Neve zag dat ze zich naar Renata en Jackie had gekeerd. De gesprekken aan tafel waren nu verspreid over verschillende groepjes.

'Ze heeft hulp nodig,' zei Neve tegen Gary.

'En toen klopte ze aan bij jou. Het is net als met de fusie.'

Neve keek verbaasd. 'Hoezo, net als met de fusie?'

'Wij waren bang dat we onze baan kwijtraakten. En jij leek het allemaal nogal makkelijk op te nemen. Maar ik ben blij dat ze bij jou aanklopte.'

'Ze klopte helemaal niet bij mij aan,' fluisterde Neve.

Op hetzelfde ogenblik werd er aangebeld. Neve was even bang dat ze iemand vergeten was. Ze stond op en vroeg of iemand een taxi had besteld, maar dat was niet zo. Ze deed open, en daar stond Charlie, met een strak gezicht.

'Ik kom Renata halen.'

'Kom binnen en ga zitten,' zei Neve. 'Drink een glas mee.'

'Ik denk niet dat dat zal gaan.'

Ze liepen de kamer in terwijl Fletcher uit de keuken kwam met een inderhaast geïmproviseerd kaasplankje, een pak crackers die – wist Neve – al wat slap waren, en een fles rode wijn. Hij zette alles op tafel en richtte zich tot Charlie. 'Hé, kerel,' zei hij, terwijl hij met uitgestoken hand op hem toe liep.

Maar Charlie deed een stapje opzij om hem uit de weg te gaan. 'Ik dacht dat je alleen maar even langs zou gaan voor een drankje,' zei hij tegen Renata.

'O ja? Ik heb ook inderdaad een drankje gehad, maar toen vroegen ze of ik bleef eten. Dus dat heb ik gedaan.'

'Dat had je dan even moeten laten weten.'

Alle gesprekken waren ondertussen verstomd en iedereen had zich omgedraaid naar Charlie.

'We moeten elkaar steunen,' zei Renata. 'Dit is Bernice Stevenson. De weduwe van Saul. Ze heeft ons verteld wat er is gebeurd. Over haar moeilijke uren met de politie.'

'Toe nou...' zei Neve, in een zwakke poging tussenbeide te komen.

Charlie onderbrak haar. Hij sprak langzaam en nadrukkelijk. 'Heb je ze verteld over jouw eigen moeilijke uren met de politie?'

Er viel een pijnlijke stilte.

'Wat voor moeilijke uren?' vroeg Bernice.

'Ze moest alleen een paar dingen ophelderen,' zei Neve.

'Ze kan zelf praten,' zei Charlie. 'Waar het om ging was dat ze de politie moest vertellen dat ze in de flat van jouw man was geweest, nadat ze eerst had gezegd van niet.'

Bernice keek Renata aan, toen Neve. Ze fronste, likte een paar keer over haar lippen. Haar gezicht verstrakte, alsof het van porselein of hard plastic was. Ze keek weer naar Renata. 'Dus jij was het,' zei ze traag. 'Jij was het.'

De stilte was zo zwaar dat Neve hem bijna kon proeven.

'Saul en jij.'

Ze zag aan Bernice' gezicht dat ze geen enkel vermoeden had gehad.

Renata stond zo abrupt op dat haar stoel kletterend achterover op de houten vloer viel. Haar whiskyglas had ze nog in de hand. 'Eikel,' zei ze tegen Charlie. 'Jij stomme eikel.'

Ze stoof de kamer uit, en Charlie rende achter haar aan. Ze hoorden gestamp, geschreeuw en toen brekend glas.

Aan tafel zaten ze maar wat naar elkaar te kijken. Niemand die iets zei, niemand die zich verroerde.

Uiteindelijk kwam Renata weer binnen. Ze keek verdwaasd uit haar ogen. 'Ik weet het niet,' zei ze. 'Ik denk dat ik...' Ze hield haar hand op.

Neve dacht even dat ze een lint ophield, maar zag toen dat het bloed was. Ze sprong overeind en schoot op Renata af. Snel inspecteerde ze de hand. Ze zag niet alleen bloed, maar ook het wit van openliggend vlees en pezen. De snee was akelig diep. Ze nam Renata's hand in de hare, voelde een hevige pijnscheut en zag dat een glasscherfje zich in de muis van haar eigen hand had geboord. Er welde bloed op.

'Ik neem haar mee,' hoorde ze achter zich.

Ze keek om. Het was Charlie, met zijn hand op Renata's schouder.

'Geen sprake van,' zei Neve.

Op dat moment verschenen Connor en Elias slaapdronken, met grote verwonderde ogen, in de deuropening.

'Kom mee,' zei Charlie.

'Er moet een ambulance komen.'

'We lossen het zelf wel op.'

'Nee.' Fletcher duwde Charlie naar achteren, weg van Renata. 'Laat haar met rust.'

Even leek het erop dat er gevochten zou worden.

'Eruit,' zei Fletcher.

Overal zat bloed. Fletcher belde het alarmnummer. Jackie wond haar lange sjaal met lovertjes een aantal keren strak om de opborrelende wond. Will zei tegen Renata dat ze haar arm omhoog moest houden en deed het zelf maar voor haar toen ze niet reageerde. Tamsin had haar arm om Renata geslagen en zei dat er hulp onderweg was. Fletcher zag dat Neve ook bloedde en riep om pleisters uit de badkamer. Gary haalde wat papieren zakdoekjes uit zijn zak waarmee hij de wond bette. Het viel Neve op dat hij lichtelijk groen zag. Mabel, die in elkaar gekropen in een stoel naar het gebeuren staarde, zag er niet langer zelfbewust en vrouwelijk uit maar leek weer een angstig kind. Bernice zei niets en deed niets; ze zat stil en kaarsrecht op haar stoel en bracht af en toe met een haast mechanisch gebaar haar glas naar haar mond. Het leek alsof ze naar een toneelstuk zat te kijken.

Renata zag doodsbleek en haar ogen stonden glazig. 'Ga ik dood?' vroeg ze. 'Ik ben nog te jong.'

'Je gaat niet dood,' zei Neve. Ze keek naar Bernice. 'Misschien moest je maar naar huis gaan,' zei ze. 'Ik bel je later wel.'

Bernice staarde haar aan alsof ze in een vreemde taal sprak. Ze tilde haar glas op, zag dat het leeg was en reikte naar het glas van iemand anders.

Snel trok Neve het eerste het beste jack aan, van Fletcher, en pakte haar rugzak; ze ging met Renata mee in de ambulance. Iedereen had zich bij de deur verzameld om ze uitgeleide te doen.

'Sorry dat ik jou met alle troep laat zitten,' zei ze tegen Fletcher. 'Wil jij de jongens weer naar bed brengen?'

Hij knikte. 'Bel me,' zei hij.

'Zal ik doen. Fletcher?'

'Ja?'

'Niks. Gewoon, sorry.'

'Waarvoor?'

'Dit alles.'

'Och,' zei hij. Zijn glimlach leek niet op een glimlach.

Bij de spoedeisende hulp was het spitsuur. Het was tenslotte zaterdagavond. Er zat een dronken man die aanhoudend op luide toon beweerde dat hij door een vos was gebeten. Er zaten tieners – jongens én meisjes – met hoofdwonden, verstuikte enkels en vreemdsoortige uitslag. Een man liep heen en weer en riep allerlei onbegrijpelijks tegen niemand in het bijzonder. Een oude vrouw met een grauw gezicht op een stoel helemaal vooraan hoestte zo hard dat Neve bang was dat ze een rib zou breken.

Maar ze werden snel langs al deze mensen een hokje met

een gescheurd groen gordijn binnengeleid. Renata ging op de brancard liggen, met haar ogen half open. In de ambulance hadden ze haar pols verbonden, die nu als een vreemd dier langs haar zij lag.

'Ik wacht buiten op je,' zei Neve.

Renata stak haar goede hand uit en pakte Neve bij haar pols. 'Beloofd?'

'Beloofd.'

'Wat moet ik nou doen?'

'Daar hebben we het later wel over. Eerst die wond van je laten verzorgen.'

Buiten belde ze Fletcher, die nog op was en bezig was de puinhopen van de avond op te ruimen. Hij vertelde dat Bernice niet lang na de ambulance was vertrokken, maar dat Tamsin, Will en Jackie waren gebleven om bij een kop thee nog wat na te praten. 'Het was nogal jolig,' zei hij.

'Jolig?'

'Nou ja, van die saamhorige opgewektheid bij tegenslag.' Er volgde een korte stilte. 'Wist jij het?' vroeg hij.

'Wat?'

'Van Renata en Saul Stevenson.'

'Ze vertelde het me gisteravond.'

'Dus daar hadden jullie het over voor de pub.'

'Ja.'

'Je had het me moeten vertellen.'

'Het was een geheim.'

'Maar zulke geheimen hebben wij toch niet voor elkaar?'

'Nee,' zei ze.

Ze ging naar de wachtkamer, waar ze eindeloos zat te midden van de hectiek. Tot in de kleine uurtjes kwamen er mensen binnen. Sommigen van hen leken nauwelijks iets te mankeren – een jonge man had een snee in zijn vinger, die hij plechtig voor zich uit hield, gewikkeld in een papieren zakdoekje. Anderen leken er slecht aan toe: mager, grauw en moedeloos. Een paar meter bij Neve vandaan zat een man met een openhangend pyjamajasje en wandelschoenen aan te wiegen op zijn stoel. Een vrouw van middelbare leeftijd met een indrukwekkend blauw oog was alleen gekomen.

Inmiddels was de avond verworden tot één akelige wazige vlek waarin een paar ogenblikken zich scherp aftekenden. Wat ze vooral zag als ze zich probeerde te herinneren wat er was gebeurd waren de gezichten: de bijtende woede waarmee Bernice was uitgevallen tegen Renata, de uitdrukking van gedweeë verwondering op het gezicht van Renata terwijl het bloed uit haar pols stroomde, Charlies kille, hatelijke blik. En dan natuurlijk Mabel, altijd Mabel, die glimlachte naar Will, Bernice aanstaarde en nu en dan kalm door haar glanzende neerhangende haren opkeek naar Neve, ingetogen en gevaarlijk.

Neve ging naar de wc, waar ze haar handen en gezicht waste. Ze had het verschrikkelijk koud en voelde zich vlak en hol van vermoeidheid. Er zaten bloedspetters op haar grijze jurk en een veeg bloed in haar hals. Het was twee uur, en de nacht leek eindeloos.

Pas ruim na vieren kwam Renata weer naar buiten. Haar arm was ingepakt in een dikke laag verband en rustte in een mitella. Haar make-up was uitgelopen en ze had sporen van tranen op haar wangen.

'Ik mag naar huis.'

'Dat is goed nieuws.'

'Helemaal niet. Hoe kan ik nou naar huis gaan? Je hebt Charlie gezien.'

Neve knikte.

'Hij haat me. Hij wálgt van me.'

'Had hij geen enkel vermoeden?'

'Weet ik niet. Ik weet helemaal niks meer. Maar ik wil hem nu echt niet zien. Ik ben te...' Ze zweeg, haar gezicht verschrompelde. 'Ik ben bang, Neve.'

'Weet je wat? We gaan even ergens zitten, dan haal ik thee voor ons.'

Renata knikte. Ze rilde.

Neve sloeg haar arm om haar heen en loodste haar een gang in en verschillende deuren door tot in de ontvangstruimte. Renata zakte neer op een stoel en Neve liep naar de automaat bij de lift. Ze had net genoeg kleingeld bij zich voor twee bekertjes thee en een rol gemberkoekjes. 'Zorg dat je dit binnenkrijgt.'

Een paar minuten zaten ze zwijgend naast elkaar met hun thee met melk en de koekjes.

'Doet het pijn?' vroeg Neve.

Renata schudde haar hoofd.

'Wil je het erover hebben, over wat er is gebeurd?'

Renata boog zich dieper over haar thee. 'Ik weet niet eens waarom ik het gedaan heb,' zei ze zwakjes. 'Ik besefte dat het stom was, dat Saul niet verliefd op me was of zo. Maar hij gaf me het gevoel...' Ze haalde bevend adem. 'Ik weet het niet, hij gaf me het gevoel dat ik weer jong en aantrekkelijk was. Vind je dat niet vreselijk ijdel en oppervlakkig klinken?'

'Nee,' antwoordde Neve zacht.

'En bovendien, hij had al die macht, toch? God, ik kan niet geloven dat ik zo stom ben geweest.'

'Ga door.'

'Hij was de baas. Zo zeker van zichzelf, overtuigd van zijn rol in de wereld. Op een bepaalde manier stond hij voor alles waar ik een hekel aan heb, waar wij een hekel aan hebben. De gevestigde orde, die zelfgenoegzaamheid. Hij was zo'n man die altijd krijgt wat hij wil – en een paar weken lang was ik dat. Hij deed me zelfs een paar gouden oorringen cadeau – die jij me zo mooi vond staan –, uit die chique winkel in Covent Garden waar wij ons soms voor de etalage staan te vergapen.'

Neve knikte mat. Ze zag de winkel voor zich.

'En toen moest hij me plotseling niet meer. Hij werd verliefd op iemand anders – al was hij wel zo aardig te beweren dat het was omdat hij zijn huwelijk wilde redden.'

Neve reageerde niet.

'Ik denk dat hij me gewoon wel leuk vond. Veel meer stelde het niet voor.' Renata trok een gezicht en voegde eraan toe: 'Stelde ík niet voor. Het was alsof ik helemaal niets in te brengen had. Ik had nauwelijks iets te kiezen. Ik liet me gewoon meevoeren. En toen was hij weg. Waar was ik mee bezig?'

'Ik neem aan dat het iets te maken had met Charlie en jou.'

'Natuurlijk. Ik wil wat ik gedaan heb niet goedpraten, maar we waren in een sleur terechtgekomen.' Ze nam een grote slok, veegde met de rug van haar hand over haar gezicht en zag er dieptreurig uit, vond Neve, als een karikatuur van troosteloosheid. 'We zagen elkaar niet meer staan. Soms gingen er dagen voorbij zonder dat we echt met elkaar praatten – alleen dingen als: mag ik het zout even, heb je het vuilnis buitengezet, er ligt nog een rekening, waar zijn de sleutels...'

'Kun je daar niet eens een keer met hem over praten?'

'Dat had misschien wel gekund voordat ik aan die domme affaire met een getrouwde man begon. Nu is hij veel te boos en voelt hij zich onrechtvaardig behandeld.' Ze snoof. 'Nou ja, groot gelijk. Ik ben de verdorven vrouw. Hij zal me niet vergeven. Of misschien doet hij dat wel – me vergeven, bedoel ik. Maar hij zal voor de rest van ons huwelijk het morele gelijk aan zijn kant hebben omdat hij mij heeft vergeven terwijl ik hem bedrogen heb. Hij zal het me blijven nadragen.'

'Dat noem ik geen vergeving. Dat is wraak.'

'Dus wat moet ik nou doen?'

'Wat zou je willen?'

'Ik wil een jaar in bed kruipen en er niet aan denken.'

Neve wist dat ze Renata, als haar hartsvriendin, moest uitnodigen net zolang bij hen te komen logeren als ze wilde. Maar als Mabels moeder, Fletchers vrouw en Sauls andere minnares, én als de vrouw die had geknoeid met bewijsmateriaal en nu tot aan haar nek in de problemen zat, wist ze dat ze dat niet moest doen. Ze hield haar mond.

'Dus, hoe nu verder?' vroeg ze.

'Ik moet naar huis.'

'Zal ik met je meegaan?'

'Dit is iets wat ik alleen moet doen. Hoe laat is het?'

'Bijna vijf uur.'

'Dus het is zondag.'

'Ja, het is zondag.'

5

HET TUINFEEST

Het was nog donker toen Neve Renata in een taxi zette. Er viel een lichte motregen.

Wat nu? Ze begon te lopen, zonder duidelijk te weten waarnaartoe en met spijt dat ze haar wandelschoenen niet aanhad. Ze moest naar huis, maar thuis voelde als eindeloos ver weg, als een plek die ze lang geleden achter zich gelaten had. Ze lagen allemaal in bed, in diepe slaap. Zij wist van allemaal precies hoe ze sliepen, hoe ze lagen en hoe hun gezicht eruitzag als ze droomden.

Ze was geradbraakt, maar gedachten tolden rond in haar hoofd, koortsachtig en onsamenhangend. Plotseling herinnerde ze zich dat Whisky zijn brokjes niet had gekregen. En ze moest iets verzinnen voor Rory's verjaardag: misschien konden ze met z'n allen naar het Natural History Museum gaan, zijn favoriete uitje. Maar Mabel zou dan natuurlijk al weg zijn. Was dat nu eigenlijk nog wel mogelijk?

De hemel was bleker geworden; de motregen dichter. Ze realiseerde zich dat ze eerder verder van huis weg liep dan ernaartoe. Vóór haar lagen het park en de rivier. Ze vertraagde haar pas tot een doelloos slenteren. Ze herinnerde zich wat Renata over Saul had gezegd: dat hij een man was die gewend was zijn zin te krijgen.

Neve was ervan overtuigd dat er ook vóór hen beiden meerdere vrouwen waren geweest; hij was iemand die voortdurend overspel pleegde. En ze wist ook dat er na haar anderen gekomen zouden zijn.

Ze had hun affaire beschouwd als een vreugdevolle ontsnapping uit haar droeve bestaan, maar nu leek het iets vulgairs. Saul, dacht ze, met zijn ironie, zijn elegantie en zijn lach, Saul die naar haar had gekeken alsof ze de mooiste vrouw van de wereld was, was ook vulgair en schaamteloos. En zij was erin meegegaan. Neve de moeder, de echtgenote, de harde werker en de vriendin, Neve die ze allemaal zo recht door zee en betrouwbaar vonden. Heel even gaf ze zich over aan een fantasie over hoe de reacties zouden zijn als haar breekbare geheim openbarstte en ze hoorden wat ze had gedaan. Het ongeloof en het leedvermaak: Neve Connolly! Wie had dat ooit gedacht?

Ze bleef staan. De zoom van haar jurk was nat en haar schoenen zaten onder de modder. Regendruppels liepen over haar gezicht. Op een paal een paar meter bij haar vandaan zat een reiger, als een uit steen gehouwen schepsel. Als ze naar de politie ging zouden ze Mabel ook in staat van beschuldiging stellen; ze zouden haar opsluiten. Als ze niet naar de politie ging zouden ze vroeg of laat toch bij haar uitkomen, en hoe langer ze wachtte, hoe erger het zou worden. Haar geheim was iets monsterlijks dat opzwol in het donker. Ze dacht aan de strakke blik waarmee Hitching haar aankeek. Wat wist hij? Over haar? Over Mabel?

De reiger sloeg zijn vleugels uit en vloog traag en zwaar klapwiekend op. Ze volgde hem in zijn vlucht. Een gedachte plonsde als een kiezelsteen in haar geest. Ze bleef doodstil staan, wachtend op de rimpelingen. Iets over Bernice. Wat? Iets wat Bernice had gezegd. Ze kwam er niet op. Ze liet het los en liep door.

Ze keek op haar horloge. Het was net na zevenen. Op een doordeweekse dag zou nu hun radiowekker afgaan en de werkdag beginnen. En bij deze gedachte voelde Neve zich alsof ze een por met een stroomstok had gekregen. De wekker. Ja, dat was het. Nu wist ze wat ze zich had proberen te herinneren, en een paar seconden liet ze het feit van die wekker tot zich doordringen en alles wat het aanraakte veranderen.

Gisteren, in de supermarkt, had Bernice haar verteld over de laatste ochtend van Sauls leven, en over de seks – de goede seks – die ze hadden gehad voordat Saul de deur uit was gerend om zijn trein naar Londen te halen. Dat had Neve zich telkens herinnerd wanneer ze in gedachten het gesprek had teruggespeeld: vlak voordat hij haar zou ontmoeten had Saul seks gehad met zijn vrouw. Wat haar gedachten had beheerst was het beeld van Saul, naakt met Bernice, met haar verstrengeld, slechts een paar uur nadat hij naakt met Neve was geweest, verstrengeld met Neve.

Ze wist het nog. Ze kon het nog bijna ruiken. En dat had het echte belang van wat Bernice zei versluierd.

Bernice had haar een tijdlijn van hun laatste uur gegeven. Ze had gezegd dat hun radiowekker net voor zevenen was afgegaan, waarop Saul naar beneden was vertrokken om thee te zetten en met die thee weer naar boven was gekomen. Ze hadden wat gekibbeld over een liefdadigheidsdiner – en toen, zomaar ineens, hadden ze elkaar gekust, had Saul zijn kleren uitgetrokken en hadden ze seks gehad.

Vervolgens – Neve zette haar vingers stevig tegen haar slapen om zich te concentreren – had Bernice gezegd dat de radio aan stond en dat ze het nieuws van halfacht hoorde. Pas toen beneden de wekker op Sauls mobiel afging had hij zich haastig weer aangekleed en was hij de kamer uit gerend.

Neve had die ochtend ook het nieuws van halfacht gehoord. En precies op dat moment was het berichtje binnengekomen. IK BEN VRIJ TOT VANMIDDAG. KOM ZODRA JE KAN.

Om halfacht had Saul in bed gelegen met zijn vrouw. Zijn mobiel lag beneden. Hij had dat berichtje niet kunnen versturen.

Maar dat moest hij toch wél hebben gedaan? Wie anders had haar dat bericht gestuurd? Ze deed een haast fysieke poging deze nieuwe kennis eerst de ene en vervolgens de andere kant op te buigen om het te laten stroken met het oude verhaal dat ze in gedachten had geconstrueerd.

Ze kreeg het niet gedaan. Saul had dat bericht niet verstuurd.

Er was geen nummerweergave geweest, maar dat had ze toen niet vreemd gevonden: ze hadden elkaar nooit eerder gebeld of berichtjes gestuurd, en trouwens, Bernice had verteld dat hij meerdere telefoons had.

Maar als Saul het niet had gestuurd, dan betekende dat – ja, wat betekende dat dan? Ze voelde zich duizelig en lichtelijk misselijk. Ze ademde snel en oppervlakkig. Saul had haar verteld, had Bernice verteld, had collega's op zijn werk verteld dat hij die ochtend naar dat congres ging. Hij was niet van plan geweest in zijn flat te zijn. Vermoedelijk was hij even binnengewipt om iets op te halen. Niemand wist dat hij er zou zijn. Helemaal niemand.

Neve probeerde zich uit alle macht te concentreren. Iemand, niet Saul, had haar een bericht gestuurd met het verzoek meteen te komen. Waarom zou iemand dat in vredesnaam doen?

Er was een voor de hand liggend antwoord, maar dat was lachwekkend en onzinnig. Ze zocht naar een ander antwoord maar kon er geen vinden. Haar benen trilden en haar maag voelde vloeibaar. Ze had een akelige, metalige smaak in haar mond. Ze greep naar haar buik en kreunde.

Er kwam een man haar kant op die een stel takken achter zich aan sleepte. Hij had lang grijs haar en een rafelige baard; hij zag er oud, vervuild en droevig uit. Vlak voor Neve bleef hij staan en hij vroeg met een stem die klonk als gerommel ergens diep uit zijn borst: 'Kan ik iets voor u doen?'

Ze keek hem verwilderd aan. Hij leek een figuur uit een koortsdroom. 'Nee. Niemand kan dat.'

'Mijn boot ligt even verderop.' Hij maakte een beweging met zijn hoofd. 'Kom, dan zet ik thee. Even schuilen.'

Zonder op antwoord te wachten pakte hij zijn takken op en sjokte bij haar weg. Ze liep als verdoofd achter hem aan tot ze bij een kleine boot kwamen waarvan het dak was beladen met een stapel hout en kwijnende potplanten. Alles zag er verwaarloosd uit. De ramen waren smalle, besmeurde glasspleten. Wat haalde ze zich in haar hoofd? Ze kon onmogelijk die bedompte enge ruimte binnengaan met deze man die eruitzag alsof hij in geen tien jaar in bad was geweest en misschien wel een beetje gek was. Net zoals zij een beetje gek was.

'Sorry,' zei ze. 'Ik moet naar huis.'

'Huis?'

'Naar mijn gezin.'

'Ik dacht dat u alleen was,' zei hij, woorden waarvan ze een brok in haar keel kreeg.

'Dank u voor uw vriendelijkheid.'

Ze draaide zich om, liep van hem weg en dwong zichzelf langzaam adem te halen – in en uit, in en uit – en kalm te blijven. Ze liet haar openbaring bezinken tot die zwaar voelde in haar binnenste, waarna ze de woorden hardop uitsprak om het echt te maken.

'Het ging niet om Saul. Ze moesten mij hebben.'

De moord op Saul was een vergissing. Degene die Saul had vermoord, had verwacht Neve aan te treffen. Het voelde als een onheilspellend helder moment in een ondoordringbare dichte mist.

Wat had diegene van Neve gewild? En waarom in de flat? Niemand wist van die flat.

Bijna niemand.

Zij wist ervan. En Bernice. En Renata. En Mabel.

Heel langzaam liep ze naar huis. Elke stap viel haar zwaar. Ze voelde zich als een oude vrouw die door de striemende regen schuifelde. Toen ze op haar horloge keek zag ze dat het acht uur was geweest. Ze had geen idee wat te doen, waarnaartoe te gaan, hoe het verder moest.

Bij de delicatessenzaak van een Portugese familie waar ze altijd haar kaas, koffiebonen en kruiden kocht liep ze naar binnen. Ze nam plaats aan een tafeltje in de hoek, naast de schappen met mango's en pruimen. Toen de eigenaar, een forse man met een klein schortje voor, bij haar kwam sprak hij haar licht bestraffend toe. 'Neve! Je bent kletsnat.'

'Dag, Erico.' Ze glimlachte, maar kon wel huilen. 'Ja, overvallen door de regen. Mag ik een koffie?'

'Met iets erbij?'

'Alleen koffie,' zei ze. 'Straks neem ik ontbijt mee voor iedereen thuis.'

Ze opende haar doorweekte rugzak en haalde er een pen uit. Ze trok een bruine papieren zak van het schap en streek die glad op haar tafeltje. Ze staarde naar de zak en vervolgens uit het raam, waarlangs de regen naar beneden liep. Hoelang was ze al wakker? Hoeveel uur had ze geslapen in de afgelopen vier dagen? Maar als ze naar bed zou gaan en haar pijnlijke, gruizige ogen sloot zou ze niet slapen, wist ze.

'Koffie,' zei Erico, terwijl hij een mok voor haar neerzette. 'Warme melk erbij. En kijk.' Hij reikte haar een handdoekje aan. 'Voor je haar. Straks word je nog ziek.'

'Dank je. Dat is aardig.'

'Sorry dat ik het zeg, maar je ziet er moe uit.'

'Feestje gehad,' zei Neve.

'En die blauwe plek.'

'Ik weet het. Hij wordt geel.'

Ze goot de dampende melk in de koffie en nam een slok. Ah, heerlijk was dat. Ze liet zich troosten door de warmte in haar keel. Haar mobiel zoemde: het was haar moeder, zag ze, en ze nam niet op. Toen pakte ze haar pen. Ze fronste haar wenkbrauwen over de absurditeit, het gruwelijke van de vraag die ze zichzelf moest stellen: wie had haar ter verantwoording willen roepen en straffen voor haar affaire met Saul? Dat was degene die hem vermoord had.

BERNICE, schreef ze bovenaan – voor een deel omdat het makkelijk was; het was het antwoord dat haar het minst pijn zou doen. Als Bernice wist dat ze een verhouding had met Saul was het goed mogelijk dat zij haar dood wilde hebben – of Saul. En vanwege haar zakelijkheid en zelfbeheersing was het goed voorstelbaar dat ze zoiets kon plannen en zonder haperen uitvoeren.

Peinzend zette ze haar duim en wijsvinger op haar neusbrug en probeerde de implicaties te overzien. Uit de donkere mist in haar geest borrelden allerlei gedachten op. Achter de naam schreef ze: BERICHTJE???? Als Bernice haar die ochtend vroeg dat berichtje had gestuurd, kon ze het hele verhaal over haar vrijpartij met Saul op het moment van versturen verzonnen hebben om zich in te dekken, of zelfs om Neve te tergen. Ze kon het van waar dan ook verstuurd hebben. Zelfs vanuit de flat.

Ze dacht terug aan de vorige avond, toen Bernice het hoorde over Renata. Neve was ervan overtuigd dat het haar verrast had – en toch had Bernice geweten dat Saul een verhouding had, en ze had ook laten doorschemeren dat ze misschien wist met wie. Neve herinnerde zich dat Bernice een hand op haar arm had gelegd, herinnerde zich hoe ze haar af en toe onderzoekend had aangekeken. Wist ze het? Had ze contact gezocht met Neve, had ze haar verteld over die laatste ochtend met Saul en was ze met haar mee naar huis gelopen omdat ze niemand anders had om mee te praten – of omdat ze het de hele tijd al wist en haar naar de flat had gelokt maar toen haar man had aangetroffen in plaats van Neve?

Ze realiseerde zich dat er nog iemand was die wist van de flat en die uitgesproken redenen had om een hekel aan haar te hebben. Ze schreef het op.

KATIE.

Neve nam de laatste slok van haar koffie. Ze liep naar de toonbank om nog een koffie te bestellen en ging terug naar haar stoel en de bruine papieren zak met het lijstje. Ze aarzelde, maar noteerde toen beslist: RENATA. Ze staarde naar de naam. Haar beste vriendin, haar uitbundige, onbevangen, kwetsbare bondgenoot. Haar zelfs maar verdenken voelde als een grove vorm van verraad.

Toch dwong ze zichzelf erover na te denken. Als Saul Renata had gedumpt vanwege Neve, en Renata wist dat, en als ze erg verliefd was op Saul – dan was het op z'n minst een mogelijkheid. Ze had Neve een berichtje kunnen sturen vanaf een prepaidtelefoon, waarna ze haar in de flat kon hebben opgewacht. Misschien had ze nog een sleutel. En toen was natuurlijk niet zij maar Saul verschenen.

Toen de koffie kwam pauzeerde ze om een paar slokken te nemen. Haar voeten waren nat, haar haar was vochtig en ze voelde zich rillerig. Uit het niets hoorde ze Gary's stem van gisteravond: 'Maar dit is wat jij doet, toch?' Wat had hij daarna gezegd? 'Net als met die fusie. Wij waren bang dat we onze baan kwijtraakten. En jij leek het allemaal makkelijk op te nemen.' Het was alsof hij haar dingen verweet, zoals hij de laatste weken en maanden ook vaak boos had geleken. Boos op het bedrijf, het management, iedereen die geld, zekerheid of geluk had. Hij zat zwaar in de schulden, zijn geliefde had MS en ging dood; de wereld leek hem slecht gezind en zijn toekomst somber. Als hij had ontdekt dat zij het bed deelde met de vijand kon zijn woede best eens uit de hand zijn gelopen.

Ze dacht aan hem als jonge man: klein van stuk, gevat en overlopend van energie; ze dacht aan hem zoals hij nu was: snel aangebrand en gebutst door het leven. Ze schreef op: GARY.

Toen, langzaam, alsof haar pen de letters als een mes in een ruwe muur kerfde, dwong ze zich de volgende naam op te schrijven. FLETCHER. Als Fletcher wist van haar verhouding met Saul, van haar ontrouw, zou hij woedend zijn en zich vernederd voelen. En Neve wist hoe vernederd hij zich al voelde door zijn gebrek aan werk en door het feit dat zij de kostwinner was.

Tranen brandden in haar ogen. Want hij was wel Fletcher, haar partner voor het leven, de man met wie ze een relatie was begonnen tijdens dat waanzinnige weekend waaraan ze de vorige avond met z'n allen herinneringen hadden opgehaald. Hij was de vader van haar kinderen. Hij hield van haar. Ze slikte moeizaam en voelde een steek in haar keel, haar ogen trilden. Hield hij niet van haar? Of haatte hij haar omdat ze het met haar baas deed terwijl hij in zijn werkkamer zat te mislukken in de kunst en tobde over zijn falen?

Toen schoot haar tot haar grote opluchting iets te binnen. Hij was erbij geweest toen ze dat berichtje ontving, dus hij kon het niet verstuurd hebben. Maar de opluchting was van korte duur, want toen ze bedacht hoe hij die ochtend in de keuken had gezeten, achter een bordje toast met marmelade, herinnerde ze zich dat hij met zijn mobiel bezig was. Of met een mobiel; haar berichtje was afkomstig van een onbekend nummer. Hij had het haar kunnen sturen terwijl hij amper een meter bij haar vandaan zat.

Ze keek naar haar macabere lijstje. BERNICE, KATIE, RENATA, GARY, FLETCHER: een vrouw die ze nauwelijks kende maar die ze onrecht had aangedaan, de secretaresse van haar baas, twee van haar meest dierbare vrienden en haar eigen man. Als hekkensluiter voegde ze nog CHARLIE toe, al was het alleen maar om die hatelijke uitdrukking op zijn gezicht.

Ze moest van ieder van hen zien te achterhalen wat ze hadden gedaan op de ochtend van Sauls moord, bedacht ze, waarop ze een aantekening maakte op het gekreukelde bruine papier.

De zaak begon vol te lopen. Neve stond op, stak het papier in haar zak en liet het geld voor de koffie op het tafeltje achter. Bij de ingang nam ze een mandje waarin ze een stel nog warme croissants en kaneelbroodjes legde, twee mango's en een bakje blauwe bessen. Ze deed er ook een pak melk bij, voor het geval die thuis op was, en twaalf eieren. Ze betaalde, zwaaide naar

Erico, maar bleef toen bij de deur staan en haalde de lijst weer tevoorschijn omdat er natuurlijk nog een naam was die ze niet had opgeschreven. Ze viste haar pen uit de rugzak. Haar vingers voelden dik en onhandig en de letters die ze schreef leken ver weg, alsof ze ernaar keek door de verkeerde kant van een verrekijker.

MABEL, schreef ze.

En dat veranderde alles. Was het een van de anderen, zelfs Fletcher, dan moest die ontmaskerd en gestraft worden. Maar Mabel was haar dochter.

De regen was opgehouden. Er waren strepen blauw in de lucht. De platanen in haar straat lieten hun blad al vallen.

Ze opende de voordeur, ging naar binnen en rook onmiddellijk de weezoete geur van alcohol. De vloer plakte onder haar schoenzolen. Er was niemand beneden. Ze lagen zeker allemaal nog te slapen. Toen ze langs de woonkamer liep zag ze Tamsin languit op de bank liggen, volledig gekleed maar met een deken over zich heen. Haar mond hing open en haar haar was los. Neve bleef een ogenblik naar haar kijken. Zij stond tenminste niet op haar lijstje.

Overal zag ze lege wijnglazen en schaaltjes met nog een paar overgebleven olijven. Ze ging de keuken binnen, waar een plastic zak flapperde voor het gat dat Connor had veroorzaakt met zijn bal. Fletcher had onmiskenbaar een poging gedaan om op te ruimen: de vaatwasser stond vol met schone borden en glazen, en op het aanrecht zag ze een stapel pannen. Ze trok haar oude jack uit en rolde haar mouwen op. Eerst deed ze de ramen open om de boel te laten doortochten tegen de verschaalde lucht. Daarna ruimde ze de vaatwasser uit, verzamelde op haar tenen de rest van de vuile spullen in de woonkamer en vulde hem weer. Ze zette de lege flessen klaar voor de glasbak. Om niemand wakker te maken liet ze de stofzuiger staan en veegde ze de vloer. Ze sprayde en poetste alle oppervlakken, nam de tafel af, wreef het blad in met meubelolie. Ten slotte deed ze alle thee- en poetsdoeken in de wasmachine. Op een stoel vond ze een stuk keukenpapier met bloed van de wond aan haar hand. Ze bekeek haar hand en zag dat die nog steeds een beetje bloedde. Haar grijze jurk zat vol bloedvlekken. Bloed van Renata, besefte ze, opeens licht misselijk.

Ze maakte een kop thee voor zichzelf en dacht toen aan de cavia. Meteen ging ze naar buiten en ze hurkte neer naast zijn hok, waarop Whisky tevoorschijn kwam en op klagende toon naar haar begon te piepen. Ze had zijn hok al in geen dagen meer schoongemaakt. Een deel van het vuile stro verving ze door een paar handenvol schoon stro. Zijn bakje vulde ze met voer en de fles met water. Daar moest hij het voorlopig maar mee doen. Met haar thee – die langzaam afkoelde – in de hand bleef ze nog een paar minuten staan om het diertje verwoed te zien eten. Op het moment dat ze omkeek naar het huis ging het gordijn in Rory's kamer open en verscheen zijn gezicht, als een bleke vlek. Hij zag haar, zwaaide, duwde zijn neus plat tegen het glas. Ze zwaaide vrolijk terug. Hoe moest ze deze dag in vredesnaam doorkomen?

Rory zat aan de keukentafel zijn cornflakes naar binnen te werken. 'Waar zullen we naartoe fietsen?' vroeg hij, waarop Neve moest doen alsof ze het nog wist.

'Daar moet ik nog even over nadenken.'

Ze ging onder de douche, kleedde zich aan terwijl Fletcher zacht verder snurkte, smeet haar jurk in de prullenmand omdat ze die nooit meer met ook maar een vinger wilde aanraken en ging naar beneden om de broodjes in de oven te leggen en water voor de koffie op te zetten.

Tamsin kwam met een wazige blik de keuken binnenschuifelen. 'Ik ben er nog niet helemaal,' zei ze. 'Hoe laat was jij thuis?'

'Ongeveer een uur geleden.'

'Is alles goed met Renata?'

'Wel met haar hand.'

'Wat een avond,' zei Tamsin. 'Jullie weten beslist hoe je een feestje geeft.'

'Dit was iets eenmaligs,' zei Neve.

'Zag je hoe Charlie keek?'

'Ja.'

'Wist jij het?'

Neve aarzelde net lang genoeg om Tamsin een blik van gekwetste verbazing te bezorgen. 'Dus ze heeft het wel aan jou verteld, maar niet aan mij,' zei ze. 'Waarom?'

'Ze heeft het mij ook pas een paar dagen geleden verteld.'

'Maar toch,' zei Tamsin. 'Ik krijg een beetje het gevoel dat ik er niet echt bij hoor. Maar dat zou me niet moeten verbazen.'

'Hoe bedoel je?'

'Ach, nou ja... Jij bent altijd degene bij wie iedereen komt uithuilen.'

'Dat is helemaal niet waar.'

Connor en Elias kwamen binnenstormen, terwijl Neve het fruit klein sneed in een kom, yoghurt en de rest van de ontbijtspullen op tafel zette en koffie maakte.

Toen Fletcher opdook sloeg hij een arm om haar schouder. Zijn gezicht was nog dik van de slaap. 'Goeiemorgen.'

'Hallo.'

'Gaat het?' vroeg hij.

'Ja.'

'Je zult wel doodop zijn.'

'Dat moet nog komen,' zei ze. 'Ik leef geloof ik net weer wat op.'

'Dat was me het etentje wel,' zei hij.

Hij leek er bijna trots op, dacht ze. 'Hoe ging het met Mabel toen ik weg was?'

'Mabel kan praten, hoor,' zei Mabel terwijl ze binnenkwam. Ze was gehuld in een wijde ochtendjas. Ze schonk Neve een moeilijk te peilen blik, goot kokend water op een theezakje, ging naast Tamsin zitten, nipte van haar thee en staarde zwijgend naar de tuin.

De bel ging, gevolgd door een nadrukkelijke klop op de deur.

Neve kreunde. 'Wie is dat nou? Ik kan geen mensen om me heen verdragen vandaag.'

'Ze zijn vroeg,' zei Mabel terwijl Fletcher ging opendoen.

'Wie?'

'Will en Gary komen helpen de kas opbouwen.'

'Je maakt een grapje zeker.'

'Nee hoor.'

'Ik hoop maar dat Jane het niet erg vindt,' zei Neve.

'En die Jackie wilde ook komen, geloof ik,' ging Mabel verder. 'Ze deed in ieder geval erg enthousiast over het plan, gisteravond toen ze wegging. Maar ja, ze was nogal dronken, net als jullie allemaal.'

De sarcastische ondertoon in haar stem deed Neve huiveren.

'O, ze komt beslist,' zei Tamsin bitter. 'Die kan eindeloos enthousiast zijn over wat je ook maar bedenkt. Het feest kan gewoon verdergaan.' Ze trok een stuk van haar croissant en stopte het in haar mond.

Het volgende moment stonden Gary, Will en Jackie in de

keuken, waardoor die plotseling klein en propvol leek. Neve keerde iedereen de rug toe om koffie bij te zetten en brood in de rooster te doen omdat ze, nee, toevallig nog niet ontbeten hadden, en ja, flinke trek hadden. Het was een bont gezelschap. Jackie droeg een lange kleurige kaftan die deed denken aan een tent – zo'n ding dat op een festival zou inregenen – en een pootje van Gary's bril was gebroken, zodat die telkens als hij zijn hoofd bewoog naar het puntje van zijn neus zakte. Will had zich geschoren, maar slecht: er waren nog plekjes met stoppels overgebleven. Er hing een sfeer van gemoedelijke vertrouwelijkheid. Na gisteravond voelde iedereen zich hier volkomen thuis, dacht Neve. Dat met die kas was niet meer dan een excuus.

Ze legde de toast op tafel en sneed meer brood af, bedenkend dat ze Mabel dringend moest spreken. Maar Mabel had overduidelijk geen zin om haar te spreken. Eigenlijk kon ze beter naar bed gaan, haar ogen sluiten en nadenken. Ze moest een plan maken, maar ze was verschrikkelijk moe. Het was dezelfde vermoeidheid als toen de kinderen klein waren en ze door een waas van vettigheid naar de wereld had gekeken en alles voor haar ogen heen en weer had bewogen en niets zijn vorm behield. Ze was een keer achter het stuur in slaap gevallen terwijl ze voor een stoplicht stond te wachten, met haar drie slapende kinderen op de achterbank; ze was in slaap gevallen terwijl ze slaapliedjes voor hen zong; ze was in slaap gevallen tijdens vergaderingen. Misschien kon ze nu rechtop staand in slaap vallen, dacht ze, als een paard. Gewoon de hele wereld een poosje buitensluiten.

Achter haar werd op toast gekauwd, koffie geslurpt en luid door elkaar heen gekletst. Tamsin verkondigde nogal plechtig dat Charlie altijd iets wantrouwigs tegenover Renata had gehad, vanwege haar onstuimige verleden. Toen ze Fletcher op een plotseling rustig moment iets hoorde zeggen over geheimen, verstijfde ze. Hij vertelde aan iedereen dat Neve en hij niet eens de code van elkaars telefoon kenden.

'Omdat je dingen voor elkaar geheim wilt houden?' vroeg Jackie.

'Juist het tegenovergestelde. We vertrouwen elkaar, en dus respecteren we elkaars privacy. Als je eenmaal de ander begint te wantrouwen is het eind zoek.'

'Dat is waar,' zei Will. 'Je kunt alleen maar bewijzen dat iemand schuldig is, nooit dat hij onschuldig is.'

Neve draaide zich om, haar handen drogend aan een handdoek. Ze zag de heldere en spottende blik van Mabel. Diep in haar keel stokte een kreet, en als ze niet gauw maakte dat ze de keuken uit kwam zou die haar ontsnappen en dit gezellige samenzijn bruut verstoren.

'Zullen wij tweetjes nu maar eens gaan fietsen?' vroeg ze aan Rory, die blij opkeek bij dat voorstel. 'Over een uurtje of zo zijn we terug,' zei ze tegen de rest. 'Als jullie er dan nog zijn, tenminste.'

'O, ik denk dat we de rest van de dag nog wel bezig zullen zijn met die kas,' zei Fletcher. 'Is er iets in huis voor de lunch?'

Neve moest kiezen uit twee mogelijkheden, beide onprettig. Met Rory over de grote weg fietsen, met auto's, vrachtwagens en bussen, of over een veel smallere weg langs de rivier de Lea, met voetgangers, fietsers en natuurlijk de Lea zelf, zonder vangrail. Rory was dol op fietsen, maar hij was ook een dromer en nogal onhandig, wat een zorgwekkende combinatie was. Hij kon zich zomaar verliezen in een gedachte en dan uitzwenken op een drukke weg, of een kruising, een bestelwagen, een kuil of een verkeerslicht over het hoofd zien. De rivier in fietsen zou erg zijn, maar een zware vrachtwagen voor de wielen rijden was veel erger. Hij moest een helm op en toen gingen ze op weg, eerst door de buurt, in noordelijke richting naar het jaagpad. Rory fietste voorop.

Ze hadden deze route vaker gereden, en Neve had altijd een soort troost geput uit deze wonderlijke ontsnapping naar een wereld van rust, groen, water en zingende vogels in hartje Londen. Tijdens de rit wees ze Rory op een aalscholver die zijn vleugels spreidde, maar ze betreurde dat meteen. Terwijl hij omkeek maakte hij een slinger naar het water toe, waarop ze hem waarschuwend toeschreeuwde. Ze hielden halt bij de boothuizen, waar een clubje jonge vrouwen een boot over het pad tilde. Rory stond schrijlings over zijn fiets en keek gefascineerd toe hoe ze hem in het water lieten zakken.

De hele tijd was Neve zich van zichzelf bewust, van het feit dat ze zich als twee verschillende personen gedroeg. De ene wees plichtsgetrouw op een zwaan met een sleep jongen of riep waarschuwend de voetgangers voor te laten gaan. De andere dacht aan gebeurtenissen elders. Wat gebeurde er thuis? Waar was de politie mee bezig? Maar bovenal: liep er ergens iemand rond die het op haar gemunt had? Ze kon die gedachte niet loslaten, alsof ze steeds aan een loszittende vulling moest pulken met haar tong. Zou het dan een vreemde kunnen zijn, iemand die ze niet kende? Of toch een bekende, iemand van haar lijstje? Welke mogelijkheid haar het meest beangstigde wist ze niet – maar toen ze in gedachten de namen langsging die ze had opgeschreven – *Bernice, Katie, Renata, Gary, Fletcher, Charlie, Mabel* – wist ze welke naam oneindig veel beangstigender was dan de andere.

Ze passeerden joggers, mensen met hun hond, roeiers. Bij

Tottenham Hale keek Neve op haar horloge. Ze hadden bijna een halfuur gefietst. Dat moest maar genoeg zijn. Ze riep naar Rory dat hij moest stoppen. Toen hij omkeek zei ze dat het tijd werd om terug te gaan.

'Maar we zijn nog maar net onderweg.' Er verscheen een blik van teleurstelling op zijn gezicht en haar hart kromp samen.

'Weet je wat,' zei ze. 'Op een mooie dag gaan we een keer met z'n allen, en dan lenen we een paar fietsen en rijden we net als nu langs de rivier, maar dan helemaal de stad uit. Wat zeg je daarvan?'

'Hè? En Mabel dan?' vroeg Rory ongelovig.

Die eenvoudige vraag trof Neve als een klap in het gezicht. De wereld waarin Neve en Mabel simpele, vrolijke, normale dingen deden, zoals een eindje fietsen op een zomerdag, voelde onvoorstelbaar ver weg.

'We zullen wel zien. Je doet het heel goed,' zei ze tegen Rory's achterhoofd terwijl hij voor haar uit fietste. Het slingeren leek echt minder. Hij antwoordde niet. Ze wist niet eens of hij haar wel had gehoord. Ze zonk weg in een soort trance, fietste mechanisch, zich niet bewust van haar omgeving. Maar moe was ze niet, of in ieder geval niet zoals ze dat vroeger was geweest: er was geen kans dat ze op haar fiets in slaap zou sukkelen. In plaats daarvan was ze volkomen helder toen ze een plan probeerde te bedenken. Ze zou de mensen op haar lijst benaderen, met hen praten. Ze zou uitzoeken waar ze die ochtend waren geweest.

Neve had nooit echt stilgestaan bij wat anderen van haar vonden. Als ze er al over had nagedacht – en dat deed ze nu, over het jaagpad achter het magere lijf van haar zoon aan hobbelend – zou ze denken dat mensen haar graag mochten. Ze was iemand bij wie anderen aanklopten om hulp. Ze wilden vrienden met haar zijn. Ze begeerden haar, een paar tenminste. Ze namen haar in vertrouwen, zelfs wanneer zij dat niet wilde. Nu zag ze zichzelf opeens als iemand die je kon haten, en dat was een vreemde gewaarwording. Het was alsof de zon op een andere plek was opgekomen waardoor het landschap er compleet anders uitzag: donkerder en somberder dan het landschap waarin ze had gedacht te leven.

Eigenlijk had ze nooit overdreven veel over zichzelf nagedacht. Ze had zichzelf, zo veronderstelde ze, altijd beschouwd als een in wezen fatsoenlijk mens. In dit kille nieuwe licht kon je haar heel anders zien: als iemand die vreemdging, een leugenaar was, een slechte vriendin, een niet-loyale collega. Ze had haar huwelijksbelofte gebroken. Nou ja, in feite had ze helemaal niets beloofd: toen ze met Fletcher trouwde hadden ze op het stadhuis een formulier ondertekend en – wat was het ook weer? – een plechtige intentieverklaring afgelegd. Maar in haar hart had ze wel degelijk een belofte gedaan, en die had ze gebroken.

Dus zou ze met de anderen gaan praten. Ze zou proberen te achterhalen waar ze geweest waren, wat ze wisten en wat ze vermoedden.

Op dat moment kwamen er twee nieuwe gedachten in haar op. Ze geloofde dat er ergens iemand, een man of vrouw, rondliep die het wist, van haar, en die haar haatte, maar in plaats van haar Saul had vermoord. Plotseling drong het tot haar door dat deze man of vrouw nog stééds ergens rondliep of gewoon een kop koffie zat te drinken. En nog dezelfde gevoelens had. En ondertussen iemand had vermoord...

Haar tweede gedachte was: als ze door met mensen te praten daadwerkelijk iets ontdekte, als ze te weten kwam wie de dader was, wat dan? Wat kon ze met die kennis beginnen? Deze twee gedachten leken om beurten op te lichten in haar geest.

Opeens hoorde ze een schrapend geluid; ze remde hard maar botste toch bijna tegen Rory op, die abrupt was gestopt.

'Pas op,' zei ze. 'Ik was bijna tegen je aan gereden.'

Hij keek haar ernstig aan. 'Waar zijn we?'

Toen keek ze om zich heen en realiseerde zich dat ze Rory al mijmerend tot ver voorbij het punt had laten fietsen waar ze bij de rivier waren aangekomen. Ze waren al bijna bij Hackney Wick.

'Zijn we verdwaald?' vroeg hij.

'Natuurlijk niet. We fietsen gewoon een stukje langs de rivier. We nemen een andere weg terug.'

Ze volgden het jaagpad, sloegen toen rechts af naar het Regent's Canal en fietsten door het Victoria Park naar huis. Ondertussen was het een prachtige dag geworden. Voetballen en frisbees vlogen over en weer in een andere, gelukkigere wereld, een wereld waarvan Neve voor haar gevoel als door een glazen wand gescheiden was. Aan de andere kant van het park verlieten ze het en er volgden nog een paar laatste spannende minuten waarin Neve zag hoe Rory zich voor haar uit door het verkeer slingerde.

Terwijl ze haar fiets de gang in duwde langs de grote berg vuilniszakken die Mabel net buiten de voordeur had opgestapeld, hoorde ze geen enkel geluid. Even koesterde ze de flauwe hoop dat iedereen weg was. Dat ze wat tijd voor zichzelf zou hebben. Dat ze kon slapen. Nadenken. Maar toen hoorde ze een luide schreeuw van buiten en een vrolijke schaterlach. Rory rende de trap op en zij ging naar de keuken.

Mabel zat aan tafel met een jongen die Neve niet bekend voorkwam. Hij was erg lang, erg bleek en had lang donker haar. Hij was volledig in het zwart gekleed en leunde achterover op zijn stoel, die kraakte alsof hij op het punt stond het te begeven.

'Hoi,' zei Neve. Ze moest zich inhouden om niet meteen weer de deur uit te rennen.

De twee keken haar met een lichtelijk wazige blik aan.

Neve voelde een vlaag van irritatie opkomen toen ze een bekende zoete geur bespeurde: als ze wiet wilden roken hadden ze op z'n minst hun best kunnen doen dat te camoufleren. 'Hallo,' zei ze tegen de jongen.

'Dit is Louis,' zei Mabel.

'O,' zei Neve. '*Bonjour.*'

'Jezus, mam. Louis is geen Franse naam.'

'Zeker wel.'

'Louis is honderd procent Engels.'

'Half Engels,' zei Louis.

'En de andere helft?' vroeg Neve.

'Duits.'

'Mooi.'

'Hoezo?' vroeg Mabel.

'Het is fijn om een plek te hebben om naar te kunnen uitwijken. Voor als je nog eens moet uitwijken. Maar waar zit iedereen?'

'In de tuin.'

Ze liep al naar de tuin maar draaide zich weer om. 'Wij moeten praten,' zei ze zacht.

Uitdagend keek Mabel haar moeder aan. 'Als je iets wilt bespreken, doe dat dan.'

Een van de dingen die ze Mabel wilde zeggen was dat ze juist nu haar hoofd erbij moest zien te houden, maar ze begon er niet over. 'Later,' zei ze, waarna ze de keuken uit liep en naar de tuin ging.

Het leek wel of ze aankwam op een feestje in haar eigen huis. Maar het was er niet zomaar een: het was het feestje van de vorige avond dat nog steeds aan de gang was. Goed beschouwd leek het al dagen geleden te zijn begonnen en verplaatste het zich met nu en dan een onderbreking van de ene plek naar de andere. Helemaal achter in de tuin, in de hoek, stonden Fletcher en Will te midden van de losse onderdelen van de kas. Naast hen zag ze een vrouw in een spijkerbroek en een witte sweater, die haar borsten en haar slanke, fitte lijf prachtig deden uitkomen. Neve hoefde maar één blik op haar te werpen om zich moe, oud en gehavend te voelen. Een ogenblik vroeg ze zich af wie de vrouw was en toen realiseerde ze zich dat het Elias' moeder Sarah was. Natuurlijk. Neve besefte dat haar hersens haperden: het kostte haar moeite iemand te herkennen die ze talloze keren op het schoolplein had ontmoet en bij wie ze zelfs een paar keer thuis was geweest om Connor op te halen. Ze moest oppassen!

Connor en Elias waren met tuinschepjes bezig in een bloembed. Gary stond bij Whisky's hok, samen met Jackie; hij boog zich druk gebarend naar haar toe. Zij was groot, met rondingen, hij was klein, stijf en ongemakkelijk knokig. Neve hoorde hem iets zeggen over de Levellers. Jackie keek verbaasd. 'Die droegen rozemarijntwijgjes op hun hoed om zich kenbaar te maken, en zeegroene linten,' vertelde hij.

Tamsin zat alleen aan de houten tafel, met voor zich een halfvolle cafetière en verschillende mokken, wijnglazen en een lege kan. Neve ging naast haar zitten. Tamsin nam kleine slokjes van iets wat eruitzag als tomatensap. 'Fletcher heeft een bloody mary voor me gemaakt,' zei Tamsin. 'Tegen de kater. Doe je mee?'

Nee, ze huiverde bij de gedachte aan alcohol. Ze schonk een

mok lauwwarme koffie in. 'Je verrast me wel een beetje,' zei ze. 'Ik dacht dat jij meer iemand was van sojamelk en een heel eind hardlopen voor het ontbijt.'

'Nou ja... Het is zondag. Ik hoef een dagje niets.'

Samen keken ze naar de vorderingen met de kas. Will leek het meeste werk te doen.

Sarah kwam naar hen toe lopen. Ze boog zich voorover en zoende Neve op beide wangen. Neve zag dat ze een prachtige, stralende huid had, licht gebruind, alsof ze veel buiten was geweest. Ze rook fris, naar lavendel, rozen en sandelhout, terwijl zijzelf naar zweet en angst rook. 'Kom erbij,' zei ze. 'Het gaat hier weer keurig volgens het aloude rollenpatroon. De vrouwen zitten aan de koffie en de mannen zijn aan het klussen.'

Sarah lachte en zei dat ze er graag bij was komen zitten maar dat Elias en zij naar een lunch moesten. Ze trok de tegenstribbelende Elias met zich mee. In zijn vrije hand had hij een paar vette wormen, zag Neve.

Toen ze weg waren, richtte Tamsin zich tot haar: 'Jij trekt mensen aan,' zei ze, zonder glimlach.

'Nee hoor.'

'Waar je ook bent, iedereen wil bij jou zijn. Kijk naar dit feestje. Dikke kans dat niemand ooit nog weggaat.'

'Het feestje zal op zeker moment gewoon aflopen,' zei Neve enigszins ontwijkend. 'Niet dat er haast bij is.'

Tamsin nam de laatste slok van haar bloody mary. 'Jij bent nu de kostwinner, toch?'

'Zo zou ik het niet willen noemen.'

'Mannen vinden dat moeilijk. Ze gaan er wel in mee natuurlijk. Meestal hebben ze geen keus. Plus dat het ze goed uitkomt. De vrouw brengt het meeste geld binnen en doet nog steeds het leeuwendeel van het huishouden en het koken. Maar desondanks stoort het ze. Het is niet alleen dat ze geslaagd willen zijn, ze willen ook dat het gezien wordt.'

Hoewel Neve wist dat Tamsin het op de vleugels van haar bloody mary vooral over zichzelf en haar eigen ervaringen had, vond ze toch dat ze moest reageren. 'Dat gaat niet op voor Fletcher, totaal niet. Hij heeft altijd zijn deel van het huishouden gedaan, en van de opvoeding.' Ze dacht aan alle avonden dat ze niet thuis was geweest. 'Meer dan zijn deel, soms. Hij heeft het zwaar gehad. Wij allemaal. Maar hij heeft het goed opgepakt. Meestal dan.'

'Dat is fijn,' zei Tamsin. 'Jij hebt je kantoorbaan gehouden zodat Fletcher zijn droom kon najagen. Complimenten voor jou. En fijn voor hem.'

Peinzend keek Neve naar Fletcher en Will. Ze hadden de voorkant van de kas in elkaar gezet en probeerden die nu vast te maken aan een zijwand. Het was vreemd om hem bezig te zien met wat de gemiddelde Engelse man op zondagochtend deed. Was hij werkelijk zijn droom aan het najagen? Die indruk wekte hij niet, meestal niet.

'Deze week,' begon Neve aarzelend, 'heeft me aan het denken gezet.'

'Waarover?'

Ze keek Tamsin aan en zag tegelijk de grappige jonge vrouw vol zelfspot uit hun studietijd én de oudere vrouw met lijntjes en rimpels rond haar ogen en mond, met plooien in haar hals. 'Ik dacht altijd dat er niemand was zoals wij,' zei Neve. 'Wij waren niet gewoon vrienden. We waren bijna familie.'

'En je weet hoe mensen over hun familie denken.' Tamsin snoof.

'Ik vraag me af of sommigen van ons clubje boos op me zijn vanwege die fusie.'

'Waarom zouden we boos op je zijn?'

'Misschien voelt het als verraad aan wat we samen hadden.'

'En als je zegt "sommigen van ons clubje", wie bedoel je dan?'

'Hoe is het voor jóú?'

'Laten we eerlijk zijn. Het was niet echt een fusie. Dat zou net zoiets zijn als zeggen dat een gazelle fuseert met een leeuw.'

'We zijn niet wat je noemt doodgebeten en opgeslokt.'

'Leg dat maar eens uit aan Gary,' zei Tamsin terwijl ze een gezicht trok. 'Zelf geloof ik dat als we niet...' – ze aarzelde – 'gefuseerd waren, laten we het op gefuseerd houden, ons bedrijf het niet gered zou hebben. En omdat ik net weer alleen was zou dat voor mij een slechte zaak zijn geweest. Dus het zou ondankbaar van me zijn om me er al te zeer over te beklagen.'

Een warme steunbetuiging kon je dit niet noemen, besefte Neve. 'Een ogenblik,' zei ze, waarna ze twee flesjes bier uit de koelkast in de keuken haalde en ermee naar de twee mannen achter in de tuin liep. Grijnzend keken ze haar aan.

Tamsin kwam erbij staan. 'Ik hoop dat jullie weten waar je mee bezig bent,' zei ze. Ze keek Will aan, maar die leek haar niet op te merken.

'Wacht even,' zei Fletcher buiten adem. Hij en Will gaven elkaar instructies terwijl ze de twee staande delen verbonden met een bout en zekerden met een moer. Ze deden een paar stappen terug om hun werk te bekijken. Neve overhandigde ze de twee flesjes, waarvan ze allebei meteen een slok namen.

'Jullie lijken net echte werklui,' zei Tamsin.

'We hebben nog zo'n driekwart te gaan,' merkte Will op.

'Het ligt aan de handleiding,' zei Fletcher. 'Het is net alsof we een legpuzzel maken zonder het plaatje erbij.'

'Geen probleem,' zei Tamsin. 'We zullen gewoon met z'n allen hier moeten blijven, en eten en drinken, tot die kas klaar is en vol met potten staat.'

Fletcher schoot in de lach. 'Neve en jij moeten zo langzamerhand wel schoon genoeg van elkaar krijgen.'

'Hoe bedoel je?'

Plotseling begreep Neve wat er ging komen; ze voelde de grond onder haar voeten wegzinken.

'Nou, jij ziet haar meer dan ik,' antwoordde Fletcher.

'Ik ben dolblij dat ze er is terwijl jullie tweeën aan het werk zijn,' zei Neve wanhopig. 'Ik zei net dat alles weer prachtig volgens het oude rollenpatroon gaat. Toch?'

'We trekken gewoon allemaal veel met elkaar op,' zei Tamsin. 'De laatste paar dagen waren net een feestje waar geen eind aan komt.'

'Inderdaad,' zei Fletcher. 'En dat vlak nadat jullie dat avondje samen waren doorgezakt.'

'Hè?'

'Nog een biertje?' vroeg Neve. 'Meer koffie?'

Op dat moment kwamen Jackie en Gary aanlopen. Jackie had een geel blaadje in haar haar.

'Dus dat maakt...' Fletcher zweeg terwijl hij in gedachten de optelling maakte. 'Zes dagen achter elkaar, voor jullie twee, ook op het werk. En daarvoor, al die avonden dat ze bij jou was. Dat jullie nog iets hebben om over te praten!'

Dus nu kwam het? Zou dit de stommiteit zijn waardoor het hele kaartenhuis in elkaar zou vallen? Ze dwong haar blik in de richting van de overgebleven losse onderdelen van de kas, alsof ze erdoor gefascineerd was: de metalen strips en de ruiten die tegen de tuinmuur stonden, klaar om gemonteerd te worden. Ondertussen wachtte ze tot Tamsin haar mond open zou doen, tot ze Fletcher zou vertellen dat zijn vrouw die avond niet bij haar was geweest. Ze leek er ruim de tijd voor te nemen. Hoe konden ze met z'n allen die stilte verdragen?

Toen voelde ze Tamsins hand om haar arm. 'Je weet hoe het is tussen Neve en mij,' zei ze. 'Wij tweeën raken nooit uitgepraat.'

Neve moest maken dat ze wegkwam. Het voelde als een fysieke onmogelijkheid om daar te blijven staan terwijl Fletcher en Tamsin naar haar keken. Ze zei dat ze naar binnen ging om nog meer thee en koffie te zetten.

'En iets te eten lijkt me een goed idee,' zei Fletcher. 'Het is al twee uur geweest. Er is vast nog wel wat over van gisteren.'

'Gary heeft me verteld over de executie van Charles I,' zei Jackie opgewekt. 'Tot in de kleinste details. Hij denkt geloof ik dat de koning het ernaar gemaakt had.'

'Dit gaat ons zeker nog de rest van de dag kosten,' ging Fletcher verder. 'Op z'n minst kunnen we iedereen wat te eten aanbieden.'

Net toen Neve zich omdraaide om naar de keuken te gaan viel haar oog op de gereedschapskist. Ze verstijfde. Natuurlijk. Ze waren aan het klussen, dus hadden ze gereedschap nodig. Het deksel was dicht. Ze deed er voorzichtig een paar stappen naartoe, alsof hij zou kunnen ontploffen, en tilde het deksel op. De hamer lag er niet in.

'Zoek je iets?' vroeg Fletcher.

'Ik dacht, ik hang dat schilderijtje op, in de keuken,' zei ze zonder veel overtuiging. 'Dat ben ik al maanden van plan. Heb je een hamer?'

'Hier.' Hij reikte haar een hamer aan. Klein, met een gespleten kop. Niet de hamer die ze bedoelde. Niet de hamer waarmee Sauls hoofd was ingeslagen.

'Dank je,' zei ze.

Ze ging naar binnen, naar de rust van het huis. Mabel en Louis zaten er nog net zo bij, maar nu stond Neve's naaimand voor hen op tafel.

'Waar is dat voor?'

'Louis wil nog een piercing in zijn oor.'

'Doe niet zo idioot!'

'Het is oké. We doen het met een aardappel,' zei Louis.

'Waarmee?'

'Een aardappel. Om de naald in te steken,' zei Mabel traag, alsof ze het tegen een kleuter had.

'Je bent stoned.'

'Nou en?'

Neve liet ze alleen en sleepte zich naar boven, gewoon om ergens te zijn waar niemand was. Haar hoofd bonsde. De deur naar Mabels slaapkamer stond open. Onwillekeurig wierp ze een blik naar binnen. Hij was helemaal leeg. Eerder had het er op een middeleeuwse horrorkamer geleken en nu leek het de cel van een non. Geruisloos stapte ze naar binnen. Er hingen geen foto's of posters meer aan de muur, je zag alleen nog de contouren ervan. Zelfs de spiegel was verdwenen. Toen ze de klerenkast opende bleek die op een rijtje metalen hangers na leeg. Ze ging naar de slaapkamer van Fletcher en haar, waar de namiddagzon vol naar binnen scheen, en liet zich op de rand van het nog onopgemaakte bed zakken. Ze overwoog haar schoenen uit te trekken en even te gaan liggen. Het kussen zag er heerlijk zacht en dik uit.

De bel ging, toen nog een keer. Met grote tegenzin kwam ze overeind. Wie kon ze in dit gekkenhuis nog meer verwachten? Terwijl ze tree voor tree afdaalde hoorde ze een kreet uit de keuken komen.

Op de stoep stond Renata, met haar hand en arm in een grote witte doek. Ze had schone kleren aan maar nog steeds een besmeurd gezicht en haar haar zat in de war. In haar hals was een veeg opgedroogd bloed zichtbaar.

'Kom binnen.'

'O jee,' zei Renata. 'O jee.'

Neve nam haar mee naar de keuken, waar Louis zijn oor bette met een vel keukenpapier. Mabel was de tuin in gelopen en stond met Will te kletsen, naar hem opkijkend met haar armen slap langs haar zij. Wat ziet ze er lief uit, dacht Neve, opeens overspoeld door angstige voorgevoelens.

'Ga zitten,' zei ze tegen Renata. 'Ik maak iets te eten voor de hele meute.'

Ze vond nog wat brood, een paar ovenstokbroden, zure room, kerstomaatjes, een stuk verse gember, boter, een zak spinazie en een bosje peterselie. Lastig om daar iets van te maken. Ze dacht aan alle groenten in haar tuin die geoogst konden worden. O ja, er waren ook nog de eieren die ze die ochtend had gekocht.

'Roerei?' vroeg ze aan Renata, maar die was verdwenen, net als Louis. Ze zag dat iedereen zich in de tuin rondom de kas in wording had verzameld – in de zon. Er werd gelachen. Gary had zijn arm om Renata heen geslagen; zelfs zij had een glimlach op haar gezicht en ze liet haar warrige bos glanzend haar tegen zijn schouder rusten.

Plotseling ging Will op zijn hurken zitten, boog zijn hoofd naar de grond en verhief zich vervolgens heel geleidelijk tot hij ten slotte op zijn hoofd stond. Iedereen klapte. Hij liet zich weer zakken, kwam overeind en maakte een buiging. Ja, natuurlijk herinnerde Neve zich hem. Ze herinnerde zich hen allemaal van toen ze jong en onstuimig waren, en vol ongeduld om aan hun toekomst te beginnen. Nu stapte Tamsin naar voren. Ze liet zich zakken, strekte zich tot in een plankpositie en begon aan een serie snelle en perfecte push-ups. Ze stopte, liet zich in het gras zakken en bleef glimlachend liggen. Fletcher zei iets tegen haar. Neve hoopte in een opwelling van medelijden dat hij zich niet aan iets gymnastisch zou wagen. Hij was niet van de sportieve soort – nooit geweest.

Waarom had Tamsin haar smoes eigenlijk niet doorgeprikt? Wat wist ze; wat had ze geraden? Peinzend liet Neve een flinke klont boter smelten in de pan, brak alle twaalf eieren erboven en voegde zout en veel zwarte peper toe. Roerend in de steeds dikker wordende massa hield ze haar blik op de tuin gericht. Het zag er vrolijk uit daar, zo door en door kameraadschappelijk: een bijeenkomst van oude vrienden op een warme zondagmiddag in september, met de zon in de rug. Connor deed een scheve radslag, en nog een. Zijn gezicht zat onder de moddervegen en hij had een kleur van opwinding. Hij zou niet te genieten zijn vanavond. Ze draaide het gas lager, sneed het brood en deed het in de rooster. De stokbroden in de oven waren bijna klaar. Ze keurde de eieren en pakte borden uit de kast.

Mabel stond buiten tussen Will en Louis in. Ze wees naar iets. Neve staarde naar haar dochter: haar eerstgeborene, haar kwelgeest en beschermengel. Haar geliefde kind.

Elk ogenblik kon dit gouden plaatje breken en in duizend stukken uiteenvallen.

Opeens verstijfde ze: het deurtje van Whisky's hok stond op een kier.

Met een ruk trok ze de achterdeur open. 'Waar is Whisky?' riep ze.

Iedereen draaide zich naar haar om, toen naar het hok. Neve rende naar buiten en knielde bij het hok neer. Van de cavia ontbrak elk spoor. Ze klakte met haar tong, riep hem, wachtte tot zijn nieuwsgierige snuit uit het stro tevoorschijn zou komen. Maar nee. Ze stak haar hand in het stro, tastte in het rond. Hij was er niet. Ze stond op.

Ze waren allemaal om haar heen komen staan. Het skelet van de kas begon te wiebelen nu niemand het meer ondersteunde.

'Hij zal wel ergens in de tuin zitten,' zei ze. 'Zo groot is hij,' vertelde ze, met haar handen een afstandje aangevend. 'Vuilwit met zwarte vlekken.'

'Waarom heb je hem dan Whisky genoemd?' vroeg Jackie.

Neve negeerde het.

Ze waaierden uit over de tuin, bukten zich om onder de struiken te kijken en woelden in de afgevallen bladeren.

'Daar zit-ie,' zei Louis na een paar minuten. Zijn stem klonk laag en opgewonden. Hij wees naar de compostbak. Daarachter, half onder de dorre bladeren, zat de kleine cavia.

De groep vormde een halve kring rond de bak. Fletcher sloop voorzichtig voorwaarts, met één hand voor zich uit en bemoedigend mompelend. Uiterst voorzichtig liet hij zijn hand zakken. Maar Whisky maakte zich verrassend snel langs de andere kant uit de voeten, tussen de benen van Gary door en dwars over het gazon.

'O, hij mag niet een andere tuin in lopen,' zei Neve. Het leek een zaak van leven of dood dat het beestje gevangen zou worden en in veiligheid gebracht.

Opnieuw vormden ze een kring rond Whisky, allemaal op hun hurken en klaar om toe te slaan. Het beest schoot ervandoor. Neve waagde een uitval. Ze voelde zijn ruwe vacht al onder haar hand, maar het volgende moment was hij verdwenen, duikelde zij over het gras en landde er iemand anders bijna boven op haar. Ze voelde het gewicht van die ander, hoorde hem hijgen en zag toen vlak voor zich twee uitgestrekte armen en twee grote handen die het diertje vasthielden.

'Hebbes,' riep Will triomfantelijk, terwijl hij met de cavia tegen zijn borst geklemd overeind krabbelde. 'Sorry hoor,' zei hij vrolijk tegen Neve.

Zij lag op de grond, met haar geschaafde wang in het koele vochtige gras, dat modderig was vanwege alle partijtjes voetbal van Connor en Elias. Ze keek op naar haar vrienden, en had het gevoel dat ze vanaf de bodem van een put gezichten ver boven zich zag. Ze begon te lachen. Een zwak, snotterig, hulpeloos geluid. Toen realiseerde ze zich dat ze huilde.

Een tengere figuur maakte zich los uit de meute en hurkte naast haar neer. 'Wat doe jij nou?' fluisterde Mabel hees in haar oor. 'Sta op! Fuck it, sta op!'

Kreunend sloot Neve haar ogen.

'Kijk eens aan,' hoorde ze zacht boven zich zeggen, met lage stem. 'Hier is kennelijk een tuinfeestje aan de gang.'

Neve keek op, recht in het gezicht van Hitching. Hij torende dreigend boven iedereen uit, als een hoge muur. Will, die naast hem stond, nog steeds met Whisky tegen de borst, zag er klein uit. Gary leek wel een dwerg. Hitching was gekleed in een zwarte broek en een donker overhemd. Hij had een aktetas onder de arm. Zijn schedel glom.

'Meneer Hitching,' zei ze.

Mabel hield Neve's hand zo stevig vast dat ze haar trouwring in haar vinger voelde snijden. Het is zover, dacht ze. Nu komt het.

'Uw zoon heeft me binnengelaten. Rory, toch? Een heel gezelschap hier.' Hitching grinnikte.

'We zetten samen een kas in elkaar,' zei Fletcher. Hij stapte naar voren en stak een hand uit naar Neve, die zich gewillig overeind liet hijsen. Ze keek wanhopig om zich heen of ze de hamer zag, die ongetwijfeld ergens in het gras zou liggen.

'Dat is een lastige klus, weet ik uit ervaring.'

'Ja.'

'Komt u voor mij?' vroeg Renata. Ze stond naast Will. Haar verbonden arm, in de mitella, leek vreemd genoeg bijna even groezelig wit als Whisky tegen de borst van Will.

'Vandaag niet,' zei Hitching. Hij keek naar haar verbonden hand. 'Ik zie tot mijn spijt dat u zich hebt verwond.'

'Een dom ongelukje,' zei Renata met onvaste stem.

'Ik kom voor mevrouw Connolly,' zei Hitching.

'Moet dat nu?' vroeg Tamsin. 'Het is zondag.' Haar wangen zagen rood en ze had een verse bloody mary in haar hand.

'Dat zei mijn vrouw ook al,' zei Hitching joviaal. 'Maar dit duurt niet lang.'

Neve knikte. 'Waarom gaan jullie niet allemaal naar binnen,' zei ze tegen de groep. 'Zet thee.'

'Er stond iets aan te branden op het fornuis,' vertelde Hitching. 'Ik heb het gas uitgedraaid, maar ik ben bang dat het niet goed meer is.'

Haar roerei. Neve haalde haar schouders op. 'Geeft niet.' Ze keek naar Mabel. 'Als jij vast voor de thee zorgt, dan kom ik er zo aan.'

'Ik begrijp dat u nogal een feestje hebt gehad, gisteravond,' zei Hitching toen ze met z'n tweeën aan het kleine tafeltje achter in de tuin zaten, onder de perenboom.

'Van wie hebt u dat?'

'Van mevrouw Stevenson.'

'Het liep een beetje uit de hand,' zei Neve vlak. Ze wilde dat hij meteen ter zake kwam. Ze had gelogen en die grote schoonmaak had ze voornamelijk ondernomen om Mabel onkundig te houden van haar verhouding. Heel even kwam het in haar op dat die ervan wist en dat ze dus van deze hele schijnvertoning af kon zijn door Hitching alles te vertellen. Maar nee. Haar dochter was er nu bij betrokken. Ze had de hamer weggehaald. Ze had gelogen tegen de politie.

'Dat klinkt leuk,' zei Hitching vrolijk.

'U zult wel weten dat Bernice achter de affaire van Renata en haar man kwam.'

'Dat zei ze al,' zei hij. 'Zulke dingen komen meestal vroeg of laat wel uit. Maar daar kwam ik niet voor.' Hij pakte zijn aktetas en legde die tussen hen in op de tafel. 'Ik wil u iets laten zien,' zei hij.

Er sloop iets formeels in zijn houding. Neve dwong zich hem te blijven aankijken. 'Wat?'

'Vanochtend werd ik gebeld door mevrouw Stevenson, die me vertelde dat er iets bij haar in de brievenbus was gedaan. Ze wist niet hoe laat. Ze voelde zich niet zo goed, na dat feestje bij jullie.'

Hitching klikte het slot van zijn aktetas open. Hij stak er zijn hand in en haalde een blauwe map in een plastic zak tevoorschijn.

'Herkent u deze?'

'Nee.'

'Dat zou anders wel moeten. Het is uw map. Het personeelsdossier dat zoek was.'

'Dat is geen map van mij. Die heb ik nooit gezien. Ik wist niet eens van het bestaan ervan.'

'Nou ja, deze map die u nooit hebt gezien is thuis bij mevrouw Stevenson afgeleverd. Vreemd, vindt u niet?'

'Ja.'

'Hebt u daar een verklaring voor?'

'Nee.'

Hitching keek Neve aan alsof hij teleurgesteld was in haar, of misschien, dacht ze, alsof hij medelijden met haar had. Hij streek bedachtzaam over zijn bleke schedel.

'Is dat alles?' vroeg Neve ten slotte.

Hitching liet zijn hand opnieuw in de tas verdwijnen. Deze keer haalde hij er iets veel kleiners uit, ook in plastic. Het zag eruit als een simpel wit kaartje van glanzend papier, tot hij het omdraaide.

'Dit zat in de map,' zei hij. Hij gaf het aan haar.

Ze herkende het onmiddellijk. Het was een foto van haar, met korter haar dan nu, opwaaiend in de wind. Ze keek lachend om naar degene die de foto nam: naar Fletcher.

Ze keek op, recht in Hitchings donkere, alerte ogen. 'O,' zei ze. Was dat haar stem? 'Dat is raar.' Ze hief haar beide handen in een theatraal gebaar van verwondering. Ze zweefden in de lucht alsof ze niet van haar waren; ze zag dat ze trilden. Onder de tafel trilden haar benen.

'Nogmaals, hebt u hier een verklaring voor?' vroeg Hitching.

'Nee.' Ze zou iets anders moeten zeggen. Wat zou een onschuldig verbaasd iemand zeggen? 'Het is geen beste foto,' zei ze, en op hetzelfde moment was ze ontsteld over haar onnozele opmerking.

'Waarom zou er een foto van u in die map zitten?'

'Om te weten welk gezicht er bij mijn naam hoort, vermoed ik.'

'In geen van de andere personeelsdossiers zat een foto.'

'O.' Neve zweeg. 'O,' herhaalde ze na een paar seconden.

'Het is niet bepaald een officiële foto, of wel?'

'Nee.'

'Het lijkt wel alsof u boven op een berg staat.'

Dat was ook zo. Een paar jaar geleden waren Fletcher en zij een lang weekend in het Lake District geweest en pasten Renata en Charlie op de kinderen. Dat was vlak voor hun problemen waren begonnen. Ze hadden elke dag kilometers gewandeld, bergen beklommen, de mist en de wolken tegemoet, doorzettend tot hun benen pijn deden en hun gezichten rauw waren van de wind.

'De Great Gable,' zei ze.

'Waarom zou dit vakantiekiekje in Saul Stevensons bezit zijn?'

'Ik heb geen idee.'

'Hebt u het aan hem gegeven?'

Opnieuw dwong ze zichzelf in Hitchings donkere, starende ogen te kijken. Ze voelde elke spier in haar gezicht trillen. 'Nee,' zei ze.

Er viel een lange stilte.

'Is er misschien iets anders wat u me zou willen vertellen?' vroeg Hitching op verrassend vriendelijke toon.

'Ik kan niets bedenken.'

'Iets wat u ontschoten is?'

'Als me iets te binnen schiet zal ik het u natuurlijk laten weten.'

'Dat zou fijn zijn.'

Ze gaf hem de foto terug, die hij weer in zijn aktetas deed. Toen pakte hij de map en draaide hem om.

'Weet u wat dit is?' vroeg hij. Hij tikte met zijn vinger op een roestkleurige veeg aan de bovenkant.

'Nee.'

'Ik ook niet. Nog niet. Maar het zou weleens bloed kunnen zijn.'

'Van wie?'

Hij fronste.

'Zoals ik zeg: we weten nog niet zeker of het bloed is.' Hij deed de map in de aktetas en klikte hem dicht. 'Morgen weten we meer.'

Neve liet hem uit, via de keuken vol met mensen en de geuren van cannabis, verschroeide toast en aangebrand roerei naar de voordeur. Fletcher liep mee.

'Wat wilde hij?' vroeg hij nadat Neve de deur had dichtgedaan.

'Niet zoveel. Ze hebben mijn personeelsdossier gevonden, dat was zoekgeraakt.'

'Dus?' vroeg hij. Er verscheen een rimpel tussen zijn ogen.

'Hij wilde me gewoon op de hoogte houden,' zei Neve. 'Dingen ophelderen. Die man kan kennelijk niets aan een ander overlaten.' Wat stond ze nou te kakelen? 'Zoals ik zei: niks.'

Fletcher knikte. 'Je zult wel doodop zijn.'

'Klopt.' Haar ogen prikten van vermoeidheid. 'Stuur iedereen weg.'

'Hè?'

'Stuur ze weg.'

'Ik kan ze er niet zomaar uit gooien.'

'Dan doe je het met zachte hand,' zei ze. 'Nog een halfuur van dit en ik ga gillen.'

'O. Oké.' Hij keek haar half glimlachend aan. 'En daarna zal ik de hele afwas doen,' zei hij. 'Laat alles verder maar aan mij over.'

Neve sleepte zich de trap op, naar de slaapkamer. Ze trok haar schoenen uit. Ging liggen. Haar hersens sisten en suisden en haar lichaam voelde rusteloos. Ze kwam weer overeind.

Toen schoot haar iets te binnen. Ze snelde naar de ladekast, trok de bovenste la open – die met haar ondergoed – en voelde langs de achterkant. Daar was het. Ze haalde een verkreukeld pakje sigaretten tevoorschijn, nog maar vier over, waarvan één gebroken. Ze stak haar hand opnieuw in de la en vond een wegwerpaansteker.

Alsof ze weer een tiener was sloop ze de volgende trap op naar de overloop, opende het dakraam en wurmde zich erdoorheen naar het kleine stukje plat dak, dat bedekt was met mos en dode bladeren. Ze rookte nog ongeveer eens in het halfjaar, altijd stiekem omdat Fletcher het afkeurde, Mabel het beschouwde als een zielige maar tegelijkertijd krachtige daad van moederlijk verraad en Rory haar aankeek alsof ze er elk moment aan dood kon gaan. De laatste keer was op een mooie voorjaarsavond geweest, onder een sterrenhemel en met een geurige zachtheid in de lucht. Ze had een sigaret van Renata gebietst, waarna ze vriendschappelijk zwijgend naast elkaar hadden zitten roken.

Ze kromde haar hand om haar aansteker terwijl ze haar duim op het wieltje zette. Het blauwe vlammetje sputterde en ging uit. Ze schudde de aansteker en probeerde het nog eens. Ondertussen probeerde ze niet te bedenken hoe belachelijk ze eruitzag, zo met een muffe sigaret weggedoken voor haar man en kinderen. Ze wilde niet denken; ze wilde een splintertje tijd om gewoon op dit morsige stukje dak te zitten en ongezien iets doms, onmoederlijks en banaals te doen.

Uiteindelijk slaagde ze erin de vlam het puntje van haar sigaret in te zuigen. De rook brandde in haar keel en toen voelde ze zich een beetje duizelig. Ze dacht aan de keer dat ze, op haar veertiende, met vrienden in een kring had gezeten en probeerde te doen alsof ze een geroutineerde roker was toen die scherpe bitterheid haar mond vulde en ze bang was dat ze moest overgeven. Haar eerste vriendje had haar verteld dat het een kwestie van doorzetten was. Neve glimlachte bij de herinnering aan hem: hij was gedrongen en intens. Ze glimlachte bij de herinnering aan zichzelf, aan hoe verschrikkelijk ze haar best had gedaan om volwassen te zijn. Waarom had ze zo'n haast gehad om haar jeugd achter zich te laten?

Ze blies uit en keek naar de rook die stil in de lucht hing en langzaam oploste.

Roken in bed – met wie? Ze kon het zich niet herinneren, alleen hoe het voelde om diep in de nacht in het donker te liggen terwijl twee gloeiende punten vervaagden en opleefden.

Of roken op dat idiote weekend dat om de een of andere reden het omslagpunt leek te zijn geweest tussen haar wilde leven vol zorgeloos plezier en een serieuzer bestaan met verplichtingen, het moederschap en wederzijdse en moeizame liefde.

Ze doofde haar sigaret in het vochtige mos en liet hem daar liggen. Misschien kwam ze over een halfjaar nog eens terug. Toen kroop ze weer door het raam naar binnen.

In de badkamer poetste ze grondig haar tanden en gorgelde met mondwater – hoewel Mabel het altijd merkte. Ze keek uit het raam naar de tuin, waar de zon onderging en de lucht zachtgrijs kleurde. Iedereen was er nog, hoewel ze aanstalten maakten om te vertrekken. De kas, nu een half skelet van metaal, wiebelde.

Hitching was één vraag over de foto vergeten te stellen. Hij had gevraagd wat het voorstelde. Hij had gevraagd waarom hij in de map zat. Maar wat hij niet had gevraagd was waar de foto vandaan kwam. Had hij dat gevraagd, dan had Neve antwoord moeten geven. Ze hoefde niet naar de keuken te lopen om het zeker te weten. Naast de deur naar de gang hing een prikbord met een verzameling kiekjes. Ze kende ze allemaal zo goed dat ze ze met gesloten ogen kon oproepen: de foto van Fletcher, die er bijna uitzag als een tiener, in zijn oude leren jack, met de één maand oude Mabel op zijn arm; de kinderen op hun eerste fietsje, op het strand, met Halloween en met kerst; Mabel toen ze een jaar of negen was, met een boek weggekropen op de bank, de foto die Neve telkens als ze ernaar keek tot tranen toe roerde, al had ze hem al duizend keer gezien.

En daar, rechtsboven in de collage, hing de foto van Neve die vanaf de bergtop naar haar man keek. Nee, ze hoefde er niet voor naar de keuken te gaan om te kijken. Als Hitching had gevraagd waar hij vandaan kwam zou Neve naar de lege plek op het prikbord hebben gewezen. Hitchings volgende vraag was dan geweest: hoe kwam de foto van het prikbord bij u in de keuken in een personeelsdossier dat bij Bernice Stevenson in de brievenbus was gedaan?

Die vraag kon Neve niet beantwoorden. Maar stellen kon ze hem wel. Wie kon hem meegenomen hebben? Het was hopeloos verwarrend en onmogelijk. Misschien als ze wachtte op een beetje rust en kalmte – na een nacht goed doorslapen –dat het dan wat zou opklaren in haar hoofd. Maar ze kon niet wachten.

Er was maar één voor de hand liggende schakel tussen haar huis en dat van Bernice: Bernice zelf. Dat dat dossier bij haar in brievenbus was geduwd had Hitching alleen van háár. De eenvoudigste verklaring was dat Bernice de foto zelf had weggenomen en vervolgens dat brievenbusverhaal had verzonnen om de map in handen van Hitching te krijgen.

Er was natuurlijk nog een ander scenario. Wie kan jou meer haten dan degene die het dichtst bij je staat, degene van wie je houdt?

Ze liep de badkamer uit en bleef op de overloop staan om te luisteren. Fletcher was luidruchtig bezig in de keuken, hoorde ze. Ze had een paar minuten.

Met ingehouden adem opende ze de deur van Fletchers werkkamer en ging naar binnen. Ze had geen idee waar ze moest zoeken. Fletcher had een tekenbord tegen de ene wand gezet en tegen de andere, bij het raam, stond zijn bureau, met daarop stapels papieren, oude kranten en snoeren, een paar mokken, een toren cd's en boeken. Er lagen gloeilampen in alle soorten en maten, die hij daar al dagen of weken geleden had neergelegd om hem eraan te herinneren dat hij nieuwe moest kopen. Neve vond het op de een of andere manier confronterend om te zien, alsof het een weerspiegeling was van het deel van Fletchers binnenwereld dat haar zorgen baarde: zijn wanordelijke, hopeloze kant. Ze voelde een rampzalige aandrang om er de strijd mee aan te binden, om de boel op te ruimen en het meeste weg te gooien.

Midden op zijn bureau stond zijn dichtgeklapte laptop.

Ze had graag gekeken naar wat erin stond, naar zijn e-mails, zijn zoekgeschiedenis, gewoon om een idee te krijgen van wat hem de afgelopen weken had beziggehouden. Maar geen van beiden kenden ze de toegangscode van de telefoon of het wachtwoord van de computer van de ander. Ze vonden dat dat het laatste beetje privacy betrof, de laatste dichte deur. Ze bleven maar zeggen dat ze ze moesten opschrijven en in een verzegelde envelop stoppen voor het geval een van hen dement zou worden of zou verongelukken. Maar het was er nooit van gekomen.

Ze trok een paar laden open en zag bonnetjes, gebruiksaanwijzingen, ansichtkaarten. Waar moest ze in hemelsnaam beginnen? Toen zag ze zijn agenda. Hij lag open op de datum van vandaag. Ze bladerde langzaam, bladzijde voor bladzijde, terug en zag wat ze verwachtte te zien: afspraken met klanten en vrienden. Ze herkende alle vrienden en de meeste klanten. Veel waren het er niet. Tot zover niks bijzonders.

Toen viel haar iets op.

Eerst dacht ze dat het gewoon een krabbeltje op de pagina was, alsof hij had getest of zijn pen het nog deed. Maar toen ze de pagina terugsloeg zag ze er nog een, bijna identiek. Niet meer dan een golvend lijntje, maar wel hetzelfde golvende lijntje. Ze keek op de ene pagina na de andere. Er waren er nog een stel. Ze ging snel door naar eerder in het jaar, naar februari, waar ze niet stonden. Toen keerde ze terug naar de huidige datum en bladerde opnieuw terug. De eerste die ze vond was van een week geleden. Ze bladerde terug en keek naar de dagen waarop ze stonden. Ze zag ze niet op werkdagen. Ze keek of ze ze ook tegenkwam op haar vaste vrije dag. Ze vond er geen. Ze zou ze moeten noteren, ze zou...

'Wat ben je aan het doen?'

Ze keek om. Fletcher was binnengekomen. Ze keek weer naar zijn bureau. De koffiemokken. Ze pakte ze op.

'Omdat je toch de afwas deed,' zei ze.

'Ik dacht dat ik klaar was.'

'Als je denkt dat je klaar bent, kom je altijd nog ergens een mok tegen.'

Hij glimlachte, maar net iets té. 'Ik weet natuurlijk dat het gewoon een excuus is om in mijn spullen te snuffelen,' zei hij.

'Dat doe ik nou eenmaal.' Neve grijnsde gemaakt en deed alsof het gewoon een lolletje was. 'Zodra ik maar even de kans krijg.'

'Om achter mijn geheimen te komen.'

'Iedereen heeft geheimen,' zei ze. Ze kon dit gesprek niet langer verdragen. Het was alsof hij de vijand was.

Ze ging naar beneden met een gevoel alsof ze koortsig was en roodgloeiende wangen had. Toen ze Fletcher achter zich de keuken binnen hoorde komen, draaide ze zich niet om. Hij zei iets, maar ze had al snel door dat dat niet tegen haar was. Hij was aan de telefoon. Ze hoorde hem het gesprek afronden en vervolgens hoorde ze de deur naar de tuin open en dicht gaan. Ze keek om en zag twee dingen tegelijkertijd: Fletcher was de tuin in gegaan en hij had zijn telefoon op de keukentafel laten liggen.

Bijna automatisch deed ze een stap naar voren en pakte hem op. De code had ze niet nodig omdat hij net had opgehangen. Ze keek naar buiten. Hij was helemaal naar achteren gelopen en stond bij Mabel, Jackie en Will. Snel scrolde ze door zijn mail: een paar vrienden, berichtjes van Amazon, Russische vrouwen die met hem in contact wilden komen, een paar nieuwsbrieven waar hij op geabonneerd was. Niets bijzonders.

Toen keek ze naar de namen, scrollend door zijn berichtjes. Die van haar, Mabel, verschillende vrienden, Charles en werkberichten en toen zag ze een naam die haar verraste.

Sarah.

Ze klikte op de naam. Een serie korte berichtjes: BEN ER OVER 10 MINUTEN – MORGEN? – KOM WAT LATER – WAAR BEN JE? – MIS JE. En heel, heel veel x'en.

Sarah.

Ze liet er haar gedachten over gaan in haar doffe, vermoeide hoofd. Sarah. Dus dat was de krabbel in zijn agenda. Een S. Die markeerde hun ontmoetingen.

Sarah.

Wie was Sarah?

En toen wist ze het. O, Sárah! De moeder van Elias. Sarah en Fletcher. Fletcher en Sarah.

Heel voorzichtig legde ze de telefoon terug op de keukentafel, precies op de plek waar Fletcher hem had achtergelaten.

Ze ging naar buiten, de tuin in die nu leeg was, en liep heen en weer over het gras naast de onvoltooide kas. Ze tuurde onder de struiken. Geen spoor van de hamer. Whisky staarde haar aan. Hij piepte als een kanarie door het gaas.

Renata kwam glazig uit haar ogen kijkend de keuken binnen. Haar gezicht was opgezet van de slaap en zat vol kreukels. 'Alleen ik ben nog over,' zei ze.

Het was duidelijk dat ze zou blijven logeren. Neve zorgde ervoor dat Connor en vervolgens Rory onder de douche gingen. Hun vuile kleren deed ze in de wasmachine, ze zette die aan en legde hun kleding voor de volgende dag alvast klaar. Hun schooltassen controleerde ze. Connor had zijn huiswerk niet gemaakt, zag ze, dus zette ze hem aan tafel, met zijn boeken en schriften. Ze inspecteerde de koelkast om te zien wat er nog was voor op hun brood voor morgen. Misschien moest het dan maar alleen pindakaas worden. Ze bestelde een afhaalmaaltijd bij de Thai een eindje verderop in de straat, die Fletcher ging halen terwijl zij een bed opmaakte voor Renata.

Ze wist niet hoe het kon dat ze nog op de been was.

Gedachten spookten door haar hoofd. Sarah. Fletcher. Sarah en Fletcher. De hamer. Het personeelsdossier. De foto. Het cadeau dat bezorgd zou worden. De nieuwe ernstige houding van Hitching. Tamsin die haar beschermde. Mabels valse alibi voor de ochtend van Sauls dood. Ze dacht aan de volkstuin, waar alles in het gouden herfstlicht lag te vergaan. Ze dacht aan haar leven, dat als een lawine de berg af stortte en in zijn bulderende neergang alles meesleurde.

Fletcher kwam terug met het eten, stalde de aluminium bakjes uit op tafel, die de dampende geuren van citroengras en kokos verspreidden. Neve dekte de tafel met borden, bestek, glazen en een kan water, stak de kaarsen aan. De zon stond laag aan de hemel, het licht was zacht. De jongens waren in pyjama en roken naar zeep. Renata had gedoucht en liep nu rond in Neve's ochtendjas; haar gewonde hand in de mitella had ze eronder weggestopt. Mabel had zich verkleed en droeg een oude zwarte legging en een slobberige paarse trui die ook van Neve was. Ze maakte een versufte indruk. Iedereen was moe, traag en zwijgzaam.

'Wat een weekend,' zei Fletcher terwijl hij rijst opschepte.

Neve keek op. 'Nou.'

Hij keek haar aan. Ze kende zijn gezicht door en door, en tegelijkertijd nauwelijks.

'Morgen is alles weer normaal,' zei hij.

Mabel boog zich naar haar toe, ontblootte haar tanden zonder te lachen. 'Je hebt gerookt,' zei ze.

Fletcher ruimde af. Renata zat te roken in de tuin. Neve ging met de jongens naar boven om erop toe te zien dat ze hun tanden poetsten. Ze deed de gordijnen in hun kamers dicht, sloeg de dekbedden terug en raapte de vochtige handdoeken op van de vloer. Mabel stak haar hoofd even naar binnen en was meteen weer vertrokken. Ze leken wel spionnen in hun eigen leven, dacht Neve, terwijl ze een paar sokken en de schil van een sinaasappel oppakte. Ze bracht Connor en Rory naar bed, gaf ze een kus op hun voorhoofd, deed Connors lamp uit en stopte hem in.

Mabel was niet in haar gestripte kamer of elders in huis. Neve poetste haar tanden, kleedde zich uit en stapte in bed.

Ze hoorde Fletcher in zijn werkkamer en even later zijn voetstappen op de trap. De deur ging open. Ze lag met haar hoofd hoog op het kussen en keek naar hem terwijl hij zijn kleren uittrok en ze verspreid op de grond liet liggen. Hij was nog altijd vrij slank, maar zijn gewicht leek nu anders over zijn lichaam verdeeld: zijn benen waren dunner en hij had het beginnende buikje van een man van middelbare leeftijd. Zijn borst was zwaarder behaard dan in hun begintijd en ook op zijn rug had hij nu haar. Hij was bleek en zag er zacht uit. Toen hij zijn bril afzette leken zijn ogen naakt.

Wanneer had ze voor het laatst echt naar hem gekeken? Wanneer had hij voor het laatst naar haar gekeken? Toen ze net iets met elkaar hadden – dat wilde weekend waarop ze gisteren tijdens het eten hadden teruggekeken, die eerste heftige weken – wist ze zonder zich om te draaien wanneer hij een vertrek binnenkwam. Er waren vonken tussen hen overgesprongen. Slapeloos van verlangen had ze zich voelen bruisen van energie en hoop.

Nu waren ze samen op weg naar de vijftig. Ze kregen rimpels en grijze haren, en ze zagen elkaar amper nog staan. Ze gingen niet meer samen uit. Ze keken nauwelijks op als de ander de kamer binnenkwam.

En dus was ze gevallen voor Saul, die haar weer het gevoel gaf dat ze begeerd werd. En nu wist ze het van Sarah – hoewel ze geen idee had of het een heimelijke flirt, een min of meer eenmalige toestand of een echte affaire was. Ze wist niet hoelang ze elkaar al zagen of wat Fletcher voor haar voelde en of het nog aan de gang was of niet. Was zij minder schuldig nu bleek dat hij haar ook had bedrogen?

Hij stapte in bed. 'Ik ben kapot,' zei hij, en hij knipte zijn lampje uit.

Neve mompelde iets onbestemds bij wijze van antwoord.

'Weet je?'

'Wat?'

'Over een paar dagen,' zei hij, 'zou Mabel weg moeten zijn.'

'Ja.'

'Gaat ze het doen?'

'Ik vraag het me af. Misschien niet.'

'Het is gek,' zei hij.

'Wat precies?'

'Dat we het haar niet eens ronduit durven te vragen. We zullen waarschijnlijk pas weten of ze vertrekt of niet als het zover is.'

Hij draaide zich om, ging verliggen en trok zijn kussen onder zijn hoofd, op zoek naar een makkelijke houding. Hij lag met zijn rug naar haar toe.

'Welterusten,' zei ze.

Ze deed haar eigen lampje uit en sloot haar ogen. Ze was zo moe dat het leek alsof de kamer draaide en het bed kantelde. Haar hoofd gonsde van de vele gedachten. Fletchers ademhaling werd zwaarder.

Door haar was Saul nu dood. Iemand had haar willen vermoorden en Sauls dood was niet meer dan bijkomende schade. Ze dacht aan zijn donkere haar, zijn heldere ogen, zijn sprekende handen, hoe zorgeloos en vrolijk hij was, de manier waarop hij tegen haar lachte en haar naam zei. Neve Jenny Connolly. Ze herinnerde zich het gedichtje:

Jenny kuste mij toen ze me zag,
Sprong terstond op uit haar stoel.
Tijd, jij dief, die niet vermag
Mij te beroven van dat gevoel.

Noem me treurig, noem me moe,
Noem me oud en de dood nabij,
Noem me zwak maar voeg eraan toe:
Jenny kuste mij.

Ze zou het op geen enkel feestje meer voordragen. Maar wanneer ze zelf oud was zou ze het zich nog altijd herinneren, zich hem herinneren, het vuur van zijn verlangen voelen. Waar was het nu? Wie had het meegenomen en wat gingen ze ermee doen?

Ze probeerde zich voor te stellen wat er gebeurd zou zijn als ze die woensdagmorgen gewoon de politie had gebeld. Die zou gekomen zijn. Ze zou ze de waarheid hebben verteld: de volledige waarheid, het simpele feit van hun affaire en hoe ze het lijk had aangetroffen. Natuurlijk zou iedereen dan onvermijdelijk van haar overspel hebben gehoord, maar dat leek ondertussen een kleinigheid. Ze had gedacht dat Fletcher eraan onderdoor zou gaan, en haar gezin, maar Fletcher had al die tijd iets met Sarah gehad.

Dan was er nog Mabel. Als Mabel haar inderdaad de waarheid had verteld was ze alleen maar na Neve de flat binnengegaan om bewijsmateriaal weg te halen, in de veronderstelling dat haar moeder Saul had vermoord. Maar stel dat Neve meteen het noodnummer had ingetoetst, dan zou Mabel er helemaal niet bij betrokken zijn geraakt. En ze had het tóch al geweten, van Neve's overspel.

Maar stel dat Mabel de flat vóór Neve was binnengegaan... De gedachte echode door in haar hoofd. Wat dan?

Fletcher mompelde iets en ging verliggen. Neve lag met haar onderarm over haar ogen in een poging zichzelf dieper het donker in te duwen. Hoe moest ze ooit in slaap vallen, met die binnenbrand in haar hoofd? En ze had het warm. De overgang, paniek, verdriet, de herinnering aan wat ze had gedaan en wat ze was kwijtgeraakt. Dat Saul nooit meer levend zou rondlopen. Dat haar dochter gevaar liep. Dat haar leven een kaartenhuis was.

Uiteindelijk stond ze voorzichtig op. Ze trok een ochtendjas aan, sloop op haar tenen de kamer uit en ging naar beneden. Het huis lag vol met slapende, diep ademende, dromende mensen. Ze liep naar de keuken, en door naar de tuin, die er mysterieus bij lag in het maanlicht.

Ze keek om naar de achtergevel van hun huis. Alle ramen waren donker. Ze dacht aan haar slapende kinderen. Ze zag Connor voor zich, opgerold tot een stevige bal, en Rory, languit, met zijn onderarm over zijn ogen. Ze was zo gefocust geweest op Mabels gevaar dat ze voor hen minder aandacht had gehad. Dat was ook op hen van invloed geweest, hoewel ze het niet beseften. Even moest ze zich inhouden om niet naar binnen te rennen en beide jongens in haar armen te sluiten alsof ze nog klein waren en zij alles goed kon maken. Ze ging naast Whisky's hok in het gras zitten en riep hem. Een paar tellen later stak hij zijn neus naar buiten en piepte naar haar. Neve plukte wat paardenbloembladeren en propte die door het gaas. Hij begon er met trillende snorharen aan te knabbelen.

'Wat doe jij hier?'

Neve keek niet om. 'Hoi,' zei ze. 'Ik kon niet slapen. Ik denk dat ik over mijn vermoeidheid heen ben. Maar waarom ben jij nog op?'

Mabel schopte tegen het mottige gras. 'Die rechercheur...' zei ze.

'Hij weet niets. Dat alibi dat je mij bezorgde... Daar moeten we ons nu maar aan houden. Je was woensdagochtend met mij mee naar de volkstuin. Maar zulke dingen niet meer zeggen. Oké?'

Mabel haalde haar schouders op en knikte.

'Je kunt het best maar zo dicht mogelijk bij de waarheid blijven. Als je liegt zet je een val voor jezelf.'

Ze waren misdadigers, dacht Neve, die probeerden te bedenken hoe ze dingen konden verhullen. Geen van beiden keek de ander aan.

'Oké.'

'Eén vraag. Heb jij een map meegenomen uit die flat toen je daar was?'

Mabel keek verbaasd.

'Waar heb je 't over?'

'Er is een map zoekgeraakt. Hij lag in de flat.'

'Nou, die heb ik niet meegenomen.'

'En dat weet je zeker?'

'Ja, dat weet ik zeker.' Ze schopte opnieuw naar het gras.

'Goed. Hou je vanaf nu overal buiten. Doe niets, zeg niets, laat het aan mij over.'

'Ik ben best bang,' zei Mabel met een dun, vlak stemmetje. 'Ik wil niet naar de gevangenis.'

Neve zweeg, in de veronderstelling dat ze op het punt stond meer los te laten, maar Mabel zei: 'Soms voelt het alsof er binnen in mij een of ander afschuwelijk gemeen schepsel leeft dat zich met zijn scherpe tanden een weg naar buiten knaagt.'

Neve knikte. 'Ik weet het,' zei ze.

'Je laat me niet naar de gevangenis gaan, toch?'

'Nee. Dat beloof ik.' Hoewel, hoe kon ze zo'n belofte doen?

'Ik ga naar bed.'

'Ik ook,' zei Neve.

Maar ze bleef buiten, in het niets starend en aan niets denkend, leeg; en heel even, terwijl iedereen sliep en de maan als een vlag aan de hemel hing, voelde ze zich vreemd vredig. Zittend op het gras viel ze in slaap.

Een paar uur later werd ze verstijfd door de harde ondergrond, de kou en het vocht van de dauw wakker. Even wist ze niet waar ze was. Ze hoorde vogels zingen, hoewel het nog donker was. Alles had iets onwerkelijks. Ze vroeg zich zelfs af of ze niet nog steeds sliep, of dit geen droom was. Ze liep over het bedauwde gras en ging zachtjes, alsof ze een geest was, haar huis binnen en op haar tenen de trap op naar boven. In de slaapkamer deed ze in het donker haar ochtendjas uit, liet hem domweg op de grond vallen en stapte in bed. Ze hoorde Fletcher iets mompelen toen hij het bed voelde bewegen onder haar gewicht.

6

EEN DAGJE NAAR BUITEN

Toen Neve de volgende morgen Rory en Connor naar school bracht en ze bij het hek afzette, liep ze bijna tegen Sarah aan. Ze moesten er allebei om lachen, alsof ze beiden de grap inzagen van het gejakker op maandagochtend bij het hek van het schoolplein. Sarah zag er fris uit, onberispelijk gekleed. Ze rook zelfs onberispelijk, naar citroenen en dennennaalden, en ze had gladde, blozende wangen. Neve vond haar iets licht ongemakkelijks hebben – of misschien was ze dat altijd al maar was het Neve niet eerder opgevallen. Ze probeerde zich deze vrouw die zich zo zorgvuldig aan de buitenwereld presenteerde samen met Fletcher voor te stellen. Haar eigen zorgelijke, sombere, slimme, creatieve en zachtaardige Fletcher.

'Fijn om je te zien,' zei ze, een glimlach forcerend.

'En jou. Ben je een beetje bijgekomen van jullie onstuimige weekend?'

'Nog niet helemaal. Kan ik je even spreken?'

'Ik heb een beetje haast,' zei Sarah. 'Ik moet naar mijn werk.'

'Ik ook, maar ik kan een stukje met je oplopen.'

Ze liepen een paar minuten zwijgend voort. De grijze lucht beloofde regen. Het rook naar herfst, de bladeren begonnen te kleuren. Neve keek opzij naar Sarah. Ze was kleiner dan Neve en niet uitgesproken mooi, maar ze had iets gelijkmoedigs dat prettig aandeed. Neve en zij waren geen vriendinnen – Neve wist niet eens wat voor werk ze deed, iets financieels of managementachtigs – maar ze waren altijd vriendschappelijk en hulpvaardig met elkaar omgegaan: twee moeders die probeerden het zo goed mogelijk te doen. En Connor en Elias waren dikke vrienden.

'Wacht even,' zei Neve plotseling. 'Kunnen we heel even blijven staan?'

Ze bleven staan.

Sarah keek Neve bedachtzaam aan. 'Wat is er?' vroeg ze.

'Ik weet niet goed hoe ik dit moet zeggen.'

Sarah wachtte. Ze bracht haar hand – geen trouwring, gemanicuurd, bruinroze gelakte nagels – een ogenblik omhoog naar haar gezicht, haar haar. De spanning tussen hen was om te snijden.

'Ik wil je iets vragen.'

Sarahs ogen flikkerden. Ze liet haar tong over haar lippen gaan. 'Wat?'

'Wil Fletcher weg?'

'Weg? Hoe bedoel je?'

'Ik zal niet tegen je schreeuwen. Ik zal niet huilen. Ik zal geen scène maken. Ik wil alleen maar weten: is Fletcher van plan om weg te gaan?'

'Weg te gaan?' Sarah herhaalde het alsof het Chinees was. Ze klonk hees.

'Bij ons weg te gaan. Bij mij. Bij de kinderen.'

Sarahs gezicht verbleekte, op wat roze vlekjes na. 'Wat heeft hij tegen jou gezegd?'

'Geef gewoon antwoord.'

‘Ik weet het niet,’ zei Sarah langzaam. ‘Ik geloof het niet.’

‘Haat hij me? Is hij boos op me?’

‘Niet doen,’ zei Sarah. ‘Niet zo. Ik voel me hier niet prettig bij.’

‘Het is ook niet bepaald een prettige situatie. Vertel het me alsjeblieft gewoon.’

‘Je moet me geloven als ik zeg dat het nooit mijn bedoeling is geweest...’

Neve hield haar hand op. ‘Nee,’ zei ze. ‘Ik wil niet weten waarom je hebt gedaan wat je hebt gedaan, of wat dan ook. Ik wil van je horen hoe Fletcher op jou overkomt.’

Sarah keek haar verwonderd aan. ‘Hoe hij overkomt?’

‘In wat voor stemming is hij? Schuldbewust? Gelukkig? Boos?’

Sarah schudde haar hoofd. ‘Gelukkig is hij niet, dat staat wel vast. En boos is hij geloof ik ook niet. Hij lijkt wat in de put te zitten. Ik weet het niet. Misschien is hij verongelijkt.’

‘Verongelijkt? Waarover?’

‘Jij bent degene met het succes. Je hebt je baan. Je vrienden. Met jou gaat alles goed en iedereen loopt met je weg.’

Neve moest er bijna van glimlachen, behalve dat ze op dat moment niet het gevoel had dat ze ooit nog ergens om zou moeten lachen.

‘Je bent altijd aardig tegen me geweest,’ zei Sarah. ‘Ik wil niet dat je een hekel aan me krijgt. Vrouwen leggen de schuld altijd bij de andere vrouw.’

Neve keek haar doordringend aan en zag het bloed naar Sarahs gladde wangen stijgen.

‘Ik heb geen hekel aan je,’ zei ze. ‘En ik verwijt je niks. Ik wou alleen...’ Ze viel stil. Alles was fout: de jaren van in spanning zitten over Mabel, haar ontrouw aan Fletcher, Fletchers ontrouw aan haar, de moord op Saul, haar poging tot verdoezelen en hoe alles nu razendsnel uit de hand begon te lopen. En hier stond ze doodkalm te praten met de minnares van haar man, alsof het om een bureaucratisch obstakel ging. Omdat het haar in feite niets kon schelen. Maar ze wist dat het haar op een dag wel zou kunnen schelen. Gauw genoeg zou de jaloezie zich aandienen en zou ze zich akelig en verdrietig voelen. Nu was het meer een pijn die aan de zijlijn stond en zijn tijd afwachtte. Nu kon ze alleen maar denken aan Hitching met zijn map, Mabel met haar bange gezicht en de gapende afgrond voor haar voeten.

'Is het nog steeds aan de gang?' vroeg ze. 'Tussen jou en Fletcher?'

Sarahs ogen vulden zich met tranen. Een rolde er over haar wang, toen nog een.

'Ik weet het niet,' zei ze. 'Gisteren bij jullie in de tuin zei hij dat we moesten praten.' Ze slikte moeizaam. 'Maar ik denk niet dat ik dit met jou kan bespreken. Op deze manier.'

'Is hij verliefd op je?'

Sarah keek wanhopig om zich heen, alsof ze bang was dat er iemand meeluisterde. 'Moeten we niet even ergens naartoe? Een kop koffie drinken?'

'Daar heb ik nu helaas geen tijd voor. Ik heb het druk.'

'Goed,' zei Sarah. Ze haalde diep adem. 'Ik weet niet of hij verliefd op me is en ik weet niet of ik verliefd ben op hem. Ik was vreselijk eenzaam en ellendig en hij heeft me gered. Zo voelde dat tenminste. Hij zag me staan. Ik voelde me weer goed over mezelf. Maar ook rot,' voegde ze er snel aan toe.

Neve knikte.

'En wat Fletch betreft,' ging Sarah verder, langs Neve heen kijkend naar de plataan met zijn gele, rode en bruine bladeren (Fletch! dacht Neve woedend. Niemand noemt hem Fletch.

Alsof je het over een hond hebt), 'ik weet het niet. Soms vond ik hem...' Ze slikte weer moeizaam. 'Dit zal wel stom klinken. Maar hij zei een keer dat hij het gevoel had gehad dat hij bezig was te verdrinken en dat hij nu weer vrij kon ademhalen.'

Neve dacht opnieuw terug aan hoe het was om met Saul te zijn, dat ze naast hem lag in dat donkere kleine kamertje en zichzelf hoorde hijgen, als iemand die bovenkomt om lucht te happen. 'Duidelijk,' zei ze.

'Ik heb je nooit pijn willen doen.'

'Heeft hij dit vaker gedaan?'

'Ik weet niet of hij...' Sarah haperde even, alsof ze de woorden maar moeilijk kon uitspreken, '... dit soort dingen eerder heeft gedaan. En ik snap het niet. Waarom ben je zo rustig? Waarom sta je niet tegen me te schreeuwen of val je me niet aan? Alles liever dan dit.'

'Heeft hij iets over mij gezegd?'

'Het spijt me,' zei Sarah. Ze knipperde een paar keer snel achter elkaar, alsof ze iets in haar oog had. 'Ik weet het niet. Ik geloof het niet. Ik bedoel...' Ze stokte.

Neve wilde vragen: houdt hij genoeg van jou om mij te willen vermoorden? Haat hij mij genoeg om me te willen vermoorden? Wat ze echt graag wilde weten was of Fletcher het wist van haar en Saul.

'Heeft hij ooit...' Hoe moest ze dit zeggen? 'Heeft hij ooit gezegd dat hij me iets betaald wilde zetten of zoiets?'

'Jou iets betaald zetten?' Sarah trok een gezicht. 'Wat bedoel je?'

'Ik bedoel eigenlijk niet zoveel. Je zei dat hij zich verongelijkt voelde. Alleen om mijn werk en zo? Niets specifieks?'

'Zoals wat?'

Neve kon haar wel door elkaar rammelen. 'Hij dacht toch

niet dat ik een verhouding had of zo, hoop ik? Ik bedoel, omdat ik zoveel vrienden heb,' voegde ze er tam aan toe. 'Misschien was hij jaloers.'

'Ik weet het niet. Over zulke dingen hadden we het niet. Ik geloof niet dat het voor hem een manier was om jou pijn te doen, als je dat bedoelt.' Ze klonk geïrriteerd. Dat was gemakkelijker voor haar dan zelfverwijt. 'Het ging niet allemaal alleen over jou.'

'Wil je hem nog steeds?' vroeg Neve.

Hun blikken kruisten elkaar, bleven haken.

'Je moet wel weten dat dit niet iets is wat ik vaker doe,' zei Sarah. 'Zo ben ik niet.' Ze veegde de tranen uit haar ogen.

Neve stak instinctief een hand naar haar uit om haar vast te pakken, maar bedacht zich. Zonder nog een woord te zeggen draaide ze zich om en liep naar huis. Terwijl ze met snelle pas doorliep dacht ze aan wat Sarah had gezegd. Fletcher voelde zich verongelijkt omdat zij een vaste baan had en hij thuis zat. Maar Fletcher had nooit onderdeel van een organisatie willen zijn. Hij vond het verschrikkelijk om in zijn creativiteit beperkt te worden. Dus hadden ze afgesproken dat zij dat soort werk zou doen. Zij zou hem de vrijheid geven om zijn eigen richting te zoeken. En wat had hij ermee gedaan? Ze dacht aan Sarah, zo fris en verleidelijk. Heel even stelde ze zich hen voor samen in bed, maar ze riep zichzelf meteen tot de orde. Welk recht had ze om zoiets zelfs maar te denken? Ze dacht aan zichzelf en Saul. Zij en Saul samen in bed. Wat een klucht was het allemaal.

Toen ze de voordeur opende stond Fletcher in de hal, als een vleesgeworden verwijt. Ze schrok ontzettend en werd op hetzelfde moment bevangen door schaamte en spijt.

'Er is iemand voor je,' zei hij.

Neve liep de woonkamer in. In een van de leunstoelen zat een vrouw, die opstond zodra ze haar zag. Ze droeg een grijs mantelpakje. Neve herkende haar onmiddellijk: het was de rechercheur die met Hitching was meegekomen naar kantoor.

De vrouw haalde haar legitimatie tevoorschijn en liet die aan Neve zien. 'Ik ben rechercheur Ingram,' zei ze. 'Hitching wil u spreken.'

'Als hij me wil spreken duikt hij meestal gewoon hier thuis op, of op kantoor.'

'Ik wil u vragen met mij mee te gaan. De auto staat voor.'

'Maar ik sta op het punt om naar mijn werk te gaan.'

'U kunt onderweg even bellen.'

'Is er iets gebeurd?'

Ingram wees naar de deur. 'Alstublieft,' zei ze.

Neve mompelde een paar woorden tegen Fletcher en deed er de volgende twintig minuten het zwijgen toe. Ze zat achter in de auto en staarde de hele weg naar Holborn zonder iets te zien uit het raam. Even later reden ze door een beveiligde poort naar de achteringang van het bureau. Ze stapte te midden van gepantserde busjes uit op een ommuurd parkeerterrein en werd naar een smalle achterdeur geleid, toen door een gang en een grijze betonnen trap op die eruitzag als een brandtrap. Ze kwamen niemand tegen en zagen niemand, al klonken er wel stemmen. Ze werd een kamer binnengeleid zonder ramen, zonder wandversiering of enige andere opsmuk; alleen een eenvoudige tafel en drie plastic kuipstoeltjes met metalen poten. Ingram zette een van de stoelen bij de tafel en gebaarde Neve plaats te nemen. Toen vertrok ze.

Neve pakte haar telefoon. Geen bereik. Er klonken voetstappen op de gang. De deur ging open en Hitching kwam binnen, gevolgd door Ingram. Hij had een stapeltje mappen bij zich en nog iets – Neve kon niet zien wat het was – iets elektronisch.

Hij legde alles op tafel, ging tegenover haar zitten, met een wrange glimlach op zijn gezicht, alsof ze met z'n drieën deel uitmaakten van dezelfde klucht. Neve bedacht dat Hitching de rol speelde van iemand die evenzeer een vriend als de rechercheur was. En zij zelf? Welke rol moest zij spelen?

'Excuses voor deze hele toestand,' zei hij. 'Ze vinden het kennelijk van hogerhand niet goed dat ik zomaar wat met getuigen klets. U zult dit wel vreselijk officieel vinden.'

'Geeft niet.'

Ingram sloot de deur. Ze zette de andere stoel net links buiten Neves gezichtsveld en ging zitten. Hitching glimlachte weer.

'We gaan dit gesprek nu wel opnemen, als u daar geen bezwaar tegen hebt.'

Hij pakte het apparaatje – het leek een soort grote telefoon of een kleine laptop, maar dan zonder de klep – en plaatste het voor zich op tafel.

'Vroeger gebruikten we cassettes,' zei hij fronsend. 'Een cassette, die kon ik begrijpen. Nu is het iets digitaals. Geen idee hoe het werkt. Maar ik zet het nu aan.' Hij drukte een knop in, boog zich voorover en bestudeerde het apparaatje. 'Bij een cassette kon je tenminste iets zien draaien. Nu weet ik niet eens of het ding werkt. Doet hij het?'

Ingram stond op en kwam dichterbij; haar hakken tikten op het linoleum. Ze leunde over de tafel heen. 'Hij doet het. Als dat rode lichtje knippert staat hij aan,' zei ze, waarna ze weer naar haar stoel liep en ging zitten.

'Goed,' zei Hitching, met lichte stemverheffing. 'Aanwezig zijn de rechercheurs Alastair Hitching, dat ben ik, en Louise

Ingram. En mevrouw Neve Connolly. Het verhoor vindt plaats in verhoorkamer 1 in West Central Station, en vandaag is het maandag 24 september. Dus. Waar waren we gebleven?' Hij keek Neve aan en glimlachte opnieuw. 'Ik wil nog zeggen dat dit, ondanks de apparatuur en zo, een vrijwillig gesprek is en dat het u vrijstaat te gaan wanneer u wilt. Ook hebt u natuurlijk recht op juridische bijstand.'

'Denkt u dat ik dat nodig heb?'

'Dat is niet aan mij om te bepalen. Ik moet u er alleen op wijzen.'

'Prima,' zei Neve.

'U bedoelt dat u graag een paar vragen wilt beantwoorden?'

'Graag ook weer niet. Maar vooruit.'

Hitching bladerde door zijn mappen. Hij koos er een en legde die open voor zich op tafel, maar keek er niet in.

'De map,' zei hij. 'Die bij mevrouw Stevenson in de bus is gedaan. Die met uw naam erop. Die met de vlek.'

'Ja, ik weet welke u bedoelt.'

'Hij is onderzocht. En het was bloed, zoals we al vermoedden.'

'Ik begrijp niet hoe...'

'Wilt u niet weten wiens bloed?'

Neve voelde de angst in al haar vezels kloppen. Hij stond op het punt haar iets te vertellen wat ze niet wilde horen.

'Van wie?' kreeg ze over haar lippen.

'Van u.'

'Míjn bloed?' Neve voelde het vertrek licht kantelen. Ze staarde hem aan, en hij keek terug. Zijn glimlach was verdwenen.

'Ja. Wat denkt u daarbij?'

Neve dacht er van alles bij. En ze had veel vragen. De eerste was: hoe wisten ze dat het haar bloed was? Toen besefte ze dat er DNA was afgenomen op kantoor.

Hoe kon haar bloed op de map terecht zijn gekomen? In de flat was bloed te over geweest, maar niet van haar. Ze had zich die dag in haar duim gesneden, maar toen had ze rubber handschoenen aangehad die ze had weggegooid. Ze wist zeker dat het nergens op gekomen kon zijn. Trouwens, de map had niet in de flat gelegen. Of misschien wel, maar was hij later meegenomen. Mabel hield bij hoog en bij laag vol dat zij hem niet had gepakt. Mabel... Ze dwong zich haar gedachten te bepalen tot het verhoor. Het enige wat ze wist was dat ze heel, heel voorzichtig moest zijn. Hou het kort. Gedraag je normaal. 'Het is me een volslagen raadsel,' zei ze. 'Meer kan ik er niet over zeggen.'

'Probeer het van mijn kant te bekijken,' zei Hitching, achteroverleunend. 'Wat ik ook doe, het lijkt erop dat alle wegen naar Neve Connolly leiden. Iedereen praat met u, vertrouwt u. U kent hun geheimen voordat ik ze ken.'

'Dat is niet waar.'

'Bernice Stevenson kwam eerst met haar vermoedens bij u en toen pas bij mij. Renata Searle biechtte haar verhouding aan u op. Ik kom naar uw huis en tref daar zo ongeveer de helft van de mensen aan die ik wil spreken.'

'Dat is overdreven.'

'En vervolgens, op de plaats delict, liggen daar alle personeelsdossiers van uw collega's maar dat van u ontbreekt. Dan komt dat van u tevoorschijn, en dat niet alleen, er zit een vakantiefototje van u in en uw bloed zit erop.' Hij boog zich naar haar toe en zei met klem: 'Neve, alsjeblieft, ik sta aan jouw kant. Maar je moet me wel iets in handen geven waar ik wat mee kan.'

Ze geloofde geen seconde dat Hitching aan haar kant stond. 'Ik begrijp niet waarom u mij die vragen stelt,' zei ze. 'Waarom zou ik die map überhaupt hebben? En als ik hem had, hoezo zou er dan bloed op terecht zijn gekomen? En als ik hem al had en er bloed van mij op was gekomen, waarom zou ik hem dan in hemelsnaam bij Bernice Stevenson in de bus doen?'

'Wie zei dat u dat hebt gedaan?'

Er viel een lange stilte.

'Zat er nog iets anders op die map?' vroeg Neve.

'Zoals?'

'Zoals vingerafdrukken.'

Hitching trommelde met zijn vingers op het tafelblad. 'Kijk, dat is een goede vraag,' zei hij.

'En wat is het antwoord?'

'Er zaten geen vingerafdrukken op de map.'

'Behalve die van Bernice Stevenson.'

Hitching keek haar scherp aan. 'Waarom zegt u dat?'

'Dat nam ik maar aan,' zei Neve. 'Er wordt een envelop bij haar in de bus gedaan, zij pakt hem op, maakt hem open.'

'U hebt gelijk,' zei Hitching. 'Ik bedoel natuurlijk geen vingerafdrukken behalve die van mevrouw Stevenson.'

'Hoewel haar vingerafdrukken ook op een andere manier op de envelop terecht kunnen zijn gekomen.'

'Hoe bedoelt u dat?'

'Zomaar een opmerking.'

'U bedoelt dat Bernice Stevenson niet de waarheid vertelde over hoe ze aan de map was gekomen. Hoor ik u nu een beschuldiging uiten?'

'Het was zomaar een opmerking.'

Hitching reageerde niet, maar pakte een andere map en sloeg die open. 'Dit is uw personeelsdossier,' zei hij. 'Een kopie van dat van u natuurlijk. Er mogen niet per ongeluk vingerafdrukken op komen.'

Neve probeerde te lezen wat er stond, ook al las ze het op de kop. Het enige wat ze duidelijk kon opmaken waren haar gegevens boven aan de pagina.

'Ze hebben mijn adres niet eens goed genoteerd,' zei ze.

'Wat?'

'Daar staat zevenenvijftig. We wonen op vijfenzeventig.'

'Gewoon een tikfout,' zei hij.

'Als ze dat al fout hebben, wat kunnen ze dan nog meer fout hebben?'

Opnieuw die trage glimlach van Hitching. 'U klinkt als een advocaat,' zei hij.

'Het was maar een opmerking.'

'Weer een van uw opmerkingen.' Hij leunde achterover in zijn stoel en keek omhoog naar het plafond alsof hij diep in gedachten verzonken was. Toen richtte hij zijn blik weer op Neve. 'Ik heb net de beschrijving van de plaats delict doorgenomen en ik heb zelf ook een paar opmerkingen.'

Neve reageerde niet. Ze had het idee dat ze al te veel had gezegd. Van nu af aan zou ze zo weinig mogelijk zeggen.

'De plaats delict was schoongemaakt,' zei hij. 'Grondig schoongemaakt. Niet alleen rondom het lichaam. Het leek alsof alles geboend was. Maar dat had ik u al verteld, geloof ik?'

Neve gaf geen antwoord.

'Alles terug op zijn plaats, alles afgenomen. Ik wou dat de vrouw die mijn huis doet zo grondig was. Ik zeg keer op keer tegen haar dat ze moet schoonmaken, en niet alleen stof afnemen. Maar ik krijg het haar maar niet aan het verstand gebracht. Maar degene die die flat onder handen heeft genomen, heeft alles schoongemaakt. Er was alleen wel iets grappigs. In het vriesvak lag een fles gin met twee glazen. U weet wel, van die cocktailglazen.'

Aan het vriesvak had ze inderdaad niet gedacht. Dat had ze niet gecontroleerd. Ze hadden die glazen een keer gebruikt om een droge martini te drinken. Daarna had ze hem gevoeld, warm tussen haar koude lippen. Ze hield haar ogen strak op Hitchings gezicht gericht.

'Het was maar een pied-à-terre. Waarom had hij twee glazen?' vroeg Hitching.

Mensen die schuldig waren hielden hun mond, dacht Neve. Ze moest iets zeggen. 'Misschien voor als er iemand langskwam?'

'Zoals?'

'Zijn vrouw?'

'Die kwam zelden in die flat,' zei hij. 'Tenminste, dat zei ze tegen mij.'

'Iemand anders dan. Hoe moet ik dat weten?'

'Die flat ziet er voor mij uit als een plek voor afspraakjes. Zoals die met uw vriendin Renata. Renata Searle. Wat vindt u?'

'U vraagt me steeds maar naar mijn mening,' zei Neve. 'Ik vind daar helemaal niets van.'

'Ze zei dat haar affaire met Saul Stevenson afgelopen was. Maar die glazen in het vriesvak doen anders vermoeden.'

'Nee hoor.'

'Waarom niet?'

'Die glazen kunnen wel weken in het vriesvak hebben gelegen. Maanden.'

'Is u niets opgevallen aan uw vriendin?'

'Ze heeft me pas een paar dagen geleden over die verhouding verteld.'

'O, ja, dat is waar ook. Dat zei u al.'

'Ja.'

'Maar vertelde ze de waarheid?' Hij boog licht naar haar toe. 'Vertelde u de waarheid?'

'Ja.' Zelfs de waarheid voelde nu als een leugen.

Hitching knikte traag, een aantal keren, alsof hij hierover nadacht. De stilte zwol aan totdat Neve de neiging kreeg om te gaan schreeuwen of met iets te gooien, alleen om de stilte te doorbreken. Ze verstrengelde haar handen in haar schoot en perste ze tegen elkaar. Ze voelde haar trouwring in haar huid snijden.

'De secretaresse van Stevenson is ervan overtuigd dat er nog steeds een verhouding gaande was.'

'Katie? Hoe zou zij dat weten?'

'Het schijnt dat ze van zo'n beetje alles in zijn leven op de hoogte was. Dat was min of meer haar werk. En ook haar hobby.'

'De verhouding met Renata?' Plotseling drong het tot Neve door dat ze, door haar eigen affaire met Saul te verzwijgen, de verdenking ongelukkigerwijs op Renata zou kunnen laden. Ze boog zich over de tafel naar voren en zei heel beslist: 'Ik weet zeker dat Renata de waarheid vertelde. Het was voorbij.'

'Ik zei niet dé verhouding. Een verhouding, zei ik.'

Neve keek hem strak aan. Ze kon geen woord uitbrengen, maar ze mocht niet wegkijken.

'De vraag is,' zei Hitching uiteindelijk, 'hoe kwam uw bloed op die map?'

'Ik heb geen idee.'

'Geen idee? Ik ga er toch van uit dat u niet overal waar u komt uw bloed achterlaat?'

'Natuurlijk niet. En ik heb die hele map nog nooit gezien. Tot een paar dagen geleden wist ik niet eens van het bestaan ervan.'

Hitching boog naar voren en nam haar aandachtig op. 'Maar u hebt wel een flinke klap gehad?'

'Wat?'

Hij wees naar haar gezicht.

'Ik ben gevallen met de fiets. Op mijn gezicht.'

'Heeft het gebloed?'

'Een beetje.'

'Wanneer was dat?'

'Een paar dagen geleden.'

'Voor de dood van Stevenson?'

'Ja.'

'Vlak ervoor?'

'Een paar dagen, geloof ik.'

'Niet op dezelfde dag?'

'Nee.'

'Waren er getuigen?'

'Nee. Maar ik kwam onder de blauwe plekken en schrammen terug. Thuis zullen ze het nog wel weten.'

'Thuis?'

'Ja.'

Hitching leek niet erg onder de indruk.

'Hoe dan ook, er is dus wel een voorval met bloed.'

'Dat doet er niet toe. Ik had die map nog nooit gezien.'

'De map waar een foto van u in zat.'

Neve knikte.

'Van u op vakantie.' Hij schoof een plastic hoesje met de foto erin naar haar toe. Daar was ze weer, lachend, wapperende haren. 'Waarom zou die erin zitten?'

'Dat weet ik niet.'

'Hebt u hem aan de heer Stevenson gegeven?'

'Nee.' Opnieuw een splinter waarheid die in de draaikolk van leugens werd gezogen.

'Ik weet dat u deze vraag al eens eerder hebt beantwoord,

maar ik wil hem toch opnieuw stellen. Wat was uw verhouding tot Stevenson?'

'Hij was mijn baas.'

'Verder niets?'

'Nee.'

'Bent u ooit in zijn flat geweest?'

Neve groef in haar geheugen maar wist plotseling niets meer. Wat had ze hem eerder verteld?

'Zoals ik u eerder al heb gezegd, ik ben er één keer geweest,' zei ze. 'Om iets af te geven.'

'O ja. Dat mysterieuze pakketje. En dat was de enige keer?'

'Ja.'

Na elk antwoord van haar liet Hitching een lange stilte vallen. Neve wist dat ze op zulke momenten haar mond moest houden, maar eenvoudig was dat niet. Die stiltes waren angstaanjagend.

'En verder is er niets wat u mij wilt vertellen?'

'Ik kan niets bedenken.'

Ze had uitputtend haar best gedaan te bedenken hoe een onschuldig iemand zich zou gedragen en hield zich nu domweg aan een verhaallijn die het valluik onder haar voeten gesloten hield.

'Helpt u me nog even herinneren,' zei Hitching. 'Waar was u op de ochtend dat Saul Stevenson werd vermoord?'

'In onze volkstuin,' zei Neve. Ze wist wat er nu zou komen.

'Met uw dochter?'

'Ja.' Was dat het goede antwoord of had ze moeten zeggen dat Mabel zich had vergist? Daar was het nu te laat voor.

'Is er iemand die dat kan bevestigen?'

'Ik geloof van niet.'

'Maar het is nu toch, dacht ik, een drukke tijd voor tuiniers.'

'Het was woensdagochtend.'

'En er was niemand in de buurt?'

'Misschien wel. Ik heb er niet op gelet.'

'Even weer over die foto dan. Kunt u verklaren hoe die in de map terecht is gekomen?'

'Nee.'

'Wanneer hebt u hem zelf voor het laatst gezien?'

'Geen idee.'

Ook dat was waar: ze wist het niet. Ze had haar hersens gepijnigd om zich te herinneren wanneer ze hem voor het laatst op het prikbord had gezien.

Toen kwam hij met de vraag waarop ze had zitten wachten. 'Weet u waar hij vandaan kwam?'

'De foto?'

'Ja.' Hij zakte onderuit in zijn stoel en sloeg zijn armen over elkaar. 'Weet u waar de foto was voordat hij op zo' n miraculeuze wijze in die map opdook?'

'Ja,' zei Neve. Ze had geen idee of dat een riskante bekentenis was of een die haar hielp. Ze ging gewoon stapje voor stapje, en de rest was een waas.

Hitching trok zijn wenkbrauwen op. 'Waar dan?'

'Hij hing op het prikbord bij ons in de keuken, naast de deur naar de gang. Dat bord hangt vol met familiekiekjes. Dit was er een van.'

'Weet u dat zeker?'

'Ja.'

'Wanneer merkte u dat hij er niet meer hing?'

'Pas toen u hem aan mij liet zien. Maar volgens mij is hij nog niet zo lang weg.'

'Waarom denkt u dat?'

'Omdat het me anders wel opgevallen zou zijn.'

‘Serieus? Omdat het voor u een bijzondere foto was?’

‘Nee, door de lege plek tussen de andere foto’s.’

‘Dus u zegt dat iemand hem pasgeleden van het bord heeft gehaald en in de map heeft gestopt – waarop, niet te vergeten, uw bloed is aangetroffen.’

‘Ja. En die toen bij Bernice in de bus heeft gedaan.’

‘Denkt u dat iemand u erin probeert te luizen?’

‘Ik kan u alleen maar zeggen wat ik weet.’

Hij glimlachte haar toe. Ze kreeg er kippenvel van. ‘Natuurlijk.’ Hij zweeg een ogenblik, peinzend, en zei toen: ‘Eerder besloot u mij niet te vertellen waar de foto vandaan kwam. Waarom was dat?’

‘Ik besloot helemaal niets. U vraagt het me nu pas.’ Dit klonk niet goed. ‘Ik zou het u natuurlijk wel verteld hebben. Maar het was me gewoon niet meteen opgevallen. En bovendien: er kwamen al zoveel vragen op me af.’ Neve glimlachte krampachtig. Haar gezicht voelde strak. ‘Ik doe gewoon mijn best om zo duidelijk mogelijk te zijn.’

Hitching snoof. ‘Dit noemt u duidelijk zijn?’

‘Hoezo vindt u dat ik niet duidelijk ben? Ik heb al uw vragen beantwoord.’

‘Als “Ik weet het niet” een antwoord is.’

‘“Ik weet het niet” is een antwoord als ik het niet weet.’

‘Uw volkstuin...’

‘We draaien in een kringetje rond,’ zei Neve, die bang was dat ze elk moment kon instorten en er de waarheid uit zou gooien om er in vredesnaam maar vanaf te zijn. ‘U zei dat ik kon gaan wanneer ik wil, toch?’

‘Dat klopt.’

‘Dan zou ik nu graag weg willen. Alstublieft.’

Hitching en Ingram wisselden een blik van verstandhouding, waarop Hitching zijn schouders ophaalde.

'Gaat u maar dan.' Hij schakelde het opnameapparaat uit en keek haar aan met een uitdrukking die ze nog niet eerder van hem had gezien.

'Maar denk eraan, ik kom het hoe dan ook te weten als u iets achterhoudt.'

Neve liep de trap af, de gang door en toen via de hoofdingang van het bureau de motregen en de verkeersherrie in. Ze probeerde met vaste pas te lopen en haar rug recht te houden. Maar ze wankelde en had het gevoel dat haar binnenste was leeggeschraapt. Ze was bang dat ze moest overgeven maar liep gewoon door, omdat ze zich voorstelde dat Hitching en Ingram haar door een raam nakeken. De adem brandde in haar keel. Haar ogen prikten.

Toen ze zeker wist dat ze uit het zicht van het bureau was, stak ze snel over naar een bushalte waar ze kon zitten. Ze legde haar hoofd in haar handen, sloot haar ogen en wachtte tot de angst wat zakte. Wat had ze gezegd? Had ze ook maar iets gezegd wat haar in de val zou lokken? Ze kon het zich niet herinneren; het enige wat ze zich kon herinneren was Hitchings gezicht en haar angst.

Uiteindelijk stond ze op en keek om zich heen. Niets zag er vertrouwd uit. Zelfs haar eigen handen leken die van een vreemde. Ze keek op haar horloge: bijna kwart over elf. Toen ze haar telefoon uit haar zak pakte zag ze dat ze een gemiste oproep van Gary had, en een berichtje van Tamsin, die wilde weten waar ze bleef.

Langzaam liep ze naar Old Street, alsof ze een steile heuvel beklom. Haar hart bonsde nog steeds onaangenaam snel. Mensen botsten tegen haar op, of misschien botste zij – wankel als ze was – tegen hen op. Hitching zou Mabel vast aan de tand voelen over haar alibi, dacht ze – ze kreeg een droge mond bij de gedachte. Misschien moest ze Mabel bellen om haar te waarschuwen. Ze belde maar kreeg meteen Mabels voicemail. Even overwoog ze de vaste telefoon te proberen, maar ze wilde Fletcher niet aan de lijn krijgen.

Toen ze even later uit de lift stapte, zag ze Katie op zich afkomen.

'Wat ben je laat.'

'Tandarts,' antwoordde Neve. Ze hield een hand tegen haar wang.

'Heb je problemen met je gebit?'

Neve realiseerde zich dat ze hetzelfde excuus ook voor een paar afspraakjes met Saul had gebruikt. Ze herinnerde zich wat Hitching over Katie had gezegd: dat ze zeker wist dat er sprake was geweest van nog een affaire.

'Ja,' zei ze. Weer een domme leugen die doorgeprikt kon worden.

'Ik hoorde dat Bernice bij jullie heeft gelogeerd.'

'Ze kwam langs. Ze is niet blijven slapen.'

'Ik wist niet dat je haar kende.'

'Ik ken haar ook eigenlijk niet. Zo liep het gewoon.'

Neve hoorde zichzelf praten: de stroom inhoudsloze woorden die uit haar mond kwam. Ze zag hoe aandachtig Katie haar aankeek, met een lichte rimpel tussen haar ogen.

'Ik moet aan het werk,' zei ze. 'Gemiste uren inhalen.'

'Hoe gaat het met die brochure?'

'Nog een paar kleine dingetjes,' zei Neve. Ze kon zich niet eens herinneren waar het precies om ging.

'Bob vroeg ernaar.'

'Zeg maar dat het goed komt.'

'Waar heb jij gezeten?' vroeg Tamsin streng.

'Tandarts.' Weer raakte ze uit een vreemde reflex haar kaak aan. Zelfs mijn vingers liegen, dacht ze.

'Alweer?'

'De tandarts is voor volwassenen wat "de hond heeft mijn huiswerk opgegeten" is voor kinderen,' zei Gary. Hij droeg een trui met een zigzagpatroon dat pijn deed aan Neve's ogen.

'Bob zocht je,' zei Tamsin. 'Hij wil weten hoe het zit met die brochure.'

'Ik weet het. Waar is Renata?'

'Die belde om te zeggen dat ze zich niet lekker voelt en pas vanmiddag komt,' zei Gary. 'Volgens mij zit ze nog bij jou thuis.'

'O. Oké.'

'Ik ga zo meteen naar de drukker. Jullie tweeën zullen op de winkel moeten passen.'

Neve zette haar computer aan. Ze opende de brochure voor het farmaceutische congres en staarde ernaar. Het congres was over twee dagen; er waren acht 'keynotesprekers'. Ze had geen flauw idee wat het verschil was tussen een keynotespreker en een gewone spreker. Van alle acht was er een fototje: twee vrouwen en zes mannen die allemaal glimlachten en zonder uitzondering parelwitte tanden hadden. Opnieuw voelde ze aan haar kaak. Ze staarde naar de woorden: ECOSYSTEEM VAN DIGITALE GEZONDHEIDSZORG, GENOMICS, GEZONDHEIDSZORG EN BIG DATA, AUGMENTED REALITY IN ZORGOPLOSSINGEN... Ze experimenteerde met het lettertype, veranderde het weer in wat ze eerder had uitgekozen, paste een foutieve afbreking aan en zuchtte diep.

'Ik ben weg,' zei Gary terwijl hij zijn mottige oude jasje van de rugleuning van zijn stoel plukte.

'Wat dacht je van samen lunchen,' zei Tamsin zodra hij weg was.

'Het is nog wat vroeg,' zei Neve. 'Ik ben hier pas een halfuur. En die brochure moet af.'

'Ja, maar je ziet er wat pips uit. Kom, dan gaan we naar die salad bar.'

Neve nam een salade van aubergine en kikkererwten en Tamsin een gemeen groen en amper vloeibaar drankje dat vooral uit spinazie bestond. Ze installeerden zich aan een tafel achterin.

'Gaat het wel met je?' vroeg Tamsin.

'Zie ik eruit alsof het niet gaat?'

'Een beetje moe.'

'Het was een idioot weekend. Ik ben er nog niet helemaal van bijgekomen.'

Tamsin knikte. Ze nam een slok van haar drankje en toen ze vervolgens sprak zat er een laagje groen schuim op haar lippen. 'Vertel: wat is je geheim?' vroeg ze.

Neve voelde een schok door haar hele lichaam gaan. Ze maakte een vreemd geluid.

'Fletcher en jij,' zei Tamsin. 'De laatste twee die overeind zijn gebleven.'

'O.' Neve nam een hap aubergine en kauwde zo traag mogelijk om zichzelf tijd te geven. 'Ik weet het niet,' zei ze, toen ze zich zeker genoeg voelde om iets te zeggen. 'Elk huwelijk is ingewikkeld, toch?'

'Maar jullie zijn lief voor elkaar. Jullie kleineren elkaar niet en ik hoor jullie ook niet ruziën.'

'We zijn ook niet altijd perfect,' zei Neve. Toen, voordat ze het niet meer durfde, vroeg ze: 'Waarom heb je voor me gelogen?'

'Hè?'

'Toen je tegen Fletcher zei dat ik afgelopen dinsdagavond bij jou was geweest.'

'O dat,' zei Tamsin. 'Ik dacht eigenlijk niet dat je een alibi nodig had!' Ze schoot in de lach. 'Maar jij staat altijd voor iedereen klaar. Die laatste paar jaren van jou, de toestanden met Mabel, met Fletcher, en de jongens en alle veranderingen op het werk: jij zult toch ook af en toe alleen willen zijn en niet tegen iedereen hoeven zeggen waar je bent – voor niemand bereikbaar zijn zonder je ervoor te moeten verantwoorden.'

'Je hebt gelijk,' zei Neve gretig. 'Dat heb ik inderdaad soms nodig.'

'Dus vandaar.'

'Dank je.'

'Geen dank.' Ze nam het laatste beetje van haar groene smurrie. 'Dit was eigenlijk niet zo lekker. Maar wel gezond.'

'Zal wel.' Ze wachtte even. 'Mag ik je iets vragen?'

'Natuurlijk.'

'Heb jij ooit een affaire of zoiets gehad?'

Tamsin keek haar een ogenblik aan en veegde vervolgens haar mond af aan een papieren servetje. 'We hebben allemaal wel dingen gedaan waar we spijt van hebben.'

'Betekent dat ja?'

'Het betekent niet meer dan dat iedereen soms de fout in gaat, ook ik. Iedereen heeft in zijn leven wel iets gedaan waar hij zich voor schaamt.'

'Dat is waar.'

'Dus wat heb jij gedaan?'

Neve barstte uit in een geforceerde lach. Het klonk ontzettend nep, vond ze zelf. 'Dat is niet eerlijk,' zei ze. 'Jij wou het mij niet vertellen dus nu vertel ik het jou ook niet. Maar goed,' ze keek op haar horloge, 'we moeten terug. Die brochure komt niet vanzelf af.'

Om twee uur kwam Renata binnenlopen. Ze droeg een blouse van Neve met daaroverheen een jasje van Neve, en toen ze elkaar begroetten rook Neve dat ze zich had bediend van haar parfum. Ze had haar haar gewassen, dat nu naar Neve's shampoo rook, en ze zag er frisser uit.

'Het is verbazingwekkend wat je allemaal niet meer kunt als je maar één hand hebt,' zei ze. 'Ik zou niet weten hoe ik hier iets gedaan moet krijgen. Mabel heeft me geholpen met wassen. En Will heeft een brunch voor me klaargemaakt.'

'Wat?'

'Gepocheerde eieren.'

'Will?'

'Die is weer terug,' zei Renata vrolijk. 'En Jackie ook. En een vriendin van Jackie, Frederika, geloof ik. Twee staartjes opzij, als een kind van tien.'

'Bij mij thuis?'

'Ja.'

Ze werd bevangen door een verpletterend gevoel van vermoeidheid. 'Moeten die lui niet naar hun werk?'

'Ze gaan met de kas verder. Dat is een soort uitdaging geworden. Hoewel Fletcher zegt dat ze hem eerst weer een stukje zullen moeten afbreken omdat ze verkeerd zijn begonnen.'

'Mijn god,' zei Neve. 'Die gaan nooit meer weg.'

'Vind je het vervelend dat ik er ben?'

'Natuurlijk niet, jij bent mijn vriendin, bijna familie. Die mensen ken ik nauwelijks.'

'Zij hebben anders wel het gevoel dat ze jou kennen,' zei Renata droogjes. 'Ze schijnen zich volledig thuis te voelen bij jullie.'

Die middag stak Katie haar hoofd om de deur om te zeggen dat er de volgende middag een bijeenkomst zou zijn waarop iedereen ingelicht zou worden over de in te voeren veranderingen na de dood van Saul. Dat klonk niet goed. Neve bracht lukraak wat aanpassingen aan in de brochure. Ze belde Gary, die nog steeds bij de drukker was, om te vragen wanneer ze een drukproef kon verwachten als ze haar werk tegen het eind van de middag instuurde. Flarden van het gesprek met Hitching bleven bovenkomen, hoewel ze zich het grootste deel ervan niet meer precies herinnerde.

Toen ze opkeek zag ze dat Renata met haar kin in haar goede hand geleund naar het smoezelige raam zat te staren. Ook zij leek zich niet op haar werk te kunnen concentreren. De hangers die ze van Saul had gekregen glinsterden in haar oren.

'Renata?'

'Ja?'

'Waar zei je ook alweer dat Saul je oorbellen had gekocht?'

Renata deed haar goede hand omhoog en raakte er eentje aan.

'Misschien zou ik ze niet moeten dragen. Je weet wel: bij Farfelou, die winkel in Covent Garden.'

Neve knikte. Ze dacht aan het cadeau dat Saul voor haar had besteld en waarvan hij had gezegd dat het op tijd voor haar verjaardag bezorgd zou worden. Zou het iets uit die winkel kunnen zijn?

Heimelijk googelde ze de zaak en ze tikte het nummer in op haar mobiel. Toen stond ze op.

'Ik ga een rondje koffie halen,' zei ze. 'Iedereen het vaste recept?'

Iedereen knikte, waarna ze hun kleine ruimte verliet, de trap af ging en meteen doorliep naar buiten, waar de motregen langzaam overging in echte regen. Ze belde de winkel, en een man met een Frans accent nam op.

'Ik bel namens Saul Stevenson,' zei Neve, op een zo zakelijk mogelijke toon. 'Ik hoop dat u me kunt helpen.'

'Vanzelfsprekend.'

'Hij heeft kortgeleden een sieraad bij u besteld,' zei Neve. 'Dat zou naar hem worden opgestuurd. Ik wil graag weten of dat al gebeurd is.'

'Een ogenblik alstublieft.'

Er volgde een stilte. Neve hoorde stemmen op de achtergrond.

'Helemaal klaar,' zei de man ten slotte.

'Klaar?'

'Het graveerwerk, ja.'

'O ja. Het graveerwerk,' zei Neve. Ze haalde diep adem. '"Neve" was het toch?'

'Nee,' zei de stem, tot haar grote opluchting. 'Nee, er staat "Neve Jenny".' Haar opluchting was op slag verdwenen.

'Natuurlijk. Misschien kan ik het komen afhalen, ik ben toch in de buurt.'

'Het is al verstuurd.'

Ze slikte zwaar en probeerde geen trilling in haar stem te laten doorklinken. 'Naar het adres in Hilhurst Street?'

'Klopt, ja.'

'Wanneer is het verstuurd?'

'Vanochtend, geloof ik. Dus dan moet het heel binnenkort aankomen. Waarschijnlijk morgen. Het is een prachtig stukje werk. Ik hoop dat meneer Stevenson tevreden is.'

'Daar twijfel ik niet aan,' zei Neve.

Ze beëindigde het gesprek. Een man in een mooi grijsgroen pak kwam haar kant op lopen. Hij had donker haar en blauwe ogen en hij keek haar glimlachend aan. Heel even was het Saul, en blijdschap en opluchting stegen als een grote vogel in haar op.

Natuurlijk was het Saul niet. Hij leek totaal niet op hem. En trouwens, ze had Saul nog gezien met ingeslagen schedel en zonder licht in zijn ogen. Ze had zich over zijn lichaam gebogen om zijn zakken te doorzoeken. Terwijl het harder begon te regenen bleef ze roerloos staan en ze voelde het druppen in haar nek.

Het cadeau was onderweg. 'Heel binnenkort.' NEVE JENNY, gegraveerd in een sieraad omdat Jenny mij kuste toen ze me zag.

Ze ging weer naar binnen, bestelde drie koffie – een flat white, een dubbele espresso en een americano – en nam ze mee naar hun kamer, waar ze achter haar computer ging zitten, naar het scherm staarde en niets zag dan Hitchings strakke gezicht dat terugstaarde.

Toen ze naar de wc ging bekeek ze zichzelf in de spiegel: kringen onder haar ogen van vermoeidheid, een wegtrekkende blauwe plek op haar wang. Ze voelde er voorzichtig aan. Hitching zou waarschijnlijk denken dat ze die van Saul had gekregen, dat ze hadden gevochten en dat zij hem daarbij had gedood. Haar bloed zat op de map. Haar foto zat in de map. Wie had die van het prikbord gehaald? Wanneer? Het moest kortgeleden zijn geweest, anders zou de lege plek haar zijn opgevallen.

Peinzend over de laatste paar dagen liep ze weer naar haar bureau en scheurde een velletje van haar blocnote. Ze maakte opnieuw een lijstje, deze keer van iedereen die sinds Sauls dood bij haar thuis was geweest:

RENATA

GARY

TAMSIN

BERNICE

WILL

JACKIE

SARAH

LOUIS

Ze herinnerde zich de jongen die zo had geworsteld met de klemzittende leunstoel op de avond van Renata's vreselijke feestje, maar ze kon zich zijn naam niet herinneren, dus schreef ze: MABELS VRIEND MET DE LEUNSTOEL.

Ze schreef er nog Elias, Rory en Connor bij, hoewel dat natuurlijk belachelijk was, toen Fletcher en toen, met stroeve pen, Mabel. Nog altijd Mabel. Mabel die bij haar was neergeknield toen ze in de tuin op de grond lag en haar mama had genoemd. Neve herinnerde zich haar blik: smekend en wanhopig.

Wie nog meer? Hitching natuurlijk – ze schreef zijn naam op, en vervolgens die van Ingram.

En Charlie was ook in hun huis geweest – ze herinnerde zich zijn kille, hatelijke blik toen hij Renata kwam halen. Hij had misschien een reden om Saul te willen vermoorden, of zelfs zijn eigen vrouw – maar haar?

Ze staarde naar de namen tot die ten slotte als hiëroglyfen voor haar ogen dansten. Eén kwam er scherp in beeld. Ze stond op. 'Ik moet even een paar dingen doen.'

'Moet je weer naar de tandarts?' grijnsde Tamsin.

'Een paar losse dingetjes.' Neve maakte een vaag gebaar.

Toen ze het kantoor uit liep zag ze Katie achter haar bureau zitten in de kamer naast het vertrek van Saul, dat nog altijd niet was leeggeruimd. Katie keek haar aan. Zelfs toen Neve haar toeknikte kon er geen lachje vanaf.

Voor alle zekerheid belde ze voordat ze de metro naar Liverpool Street nam, waar ze op de trein stapte. Die ging om het kwartier. Ze moest eigenlijk nadenken, maar uit het raam naar buiten kijkend verloor ze zich in het voorbijflitsende Noordoost-Londen: de kantoorgebouwen, het Olympisch Stadion, de Hackney Marshes en de spaarbekkens, terwijl de trein telkens de rivier de Lea overstak, van de ene naar de andere kant en terug. Ze passeerden de rommelige ruigtes langs de noordelijke ringweg, de winkelcentra en de fabrieken, maar toen staken ze de M25 over en zag ze plotseling bos en landerijen, waarna ze voor haar gevoel binnen een paar minuten Roydon binnenreden. Op haar telefoon zocht ze het adres nog eens op. Toen ze uitstapte had ze even het idee dat ze op een plattelandsstationnetje terecht was gekomen, maar meteen daarop liep ze door straten die ook in een buitenwijk van Londen hadden kunnen liggen. En in zekere zin was dat ook zo. Het leek er uitgestorven. De mensen die hier hadden ontbeten waren nu in Londen. Pas tegen het avondeten zouden ze terugkeren.

Ze keek nogmaals op haar telefoon. Ja, hier was het. Nummer twaalf, Malden Road. Het was een groot vrijstaand huis, een stukje van de straat af gelegen achter een hoge, dichte heg. Ze keek om zich heen. Soortgelijke huizen stonden aan weerszijden van de straat. Aan de overkant was een man zijn heg aan het knippen, zorgvuldig de vorm volgend met zijn elektrische heggenschaar. Hij droeg een oranje helm en oorbeschermers, en merkte haar eerst niet op. Toen hij haar zag schakelde hij zijn heggenschaar uit, legde hem neer en zette zijn helm af.

Zijn gezwollen rode gezicht glom van het zweet. 'Bent u journalist?' vroeg hij.

'Waarom vraagt u dat?'

'Ik heb de politie al gesproken. Dus daarom dacht ik dat u wel een journalist zou zijn.'

'Ik ben een vriendin van Bernice. Bernice Stevenson.'

De man zei niets. Hij veegde zijn voorhoofd af aan zijn mouw. Hij ademde zwaar.

'Wat wilde de politie weten?'

'Ze wilden weten of ik iemand had zien rondhangen bij het huis aan de overkant.'

'Dat zeggen ze altijd over het platteland, toch?' zei Neve. 'Dat elke onbekende meteen opvalt.'

De man schudde zijn hoofd. 'Dat was vroeger. Nu rijden hier de godganse dag van die bestelbusjes rond, zelfs op zondag. Het is niet meer bij te houden.' Hij fronste. 'Maar goed. Wat kan het u schelen?'

'Ik wil alleen Bernice geruststellen.'

'Die heeft wel andere dingen aan haar hoofd.'

'Kende u Saul?'

Hij haalde zijn schouders op. 'Alleen van groeten op straat. Hij was er nooit.'

Neve stak de straat weer over en belde aan bij nummer 12. Er werd niet opengedaan door Bernice, maar door een jonge man, haast een jongen nog. Hij was erg mager en bleek, met steil donker haar. Hij droeg een zwarte broek en een blauw T-shirt met dansende oranje strepen. Hij had twee verschillende sokken aan.

'Mam,' brulde hij, en hij wandelde weg. Neve stapte een grote hal in. Vóór haar was een brede trap en ze zag verschillende dichte deuren. Via een deur aan het eind kwam Bernice tevoorschijn in een donkere zorgvuldig gestreken broek en een roze sweater van geribbelde stof.

'Ik had al gedacht dat ik van je zou horen,' zei ze.

Ze ging Neve voor door een grote zitkamer naar een ook al grote keuken met een aangebouwde serre die uitzicht bood op een enorm gazon omringd door rozenstruiken en bomen. Neve liep naar de grote raampartij en keek naar buiten.

'Zijn dat appelbomen?'

'En perenbomen en één kers. Maar de vogels eten alle kersen op.'

Een paar minuten later zaten ze elk met een mok koffie aan de houten keukentafel. Het licht dat door al het glas naar binnen viel was zo fel dat Neve wilde dat ze haar zonnebril had meegenomen.

'Fijn dat ik mocht komen,' zei ze.

'Ik ben bij jou thuis geweest, en nu jij bij mij,' zei Bernice. Ze keek haar vluchtig aan.

'Het spijt me van die avond,' zei Neve.

'Daar kon jij niets aan doen,' zei Bernice. 'Ik hoop niet dat je al die moeite hebt genomen alleen om je excuses aan te bieden.'

'Vanochtend ben ik verhoord door de politie.'

'Vanwege de map.'

'Vanwege de map.'

'Ik heb erin gelezen,' zei Bernice. 'Dat had ik misschien niet moeten doen. Het is net als iemands post lezen. Je hoort het niet te doen, maar het is bijna niet te weerstaan.'

'Erg interessant kan het niet geweest zijn,' zei Neve, die haar best deed op een luchtige toon.

'Dat vond ik nou juist wel. Ten eerste ben je vijf jaar jonger dan ik. Ook heb ik Sauls mening over jou gelezen, in zijn eigen handschrift. Raar, maar nu hij dood is voelt het heel anders iets te lezen wat hij geschreven heeft. Ik zag voor me hoe hij daar zat, dubbend over zijn woordkeuze.'

'Dat kan ik me voorstellen.'

'Het was trouwens positief. Meer dan positief. Enthousiast. Ik herinner me er stukjes uit: "een waardevolle aanwinst", "sleutelfiguur in het team". Hij overwoog je promotie te geven. Ik dacht dat je het wel fijn zou vinden dat te horen.'

'Eigenlijk wilde ik het met je hebben over die map die bij jou in de bus is gedaan. Vond je dat niet vreemd? Dat er iemand helemaal naar Roydon was gekomen om hem te bezorgen? Waarom is die map niet gewoon aan de politie gegeven?'

'Helemaal naar Roydon,' zei Bernice glimlachend. 'Dat klinkt inderdaad alsof we ergens in de rimboe zitten.'

'Zo bedoelde ik het niet.'

'We zitten niet zo ver buiten de stad. Ben je met de trein gekomen?'

'Ja.'

'Hoelang deed die erover? Een halfuur? Veertig minuten?'

'Zoiets.'

'Precies. Dus ik had het meteen kunnen weten,' zei Bernice. 'Vijftien jaar geleden kocht hij die stomme flat omdat dat, naar hij zei, een goede investering was en een prima plek voor hem om te overnachten als hij nog tot laat op kantoor moest zijn of als er een bijeenkomst was. Moest hij nou echt een flat in Covent Garden kopen als hij in minder dan een uur thuis kon zijn? Ik had meteen kunnen weten waar die flat eigenlijk voor bedoeld was.'

'Heb jij er nooit gelogeerd?'

'Soms parkeerde ik er mijn boodschappen. En ik heb er een paar keer geslapen na een theatervoorstelling. Het voelde als een hotel. De lakens waren altijd gewassen. Thuis deed hij nooit de was, maar als ik er bleef slapen waren de lakens altijd schoon.'

Neve wendde haar blik af en keek uit het raam.

'Weet je wat ik denk?' zei Bernice. 'Saul trouwde met een slimme en interessante vrouw die er leuk uitzag, maar hij zag haar stukje bij beetje saai en minder mooi worden. Hij was zelfs de motor achter onze verhuizing naar hier. Het zou goed zijn voor mij, zei hij. En hier waren betere scholen voor Matt. Wat mij betreft had hij het mis. En wat Matt betreft ook.'

'Naar voor je.'

'Maar toch, in één ding had Saul gelijk. De flat was een goede investering. Die is nu meer waard dan dit hele huis. Dus dat is tenminste iets.'

Neve deed er lang genoeg het zwijgen toe om meevoelend te lijken en het gesprek een andere kant op te kunnen sturen zonder harteloos over te komen. Het gesprek terúg te sturen.

'We hadden het over het personeelsdossier,' zei ze. 'Ik vroeg waarom dat hier is bezorgd en niet meteen bij de politie. Heb je gemerkt dat het bezorgd werd?'

'Nee, die envelop lag gewoon op de mat toen ik 's morgens beneden kwam. Ik was pas laat op.' Bernice slaakte een holle lach. 'Ik was moe na alle opwinding van dat etentje bij jullie.'

'Dus je hebt niemand gezien?'

'Nee. Ik moet nog geslapen hebben.'

'Heb je niet zo'n buitenlamp die aan gaat als er iemand in de buurt komt?'

'Dat hadden ze me afgeraden,' zei Bernice. 'Ze zeiden dat die vooral zou reageren op rondzwervende katten.'

'Hoe laat ben je naar bed gegaan?'

'Je klinkt al net als die Hitching. Vragen en nog eens vragen.' Haar toon leek spottend, maar misschien beeldde Neve zich dat in.

'Nou ja, het gaat wel om mijn personeelsdossier.'

'Ik ben ten slotte om een uur of drie naar bed gegaan.'

'Drie uur. Oké.'

'Voor de terugweg had ik een Uber genomen. Die chauffeur was blij met me.'

'En hoe laat werd je wakker?'

'Halftien? Misschien iets eerder.'

'Dus iemand moet hem tussen drie en negen in de bus hebben gedaan.'

'Dat lijkt me wel.'

'Was je zoon thuis?'

'Nee. Die was bij mijn zus.' Bernice keek Neve met iets samengeknepen ogen aan. 'Je bent hierheen gekomen. Helemaal hierheen, zoals jij zegt. Je bent verhoord door de politie. Waarom was dat? Waarom per se jouw map?'

'Daarom wilde ik juist met jou praten. Ik heb geen idee.'

'Je stelde de vraag zelf al. Waarom jouw map aan mij geven en niet aan de politie?'

Neve aarzelde. 'Misschien probeert iemand verwarring te zaaien,' zei ze voorzichtig.

'Wat voor verwarring?'

'Verdenking?'

'Verdenking van wie? En waarvan?'

Neve was gekomen om vragen te stellen en nu had ze het gevoel dat zijzelf ondervraagd werd.

'Ik werkte voor een klein bedrijf dat is overgenomen. Saul was onze baas. Een van onze bazen. Er heerste wat onvrede over.'

'Bij jou?' vroeg Bernice. 'Was jij ontevreden over Saul?'

'We waren altijd onafhankelijk geweest. We waren onze eigen baas. Sommigen vonden het moeilijk om daar afscheid van te nemen.'

'En dat namen ze Saul kwalijk?'

'Een paar mensen waren teleurgesteld. Maar ze gaven Saul niet de schuld. Ik in ieder geval niet.'

Ze waren afgedwaald. Het ging Neve niet om de vraag wie Saul had willen vermoorden. Het punt was wie háár had willen vermoorden. 'Mag ik je iets persoonlijks vragen?'

Bernice lachte scherp. 'Want dat had je nog niet gedaan?'

Neve slikte; ze had een rauwe keel. 'Hoe zou je gereageerd hebben als je achter die affaire was gekomen? Toen hij nog leefde, bedoel ik.'

Bernices ogen flikkerden. Ze keek om zich heen en legde een vinger op haar lippen toen Matt de keuken binnenkwam, de koelkast opentrok en er een pak melk uit haalde. Hij nam een kom uit de kast, strooide er zo uit de doos een lading cornflakes in, goot er melk bij en begon staand te eten.

'Dit is Neve,' zei Bernice. 'Van je vaders werk.'

Hij gaf haar een kort knikje. Door dat gebaar deed hij Neve plotseling aan Saul denken. Het was alsof er een geest langs haar liep. Tegelijkertijd bedacht ze dat hij maar een paar maanden jonger was dan Mabel.

'Het spijt me heel erg van je vader,' zei ze. 'Het is verschrikkelijk wat er is gebeurd.'

Matt nam even de tijd om zijn hap door te slikken. 'Oké,' zei hij.

Neve stond op. 'Ik moet gaan.'

Bernice liep met haar mee naar de deur. Ze gaven elkaar een hand.

'Moet je me niet nog iets vertellen?' vroeg Bernice.

'Hoe bedoel je?'

'Over die foto van jou in de map.'

'O.'

'Die was leuk. Je zag er gelukkig uit.'

Ze keek Bernice aan. Tijdens dat ellendige etentje had ze zich in haar hand gesneden, bedacht ze, daar kwam dat bloed vandaan. Bernice was erbij geweest; ze waren er allemaal bij geweest.

'Ik was ook gelukkig,' zei ze.

'Toch raar dat die in jouw map zat.'

'Ja. Raar.'

Ze liep terug naar het station van Roydon, waar een menigte mensen naar buiten kwam stromen, mannen en vrouwen in pak met een telefoon tegen hun oor gedrukt. Het spitsuur begon op gang te komen; de forenzen keerden terug naar huis. Ze realiseerde zich dat de meesten van hen dit dag in dag uit deden, dat Saul er gewoonlijk tussen had gelopen. Ze verwachtte bijna dat ze hem elk ogenblik zou zien en dat hij op haar af zou stappen, met zijn doelbewuste pas, in zijn maatpak. Over dat pak had hij een keer met een ironische grijns op zijn gezicht een grap gemaakt. Ze had die niet begrepen, en hij had gelachen en haar gekust.

Ze bekeek het bord met de vertrektijden; over een paar minuten ging er een trein naar Liverpool Street Station. Toen draaide ze zich om en liep het station weer uit.

Ze wist niet waar ze heen ging, maar ze liep door een straatje dat steeds breder werd en naar een laag ruig terrein leidde, en vreemd genoeg stond ze plotseling midden in de natuur. Ze zag bramen in een houtwal en daarachter een stoppelakker. Bruine en gele bladeren dwarrelden van de eiken en essen omlaag. Ze herinnerde zich hoe ze die als kind, samen met haar broer, had geprobeerd te vangen: een uit de lucht geplukt blad was goed voor een hele dag geluk.

Ze hoorde geruis. Eerst leek het de wind in de bomen te zijn, maar toen realiseerde ze zich dat het water was en zag ze in de laagte tussen twee weilanden een bruine beek stromen. Ze klom over een hek en stak het veld over om er te komen. Een eindje stroomafwaarts was het ondieper en kolkte het flink, maar hier was de beek traag en vrij diep, en toen ze vooroverboog om haar vingers door het water te halen merkte ze dat het koel was maar niet koud. Ze trok haar kleren uit, legde ze op het gras en liet zich in het water glijden. Haar voeten raakten de zachte, modderige bodem. Ze zette zich af en dook onder.

Ze zwom regelmatig, maar meestal in het zwembad, waar ze haar vaste aantal baantjes trok. Dit was anders. Dit was een verlossing van het ik. Alleen zij, het water, de bomen en de lucht. Heel langzaam zwom ze tegen de stroom in en ze liet zich toen met halfgesloten ogen terugdrijven. Ze dacht niet bewust, maar gedachten en beelden stroomden door haar heen.

De foto in de map die iemand ergens in de afgelopen dagen van het prikbord had gehaald.

Het bloed op die waanzinnige avond: overal bloed, Charlie in een slechte bui, Bernice die glazig uit haar ogen keek, iemand met een rol keukenpapier. Haar eigen wondje en haar eigen bloed. Iemand die het verzorgde?

Het gedicht dat ze voor Saul had uitgeschreven en niet had teruggevonden in de flat. Zou dat het volgende zijn?

Het cadeau, een sieraad met de inscriptie van haar naam, onderweg naar de flat. Een klein pakketje: een tikkende tijdbom.

Ze draaide zich op haar rug en keek omhoog naar de bewegende grijze lucht. Hamer. Foto. Map. Bloed. Gedicht. Cadeau. Elk van deze dingen kon haar verdacht maken. Tezamen kon je ze eruit laten zien als het bewijs dat zij Saul had vermoord. Ze waren minnaars geweest, ze was op de ochtend van zijn dood in de flat geweest, ze had de plaats delict schoongemaakt. Elke stap die ze sindsdien had gezet, elke leugen die ze had verteld en elke waarheid die ze had verzwegen zou dat bevestigen.

Het enige wat ze nu kon doen, haar enige hoop, was erachter zien te komen wie de werkelijke dader was. En toen sloop die ene gedachte weer messcherp haar hoofd binnen: tenzij het Mabel was. Als ze wist dat het Mabel was, zou ze zonder aarzelen in haar plaats naar de gevangenis gaan.

Ze zwom naar de kant en klom de oever op. Ze had het nu wel koud en haar kleren aantrekken ging stroef. Ze plakten onprettig aan haar huid. De beek zag er al niet meer uitnodigend uit. Ze was nat, koud en vies, en het begon donker te worden.

7

LAATSTE RONDE

Eenmaal terug op station Liverpool Street ging ze niet meteen naar huis. Ze nam de trein naar Kings Cross en vervolgens een bus, al was ze liever met de fiets gegaan. Gary woonde in een flat boven een groente- en fruitzaak in Crouch End. Met een plotseling opkomend schuldgevoel realiseerde ze zich dat ze er in tijden niet was geweest. Ze kon zich de laatste keer niet herinneren. Vroeger kwamen ze er regelmatig met z'n allen bij elkaar, dronken wijn en bier, rookten, speelden poker, lieten eten bezorgen en discussieerden tot diep in de nacht over politiek. Tegenwoordig bracht Gary het grootste deel van zijn tijd thuis door met Jane, die – liet hij duidelijk merken – geen behoefte had aan mensen om zich heen, of ging hij uit zonder Jane, meestal naar Neve en Fletcher. Ze kon zich niet eens herinneren wanneer ze Jane voor het laatst had gezien, hoewel ze voorheen altijd veel met elkaar optrokken.

Gary had gezegd dat hij rechtstreeks van de drukker naar huis zou gaan, dus hij zou er al wel zijn. Het was bijna zes uur. Ze had drie berichtjes van Fletcher die wilde weten wanneer ze thuiskwam, maar ze had even geen zin om aan Fletcher te denken, aan Fletcher en Sarah. Over haar en Fletcher. Dat moest allemaal maar wachten. Maar nog voor ze haar gedachten aan Fletcher wegduwde vroeg ze zich af of hij haar in de gevangenis zou komen opzoeken, en bij de gedachte aan een proces en de gevangenis kwam er een zo scherp en onvervalst gevoel van paniek in haar op dat ze een smaak van metaal in haar mond kreeg en ze zich een ogenblik niet kon bewegen.

Ze belde aan.

Gary's stem kwam krakend uit de kleine intercom. 'Ja?'

'Ik ben het, Neve.'

'Neve? Wat nou? Is alles goed?'

'Mag ik boven komen?'

'Ik kom wel naar beneden.'

Ze wachtte. De deur ging met een zwaai open en daar stond Gary, in een mottig oud T-shirt en een joggingbroek. Hij keek haar knipperend met zijn ogen aan.

'Mag ik even binnenkomen?'

'Wat is er aan de hand?'

'Moet er iets aan de hand zijn? Ik was in de buurt dus ik dacht, ik ga even langs. Dat is al eeuwen geleden.'

Hij zei niets en staarde haar aan met een vreemde uitdrukking op zijn gezicht.

'Het spijt me,' zei Neve. 'Ik weet dat ik eerder had moeten komen, en ik weet dat je het moeilijk hebt gehad, maar ik wist niet of Jane bezoek wilde ontvangen en toen kwam die hele toestand met Mabel, en met alles wat er nu is gebeurd...' Haar stem ebde weg. Gary stond er nog steeds roerloos bij.

'Een kopje thee, misschien?' vroeg Neve.

'We kunnen even naar die tent op de hoek lopen,' zei Gary.

'Ligt Jane in bed?'

'Nee.'

'Laat me dan op z'n minst even gedag zeggen.'

'Het is een beetje een bende.'

'Sinds wanneer vind ik dat erg?'

Neve liep naar boven, over de steile trap met de versleten loper die er al lag toen Gary er meer dan twintig jaar geleden introk. Gary kwam langzaam, half mompelend achter haar aan. De deur naar zijn flat stond open. Ze liep de kamer binnen en bleef stokstijf staan.

'Zeg niet dat ik je niet gewaarschuwd heb,' zei Gary, achter haar.

Het was niet zomaar een bende. Het was er vies, stelde ze vast, zij, moeder van drie kinderen. Ze was gewend aan viezigheid, maar dit was van een andere orde. Alleen al de aanblik ervan bedrukte haar. Her en der in de kamer stonden vuile mokken en glazen, sommige aangekoekt en groen uitgeslagen van de schimmel. Overal zag ze bakjes van afhaalmaaltijden, lege wijnflessen, ingedeukte bierblikjes. Vuile kleren. Er hing een bedompte lucht. Ze liep naar het raam, zette het wijd open en keerde zich om naar Gary.

'We willen je allemaal helpen.'

'Ach verdomme Neve, hou toch op.'

'Waar is Jane?'

Hij gaf geen antwoord. Ze liep naar de keuken, deed de deur open en huiverde van wat ze zag. Ze ging naar de slaapkamer en keek naar binnen. De lakens lagen verstrengeld midden op het bed en op het beige vloerkleed lag een wijnfles midden in een rode vlek. Geen Jane. Ook niet in de andere slaapkamer.

'Wat is hier aan de hand?' vroeg ze.

Gary haalde zijn schouders op.

'Gary. Toe.'

'Niks.'

'Waar is Jane?'

'Ze is weg.'

'Weg,' herhaalde Neve suf.

'Ja, waarom ook niet?' vroeg Gary. Hij trok zijn magere schouders op. Zijn gezicht was ingevallen en zijn lippen trilden.

'Ligt ze in het ziekenhuis?'

'Ze is bij haar ouders.'

'Ik begrijp het niet.'

'Het is zo simpel als wat. Jane. Is. Bij. Mij. Weg.'

'Waarom?'

'Omdat ik tot over mijn oren in de schulden zit. Omdat ik het allemaal niet meer aankan. Omdat ik depressief ben en chagrijnig en een miserabele sukkel. Omdat dit niet echt een toffe plek is om de laatste dagen van je leven door te brengen. Omdat het voorbij is.'

'Maar je hebt al die jaren voor haar gezorgd.'

'Tja, nu zorgen haar ouders voor haar.'

'Sinds wanneer is dat zo?'

'Mei.'

'Mei! Waarom heb je niks gezegd?'

Hij schopte een bierblikje aan de kant. 'Ik schaamde me.'

'O, Gary...'

'Niet doen.' Hij deed een stap naar achteren. 'Geen medelijden alsjeblieft. Dat is nou precies wat ik bedoel. Daar kan ik niet tegen.'

'Ik heb geen...'

'Jij met je grote huis en je drie kinderen en je liefhebbende man en iedereen die steeds maar zegt: "O, Neve is zo'n schat, zo moederlijk en troostrijk, Neve zal het wel begrijpen, laten we met Neve praten."'

Zijn woorden kwamen aan als een stomp in haar maag.

‘Sorry, zo had ik het niet bedoeld,’ zei hij snel.

‘Geeft niet.’

‘Jawel. Ik weet wat jullie hebben meegemaakt met Mabel, maar, mijn god, ik weet niet meer hoe het verder moet.’ Hij keek haar boos aan. ‘Ik heb letterlijk geen idee wat ik nu verder moet.’

Tranen stroomden over zijn wangen, recht in zijn ruige baard. Neve keek naar hem en zag een kleine, sjofele, vernederde man, hulpeloos te midden van de puinhopen van zijn bestaan. Ze nam zijn hand in de hare.

‘Ik ga nu eerst die thee maar eens zetten,’ zei ze.

‘Heel Engels van je.’

Ze vulde de waterkoker en terwijl ze wachtte stuurde ze Mabel een berichtje met de vraag waar ze was.

Ze dacht: hij is boos op de wereld; hij voelt zich verongelijkt; hij zit in de schulden; hij heeft maanden tegen ons gelogen; hij woont alleen en dus is zijn alibi vals; hij kan die foto meegenomen hebben, en het bebloede stuk keukenpapier... en de hamer.

Ze dacht: hij is mijn dierbare vriend. Als ik hem niet kan vertrouwen, kan ik niemand vertrouwen.

Ze dacht: ik kan niemand vertrouwen.

Haar telefoon ging. Het was Mabel, maar Neve verstond eerst niet wat ze zei omdat ze snikte en snoof en haar woorden nergens op leken te slaan.

‘Rustig,’ zei ze, terwijl ze met haar rug naar Gary toe ging staan. ‘Een paar keer diep ademhalen en dan nog eens proberen. Wat is er aan de hand?’

‘Hij is hier geweest om met me te praten.’

‘Wie?’

‘Die man van de politie. Hij stelde vragen over mijn alibi.

Ik heb tegen hem gezegd wat jij had gezegd. En toen vroeg hij me wat we daar nu allemaal hadden groeien. Ik weet het niet. Ik zei aardappels of zo en toen kon ik gewoon niks meer bedenken. Wat een griezel is die man. Hij glimlachte de hele tijd naar me en zei niks en wachtte alleen maar tot ik iets stoms ging zeggen.'

'Oké,' zei Neve bedachtzaam.

'En hij is zo groot,' jammerde Mabel.

'Maar nu is hij weg. Het is voorbij.'

'Je snapt het niet.'

'Wat niet?'

'Hij denkt dat ik het heb gedaan. Hij denkt dat ik hem vermoord heb.'

De kamer begon langzaam om Neve heen te draaien. Ze zocht haar weg langs de rommel op de keukenvloer, langs Gary, en de deur uit naar de gang. Ze trok de keukendeur achter zich dicht.

'Waarom denk je dat?' Ze overwon zichzelf door dat te vragen.

'Ik weet het gewoon. Ik zag het aan hem. Hij denkt dat jij me dekt. Hij had het er steeds maar over dat jij zo'n beschermende moeder bent, dat soort dingen. Hij weet dat ik een moeilijke tijd heb gehad. Hoe kan hij dat weten? Heb jij hem dat verteld?'

'Natuurlijk niet. Luister goed, Mabel. Hij weet helemaal niets.'

'Hij denkt dat ik het gedaan heb.' Mabels stem ging weer omhoog.

'Hij probeert je van je stuk te brengen.'

'Wat moeten we doen?'

'Als hij je echt verdenkt zal ik hem alles vertellen en moeten we de gevolgen maar onder ogen zien,' zei Neve.

'Nee. Begrijp dat dan. Als je dat doet weet hij meteen dat ik tegen jou heb gezegd dat hij me verdenkt, en dan zal hij denken dat jij maar een verhaal verzint om mij te beschermen. Hij zal alleen maar zekerder van zijn zaak worden. Het zal alles alleen maar erger maken.'

Mabel huilde weer.

'Nee,' zei Neve. 'Klaar nu. Het komt allemaal goed.'

'Beloof je dat?' Mabel klonk als een klein kind.

'Dat beloof ik,' zei ze met vaste stem, ook al wist ze dat haar belofte niets voorstelde.

'Kom je gauw thuis?'

'Nog een halfuurtje,' zei ze. 'Op z'n hoogst.' Ze beëindigde het gesprek.

'Alles goed?' Gary stond achter haar.

'Die thee moet ik helaas uitstellen. Ik moet weg.'

Hij haalde zijn schouders op. 'Natuurlijk. Je drukke bestaan.'

'Het gaat om Mabel,' zei ze. 'Maar we moeten het er nog een keer echt over hebben. En laten we afspreken dat we binnenkort samen opruimen.'

'Best.'

De angst en pijn leken uit hem weggevloeid maar wat er over was voelde erger: hij leek verdord, uitgehold en afhoudend.

Ze wilde hem even vastpakken maar hij was onaanraakbaar geworden.

Ze moest twee bussen nemen om thuis te komen. In de tweede, terwijl ze uit het raam staarde naar Clissold Park, kwam er een gedachte in haar op.

Degene die Saul had vermoord had haar een berichtje gestuurd, waarna hij of zij zichzelf de flat had binnengelaten om op haar te wachten. De deur was niet geforceerd, dus óf diegene had spullen bij zich gehad om mee in te breken maar had Saul thuis aangetroffen, die er niet had zullen zijn, óf had een sleutel gehad. Het tweede scenario leek aannemelijker: inbreken zou te riskant zijn geweest omdat er mensen onder en boven woonden. Hoe kwam de moordenaar aan een sleutel van de flat?

Ze wist het. Die kwam van haar.

Kort voor Sauls dood had iemand in een overvol café haar oude rugzak gestolen. Haar sleutel had in haar portemonnee gezeten. Saul had een nieuwe voor haar laten maken en daarna had ze er niet meer bij stilgestaan omdat ze het voorval toeschreef aan een combinatie van een gelegenheidsdief en haar eigen achteloosheid.

Maar nu wist ze zeker dat degene die Saul had vermoord ook haar rugzak had gestolen. Wanneer was dat geweest? De datum kon ze zich niet meer herinneren, maar dat moest terug te halen zijn omdat ze haar pasjes had laten blokkeren. Hoe dan ook, het was op een van de dagen vlak voor Sauls dood.

Fletcher zou haar rugzak niet gestolen hebben, dacht ze. Voor hem was dat niet nodig. Die rugzak lag elke dag gewoon thuis. Maar met wie was ze in het café geweest? Ze dacht met Renata en Tamsin. En Gary? Ze meende van niet, maar ze kon het zich niet herinneren. Maar als zij hem hadden weggenomen, waar zouden ze hem dan verstopt hebben? Iedereen die langsliep had hem gewoon van de stoelleuning kunnen grissen.

Nu ze terugkeek op de laatste paar dagen leek het wel alsof alles bezoedeld was, alsof alles tegen haar samenspande. Er waren geen toevalligheden. Zelfs haar val met de fiets zag ze steeds weer voor zich, alsof ze een bepaalde filmscène eindeloos opnieuw afdraaide. De gestalte die zijdelings in haar blikveld was opgedoken, haar van haar fiets had geduwd en haar met haar schaafplekken en een rauw gezwollen gezicht had laten liggen – was dat de hopeloze, verwarde dronkaard die ze er in haar fantasie van gemaakt had of was het met opzet gebeurd? Een poging om haar kwaad te doen, haar te vermoorden? Ze herinnerde zich dat er een vrachtwagen vlak langs haar gedenderd was toen ze op het wegdek lag. Was dit door dezelfde persoon gedaan die ook haar sleutel had gestolen, dat berichtje had gestuurd, Saul had vermoord, de foto van haar prikbord had gehaald, die de met bloed besmeurde map bij Bernice in de bus had gedaan en die de hamer uit de tuin had weggenomen? Iemand die haar in de gaten hield, achtervolgde; iemand die zorgvuldig plande maar toch ook chaotisch te werk ging – verteerd door haatgevoelens? Haatgevoelens voor haar. Wie zou haar zo hartgrondig haten?

Het was zeker dat het iemand uit haar nabije omgeving was, een goede bekende die dingen over haar leven wist en misschien zelfs begreep dat de beste manier om haar kapot te maken was haar dochter kapot te maken.

Terwijl ze zo dacht, inmiddels vlak bij huis, speelde er een andere schimmige en vluchtige gedachte door haar hoofd... die vrijwel meteen weer verdween. Net als bij een droom die je vergeten bent zodra je je ogen opslaat slaagde Neve er niet in de gedachte weer op te roepen. Die gleed weer weg, zonder zelfs maar een spoor achter te laten, alleen het gevoel dat haar iets essentieels was ontgaan bleef.

Op het moment dat ze de sleutel in het slot van de voordeur stak en omdraaide deed Mabel open. Alsof ze op haar had staan wachten.

'Waar was je?'

'Ik ben bij Bernice Stevenson geweest.'

'Ik dacht dat die ergens buiten de stad woonde.'

'Klopt, ik heb de trein genomen.'

'Waarom? Is er iets aan de hand?'

Neve boog zich naar haar dochter toe. Ze sloeg een arm om haar heen. Wat was ze mager. Ze kon haar schouderbladen voelen. Mabel liet Neve's arm een poosje waar hij lag maar deed toen een stap terug.

Nu viel het Neve op hoe uitgeput ze eruitzag. Ze sprak met gedempte stem alsof ze bang was dat er iemand meeluisterde. 'Het komt helemaal goed met jou,' zei ze beslist. 'Daar zal ik voor zorgen.'

'Hoe kun jij daar nou voor zorgen?' zei Mabel. 'Hoe, in vredesnaam?'

Neve keek door het achterraam naar buiten. Will stond voorovergebogen boven een bloemperk. 'Waarom is hij er nog steeds?' vroeg ze. 'Gaat er dan nooit meer iemand weg uit dit huis?'

'Volgens mij is hij aan het wieden.'

'Wie heeft gezegd dat hij mocht wieden? Wieden is mijn klusje, om me te ontspannen.'

'Renata is ook bij hem,' zei Mabel. 'Ze doet een beetje vreemd.'

'Vreemd? Hoe dan?'

'Giechelig. Een beetje, nou... flirterig.'

Neve liep via de keuken meteen door naar de tuin, waar Will net een plant uit de grond trok. Ze wist niet eens zeker of het wel onkruid was. Renata stond ernaast. Neve's kantoorkleren had ze verwisseld voor het T-shirt dat Neve uit Sauls flat had meegenomen, Neve's leren jasje en favoriete spijkerbroek, met de pijpen opgerold. Fletchers enige stropdas diende als riem.

'Hoi hoi,' zei Renata vrolijk.

Mabel had gelijk: ze deed wat vreemd aan. Gespannen en luidruchtig.

'Ik ben vandaag hoveniershulpje.'

'Hoi,' zei Neve, bedachtzaam. Will keek even naar haar op. 'Ik dacht dat jij een baan had.'

'Ik ben mijn eigen baas,' zei hij opgewekt. 'Ik vermaak me prima.'

'Maar dit hoef je niet te doen. Echt niet.' Ze had moeite haar kalmte te bewaren.

'Het is mijn manier om me te ontspannen.'

Ze moest zich inhouden om niet te zeggen dat het nergens voor nodig was dat hij zich bij haar thuis ontspande of er überhaupt rondhing. Dat het misschien tijd werd om naar zijn eigen huis terug te gaan.

Hij stond op en veegde de aarde van zijn handen. 'Klaar,' zei hij tevreden.

'Ontzettend aardig van je, Will.' Neve deed haar best zo neutraal mogelijk te klinken. 'Maar ik ben bang dat het onkruid dat je er zojuist uit hebt getrokken de vaste plant was die ik er een paar maanden geleden in heb gezet.'

Ze ging naar boven om even bij Rory en Connor te kijken: Rory zat te lezen en Connor deed een spelletje op de computer. Ze kwam langs de badkamer en zag dat de deur op de knip zat. Ze hoorde water lopen en fronste.

'Wie zit er in bad?' vroeg ze aan Fletcher toen ze de keuken binnenliep.

'O, dat is Jackie.'

'Jackie!'

'Will en zij stonden met z'n tweeën op de stoep. De boiler van haar vriend had kuren, zei ze, dus ze was in geen tijden onder de douche geweest.'

‘Dus Jackie zit bij ons in bad?’

‘Ja.’ Hij trok een quasi-verontschuldigend gezicht. ‘Sorry.’

Ze zette thee, die ze meenamen naar de tuin.

‘Ik ben nooit een ster in tuinieren geweest,’ zei Fletcher. ‘Ik gaf er gewoon niet om, dat is mijn makke.’

‘Ik hou van mannen die iets kunnen met hun handen,’ zei Renata. ‘Charlie heeft dat niet. In de verste verte niet.’

Even vroeg Neve zich af of ze weer dronken was, of misschien was ze het nog steeds.

Will keek haar aan en glimlachte, en zij glimlachte terug.

‘Ik weet niet of dit ook onder handigheid valt, maar als ik onkruid zie, dan wil ik het meteen uit de grond trekken.’

‘Of een vaste plant,’ zei Neve.

‘Ik was waarschijnlijk beter af geweest als ik voor loodgieter had geleerd,’ zei Fletcher somber. ‘De wereld kan best zonder de zoveelste mislukte kunstenaar, maar iemand die een lekkende leiding kan repareren komt altijd van pas.’

‘Je bent geen mislukte kunstenaar,’ zei Neve meteen. ‘En ik vind niet dat je loodgieter had moeten worden.’

Fletcher wilde gaan uitleggen hoe snobistisch dat klonk, maar Neve’s telefoon ging, en toen ze zag wie het was liep ze weg, om pas binnen op te nemen.

‘Kun je praten?’ vroeg Sarah.

Neve keek naar Will, Renata en Fletcher in de tuin. Fletcher leek haar blik te voelen en lachte naar haar, en zij lachte terug.

‘Het komt niet echt goed uit.’

‘Het is belangrijk. Ik zal het kort houden.’

Jackie kwam de keuken binnen, zwaaide haar enthousiast toe, legde een vinger op haar lippen, pakte Neve’s mok met thee en zweefde ermee naar de tuin.

‘Goed dan,’ zei Neve.

'Ik heb moed lopen verzamelen om je te bellen. Ik wilde je eigenlijk persoonlijk spreken maar dacht dat dat misschien te ongemakkelijk zou zijn.'

Neve begon iets te zeggen maar Sarah onderbrak haar.

'Laat mij maar gewoon zeggen waar ik voor belde, dan kun jij daarna reageren en zeggen wat jij wilt.'

Neve hoorde haar diep ademhalen.

'Het spijt me zo van wat we hebben gedaan. Wat ik heb gedaan. Als ik je heb gekwetst – nee, dat klinkt niet goed. Ik wéét dat ik je heb gekwetst. Ik ga er een punt achter zetten met Fletcher.'

Er viel een stilte. Neve twijfelde of er nu een reactie van haar werd verlangd of nog niet. Wat moest ze doen? Haar gelukwensen met haar beslissing? Dus zei ze maar niets.

'Dit klinkt weer niet goed,' ging Sarah verder. 'Zo klinkt het alsof het iets groots is waar je een punt achter moet zetten. Het was allemaal zo'n onduidelijke toestand. Het enige wat ik wilde was dat iemand me zag staan. En Fletcher zat niet goed in zijn vel, maar hij houdt van jou.'

Neve overdacht de verschillende manieren waarop ze kon reageren, maar zweeg. Welk recht had zij om boos te zijn? Misschien was een of andere wraakzuchtige god bezig haar haar verdiende loon te geven.

'Je hoeft aan mij geen verantwoording af te leggen,' zei ze. 'Ik neem het jou niet kwalijk.'

'Maar je moet het Fletcher ook niet kwalijk nemen. Hij heeft al twee keer geprobeerd met me te breken, maar ik heb hem ervan overtuigd dat we er niemand kwaad mee deden. En dat geloofde ik ook, soort van. Het punt is, Neve, hij houdt van jou. Daar is hij van het begin af aan duidelijk over geweest. Ik heb steeds geweten dat ik voor hem niet meer was dan een middel om hem door een moeilijke periode te helpen. Hij dacht dat jij niet meer om hem gaf of geen respect meer voor hem had. En daarbij kwam natuurlijk alles wat jullie samen met Mabel hebben moeten doormaken...'

'Laat Mabel erbuiten.'

'Sorry. Neem me niet kwalijk.'

Neve haalde diep adem. 'Dank je,' zei ze zo beheerst als ze kon opbrengen. 'Het zal niet makkelijk voor je zijn geweest om me te bellen. En ik ben niet boos op je.'

'Echt niet?' vroeg ze, met een snik op het eind.

'Echt niet. Maar nu moet ik gaan. We spreken elkaar.'

Ze beëindigde het gesprek en deed een poging tot zichzelf te komen door een rondje langs alle gebruikte kopjes en glazen in de keuken te maken en die in de vaatwasser te zetten. Ze nam de tafel af en haalde opnieuw diep adem. Toen durfde ze de wereld weer onder ogen te komen. Ze liep terug naar de tuin.

'Alles goed?' vroeg Fletcher.

'Prima.'

'Wie was dat?'

Neve haalde haar schouders op. 'Het was niet belangrijk.'

Er klonk een vertrouwde ping, waarop Fletcher zijn telefoon uit zijn zak haalde, er een blik op wierp en een paar stappen verderop ging staan. Neve volgde hem met haar blik en lette niet op wat Will zei over wat je niet allemaal met de tuin zou kunnen doen of wat Renata zei over Charlie of wat Jackie zei over mannen in het algemeen. Hij las een berichtje, en zij wist wat voor berichtje dat was. Hij was met zijn rug naar haar toe gaan staan, maar ze las zijn emotie en schrik af aan zijn opgetrokken schouders. Een aantal minuten bleef hij zo staan, veel langer dan het gekost zou hebben om te lezen wat hij moest lezen. Uiteindelijk stopte hij de telefoon in zijn zak en kwam weer bij hen staan. Hij zag bleek en keek strak voor zich uit. Hij knikte terwijl Will hem aankeek en tegen hem praatte, maar Neve kon aan hem zien dat hij niets hoorde en niets zag.

Ze stootte hem even aan. Hij draaide zich naar haar om alsof ze hem wakker had geschud.

'Gaat het?' vroeg ze. Haar man had zojuist van de vrouw met wie hij een affaire had te horen gekregen dat die voorbij was, en het enige wat ze voelde was een vermoeid soort medelijden. Hij zag er intens verslagen uit.

Hij keek haar aan alsof hij niet begreep wat ze zei. 'Gin,' zei hij uiteindelijk.

'Wat?'

Hij keek naar Jackie, Will en Renata. 'Volgens mij zijn we toe aan een gin-tonic.'

'Tja,' begon Will. 'Ik geloof echt dat ik genoeg gedronken heb de laatste paar dagen om...'

'Heerlijk,' zei Renata.

'Ik doe mee,' zei Jackie.

Fletcher keek naar Neve.

'Een kleintje dan,' zei ze. 'Maar echt een heel kleintje.'

Toen Fletcher naar de keuken was richtte Renata zich tot Neve.

'Kan ik een trui van je lenen? Ik begin het koud te krijgen.'

'Natuurlijk.'

'Ik pak er zelf wel een. Ik weet waar je kleren liggen.'

Zonder Renata stonden Jackie, Neve en Will een tijdje zwijgend bij elkaar. Neve wilde nergens over praten. Het enige wat ze wilde was dat iedereen wegging.

Will keek haar bezorgd aan. 'Is alles goed met je?' vroeg hij.

'Hoe bedoel je?'

'Je ziet er moe uit. Gespannen. Het voelt niet goed dat ik hier nog steeds ben. Je hebt de hele tijd maar mensen over de vloer.'

'Nee,' zei Neve vermoeid. 'Dat was juist goed.'

'Kijk wie we hier hebben,' zei Fletcher.

Ze keek om. Fletcher hield een dienblad met vijf glazen voor zich uit. Achter hem vulde Hitching de deuropening. Hij glimlachte naar Neve alsof er die ochtend op het bureau niets was voorgevallen. Ze staarde verbijsterd terug en kreeg een hol gevoel in haar maag.

'Ik hoor u al zeggen dat het zo langzamerhand wel genoeg is geweest, met die onaangekondigde bezoekjes.'

'Nee hoor,' zei Neve, 'dat was ik niet van plan.'

'Ik dacht, ik kom even langs.'

'Ik was van plan u een gin-tonic aan te bieden,' zei Fletcher. 'Maar het doet er niet toe wanneer je het vraagt, een politieman zegt altijd: "Niet als ik in functie ben."'

'Maar ik ben niet in functie,' zei Hitching. 'Niet echt. Ik ben op weg naar huis.'

'Dus dat betekent dat u er ook een wilt?'

'Graag. Het ziet ernaar uit dat jullie feestje nog steeds aan de gang is.'

'Uitstekend,' zei Fletcher. 'Neem deze.' Hij gaf Hitching zijn glas en ging weer naar binnen.

Renata kwam de tuin in huppelen in een trui die haar veel te groot was en deed voor de grap alsof ze van schrik rechtsomkeert zou maken. 'Wat komt u hier doen?' vroeg ze, waarop ze haar glas van het dienblad pakte en twee grote slokken nam.

'Een paar losse eindjes,' zei Hitching.

'Dat klinkt onheilspellend.' Ze liep terug naar de keuken, haar glas als een miskelk in beide handen voor zich uit houdend.

Jackie gaf Neve een klopje op haar hoofd zoals je bij een

zwerfhond zou doen en liep achter haar aan.

Neve stelde Will aan Hitching voor als een oude studievriend.

'Ah, van de studie,' zei Hitching. 'Hoe was Neve in haar jonge jaren?'

Will fronste, alsof hij het zich probeerde te herinneren. 'Ze hield wel van een feestje,' zei hij.

'Dat geloof ik graag,' zei Hitching. 'Daar kunt u me vast wel een paar mooie verhalen over vertellen.'

'Als je 't maar laat,' zei Neve.

'Ze was aardig,' zei Will.

'Nog steeds, mag ik hopen,' zei Hitching met een glimlach die Neve deed huiveren.

'Ze betrok iedereen er altijd bij,' ging Will verder.

'Nou, ik zie dat ze dat nog steeds doet. Telkens als ik kom is het hier een zoete inval.'

Fletcher kwam weer naar buiten met zijn gin-tonic. Hitching knikte naar Neve.

'Kan ik u even spreken?'

'Ik dacht dat u niet in functie was.'

'Even heel kort.'

Ze liepen met z'n tweeën verder de tuin in, tot bij de voltooide kas, die hij uitgebreid opnam.

'Mooi,' zei hij. 'Wat gaat u erin kweken?'

'Weet ik nog niet. Iets wat we op de volkstuin nog niet verbouwen. Misschien tomaten. Of Spaanse pepers.'

'Spaanse pepers? Hier in Engeland?'

'Dat gaat best.'

Hitching nam een slokje van zijn gin-tonic, maar Neve zag dat hij die al op had. Hij viste het schijfje citroen van de bodem van zijn glas en werkte dat in twee happen naar binnen, met schil en al.

'Wilt u er nog een?'

'Ik heb Katie Rouse gesproken,' zei hij, haar vraag negerend. 'De assistent van Saul Stevenson.'

'Ja. Ik weet wie ze is.'

'Zijn secretaresse, wilde ik zeggen, maar dat woord mag je tegenwoordig geloof ik niet meer gebruiken.'

'Ze is ook geen secretaresse.'

'Precies,' zei Hitching. 'Ze tikte zijn brieven niet. Ze was meer degene die zijn agenda bewaakte, zijn zaken regelde.'

Een gevoel van angstige onrust bekroop Neve. Waar ging dit heen?

'Ze wilde me spreken. Ze wist dat ik haar collega's op kantoor had gevraagd of ze ooit in zijn flat waren geweest. Zij was er nooit geweest. Niet één keer. Wist u dat?'

'Nee.'

'Ze had gehoord dat u er een keer een pakketje hebt afgegeven. Ze vond dat ik moest weten dat dat haar verbaasd had. Bijzonder verbaasd.'

Hij keek haar aan, kennelijk in afwachting van een reactie, en dus gaf ze hem de simpelste reactie die ze bedenken kon.

'Waarom?'

'Ze zei dat als hij iets in zijn flat bezorgd had willen hebben dat per koerier zou zijn gegaan, of dat hij háár gevraagd zou hebben het te komen brengen. Ze vond het heel onwaarschijnlijk dat hij zoiets aan iemand anders gevraagd had.' Hij zweeg, maar Neve zei niets. 'Hebt u daar iets op te zeggen?'

'Ik zou niet weten wat ik daarop moest zeggen,' zei Neve, zichzelf inwendig vervloekend dat ze die onnodige leugen had verteld. 'Hij vroeg me of ik dat pakketje bij hem wilde afgeven en dat heb ik gedaan.'

'Hoe vroeg hij dat?'

‘Hij belde, geloof ik.’

‘En waar lag dat pakketje?’

Neve probeerde wanhopig iets te verzinnen wat niet te controleren viel. ‘Ik denk dat het op zijn bureau lag.’

‘Waarom denkt u dat hij het aan u vroeg en niet aan mevrouw Rouse?’

‘Dat weet ik niet. Misschien was ze er niet. Maar ik weet het niet.’

‘Waarom zou hij juist u vragen?’

‘Ik heb geen idee. Hij wist dat ik fiets, dus misschien ging hij ervan uit dat het voor mij een kleine moeite zou zijn.’

Hitching keek opnieuw naar zijn glas, en toen weer naar haar. ‘Hoe wist hij dat u fietste?’

‘Dat wist hij gewoon. De meeste mensen weten dat. Ik denk dat we elkaar een keer tegen het lijf zijn gelopen toen ik hem op slot zette. Of van het slot haalde.’

Hitching keek langdurig, een volle minuut of meer, met een lege blik over Neve’s hoofd heen in de verte. Ten slotte schudde hij zijn hoofd.

‘Spaanse pepers,’ zei hij. ‘Wie had dat gedacht?’

‘Ik heb ze nog niet verbouwd.’

‘Ik ben op uw volkstuin geweest.’

‘O.’ Het kwam eruit als een hese ademstoot.

‘Een van uw buren wees me welke het was. We waren het erover eens dat daar nog wel wat te doen valt.’

‘Ik heb het druk gehad. Ik ben er sinds afgelopen woensdag niet meer geweest.’

‘Ja, met uw dochter.’

Er viel een loodzware stilte.

‘Zo is het,’ zei Neve uiteindelijk.

‘Maar het lijkt alsof het veel langer geleden is. Er moet van alles geoogst en geplukt worden. Uw snijbiet is verwilderd. De frambozen hangen te verkommeren. Ik heb er een paar geproefd, moet ik bekennen. Heel smakelijk.'

'Alles groeit razendsnel in deze tijd van het jaar.'

'De distels hebben de tuin overgenomen. Uw sla is doorgeschoten. Zo zeg je dat toch? Doorgeschoten?'

'Ja. Zoals ik zei: ik heb het druk gehad.'

'We hebben wat rondgevraagd daar.' Hij zei het vaag, alsof het zomaar een opmerking was. 'We zijn nog niemand tegengekomen die u die ochtend heeft gezien. U en uw dochter, bedoel ik.'

'Zoals ik al zei: ik heb niemand gezien, dus waarom zou iemand mij dan wel gezien hebben?'

'Uw buurman daar zei dat hij dacht dat hij er die dag was.'

'Ik heb hem niet gezien.'

'Hij zegt dat hij u al een paar weken niet heeft gezien.'

'We gaan allemaal op verschillende tijden.'

'Juist.'

Neve pakte het glas uit Hitchings hand.

'Ik heb trouwens ook even met uw dochter gesproken,' zei hij terloops.

'Dat zei ze al.'

'Slimme meid.'

'Ze is beter dan slim.'

'U bedoelt héél slim?'

'Nee, ze is goed.'

Hitching schonk haar zijn glimlach, de glimlach waar ze genoeg van begon te krijgen.

'Goed,' zei hij. 'Ja, dat is mooi gezegd. Bedankt voor de borrel.'

Neve sneed rode paprika's, aubergine en sjalotten in grove stukken, deed ze in een schaal, goot er een scheut olijfolie over en schoof alles in de oven. Ze sneed trostomaten en voegde die toe. Haar handen trilden. Ze deed rijst en water in een kleine pan. In de woonkamer hoorde ze Jackie, Renata en Will lachen. Renata's lach klonk schel en leek elk ogenblik te kunnen overgaan in een huilbui.

Fletcher kwam de keuken in. Zijn haar was te lang en zijn baard moest nodig bijgeknipt. Zijn ronde brillenglazen waren vettig. Ze voelde zo'n golf van vertedering over zich heen komen dat ze moeite had om overeind te blijven.

'Neve,' zei hij. 'We moeten praten.'

'Is alles goed met je?'

'Er is iets wat ik je moet vertellen.'

Er was iets wat hij haar vooral niet moest vertellen. Hij moest haar niet vertellen over zijn affaire met Sarah, omdat zíj hem niet kon vertellen over haar affaire met Saul en dan in de onvergeeflijke situatie terecht zou komen dat ze hem vergaf voor iets waaraan ook zij zich schuldig had gemaakt. Hij zou voor altijd de foute partner zijn en zij de goede. Dat mocht ze hem niet aandoen. Ze legde haar handen op zijn schouders en ze keken elkaar aan. Hij zag er diep ellendig uit.

'Fletcher,' zei ze. 'De laatste paar jaar zijn bijna ondraaglijk geweest, voor ons allebei. We hebben elkaar verwaarloosd, elkaar dingen verweten en we waren boos of deden afstandelijk, wat nog erger is. We hebben niet genoeg aandacht voor elkaar gehad of elkaar voldoende de ruimte gegeven. Of gewoon plezier gehad samen. Of gepraat. We hebben domweg op alle mogelijke manieren doorgeploeterd, als twee mollen die door de grond wroeten.'

'Maar...'

'Wat er de afgelopen jaren ook is gebeurd, jouw fout is het niet, en ook niet de mijne. Het lag aan ons allebei. We hadden een beetje meer begrip moeten hebben voor wat de ander doormaakte, een beetje oplettender moeten zijn.'

'Je begrijpt het niet.'

'Ik geloof van wel. Luister, Mabel zal binnenkort wel uit huis gaan.'

'Denk je?'

'Ik weet het niet. Ik geloof niet dat ze het zelf weet. Maar binnenkort zal alles anders aanvoelen. Dan hebben we de tijd en de ruimte en kunnen we nadenken over hoe het moet met de rest van ons leven.'

'Wil je bij me weg?'

'Dat zeg ik niet. Ik denk alleen dat dit niet het juiste moment is om te praten. Het is een gekkenhuis hier. Renata, Jackie en Will zijn er – nog stééds. Mabel en de jongens zijn er. We zijn allemaal doodop.'

Vanuit de woonkamer drong opnieuw uitbundig gelach.

'Heb je Renata nog een gin-tonic gegeven?'

'Ze heeft zichzelf er een ingeschonken – met aanzienlijk meer gin dan tonic.'

De bel ging.

'O jezus, ik kan er niet nóg iemand bij gebruiken hier in huis,' zei Neve. 'Wie het ook is, stuur hem weg. Nee, laat ook maar, ik doe het zelf wel.'

Ze beende naar de voordeur en deed met een ruk open.

'O. Charlie.'

'Is ze hier?'

'Ja.'

'Waar is ze verdomme mee bezig? Ze doet het met haar baas en gaat er vervolgens vrolijk vandoor om zich bij jullie in een eeuwigdurend feest te storten.'

'Ze vroeg of ze hier kon logeren en ik heb ja gezegd, dat is alles.'

'Dag Charlie,' zei Renata. Neve draaide zich om en zag haar tegen de muur in de gang staan. 'Dit is Will.' Waarop Will, alsof het zo was afgesproken, uit de woonkamer tevoorschijn kwam.

'Ga je mee naar huis, om te praten?'

'Will en ik zijn ooit een stel geweest,' zei Renata opgewekt. 'Hè Will, vroeger. Eeuwen geleden. Toen we jong waren.'

'Ik moest maar eens gaan,' zei Will, die zich uit pure gêne geen houding wist te geven.

Zijn verdiende loon, had hij maar niet zo lang moeten blijven plakken, dacht Neve.

'Maar ja, ik ben met zoveel verrukkelijke mannen naar bed geweest,' ging Renata verder.

Neve wist dat ze haar de mond moest snoeren maar op de een of andere manier kreeg ze geen woord over haar lippen.

Achter haar kwam Mabel langzaam de trap af.

'Zoveel. En het was leuk. Maar het was een stoelendans. Op een dag stopte de muziek en zat ik met jou en jij met mij en, zoals ze zeggen: de rest is bekend.'

'Renata,' wist Neve uit te brengen. Mabel was op de onderste tree blijven staan. Fletcher stond met een haast komische blik van ongeloof op zijn gezicht in de deuropening van de keuken.

'Hield ik van jou?' vroeg Renata mijmerend en kennelijk oprecht uit op een antwoord. 'Hield jij van mij? Mochten we elkaar? En zo ja, wat is er dan gebeurd? Dat wil ik weten. Wat denk jij, Charlie?'

Charlie stond er met open mond bij. Hij knipperde een paar keer met zijn ogen, bracht zijn hand omhoog en streek over zijn keurige kapsel. Het was alsof alle vechtlust uit hem was weggeëbd. Neve kreeg bijna medelijden met hem.

'Laten we er nog eentje nemen,' zei Renata. 'Ik drink te veel. Maar dat is om niet te veel te hoeven nadenken.'

Er viel een stilte en Neve had het afgrijselijke gevoel dat ze op het punt stond in lachen uit te barsten over de harteloze farce die zich voor haar ogen ontrolde. 'Renata,' zei ze, naar haar toe lopend. 'Hou alsjeblieft op. Je zegt gemene dingen die je niet meent en waar je spijt van krijgt.'

'O ja? Is dat zo, Charlie?'

Maar Charlie was vertrokken. Neve holde naar buiten en zag hem met gebogen hoofd de straat uit lopen. Even overwoog ze achter hem aan te rennen, maar ze wist niet wat ze tegen hem zou moeten zeggen. Ze ging weer naar binnen, waar ze Renata zittend op de vloer in de gang aantrof, met haar hoofd in haar handen, huilend. Will zat op zijn hurken naast haar terwijl Jackie over haar heen gebogen stond en haar probeerde te sussen.

'Ik denk dat ze te veel gedronken heeft,' zei Will verontschuldigend.

'Ik denk dat je gelijk hebt.'

'We moesten maar eens gaan.'

'Dat lijkt mij ook het beste.'

Hij stond op.

'Het spijt me als we te lang gebleven zijn met z'n allen. Ik ga overmorgen terug naar Bristol, dus ik neem nu alvast afscheid van jullie. Zullen we snel weer afspreken met z'n allen, en niet meer zo lang wachten als de vorige keer? Het was allemaal heel...' Hij aarzelde. 'Interessant.'

'Goeie woordkeuze,' zei Neve. 'Ik hoop dat het vanaf nu allemaal wat minder interessant wordt.'

Ze nam Renata mee naar de logeerkamer, waar ze, nog steeds huilend, op het bed ging zitten en Neve haar uit haar schoenen, sokken, spijkerbroek, trui en T-shirt hielp.

'Wat heb ik gedaan?' jammerde Renata terwijl ze zich op het kussen liet zakken; haar gezicht was één grote vlek van uitgelopen make-up en verdriet. 'Wat heb ik in vredesnaam gedaan?' Ze kwam met een schok half overeind en greep met haar handen in haar verwarde haardos. 'Ik moet naar hem toe en zeggen dat het me spijt.'

'Je kunt beter eerst bedenken wat je wilt,' zei Neve. 'Of je je huwelijk wilt redden of niet. En dat gaat je vanavond niet lukken. Eerst slapen. Morgen is alles duidelijker.'

'Ik wil niet dat het duidelijker is. Duidelijker is afschuwelijk.'

'Wil je iets eten?'

Renata's antwoord was een grimas.

'Ik zal thee voor je halen.'

'Maar hij is wel een beetje een kouwe kikker.'

'Charlie?'

'Ja.'

'Laten we het er morgen over hebben.'

Het avondeten was aangebrand: alweer een mislukte maaltijd.

'Wat zullen we nu eten?' vroeg Neve. 'Ik vind alles best.'

'Wat dacht je van crackers met kaas,' stelde Fletcher voor.

'Maar ik heb honger,' zei Connor.

'Dan krijg jij bonen op toast.'

Ze aten voor de tv omdat Neve er niet aan moest denken nog een gesprek te moeten voeren. Rory at een kom cornflakes, Connor bonen op toast en Mabel nam een muizenhapje kaas, rolde zich op in een hoek van de bank en sloot haar ogen.

Neve staarde naar de blauwe vinvis op tv, en op het moment dat het machtige lijf van het dier boven de golven uit rees kwam de eerder weggezonken ingeving bijna boven water. Ze zat zo stil als ze kon en probeerde zich er niet op te concentreren, want dat zou hem alleen maar verjagen. En toen, eindelijk, had ze de ingeving te pakken.

Ze kwam overeind en stapelde de borden op.

'Laat maar,' zei ze toen Fletcher aanstalten maakte om haar te helpen. 'Ik doe dit en ga Whisky z'n eten brengen, als jij straks zorgt dat je Rory en Connor naar boven krijgt.'

Ze boog zich over Mabel heen en legde een hand op haar schouder. Mabel opende knipperend haar ogen en keek Neve aan alsof ze geen idee had wie ze was.

'Bedtijd,' zei ze.

'Het is pas negen uur.'

'Je sliep. Je bent doodop.'

In de keuken zette ze de borden in de vaatwasser, haalde een doekje over het aanrecht en zette de melk en de kaas in de koelkast. Toen liep ze met het voer voor de cavia de tuin in en klakte zacht met haar tong. Whisky stak zijn snuit uit het stro. Hij staarde haar met zijn kraaloogjes aan, kwam toen helemaal tevoorschijn en duwde zijn neus tegen het gaas. Neve maakte het deurtje open, vulde het bakje en controleerde het water. Terwijl ze het ruwe kleine lijf van het beestje zacht aaide draaiden haar gedachten zo op volle toeren dat ze bang was dat haar hoofd in duizend stukken uit elkaar zou spatten.

Weer binnen ging ze de jongens instoppen nadat ze eerst had gecontroleerd of ze hun tanden hadden gepoetst en hun kleren hadden klaargelegd. Ze gaf ze allebei een kus en zei erbij dat ze de volgende dag met z'n allen een echte maaltijd zouden eten omdat het waarschijnlijk Mabels laatste avond thuis was.

Zachtjes liep ze Mabels kamer in en ze keek een poosje naar haar slapende dochter. Ze zag er zo jong en weerloos uit dat Neve een steek in haar borst voelde. Ze trok haar dekbed recht en sloop op haar tenen weer weg.

Fletcher zat in zijn werkkamer. Ze zag de streep licht onder de gesloten deur. Ze ging naar beneden, trok haar jas aan, liet de huissleutel in haar zak glijden en liep naar buiten. Het was inmiddels donker. Het waaide, bladeren wervelden om haar heen en ze voelde een paar regendruppels op haar wang. Het rook naar herfst.

Ze liep een eindje de straat uit en belde aan bij een voordeur een paar huizen verderop. Ze dacht dat ze iemand hoorde schuifelen, waarna de deur opengaan. Eerst leek er een kind voor haar te staan, maar het bleek een klein, oud, kaal mannetje met gevlekte groene ogen. Hij leek op een tuinkabouter die jaren in de regen had gestaan.

'Ja?' Zijn stem kraakte als een radio met slechte ontvangst.

'Neemt u mij niet kwalijk,' zei Neve. 'Ik heb geloof ik de verkeerde deur.'

'Ik heb u weleens gezien. Op uw fiets.'

'Dat kan wel kloppen.'

Ze schudde hem de hand, zei dat het haar speet dat ze hem had gestoord, dat ze later maar eens echt moesten kennismaken, en vertrok.

Thuis was alles stil. Ze ging aan de keukentafel zitten en zette haar vingers tegen haar slapen. Nu wist ze het. Ze wist het, en die wetenschap schroeide zich als een brandmerk in haar hoofd.

Ze wist het en haar hart sprong op van woede en blijdschap. Omdat het Mabel niet was. Natuurlijk had Mabel het niet gedaan.

Ten slotte zocht ze het op via Google. Al snel had ze het nummer van Alison Ferrimore gevonden. Alison met haar twee verschillende kleuren ogen.

'Sorry dat ik je zomaar ineens bel,' zei ze. 'Je spreekt met Neve Connolly.'

Even bleef het stil. Ze kon de radertjes in Alisons hersens bijna horen draaien.

'Neve. Wow, Neve. Hoelang is dat niet geleden?'

'Veel te lang,' zei Neve. 'En ik zou graag een keer bijpraten, maar op dit moment heb ik alleen even je hulp nodig.'

'Mijn hulp?'

'Ik ben op zoek naar een adres en een telefoonnummer.'

Alison had het binnen een paar minuten gevonden. Ze hadden al lang geen contact meer gehad, zei ze.

Neve fronste terwijl ze het opschreef. 'Ik vraag me af of dit klopt.'

'Iets anders heb ik niet. Laten we nog een keer iets afspreken, voor we doodgaan,' voegde Alison er lachend aan toe.

Na het telefoontje maakte Neve alvast de lunchpakketten klaar voor Rory en Connor voor de volgende dag: brood uit de vriezer met het restje kaas en chutney en voor allebei een koekje en een appel. Ze zette de lunchtrommels in de koelkast, schreef een briefje voor Fletcher en controleerde of hun gymspullen aan het haakje in de bijkeuken hingen.

Ze moest nog één ding doen. Ze liep met haar telefoon de tuin in om Gary te bellen.

'Gaat het?' vroeg ze.

'Ik heb wel betere tijden gekend.'

'Het spijt me dat ik zo raar wegging laatst.'

'Zoals je al zei: er kwam iets tussen.'

'En het spijt me dat ik geen goede vriendin voor je ben geweest,' hield ze vol.

Gary bromde.

'Over een paar dagen,' zei ze, 'wil ik graag een hele dag langskomen om samen met jou je flat op te ruimen. Met iemand anders erbij gaat zoiets veel gemakkelijker – en dan kunnen we daarna ergens wat gaan eten, alleen jij en ik.'

'Je hebt het al zo druk.'

'Nee hoor, helemaal niet. Ik doe het met plezier. En verder denk ik dat je Charlie zou moeten vragen om je te helpen je schulden in kaart te brengen. Volgens mij zou hij dat graag doen.'

'Op medelijden van anderen zit ik niet te wachten.'

'Doe niet zo gek, Gary. Daar zijn we vrienden voor. We helpen elkaar.'

Na het gesprek opende ze Google Maps op haar telefoon en tikte een postcode in, waarna ze de wekker op halfzes zette.

Alle vermoeidheid was uit haar weggevloeid. Ze voelde zich scherp: alsof ze onder hoogspanning stond. Ze had dan ook geen idee hoe ze ooit in slaap moest vallen. Op blote voeten liep ze door het huis en ze bleef voor elke slaapkamerdeur even staan. In Fletchers werkkamer was het licht uit en toen ze hun slaapkamer binnenging zat hij met een kussen in zijn rug in bed.

'Ben je weg geweest?' vroeg hij. 'Ik dacht dat ik de voordeur hoorde.'

'Ik had wat frisse lucht nodig.'

Hij knikte.

Ze kleedde zich met een vreemd gevoel van verlegenheid uit en stapte naast hem in bed. Ze waren allebei gespannen en raakten elkaar angstvallig niet aan. Ze schoof haar telefoon onder haar kussen, zodat hij niet in alle vroegte wakker zou worden van de wekker en knipte haar lampje uit. Ze lagen naast elkaar in het donker. Ze wist dat hij wakker was en luisterde naar zijn zachte ademhaling. Uiteindelijk stak ze een arm uit en pakte zijn hand.

'Welterusten,' zei ze.

'Neve...'

'Slaap lekker.'

Ze liet zijn hand los, waarna hij zich omdraaide en niet veel later zachtjes lag te snurken. Maar Neve bleef nog lang wakker, wachtend op de nieuwe morgen.

8

HET LAATSTE AVONDMAAL

Na een onrustige nacht werd Neve wakker voordat de wekker ging. Ze gleed stil uit bed om Fletcher niet wakker te maken, viste in het donker haar kleren uit de la en trok ze aan, waarna ze de kamer uit sloop en de trap af ging. Jas, schoenen, rugzak, telefoon, sleutels, fietsslot.

Ze duwde haar fiets naar buiten en trok de deur zacht achter zich dicht. De zon was nog niet op, maar in het oosten gloorde het eerste fletse daglicht. Het was koel en fris, na de regen. De wind waaide haar haren op. Er was niemand op straat en totdat ze Lower Clapton Road bereikte reden er zelfs nauwelijks auto's. Ze stopte even, sloot haar ogen en fietste in gedachten over de kaart van Londen. Normaal gesproken zou ze voor een lange rit als deze, dwars door de stad, een rustige route langs een kanaal, langs de rivier of door een aantal parken kiezen. Maar nu deed dat er allemaal niet toe; er was maar weinig verkeer, of nou ja, weinig voor centraal Londen dan. Ze moest er gewoon snel zien te komen. Het was een kwestie van zo recht mogelijk naar het westen fietsen om dan lichtelijk in zuidelijke richting af te buigen.

Ze ging op weg en sloeg vervolgens Victoria Park Road in.

Voor de rest was het, met verschillende slingers en bochten, in feite één lange weg: Hackney Road, Farringdon Road, Oxford Street en dan langs Hyde Park. Ze zag een paar vroege joggers, wat mensen die hun hond uitlieten, en uit westelijke richting kwam haar een toenemende stroom fietsers tegemoet, die al vroeg op weg naar hun werk waren. Soms kon je al fietsend je gedachten de vrije loop laten, maar vanochtend lukte dat niet. Er waren te veel bussen en bestelwagens op de weg. En trouwens, wat viel er na te denken? Nog niets. Binnenkort des te meer.

Heuvelafwaarts richting de rotonde van Shepherd's Bush en dan in één ruk door naar Goldhawk Road. De ochtendspits was nu echt op gang gekomen, maar ging vooral de andere kant op. Ze stak de rivier over via Chiswick Bridge, waarna ze langs de kant van de weg stopte om op haar telefoon te kijken. Ja, ze moest er bijna zijn. Ze sloeg links af een woonwijk in, waar ze binnen een paar minuten afstapte voor Coleridge Road 12. De Theems was maar een paar minuten de ene kant op en Kew Gardens een paar minuten in tegenovergestelde richting, maar dit was gewoon een rustige straat met oude rijtjeshuizen die overal in Londen had kunnen zijn.

De ramen waren donker. Het zag eruit alsof iedereen nog lag te slapen. Ze keek op haar horloge. Het was tien voor zeven: een heel ongemakkelijke tijd om op bezoek te gaan bij iemand die je nog nooit had ontmoet. Ze besloot te wachten tot zeven uur. Dan kon het wel, vond ze. Na zevenen – zelfs al een minuut na zeven uur – kon je met goed fatsoen iets afleveren of de meter komen opnemen. Onverwacht bezoek van een onbekende kon vreemd overkomen, maar nu ze er eenmaal was moest ze doorpakken.

Ze stond op het paadje naar de voordeur op haar horloge te

kijken hoe de secondewijzer langzaam rondging. Ze staarde ernaar. Het was net of hij té traag ging. Alsof hij bijna stilstond. Ze knipperde. Hij bewoog nog.

'Hallo?' hoorde ze; het klonk meer als een verwijt dan als een begroeting.

Neve keek om zich heen. Uit het buurhuis was een vrouw naar buiten gekomen. Ze keek over de heg. Ze had grijs haar en droeg een ochtendjas.

'Ik zag u door het raam,' zei de vrouw. 'Kan ik u helpen?'

'Ik kom Karen opzoeken,' antwoordde Neve, half in de verwachting te horen te krijgen dat hier nooit iemand met die naam had gewoond. Omdat ze natuurlijk ergens in een dorp buiten Bristol woonden, met twee asielhonden.

'Zolang u in haar voortuin blijft staan zal daar niet veel van terechtkomen.'

'Ik wachtte even tot het zeven uur was.' Ze keek op haar horloge. 'En nu is het zeven uur.'

'Ze is niet thuis,' zei de vrouw.

'Is ze op vakantie?'

'Ze ligt in het ziekenhuis.'

'Wat is er gebeurd?'

'Het zal wel te vroeg gekomen zijn.'

'Wat?'

'Het werd pas volgende week verwacht. Gistermiddag zijn ze erheen gegaan.'

'Verwacht?'

'De baby.'

'Dat begrijp ik niet. Ik dacht dat ze geen...' Neve's stem ebde weg. Ze wist niet waar ze moest beginnen om haar verwarring te ontrafelen. 'Is Will er?'

'Ik moet Billy verzorgen zolang ze weg zijn.'

'Wacht even.' Neve keek haar met half toegeknepen ogen aan. 'Zei u nou "Billy"?'

'Ik dacht dat u een vriendin was.'

'Van een vriendin. Weet u welk ziekenhuis?'

Een halfuur later liep Neve de trappen van het St Joseph's Hospital in Barnes op. Een stemmetje in haar hoofd fluisterde haar in dat het vreselijk ongepast was om een vrouw in een ziekenhuisbed die pas bevallen was en die dus geen kant op kon lastig te vallen. Maar ze negeerde het stemmetje. Ze had al zoveel foute dingen gedaan. Eentje erbij zou nu niets meer uitmaken.

Ze vertelde de verpleegster bij de balie voor wie ze kwam.

'Het is nu geen bezoekuur,' zei ze.

'Ik ben zo weer weg. Ik wil haar alleen even feliciteren. Is alles goed met Karen?'

'Het gaat prima.'

'Waar ligt ze?'

'Eerste gang rechts. Kamer G3. Wel even uw handen ontsmetten voor u naar binnen gaat.'

Neve gebruikte de spuitflacon, duwde de grote klapdeuren open en ging rechts de gang in. Ze stapte kamer G3 binnen. Er waren vier bedden, alle vier bezet. Zo onopvallend mogelijk bekeek ze bed voor bed de patiëntgegevens aan het voeteneind. Karen Maxwell lag bij het raam, met uitzicht op een perkje met groen en nog een heel stuk verder de rivier.

Ze keek naar de vrouw in het bed. Ze sliep. Ze had blond, enigszins rossig haar en een bleke, haast transparante huid. Neve wierp een blik op het felroze pruimengezichtje en de samengeknepen vingertjes in de wieg naast het bed. Haar hart kromp ineen. Ze dacht aan Mabel, Rory en Connor toen ze pas geboren waren. Het leek zo lang geleden en toch was het een herinnering die ze bijna kon ruiken.

'Wie ben jij?' vroeg iemand zacht.

'Je hebt een prachtige baby,' zei Neve.

'Ja, dat is zo.'

'Is het een jongen of een meisje?'

'Agnes,' zei ze. 'Ze heet Agnes. Bijna acht pond.'

'Dat zal wel een zware bevalling zijn geweest.'

'Ik kan me er niets van herinneren. Alleen dat ik haar voor het eerst zag.'

Neve liep naar de andere kant van het bed, trok een stoel bij en ging zitten.

Karen draaide voorzichtig haar hoofd om Neve te kunnen aankijken. 'Wie ben jij?'

'Ik ben Neve, een vriendin van Alison Ferrimore.'

'Alison Ferrimore,' herhaalde ze dromerig. 'Ferrimore.' Het was alsof ze de naam proefde op haar tong.

'Je ziet er gelukkig uit,' zei Neve.

'Ja. Ik ben ook gelukkig. Dit had ik nooit verwacht. Ik had nooit gedacht dat ik nog een kind zou krijgen. Ik ben veertig en nu heb ik een kind.' Ze klonk nog steeds dromerig en sprak met een dikke tong. 'Ik weet dat dat best oud is om een kind te krijgen. Als Agnes zo oud is als ik nu, ben ik tachtig.'

'Je bent niet oud,' zei Neve. Ze legde een hand op Karens arm. 'Ik wilde even met je praten. Ik ken jou niet, maar ik ken je man.' Ze onderbrak zichzelf. Alles was even onbegrijpelijk. Ze was in het verkeerde verhaal verzeild geraakt. 'Ik dénk dat ik je man ken, tenminste,' voegde ze er onbeholpen aan toe, bijna verlegen.

'Michael,' zei Karen. 'Michael is een schat.'

'Ik bedoelde Will.'

'Jij kent Will?'

'Ja. Maar ik dacht... Nou ja, ik dacht dat Will met jou getrouwd was.'

'Dat was ook zo. Lang, lang geleden,' zei Karen bedachtzaam.

'Maar ik begrijp het niet. Is hij opnieuw getrouwd?'

'Lieve god, ik mag hopen van niet.'

'Wanneer zijn jullie uit elkaar gegaan?'

'Elf jaar geleden.'

'O,' zei Neve. 'Dus jullie wonen niet in een dorp in de buurt van Bristol met twee asielhonden.'

Karen keek haar aan en een vreemd glimlachje speelde rond haar mondhoeken. 'Nee,' zei ze. 'Zei hij dat?'

'Ja.'

'Wat nog meer?'

'Dat hij een bedrijf heeft – iets met logistiek en data-analyse.'

'Hij heeft ooit bij een schoenenfabriek gewerkt,' zei Karen. 'Maar niet lang. En daar kwam niet veel data-analyse bij kijken.'

'En dat jullie geen kinderen konden krijgen.'

Karens blik bleef rusten op de baby naast haar bed. 'Maar nu heb ik een kind. Ik zou bijna medelijden met hem krijgen. Bijna.'

'Dus dat alles is gelogen?' vroeg Neve.

'Hij moet liegen,' zei Karen. 'Hij loog altijd. Ik hoop dat hij jou geen pijn heeft gedaan.'

Neve opende haar mond om iets te zeggen maar deed hem weer dicht. 'Mij niet,' zei ze uiteindelijk.

'Waar ken je hem van?'

'We hebben samen gestudeerd. Hij hoorde bij een groep mensen in Newcastle die ik kende.'

Karen keek haar aan en er verscheen een vreemd lachje op haar gezicht, maar ze zei niets.

'Wat is er?' vroeg Neve.

'O, niets. Ze hebben me van alles te slikken gegeven hier, en nu heb ik opeens een dochtertje en ik voel me totaal oncom...' Ze zweeg. 'Nou ben ik de rest van dat woord kwijt. Halverwege dat woord ben ik de draad kwijtgeraakt.'

'Newcastle,' zei Neve. 'Je moest lachen toen ik Newcastle zei. Is er iets grappigs aan die stad?'

Karens blik veranderde. Ze leek wat helderder uit haar ogen te kijken, geconcentreerder.

'Kun je me wat meer rechtop helpen?'

Neve moest haar arm om Karens schouders slaan om haar op te hijsen en een kussen achter haar rug te proppen. Terwijl ze daarmee bezig was, klonk er een aarzelend huiltje uit de wieg.

'Laat mij maar,' zei Neve. Ze boog zich voorover en tilde het bundeltje op uit de wieg. Het vertrouwde gevoel in haar armen bezorgde haar een steek diep in haar binnenste. Het deed haar bijna pijn om Agnes aan Karen te geven. Agnes begon te huilen. Karen schoof de hals van haar nachtpon naar beneden en legde Agnes aan haar borst, waarop het huilen overging in een gorgelend gemompel en vervolgens stopte.

Neve ging weer zitten. Er viel een korte stilte.

Toen Karen begon te praten was het bijna alsof ze het tegen zichzelf had. 'Ik had nooit gedacht dat ik dit nog zou meemaken,' zei ze. 'Ik dacht dat ik het misgelopen was.'

'Over Newcastle...'

'Misschien is dat wel de plek waar het mis begon te gaan met hem. Toen hij zijn studie eraan gaf.'

'Wat?'

'Hij had een soort zenuwinzinking en is nooit afgestudeerd. Wist je dat niet?'

Neve schudde traag haar hoofd. 'Nee,' zei ze. 'Dat wist ik niet. Ik was hem uit het oog verloren. Het is me gewoon ontgaan.'

Maar misschien was dat niet zo vreemd, dacht ze. Hij had er altijd maar een beetje bij gehangen. Iemand die af en toe aanhaakte, best aardig maar niet bijzonder; nooit iemands eerste keuze als beste vriend; nooit het middelpunt van welke groep ook. Hij was haar leven binnengedreven en er weer uit weggeebd zonder dat ze zich had gerealiseerd dat hij er niet meer was.

'Will was boos op Newcastle, maar Will was boos op alles. Hij was boos op de bedrijven waar hij werkte. Ze waren er nooit goed genoeg voor hem, wisten hem nooit op waarde te schatten. Hij was boos op zijn familie. Hij was boos op zijn vrienden. Alles in zijn leven was fout gelopen, al vanaf het begin, en zijn woede erover was groot. Ook op mij was hij boos, natuurlijk. Verschrikkelijk boos. Soms was ik bang dat hij zelfs, nou ja...'

Ze zweeg.

'Wat?' vroeg Neve. 'Waar was je bang voor?'

'Dat zeg ik niet. Niet waar Agnes bij is, ook al kan ze het niet begrijpen. Heb jij kinderen?'

'Drie.'

'Mijn god. Ik word al moe bij de gedachte.'

'Je zei dat Newcastle hem boos maakte. Newcastle in het bijzonder.'

'Het werd een obsessie voor hem. Hij zei dat hij daar de verkeerde afslag genomen had. Alle anderen hadden het er goed, maar hij niet. Dat had hij zijn hele leven al. Ik voelde me erdoor gevangen en toen ben ik bij hem weggegaan.'

Neve dacht koortsachtig na; ze probeerde het te begrijpen. Ze had nog één vraag. Ze hoefde hem niet te stellen, maar deed het toch.

'Had het te maken met iemand in het bijzonder?' vroeg ze.

'Hoe bedoel je?'

'Op de universiteit. Was hij boos op iemand in het bijzonder? Een meisje bijvoorbeeld?'

'Hij zei altijd dat het voor meisjes makkelijker was dan voor jongens. Die konden doen waar ze zin in hadden. Die zeilden gewoon door het bestaan. En er was één meisje met wie hij iets had en zij had hem naar zijn idee echt laten stikken. Ze had hem laten geloven dat ze samen verder zouden. Ze waren zowat verloofd, zei hij, maar toen zette ze hem te kakken waar iedereen bij was. In zijn versie van het verhaal dan.'

'Heette ze Renata?'

'Best mogelijk. Ik weet het niet. Hij was nog altijd boos om hoe ze hem behandeld had en dat reageerde hij op mij af.'

Neve stond op en legde heel voorzichtig even haar hand op Agnes' hoofdje.

'Vergeet het,' zei ze. 'Zoals je al zei: het is lang geleden. Maar nu ben je van dat alles verlost en je hebt Agnes en je hebt Michael, en aan Will hoef je niet meer te denken.'

Karen glimlachte.

'Nee, dat is waar, toch?'

'Wat is hier aan de hand?'

Neve keek om en zag een wazig uit zijn ogen kijkende ongeschoren man in een grijze trui en een spijkerbroek die een beker koffie in de hand had.

'Dit is Neve,' zei Karen. 'Een vriendin. Al zie ik haar dan voor het eerst.'

'Zo is het,' zei Neve. 'Gefeliciteerd.'

'Wat bedoel je?' vroeg de man, die, realiseerde Neve zich, Michael moest zijn.

'Ik moet ervandoor. Maar jullie hebben een prachtige dochter.'

Neve boog zich over Karen en gaf haar een kus op haar voorhoofd.

'Tot ziens,' fluisterde ze.

'Hoeden,' zei Karen.

'Wat?'

'Hoeden. Dat meisje dat voor hem bestemd was. Ze droeg hoeden. "Klotehoeden", zei hij. Ze dacht dat ze beter was dan de rest. Ik wou dat ik haar gekend had.'

'Dank je,' zei Neve, en ze liep langs een stomverbaasde Michael de deur uit.

De trap af lopend probeerde ze helder na te denken. Ze wist hoe het zat. Ze wist het helemaal. En nu?

Ze pakte haar telefoon en belde Mabel.

'Niets zeggen,' zei Neve gehaast. 'Alleen ja of nee. Ben je nog thuis?'

'Ja.'

'Is Will daar?'

'Ja.'

'Doe alsof je met iemand anders praat.'

'Vandaag kan ik niet, Louis,' zei Mabel net iets te opgewekt. 'Jammer!'

'Is Fletcher er ook?'

'Ja. Een ander keertje dan,' voegde ze eraan toe.

'Ik wil dat je precies doet wat ik zeg. Begrijp je me?'

'Ja, Louis.'

'Blijf bij Fletcher. Ga niet de deur uit. En vooral: ga niet de deur uit met Will. Wat er ook gebeurt, wat hij ook tegen je zegt. Begrepen?'

'Natuurlijk, Louis.' Haar toon was zelfs nog opgewekter en luider.

'Beloofd?'

'Ja.'

'Zorg er ook voor dat Fletcher thuisblijft. Nodig een paar vrienden uit om te komen. Zorg dat er veel mensen in huis zijn. Ik kom er zo snel mogelijk aan.'

'Ja hoor, Louis,' zei Mabel sarcastisch. 'Het zal wel.'

Neve vond dat ze haar Louis-act een beetje overdreef. 'Ik moet nog één ding doen,' zei ze, 'en dan is dit allemaal achter de rug.'

Ze beëindigde het gesprek. Ze was buiten adem van de spanning. De man die Saul had vermoord, die haar wilde vermoorden of haar in de gevangenis wilde krijgen, bevond zich op dit moment bij haar man en haar dochter. Ze zag hem voor zich, met zijn jongensachtige charme, zijn licht afstaande oren, zijn zielige zelfspot, zijn giftige, onder de oppervlakte borrelende woede. Maar Mabel en Fletcher waren samen.

Het enige wat ze hoefde te doen was Hitching bellen en hem alles vertellen en dan zouden ze veilig zijn. Maar eerst was er nog het cadeau. Het cadeau in de flat.

Als ze Hitching belde zou Will gearresteerd worden. Misschien zou Will de politie over haar en Saul vertellen, maar dat kon ze eenvoudigweg ontkennen. Maar als ze naar de flat gingen, zouden ze daar het pakketje aantreffen, waardoor Hitching van de relatie zou weten. En daarbij zou Mabel, die bewijsmateriaal had verduisterd en een vals alibi had opgegeven, zich nog steeds aan een misdrijf schuldig hebben gemaakt.

Ze zou naar de flat gaan, het pakketje meenemen en daarna de politie bellen. Eén uur nog.

Even overwoog ze een taxi te nemen, maar ze besefte dat ze in de heksenketel van het spitsuur op de fiets sneller zou zijn. Ze rende naar haar fiets, haalde hem van het slot en ging op weg.

Ze trapte zo snel ze kon terwijl ze overal om zich heen hoorde toeteren, uitlaatgassen inademde en door de plotseling voor haar opduikende kuilen in het wegdek stuiterde. Haar rug was bezweet en ze voelde pijn in haar borst van de inspanning.

Ze fietste zo hard mogelijk een heuvel op. Will Ziegler. Ze had haar beste vrienden verdacht: Tamsin, Renata en Gary. Ze had Fletcher verdacht, van wie ze een week eerder nog gezegd zou hebben dat ze hem door en door kende en onvoorwaardelijk vertrouwde. En ze had Mabel verdacht. Er waren momenten geweest dat ze zeker dacht te weten dat Mabel Saul had vermoord. Maar Will Ziegler had het gedaan. Ze had geen seconde aan hem gedacht. Ze had nauwelijks nog geweten wie hij was toen ze elkaar weer zagen. Maar hij had wel aan haar gedacht, was geobsedeerd door haar, had zich door haar 'te kakken gezet' gevoeld en haar de schuld gegeven van zijn mislukte leven. Zijn haat had welig getierd op zijn verbittering, zijn vernedering en zijn zelfmedelijden. Will Ziegler. Hij had haar gevolgd, had haar gezien met Saul – en de gedachte dat hij haar heimelijk had geobserveerd terwijl zij de kans greep om weer tot leven te komen maakte haar misselijk. Was hij degene die haar van haar fiets had geduwd? Hij had haar tas gestolen en de geheime sleutel gevonden. Hij had zichzelf binnengelaten in Sauls flat om haar op te wachten, misschien om haar alleen tegenover zich te hebben, te chanteren of te vermoorden, maar in haar plaats was Saul binnengekomen. Met het rampzalige, fatale gevolg. En vervolgens had hij geprobeerd haar ervoor te laten opdraaien en was Mabel erbij betrokken geraakt. Bijkomende schade. Hij had haar besmet met een wantrouwen dat in al haar poriën was gekropen.

Ze fietste door rood, langs rijen stapvoets rijdende auto's. Een man leunde uit zijn raampje, stak zijn middelvinger op en riep haar luid allerlei schunnigheden na. De lucht leek verzadigd van haat. Haar benen deden pijn, zweet prikte in haar ogen. Ze zou ervoor zorgen dat Will Ziegler gearresteerd werd. Ze zou hem achter de tralies krijgen.

Ze was er. Ze sprong van haar fiets, smeet hem tegen het gebouw en nam niet de moeite hem op slot te zetten. Ze had het gevoel dat elke seconde telde. Ze tikte de code in, holde met twee treden tegelijk de trap op, haalde al hollend haar rugzak van haar rug, trok er haar portemonnee uit en pakte de sleutel. Laat het er alsjeblieft liggen, dacht ze, alsjeblieft.

Ze duwde de deur open en deed hem achter zich dicht. Op de vloer onder de brievenbus lagen meerdere enveloppen. Ze hurkte neer en ging er haastig doorheen. Tussen de onzinpost en reclamefolders bevond zich een aan Saul Stevenson geadresseerd pakketje dat zacht aanvoelde. Ze trok het open. Een nietje beet zich vast in haar vinger. Ze negeerde dat en schudde een pakje in bubbeltjesfolie en glanspapier tevoorschijn. Ze liep ermee naar de woonkamer, pakte het uit en legde het sieraad op tafel. Het was subtiel en mooi: een kleine gouden hanger aan een fijne ketting.

Pas toen ze hem in het licht bij het raam bekeek, zag ze de minuscule inscriptie op de achterkant van het rechthoekige gouden sluitinkje. NEVE JENNY. Hete tranen vulden haar ogen en rolden over haar bezwete, vuile gezicht. Ze veegde ze weg. Later. Later zou ze tijd hebben voor verdriet, rouw, schaamte, schuld en opluchting. Nu nog niet.

Ze haalde haar telefoon uit haar zak.

En op dat ogenblik hoorde ze een geluid: een zachte maar duidelijke klik. Haar adem stokte in haar keel en het volgende moment was het alsof ze bittere rook inademde en haar maag gevuld was met een kolkende vloeistof. Als ze nu alleen nog maar even kon bellen, met haar trage vingers het juiste nummer kon intikken.

De stilte was bijna erger dan het geluid. Niets dan haar eigen half ingehouden ademhaling. De enige weg naar buiten was door de voordeur. Zelfs uit een raam springen was onmogelijk. Die gingen maar een paar centimeter open. Kindbestendig. Inbraakbestendig. En je hier binnen verstoppen was onmogelijk. De tafel stond tegen de muur en de kasten waren te klein.

Ze hoorde zachte voetstappen op de gang. Met de allergrootste inspanning bracht ze haar telefoon omhoog. Ze tikte het belicoontje aan maar de tijd gedroeg zich niet zoals zou moeten, want het duurde belachelijk lang voordat haar contacten en nummers op het scherm verschenen, en vervolgens begonnen die ook nog eens voor haar ogen door elkaar te lopen.

De voetstappen kwamen dichterbij. Opkijken kon ze niet omdat ze wist wie ze te zien zou krijgen. Alles was tevergeefs geweest.

Er viel een schaduw over haar heen. Ze keek op.

Voor haar stond Will. Dus zo zou het aflopen. Alle plannen, alle leugens en bedrog, alle slapeloze nachten, wanhopige bedenksels en koortsachtige improvisaties, de talloze angstige momenten waarop ze van de ene naar de andere onder haar voeten wegsmeltende ijsschots was gestruikeld hadden geleid tot dit. Ze was terug bij af, terug bij waar Saul de knoopjes van haar blouse had losgemaakt en haar 'mijn liefste' had genoemd, waar hij was doodgegaan doordat hij in een val was gelopen die voor haar was gezet.

Nu wilde ze dat het voorbij was, snel, maar alles ging zo traag. Ze zag de rode adertjes in zijn ogen, het op en neer gaan van zijn uitstulpende adamsappel. Hij had zich gesneden bij het scheren: net onder zijn linkeroor. Hij droeg doorzichtige latex handschoenen. Ze herinnerde zich dat zijzelf ook handschoenen had aangehad toen ze deze flat van boven tot onder had schoongemaakt. Allemaal voor niets. Erger nog. Want nu ging ze dood, zonder dat iemand ooit zou weten wie het gedaan had.

Hij had een hamer in zijn hand. Dé hamer. De hamer die ze voor het laatst in de gereedschapskist in de tuin had gezien.

Hij griste de telefoon uit haar hand en smeet hem weg. Ze hoorde hem neerkomen en een eindje doorglijden over het parket.

Ze zei niets. Hij keek haar aan en zij hem, alsof ze op het punt stonden elkaar met een beleefde kus op de wang te begroeten. Een ijl stemmetje in haar hoofd fluisterde haar in te doen alsof ze verbaasd was, te doen alsof ze het niet wist, alsof er nog een uitweg uit dit horrorverhaal mogelijk was. Ze dacht aan haar dochter, aan de belofte die ze Mabel had gedaan dat alles goed zou komen. Toen zag ze Wills gezicht. Zijn uitdrukkingsloze, bleke, starende gezicht. Het was te laat voor dat alles.

Ze keek hem aan en probeerde tegelijkertijd langs hem heen naar de gang en de voordeur te kijken. Als ze naar de gang kon rennen en de deur open kon krijgen... Ze probeerde zich te herinneren hoe het slot ook alweer werkte.

Maar hij had de hamer en versperde haar de weg.

'Ik dacht al dat je hier was,' zei hij. 'En toen zag ik je fiets staan.'

'Ze zullen je pakken.'

'Hoe dan?'

Neve dacht aan haar telefoontje naar Mabel van eerder die ochtend. Mabel zou het weten van Will – maar dat moest ze hem vooral niet vertellen. Hij mocht dat niet weten.

Ze overwoog hem aan de kant te duwen; fysiek was ze er klaar voor. Ze haalde diep adem.

Maar hij deed een stap dichterbij.

'Ik heb je nooit kwaad gedaan,' zei Neve zacht. Ze balde haar handen tot vuisten. Nooit eerder had ze iemand willen vermoorden.

'Je hebt me alleen maar kwaad gedaan, Neve. Wij waren voor elkaar bestemd. Je hebt me aangemoedigd, en toen begon je vlak voor mijn neus een relatie met die sukkel van een Fletcher, gewoon omdat je wilde dat ik jullie tweeën zo zou zien. Je hebt me uitgelachen. Net als iedereen. Je hebt me kapotgemaakt.'

Plotseling wist ze het weer.

Het was Wíll geweest die tijdens dat bewuste weekend hun kamer binnen was gekomen. Hij was naar haar op zoek gegaan en had haar met iemand anders in bed aangetroffen.

'Ik heb je nooit uitgelachen,' zei ze zacht. 'Ik heb nooit iemand uitgelachen.'

'Maar ík had diegene moeten zijn. Ik wist het. Jij wist het. Doe nou niet alsof je niet wist dat ík het had moeten zijn.'

Er klonk een geluid in het trappenhuis. Ze besteedden er geen van beiden aandacht aan.

'Ik wist dat niet,' zei Neve.

'Natuurlijk wist je het wel. Wou je nou beweren dat ik zo stom en meelijwekkend ben dat ik mijn hele leven heb verprutst door iets wat jij niet eens in de gaten had?'

'Will. Toe nou. Leg die hamer neer, dan praten we erover.'

'Je doet je o zo lief voor,' zei Will. 'Je laat mensen geloven dat je van ze houdt.'

'Het spijt me,' zei ze hulpeloos. 'Het spijt me dat ik je gekwetst heb.'

'Ik hoorde dat je huwelijk met Fletcher in zwaar weer verkeerde. Ik ben je komen opzoeken, want ik was van plan je te vergeven, je een tweede kans te gunnen en je te zeggen dat we opnieuw konden beginnen. Maar toen zag ik je met je baas. Je keek hem aan zoals je mij had moeten aankijken. Je kuste hem.'

Dus hij vond dat ze hem hetzelfde nogmaals had aangedaan.

'Je hebt er nooit iets over gezegd, Will. Had me maar verteld wat je voor me voelde.' Haar stem brak, maar ze ging verder. 'Maar nu ik het weet,' zei ze, 'kan het allemaal anders worden tussen ons.'

Ze hoorde haar eigen laffe stem en kromp in elkaar. Maar hij leek even te twijfelen. Hij stak een hand uit, die zonder de hamer, en voelde aan haar haar. Voor ze zich kon inhouden deinsde ze terug. Het was een bijna onmerkbare beweging, maar hij had het gezien.

'Jij hebt zoveel geluk gehad,' zei hij. 'Altijd maar geluk.'

'Dat is niet waar.'

'En nu zul je voelen hoe het voor mij is geweest. Heel even. Voordat je sterft.'

Ze dacht aan Fletcher en Mabel, samen thuis. Misschien zat Fletcher in zijn werkkamer, voor een doek. En misschien was Mabel aan het inpakken voor haar verhuizing. Ze had Whisky geen voer gegeven vanochtend. Wie zou daaraan denken als zij er niet meer was? Wie zou er gaan fietsen met Rory en met hem koken? Wie zou erop letten dat Connor zijn huiswerk maakte, zijn tanden poetste en niet tot diep in de nacht computergames speelde? Wie nam ze bij de hand langs alle hobbels en hindernissen op de weg naar volwassenheid? Ze waren te jong. Hoe moesten ze zich redden met z'n allen, zonder haar?

'En die dochter van je...'

Neve's arm schoot omhoog. Met een kracht die haar zelf verbaasde sloeg ze Will in zijn gezicht en schopte ze hem tegen zijn scheenbeen. Ze rende langs hem heen naar de gang, kwam bij de deur, greep de klink en probeerde hem te openen. Eén afgrijselijke seconde meende ze dat de deur meegaf, maar op hetzelfde moment voelde ze een zware klap, die haar met haar gezicht op de houten vloer deed belanden. Ze werd aan haar benen naar achteren getrokken. Haar arm lag in een vreemde hoek onder haar; haar heup stootte tegen een stoelpoot.

Het was vreemd stil, geen van beiden zei iets. Er was alleen het geluid van zijn en haar ademhaling. Ze moest gillen, dacht ze, om hulp roepen, maar ze deed het niet.

Ze zag hem boven zich, maar het zonlicht dat door het raam naar binnen viel veranderde hem in een donker silhouet. Het is nog vroeg, dacht ze, de dag is pas begonnen. Tamsin, Renata en Gary komen zo ongeveer nu aan op kantoor. Hoelang tot iemand me mist? Hoelang zal ik hier liggen? Zoals Saul hier had gelegen.

De hamer in Wills hand ging omhoog. Ze stond op het punt gedood te worden door de hamer die ook Saul had gedood. Ze schopte en raakte zijn been, hoorde een grom.

En toen schoot er plotseling een gestalte door haar blikveld. Ze hoorde een gil. Het duurde slechts een tel, maar als in slow motion zag Neve haar dochter staan, zag haar haar linkerhand uithalen, zag dat ze háár favoriete T-shirt aanhad, het T-shirt dat ze pas een week geleden uit deze flat had meegenomen, zag Mabels bleke gezicht.

Will deed een wankele stap achterwaarts, herstelde zich en hief de hamer tot hoog boven zijn hoofd. Hij sprong op Mabel af, en Neve forceerde een soort glijduik over de vloer en kreeg een enkel te pakken. Hij struikelde half, de vaart stuwde hem voort en de hamer viel kletterend uit zijn hand terwijl zijn lichaam een vreemde, grillige dans uitvoerde, tot hij met rondmaaiende armen omviel. Alsof er een pistool afging hoorde ze zijn hoofd tegen een punt van de tafel slaan, toen hoorde ze hem de houten vloer raken, stuiteren en opnieuw met een klap neerkomen. Hij blies gierend uit; als een trein die uit een tunnel komt. Toen was het stil, en heel even bewoog er niemand. Neve lag met haar armen en benen wijd op de vloer en Mabel stond naar adem happend naast haar. Ze zag wat Mabel in haar hand had, waarmee ze Will een mep had verkocht: Sauls stenen trofee.

Terwijl ze probeerde overeind te krabbelen voelde ze haar ene been wegzakken door een hevige pijnscheut die ze niet kon thuisbrengen. Ze had moeite met focussen, alsof ze onder water was in een woelige zee. Maar Mabel zag ze goed. Alleen Mabel. Ze stond er totaal verbijsterd bij.

Uiteindelijk stond ze, en Mabel klampte zich aan haar vast. Het tengere lichaam voelde zacht in haar armen. Neve voelde hoe ze trilde. Ze rook de muskusachtige geur van haar haar, de angst op haar huid. 'Wacht,' zei ze. 'Lieve schat. Wacht even.'

Ze knielde naast Will neer. Zijn ogen waren open; hij staarde langs haar heen. Bloed gutste uit zijn gebarsten schedel, zoveel bloed, en Neve zat er op haar knieën middenin; het was alsof het om haar heen spoelde. Vergeefs legde ze haar hoofd op zijn borst: ze hoorde geen hartslag. Ze legde haar duim op zijn pols, voelend naar een teken van leven. Niets. Ze bonsde in een even nutteloos gebaar met haar vuisten op zijn borst, af en toe pauzerend. Toen hield ze op.

Mabels stem beefde; ze drukte haar beide handen tegen haar maag en boog licht voorover. 'Weet je het zeker?'

'Heel zeker.'

'Heb ik dat gedaan?'

'Nee. Dat heeft hij zelf gedaan. Maar jij hebt me gered.'

'Mama?'

'Je hebt mijn leven gered.'

'Toen je door de telefoon zei dat je nog één ding moest doen,' zei Mabel met een dun, hoog stemmetje, 'wist ik gewoon dat je hierheen zou gaan. Ik had een afschuwelijk voorgevoel over alles. Ik was bang dat ik niet op tijd zou komen.' Er volgde een rauwe snik.

'Maar je was op tijd,' zei Neve zacht.

'Als de deur niet open was geweest...'

'Hij was open.'

Neve stond op. Wills bloed zat op haar spijkerbroek, aan haar handen en onder haar schoenscholen.

'Ik zou mijn armen nu om je heen willen slaan en je troosten en meenemen naar huis, maar ik mag je niet meer aanraken.'

'Wat?'

Ze keken elkaar aan, snakkend naar adem.

Koortsachtig dacht Neve na. Was er een uitweg uit deze toestand? 'Heb je je telefoon bij je?' vroeg ze.

'Nee.'

'Goed zo. Dat is mooi. Was Fletcher thuis toen je wegging?'

'Ja, hij was op zijn kamer.'

Ze keek naar haar dochter, zoals ze daar stond, met haar handen nog tegen haar maag gedrukt en haar gezicht vochtig van de tranen.

'Je moet zorgen dat je zo snel mogelijk weer thuiskomt. Neem achterafstraatjes naar de metro. Koop onderweg een paar sneakers en gooi deze ergens in een afvalbak. Er kan bloed op zitten. Ga je kleren inpakken voor je vertrek morgen – en daar ben je dus de hele ochtend mee bezig geweest, oké? Zorg er ook voor dat Fletcher weet dat je thuis bent. Drink een kop koffie met hem. Als ik hem een beetje ken zal hij denken dat je aldoor thuis bent geweest. En je telefoon zal dat bevestigen.'

'Ik begrijp het niet.'

'Dat doet er niet toe. Zolang je het maar allemaal precies zo doet. Ja, Mabel?'

'Ja.'

'Nog één ding. En dit is heel belangrijk.'

'Wat dan?'

Neve haalde haar portemonnee uit haar tas, nam drie biljetten van twintig pond en gaf ze aan Mabel.

'Koop ook een prepaidtelefoon, bij een kiosk hier om de hoek. Loop een minuut of vijf door en stuur me dan een berichtje met de boodschap: "Kom naar de flat van Saul". Dat is alles. Zet hem daarna uit en dump hem dan ergens. Is dat duidelijk?'

'Wat bedoel je?' vroeg Mabel. 'Waar heb je het over?'

'Luister. Dit is belangrijk. Heb je gehoord wat ik zei?'

'Ja.'

'Herhaal het tegen mij.'

'Kom naar de flat van Saul.'

'Precies. Je moet het heel, heel snel doen. Zo snel als je kunt.'

Mabel knikte traag. Ze zag er verdwaasd uit, alsof ze net na een botsing uit een autowrak was gestapt. 'Hoe kun je dit zo doen? Er is iemand dood. Hij ligt voor onze neus en jij denkt aan al deze dingen.'

'Je hebt Will niet aangeraakt, maar ga toch maar even onder de douche, doe je kleren in de was, samen met wat spullen van de jongens.'

'Wat ga jij doen?'

'Daar hoef jij je geen zorgen over te maken. Het is voorbij.'

'Maar ik...'

'Ga nu, Mabel. Je moet opschieten.'

'Ik wil dat je meegaat. Je bent gewond. Je ziet er verschrikkelijk uit.'

'Het gaat prima met me en ik kom zo snel ik kan.' Ze keek recht in het angstige gezicht van haar dochter. 'Er zal je niets meer overkomen,' zei ze heel zacht. 'Vooruit.'

Mabel vertrok en Neve stond naast het lichaam van Will. Haar linkerarm bonsde pijnlijk. Ze herinnerde zich dat ze met haar arm klem onder haar lichaam over de vloer was gesleurd. Ook haar gezicht bonsde. Haar hersens kraakten; ideeën vielen op hun plek. Ze viste haar telefoon uit de hoek van de kamer waar hij was blijven liggen en controleerde of ze de sleutel van de flat nog had. Toen ging ze weg, sloot de deur achter zich en trof haar fiets, die ze niet op slot had gezet, aan waar ze hem had achtergelaten. Verwoed trappend ging ze er lukraak vandoor en ze stopte zodra ze de ping van haar telefoon hoorde.

Mabel had het gedaan. Ze had het berichtje verstuurd.

Ze had geen idee of de politie zou kunnen zien waar ze zich bevond op het moment dat ze het bericht ontving maar het was hoe dan ook niet in de flat.

Ze fietste terug naar Sauls flat, met haar hoofd diep over het stuur gebogen, zette deze keer haar fiets wel op slot en tikte de code weer in. Ze wilde al naar binnen gaan toen haar iets te binnen schoot: ze wreef met haar mouw over de toetsen. Vervolgens zette ze haar wijsvinger stevig op de knop van de intercom, hield even aan en liet los. Toen holde ze opnieuw de trap op. Bij de deur van de flat keek ze op haar horloge en opnieuw vroeg ze zich af of hij niet stilstond: het was nog geen tien uur. De ochtendzon stond nog laag aan de hemel.

Binnen deed ze haar rugzak af, trok haar jas uit en legde die naast de voordeur op de vloer. Ze rolde haar mouwen op en begon.

Ze liet de gootsteen vollopen met heet sop en pakte de desinfecterende spray. Wat zou Mabel allemaal aangeraakt hebben? Ze begon met de deur: eerst de buitenkant en toen binnen. Toen pakte ze de trofee, dompelde hem onder in het sop, schrobde hem van onder tot boven met een schuursponsje, droogde hem af en klemde hem een ogenblik stevig tussen haar vingers.

Ze nam de wanden af op de plekken waar Mabel ertegenaan gestruikeld kon zijn, de oppervlakken die ze aangeraakt kon hebben en de rand van de tafel. Toen dat klaar was, richtte ze zich op het lijk. De hamer lag ernaast op de vloer. Ze pakte hem op, liet hem in het sopje glijden, boende stevig, besproeide hem met de desinfecterende spray, droogde hem af en legde hem terug naast het lichaam. Hij droeg handschoenen, dus het zou niet vreemd lijken dat er geen vingerafdrukken op zaten.

Wat nog meer? Ze deed haar best zich te concentreren. Had hij misschien foto's van haar genomen? Ze ging naar de keuken om een paar huishoudhandschoenen uit het gootsteenkastje te pakken, liet zich midden in de plas bloed naast het lichaam op haar knieën zakken en beklopte al zijn zakken tot ze zijn telefoon voelde zitten. Ze haalde hem tevoorschijn, maar ze kon er niet in omdat het ding om een code vroeg en die had ze niet. Het was te hopen dat Will niet zo dom was geweest om ook maar iets belastends op zijn telefoon te hebben staan. Juist toen ze hem alweer in zijn zak wilde laten glijden, ging hij over. Ze zag dat het Fletcher was. Met een wee gevoel in haar maag wachtte ze tot het gerinkel ophield, waarna ze hem terugstopte.

Wat nog meer? Het gedicht, dacht ze. Waar was dat gedichtje dat ze op een kaartje had geschreven en aan Saul had gegeven? Moest ze kijken of Will het bij zich had? Opnieuw beklopte ze zijn zakken. Zijn ogen staarden langs haar heen. Ze vond zijn portefeuille en schudde die leeg. Niets. Ze stak haar vingers in al zijn broekzakken, waarvoor ze ook onder zijn lichaam moest voelen. Haar vingers, onhandig vanwege de rubberhandschoenen, vonden een kaartje. Ze haalde het tevoorschijn en daar was het: JENNY KUSTE MIJ TOEN ZE ME ZAG, SPRONG TERSTOND OP UIT HAAR STOEL... Meteen legde ze het kaartje in het sop. De inkt loste op. Toen viste ze het zacht geworden stukje papier op, scheurde het in snippers en spoelde die door de wc. Ze keek in de spiegel en herkende zichzelf amper. Er zaten een verse blauwe plek op haar gezicht, van boven tot onder over haar ene wang, dwars over de oude heen, en een lelijke snee onder haar oor. Het bloed liep langs haar hals. En haar broek was doordrenkt met bloed – dat van hem.

Zag ze iets over het hoofd? Iets wat haar kon verraden? De sleutel van de flat, dacht ze. Ze haalde hem uit haar portemonnee en waste ook die grondig. Ze fronste. Ze had gedacht hem buiten in een afvalbak te gooien, maar dan zou ze niet meer naar binnen kunnen; en naar buiten gaan en de deur gewoon op een kier laten staan was te riskant. Ten slotte stopte ze hem in de zak van Wills jasje. Ze trok de rubberhandschoenen van haar handen. Zouden daar sporen van haar op achterblijven? Vingerafdrukken? Ze keerde ze binnenstebuiten, hield ze onder de warme kraan en boende ze met een pannenspons. Zo moest het maar. Ze pakte ze tussen duim en wijsvinger en legde ze terug in het gootsteenkastje. Ze trok de stop uit de gootsteen om het water weg te laten lopen. Het was bijna halfelf, zag ze op haar horloge.

Op het moment dat ze haar telefoon pakte zag ze de envelop op tafel liggen, met het gouden sieraad ernaast. De halsketting. Ze trok haar mouw over haar hand en inspecteerde de envelop om er zeker van te zijn dat er niets in zat dat naar haar zou kunnen verwijzen, waarna ze hem eenvoudig bij de rest van de reclamerommel onder de brievenbus legde. Het kettinkje deed ze om, het papier propte ze in haar zak.

Terwijl ze dat deed dacht ze aan de man die het haar gegeven had. Op een avond, toen ze naast elkaar in het donker lagen, had Saul haar verteld over de eerste keer dat ze hem was opgevallen, dat hij naar haar had gekeken zonder dat zij het merkte, dat alleen al haar aanblik hem opgewonden had. En vervolgens keek ze naar het lijk op de vloer: het tweede lijk op de vloer. Al die jaren had hij aan haar gedacht en haar de schuld gegeven van dingen waar ze niets van wist. Hij had haar gestalkt, plannen gemaakt over haar, geprobeerd haar leven kapot te maken. En al die tijd was ze zich daar niet bewust van geweest. Wat had dat alles op gang gebracht? Was het een verkeerde blik op een of ander vergeten feestje, jaren geleden in Newcastle? Was het een afwijzende opmerking? Of was het gewoon zijn eigen fantasie over wie ze was? In zekere zin leek het op echte liefde, het grote mysterie van genegenheid, hartstocht en haat.

Er schoot haar nog iets te binnen: haar handen waren te schoon. Ze knielde nog een laatste keer naast Will neer, legde haar beide handen op zijn lichaam, tilde ze op en bekeek ze. Nu droeg ze de sporen van zijn kleren en zijn bloed.

Ze pakte haar telefoon en belde.

Ze had het ineens ijskoud en haar hersens leken maar traag te werken, terwijl ze nu juist heel goed moest nadenken. Was dit nu wat je een shock noemde? Ze herinnerde zich vaag dat ze ooit iets gelezen had over mensen die verdwaald raakten in de sneeuw hoog in de bergen, dat die niet meer tot nadenken in staat waren en uiteindelijk domweg ergens gingen liggen, in slaap vielen en gewoon stierven. Behalve dan dat zij het plotseling warm kregen in plaats van koud.

Haar gedachten begonnen af te dwalen terwijl ze wist dat dat niet mocht. Deze minuten waren cruciaal. Eén vergissing zou fataal zijn. Ze moest zich weten beheersen. Zich alles kunnen herinneren.

Ze liep bij het lichaam vandaan en ging naar de gang, waar ze op de kale plankenvloer knielde en haar hoofd op haar knieen legde. Haar met bloed besmeurde vingers tintelden en haar lippen voelden droog. Ze sloot haar ogen tegen het pijnlijk felle licht.

Er leken uren te zijn verstreken, maar na nauwelijks een kwartier klonk van heel dichtbij het scherpe geluid van een bel. Ze krabbelde overeind, haalde diep adem en drukte met de rug van haar hand – om er geen bloed op te krijgen – op de knop naast de voordeur. Hoewel dat er natuurlijk niet toe deed; dat bloed hoorde daar juist wel te zitten. Denk na, zei ze bij zichzelf: denk na.

Er kraakte een stem door de intercom. Ze liet hem naar boven komen. Ze opende de deur van de flat en hoorde voetstappen. Daar was Hitching.

'Wat is er aan de hand?' vroeg hij.

Neve hield haar met Wills bloed besmeurde handen op.

Hitchings ogen werden groot van schrik en ontzetting.

'Hij probeerde me te vermoorden,' zei ze. Het klonk vreemd en verkeerd, alsof de woorden van heel ver kwamen. 'Hij probeerde me te vermoorden,' zei ze nog eens. Haar stem klonk laag en gebroken.

Hitchings mond viel open van verbazing; het was bijna grappig om te zien. 'Wat? Wie probeerde u te vermoorden?'

'Hij ligt binnen.'

Hij duwde haar aan de kant en ging naar binnen. Ze hoorde

het klakken van zijn schoenen op de houten vloer. Ze liep achter hem aan en zag hem voorovergebogen boven Wills uitdrukkingsloze gezicht staan.

Hij keek naar haar op. 'Hebt u een ambulance gebeld?'

'Ik heb u gebeld.'

'Waarom in godsnaam niet?' Hij pakte zijn telefoon. 'Niets aanraken,' zei hij. 'Helemaal niets.' Hij draaide zich van haar af, maar ze kon horen dat hij eerst om een ambulance belde en vervolgens de politie. Daarna keek hij weer naar het lichaam en toen naar Neve. Hij zag bleek van de schok.

'Waarom, in godsnaam, hebt u geen ambulance gebeld?' vroeg hij nogmaals.

'Hij was dood.' Ergens in de vage duisternis van haar brein realiseerde ze zich dat ze natuurlijk na haar telefoontje naar Hitching een ambulance had moeten bellen. Dat zou de voor de hand liggende actie zijn geweest. 'Ik weet het niet,' zei ze. 'Ik weet niet waarom ik dat niet heb gedaan. Ik heb gewoon... Ik heb gewoon u gebeld. Meer kon ik niet bedenken.'

'Was hij dood toen u hem aantrof?'

Neve haalde diep adem, wat haar een steek in haar borst bezorgde, alsof er iets scheurde. Nu zou het beginnen. 'Hij probeerde me te vermoorden,' zei ze.

'Begrijp ik nu dat u hem hebt vermoord?' vroeg Hitching, hoogst verbaasd.

Neve schudde traag nee, een paar keer te veel; pijn klotste door haar hoofd. 'Nee. Ik probeerde me te verdedigen. Hij had een hamer waarmee hij me wilde slaan, maar ik graaide dat blok steen van de vensterbank en raakte hem en hij wankelde en schoot op me af en viel en sloeg met zijn hoofd tegen de tafel.' Ze dacht aan de klap. 'Het klonk ongelooflijk hard,' zei ze. 'Toen sloeg hij met zijn hoofd tegen de vloer en was er nog zo'n klap. Ik heb geprobeerd hem eerste hulp te verlenen maar hij was dood.'

Een paar keer keek Hitching van het lichaam naar Neve en terug. 'Wie is het?'

'U hebt hem ontmoet. Het is Will Ziegler.'

Met één hand masseerde hij zijn kale hoofd. 'Ik heb zoveel vragen. Ik heb zoveel vragen dat ik niet zou weten waar te beginnen.' Zijn gezicht stond strak van de concentratie. 'Maar vooruit, hier is er een: wat deed u hier?'

'Ik kreeg een berichtje.'

'Wat voor berichtje?'

Neve ontgrendelde haar telefoon en wilde hem aan Hitching geven, maar die schudde zijn hoofd en zette een stap achterwaarts.

'Die wil ik niet aanraken,' zei hij. 'Leg maar op tafel.'

Neve deed wat hij zei, waarna Hitching er een blik op wierp.

'Kom naar de flat van Saul,' las hij hardop. 'Waar ging dat over?'

Versuft probeerde Neve zich het juiste antwoord te herinneren, maar op dat moment hoorden ze sirenes. Ze keken allebei door het raam naar buiten. Plotseling stond de smalle straat helemaal vol. Er waren twee ambulances en drie politieauto's, en een vierde reed juist schuin de stoep op. Neve zag uniformen: groene en blauwe. Een ogenblik later was de hele kamer ermee gevuld. Het lichaam van Will werd ingesloten. Ze kon het niet meer zien.

Hitching bleef dicht bij haar staan, alsof hij haar beschermde. 'Is er hier ergens een badkamer?'

Ze stond op het punt hem die te wijzen maar bedacht zich net op tijd. Ze was hier ooit alleen maar geweest, had ze eerder verklaard, om een pakketje af te geven. 'Vast wel,' zei ze.

Hitching wees haar de jonge vrouw in uniform die naast hem stond. 'Mijn collega loopt even met u mee naar de badkamer. U trekt uw...' – hij maakte een vaag gebaar met zijn handen – '... bovenkleren uit. We hebben andere kleren voor u bij ons.'

'Mijn kleren?' zei Neve. 'Waarom?'

'Er is iemand dood. U zegt dat u hier was toen het gebeurde en dat hij u aanviel. Er zit niets anders op. En nog iets: niet uw handen wassen.' Hij keek de agente aan. 'Let daarop.'

In de badkamer die ze zo goed kende, de badkamer die ze had schoongemaakt, trok Neve onder het toeziend oog van de jonge agente haar kleren uit en verwisselde die voor een bruine corduroybroek en een dun truitje die haar iets te groot waren, en platte schoenen die net iets te krap zaten. Ze wilde liever niet bedenken waar de politie die spullen vandaan had.

Toen ze uit de badkamer kwam leek alles anders. De ambulancemedewerkers waren vertrokken en voor hen in de plaats waren nu forensisch onderzoekers in witte overalls gekomen. Een van hen pakte Neve's beide handen en schraapte onder haar nagels. Ook stipte ze het bloed op Neve's handen aan met een wattenstaafje, dat ze vervolgens in een transparant zakje liet glijden.

De hele tijd stond Hitching haar met een bijna hongerige blik gade te slaan. Zodra de forensisch rechercheur klaar was stapte hij op haar af. 'Hoe voelt u zich?'

'Vreemd. Ik voel me vreemd.'

Dat was tenminste waar. Alles kon waar zijn behalve datgene waar alles om draaide, hield ze zich voor. Ze moest alleen maar goed onthouden wanneer ze moest liegen. Om de valkuilen denken.

'Natuurlijk, begrijpelijk. Als u iets nodig hebt...'

'Het gaat prima.'

'Er is een kamer verderop in de gang. Daar is het rustiger. Laten we daar heen gaan, weg uit de drukte.' Hij zweeg even. 'Voor een oriënterend gesprekje.'

Ze knikte.

'Er komt even een collega bij zitten.' Hitching riep iets naar een vrouw die verderop in een groepje stond te praten. Ze draaide zich om en kwam naar hen toe. 'Dit is inspecteur Celia Ryman,' zei Hitching.

Celia Ryman had kort haar, een bleek, hoekig gezicht en ogen als van een kat. Ze droeg een amberkleurig T-shirt en een donkere broek. Toen ze elkaar de hand schudden kreeg Neve het gevoel dat het iemand was met wie ze bevriend zou kunnen raken. En tegelijkertijd zei haar gevoel haar dat ze voor deze vrouw op haar hoede moest zijn.

Ze gingen het vertrek binnen dat Neve kende als Sauls werkkamer. Ze nam plaats op het bankje, rillend over heel haar lijf, alsof ze het koud had. Hitching rolde de bureaustoel naar een hoek, voor Celia Ryman. Zelf bleef hij staan, half leunend tegen het bureau onder het raam, dat uitkeek op de straat.

Hij wendde zich tot Ryman. 'Laat me je even snel bijpraten. Neve Connolly zegt dat ze door een berichtje naar de flat werd geroepen, waar ze is aangevallen. Ze heeft teruggevochten, uit zelfverdediging. Will Ziegler viel, stootte zijn hoofd en was vrijwel op slag dood.' Hij keek Neve aan. 'Klopt dat zo?'

'Ja.'

'Zoals ik al zei: dit is niet meer dan een informeel gesprekje om de zaken op een rijtje te zetten.' Hij glimlachte op de manier die ze van hem kende. 'U weet dit ondertussen net zo goed als ik, maar misschien wilt u eerst met een advocaat overleggen. U kunt kiezen voor een wat formelere aanpak.'

'Ik heb geen behoefte aan een advocaat. Ik zal u alles vertellen wat ik weet.'

Hij wendde zijn hoofd af en keek uit het raam. Neve kon zien dat de ambulances vertrokken waren maar dat de politieauto's er nog stonden en de straat blokkeerden.

Hij keek haar weer aan. 'Het lijkt bijna ironisch, vindt u niet?'

'Niet echt.'

'In mijn ogen is het ironisch.' Hij keek Ryman aan. 'De afgelopen dagen heb ik herhaaldelijk opgemerkt dat alle wegen naar Neve Connolly leiden, en nu zijn we terug op de plaats van de moord, en kijk wie daar is, op de plek waar ze niet eerder was geweest...'

'Dat is niet waar,' zei Neve snel. 'Ik ben hier één keer eerder geweest.'

'Sorry, dat was ik even kwijt. Waar ze één keer eerder was geweest. In gezelschap van het lijk van een man die het slachtoffer van de moord niet kende maar een jeugdvriend van haar was. Dat lijkt me... Oké, misschien is ironisch niet het juiste woord. Eigenaardig is misschien beter.'

Neve reageerde niet.

'Goed, om bij het begin te beginnen: waarom was u hier?' vroeg Hitching.

'Ik kreeg een berichtje. Ik heb het u laten zien. "Kom naar de flat van Saul" luidde dat.'

'Van wie?'

'Dat stond er niet bij.' Haar stem trilde. Maar het was niet erg om overstuur en geschrokken over te komen, hield ze zichzelf voor. Er was zojuist voor haar ogen een man doodgegaan.

'En toen bent u maar gewoon hierheen gekomen?'

'Ja.'

'Waarom hebt u de politie niet gebeld?'

'Ik nam aan dat het van Bernice kwam.'

‘Waarom?’

‘De flat is nu van haar. Zij heeft de sleutel. Dat dacht ik gewoon.’ Ze wreef over haar wang, die wat stroef aanvoelde. ‘Ik weet niet waarom,’ zei ze. ‘Ik... Ik dacht er gewoon niet bij na.’

‘Waar was u toen u dat berichtje ontving?’

‘Ik was aan het fietsen.’

‘Waar?’

Neve dacht koortsachtig na. Ze probeerde zich te herinneren waar de sprint uit de flat haar gebracht had.

‘Holborn. Richting Farringdon,’ zei ze.

‘Dus u kreeg dat bericht en bent hiernaartoe gefietst?’

‘Ja.’

‘En toen?’

‘Dat is wazig,’ zei Neve. ‘Hij deed open...’

‘Wacht even, u moest eerst beneden door de hoofdingang.’

‘Ja. Ik drukte op de zoemer en de deur ging open.’

‘Daar kwam geen woord aan te pas?’

‘Nee.’

‘Ga verder.’

‘Ik klopte aan. Hij deed de deur open en achter me weer dicht. Het was Will. Ik wist dat het fout zat. Hij had een hamer in zijn hand en hij had handschoenen aan. Ik probeerde de deur weer te openen maar hij trok me naar binnen. Hij sloeg me.’ Ze voelde voorzichtig aan haar wang.

‘Alweer een blauwe plek,’ zei Hitching bijna snerend.

‘En hij schreeuwde en slingerde me van alles naar mijn hoofd, afschuwelijke dingen en toen...’ Neve zweeg.

‘Ga door.’

‘Hij hief die hamer. Ik dacht dat ik dood zou gaan.’

‘Wat deed u toen?’

‘Ik greep een stenen geval van de vensterbank en probeerde

hem ermee te raken. Hij maakte een soort sprong naar voren, half rennend. Toen struikelde hij en viel.'

'Was dat het moment dat u naliet een ambulance te bellen?'

'Ik zag die open ogen van hem naar het plafond staren. Alles zat onder het bloed. Ik heb hartmassage geprobeerd, maar het was duidelijk dat hij dood was. Toen heb ik u gebeld. Het spijt me.'

'U zei dat hij u van alles toeschreeuwde. Wat was dat zoal?'

'Hij ging tekeer over Renata. Hij zei dat hij Saul had gestraft vanwege Renata.'

Even keek Hitching naar Ryman en toen weer naar Neve. 'Ho even. Zegt u nu dat Saul Stevenson is omgebracht door uw vriend William Ziegler?'

'Hij was geen echte vriend.'

'Voor iemand die geen echte vriend van u was heeft hij toch wel een hoop tijd bij u thuis doorgebracht.'

'Ik kan niet altijd kiezen wie er bij ons thuis rondloopt.'

'Ja,' zei Hitching. 'Dat gevoel ken ik. Dus u zegt dat dit allemaal is gebeurd omdat hij een obsessie voor uw vriendin Renata had.'

'Ik zeg dat niet. Hij zei dat.'

'Is er iemand die dat kan bevestigen?'

'Wills ex-vrouw. Die heeft het mij verteld.'

'Zo.'

'Ja.'

'Wanneer?'

'Vanochtend. Daar kwam ik vandaan fietsen. Ik had haar opgezocht. Ze lag in het ziekenhuis. Ze was net bevallen.'

Plotseling welden er tranen op in Neve's ogen. Ze dacht aan dat hulpeloze schepseltje met haar roze gezichtje en piepkleine vingertjes. Ze dacht aan Mabel en Rory en Connor toen ze klein waren. 'Sorry,' zei ze. 'Sorry.'

'Doe maar rustig aan.'

'Ze vertelde me over Will. Hoe hij was.'

'Er is iets wat ik niet begrijp. Hij is geobsedeerd door Renata, dus hij vermoordt Saul. Oké, die twee hadden een verhouding gehad. Dat is met een rare kronkel nog wel te volgen. Maar waarom zou hij u aanvallen? Wat is uw rol in dit verhaal?'

'Ik had hem door, zo'n beetje dan.'

'U hebt dus de speurneus lopen uithangen?'

'Het kwam doordat ik het verkeerde adres in mijn personeelsdossier zag staan.'

Hitching boog zich naar haar toe. 'Leg uit.'

'Ik herinnerde me de eerste keer dat hij bij ons thuis kwam, hij en Jackie...'

'Jackie?'

'Ook een oud-studiegenoot. Ze hadden eerst op het verkeerde adres aangebeld. Ze omschreven de man die had opengedaan. Dus toen ik dat verkeerde adres zag moest ik daaraan denken en toen ben ik naar nummer 57 gegaan: het adres in mijn map. Daar deed diezelfde man open. En dat betekende dus dat Will in mijn map gekeken moest hebben. Begrijpt u?'

Hitching knikte.

'Ook,' ging Neve verder, 'zei hij heel beslist dat hij pas in Londen was aangekomen. Maar Karen zei dat hij hier al een paar weken was. Zo kwam ik achter zijn obsessie voor Renata.'

'Wist hij dat u het wist?'

'Dat kan haast niet anders.'

'Hoe dan?'

'Dat weet ik niet.' Dat hoefde ze ook niet te weten, zei ze bij zichzelf. 'Iets aan mijn gedrag misschien.'

'Maar u hebt zijn ex-vrouw pas vanmorgen voor het eerst gesproken, toch?'

'Dat over het huisnummer had ik al eerder ontdekt. En misschien heeft Karen contact met hem opgenomen. Ik weet het niet.'

Hij fronste en wachtte, maar Neve zweeg.

'En dit alles hebt u ontdekt terwijl hij u aanviel?'

'Ja. Op een wat verwarde manier.'

'Op een wat verwarde manier. Maar de boodschap kwam wel over.'

'Ja.'

'Het lijkt me dat hij u heel wat heeft toegeroepen tijdens zijn poging u te vermoorden. Het klinkt als een heleboel informatie.'

'Hij was boos,' zei Neve. 'Hysterisch.'

'U hebt geluk gehad, als ik u zo hoor.'

'Hoe bedoelt u?'

'Tegen een grote sterke man als hij.'

'Ik heb gedaan wat ik kon. Als hij niet was gestruikeld...'

'Celia?' zei Hitching die snel zijn collega aankeek. 'Heb jij er iets aan toe te voegen?'

Neve ademde gejaagd. Ze voelde zich alsof ze een eind had hardgelopen. Ze wierp een blik op Celia Ryman, die uitdrukkingsloos terugkeek. Dat kwam eng over. Het verhaal dat ze Hitching had verteld voelde als een gammel en slordig in elkaar geknutseld bouwwerk dat met eindjes touw en tape overeind werd gehouden. Het geringste rukje op de juiste plaats zou het hele gevaarte rammelend doen instorten.

Toen Ryman begon te praten realiseerde Neve zich dat ze haar stem tot dan toe niet had gehoord. Die klonk verrassend laag en hees.

'Waarom hier?' vroeg ze.

'Hoe bedoelt u?'

'Waarom zou Ziegler u op de plaats delict willen ontmoeten? Wat voor zin had het om zo'n risico te nemen?'

'Ik weet het niet,' zei Neve. Nu voelde dat als onvoldoende. Ze moest iets anders bedenken. 'Misschien wilde hij me op een afgezonderde plek hebben.'

Ryman vertrok geen spier. Neve had geen idee of ze haar had weten te overtuigen of niet, of ze zichzelf misschien had verraden.

'U zei dat u met de ex-vrouw van Ziegler hebt gesproken. Waarom was dat?'

'Ik begon iets te vermoeden.'

'Als dat zo was, waarom hebt u dan op dat moment de politie niet gebeld?'

'Dat had ik moeten doen. Dat snap ik ondertussen wel. Maar ik wist helemaal niets zeker. Ik maakte me zorgen en ik wilde meer te weten komen voordat ik iets zei. Toen ik eenmaal met zijn ex-vrouw had gepraat en het verhaal over hem had gehoord, was ik van plan naar de politie te gaan. Maar toen kreeg ik dat berichtje.'

Ryman glimlachte; het was een begripvolle glimlach. Iets in Neve maakte dat ze op haar wilde toeschieten, haar omhelzen en zich door haar laten troosten. En tegelijkertijd was ze op haar hoede, behoedzamer dan op enig ander moment gedurende de laatste paar dagen.

'Ik kan me nauwelijks voorstellen wat u door moet maken,' zei Ryman. 'Maar misschien kunt u me helpen?'

'Ik doe mijn best.'

'Ja, natuurlijk, maar heb even geduld met me. En corrigeer me als ik het mis heb, maar wat u suggereert is het volgende: William Ziegler denkt dat u hem op het spoor bent en besluit dat de enige oplossing is u te vermoorden. Hij stuurt u een berichtje. We hebben zijn telefoon op zijn lichaam aangetroffen en daarmee zijn vandaag geen berichten verstuurd. Dus het moet van een andere telefoon zijn gekomen, waar hij zich vervolgens van ontdoet. Hij besluit niet alleen dat hij u zal vermoorden maar ook dat hij dat zal doen op de plaats van zijn vorige moord. En dan?'

'Ik begrijp de vraag niet,' zei Neve.

'Ik ook niet,' zei Hitching.

Ryman wierp hem een vinnige blik toe. 'Ik wil alleen zeggen dat dat in mijn ogen een pervers plan is.'

'Het spijt me,' zei Neve, die haar best deed haar stem vlak te houden. 'Maar iemand heeft zojuist geprobeerd me te vermoorden. Ik heb geen idee waarom hij deed wat hij deed. Ik weet niet hoe een moordenaar denkt.'

'Ons probleem is dat er zoveel afhangt van wat hij tegen u heeft gezegd. Of wat u zegt dat hij tegen u heeft gezegd.'

Met een ijzige kalmte die haar zelf bijna choqueerde besloot Neve dat het tijd werd om boos en van streek te lijken. 'Wat doet het ertoe?' vroeg ze met stemverheffing. 'Ik had niets met dit alles te maken totdat ik deze flat binnenstapte. Ik probeerde alleen maar te helpen. Ik weet dat het dom was; ik weet dat het onbezonnen was.' Ze ging steeds harder praten; ze deed niet meer alsof. 'Maar hij probeerde me te vermoorden, hij stond op het punt me dood te slaan, en als hij niet was gevallen en zijn hoofd had gestoten hadden jullie mijn lichaam hier op de vloer aangetroffen.'

Ze onderbrak zichzelf. Ze moest niet te veel praten. Straks zou ze nog iets verkeerds zeggen, zichzelf verraden. 'Het was niet mijn bedoeling zo uit te vallen,' zei ze. 'Het spijt me. Maar u kunt met zijn ex-vrouw gaan praten over zijn obsessie voor Renata. U kunt zijn gangen nagaan en zien dat hij loog over waar hij was. U kunt alles controleren wat ik heb gezegd.'

'O, dat zullen we zeker doen,' zei Ryman.

Neve keek van haar naar Hitching. Hij zat met zijn armen over elkaar, leek in gepeins verzonken en ontevreden. Hij schudde langzaam zijn hoofd en toen hij begon te praten was het Neve niet duidelijk of hij een vraag stelde of hardop nadacht.

'Dus Ziegler heeft die map bij Bernice Stevenson in de brievenbus gedaan?'

'Dat neem ik aan.'

'Maar waarom dan uw personeelsdossier en niet dat van Renata?'

'Dat weet ik niet.'

'U zegt dat hij wist dat u hem verdacht. Maar die map heeft hij meegenomen nadat hij de moord had gepleegd. Waarom zou hij dat gedaan hebben?'

Neve keek de beide rechercheurs wezenloos aan. 'Ik zou echt niet weten wat ik daarop moet zeggen. Ik wou dat ik het wist. Ik weet verder niets.'

'Uw bloed zit op die map,' zei Hitching. 'Daarover kunt u ons nog steeds geen opheldering geven?'

Ze moest haar uiterste best doen haar hoofd er goed bij te houden en te bedenken of wat ze op het punt stond te zeggen haar zou helpen of tegenwerken. 'Ik had me gesneden toen Renata bij ons thuis dat ongeluk kreeg,' zei ze langzaam. 'Iemand heeft dat opgeveegd met keukenpapier; ik weet niet meer wie. Maar Will was er op dat moment ook. Misschien is het toen gebeurd.'

'En uw foto,' zei Hitching. 'Die we in uw map aantroffen.'

'Die kan hij ook toen gepakt hebben.'

'Om u verdacht te maken?'

'Een andere reden kan ik niet bedenken.'

'Waarom u?'

'Geen idee. Ik wou dat ik het wist. Ik wou dat ik u keurig passende antwoorden kon geven. U vindt het vreemd, maar hoe denkt u dat ik me voel?' Ze keek Hitching fel aan. 'Ik ben bijna vermoord. En ik heb net iemand dood zien gaan.'

Hitching liet zich van het bureau glijden. Het bureau van Saul. Hij zuchtte. 'Laat u ons maar eens zien waar en hoe het allemaal precies is gebeurd.'

'Wat?'

'Nu het nog vers in uw geheugen ligt.'

Toen ze opstond lieten haar benen haar plotseling in de steek en ze moest een hand uitsteken om steun te zoeken.

'Voorzichtig,' zei Ryman.

'Sorry,' zei Neve. 'Ik... Ik voel me gewoon een beetje vreemd.'

Ze ging hen voor, de werkkamer uit naar de gang. Er waren lampen opgesteld die met hun gloed alles een hard en onbekend aanzien gaven. Zo geconcentreerd mogelijk nam ze met Hitching het verhaal door, dat nu zelfs nog zwakker leek. 'Hier sloeg hij me,' vertelde ze. Ze kon haar eigen stem nauwelijks boven haar hartslag uit horen. 'Hier viel ik.' Ze wees. 'Hij sleurde me mee tot ongeveer hier.' Wat natuurlijk waar was. 'Hij riep van alles naar me.'

Ze kwamen in de woonkamer, die nu helverlicht was. De plas bloed zag er dik en donker uit. Ze knipperde en heel even kon ze zich niet herinneren wat het volgende was dat ze zou moeten zeggen. 'Hier krabbelde ik, geloof ik, overeind, maar helemaal zeker weet ik het niet. Ik kan het me niet meer zo goed herinneren.'

'Maakt u zich geen zorgen,' zei Hitching. 'We trekken alles na. Elke vingerafdruk, elke druppel bloed, elk draadje en vezeltje. Wat denkt u dat deze mensen aan het doen zijn?' Hij knikte naar de figuren in het wit die onder griezelig stilzwijgen rondliepen. 'Als het klopt wat u zegt, dan zal dat bevestigd worden. Klopt het niet...' Hij liet een lange stilte vallen en zei toen: 'Ga verder met uw verhaal.'

Het zat Neve niet lekker hoezeer hij dat laatste woord benadrukte. 'Ik greep die steen en haalde er hard mee uit. En ik hoorde dat het raak was. Waar ik hem precies raakte weet ik niet. De zijkant van zijn hoofd of zijn schouder. En toen viel hij zo'n beetje voorover. Hij strompelde nog een paar passen vooruit door de kamer en struikelde toen. Zijn hoofd raakte de punt van de tafel, daar.' Ze wees. 'En hij viel. En zijn hoofd sloeg tegen de vloer.'

'En toen belde u mij.'

'Ja.'

'En na ongeveer een kwartier was ik er.'

'Ja.'

'En wat hebt u in de tussentijd gedaan?'

Neve knipperende terwijl ze hem aankeek. Ze had een droge mond en haar maag voelde draaierig. 'Ik ging naar de gang,' zei ze. 'Bij het lichaam vandaan. Ik liet me op de vloer zakken en legde mijn hoofd op mijn knieën en toen... Toen ben ik domweg zo blijven zitten. Ik weet niet hoelang het was. Geen idee wat er door mijn hoofd ging.'

Doordringend keek Hitching haar aan.

Neve dwong zichzelf terug te kijken.

'We hebben u voorlopig wel genoeg lastiggevallen,' zei hij uiteindelijk.

'Mag ik nu naar huis?'

'Naar huis?' Hij schoot in de lach. 'U gaat met ons mee naar het bureau. We hebben een officiële verklaring van u nodig.'

'Ik heb u al verteld wat er allemaal is gebeurd.'

'Ja, en dat gaat u straks nog eens doen, maar dan nemen we het op en doen we het officieel. En de komende paar dagen en weken zullen we alles nog heel wat keren doorlopen. Er is iemand dood.'

'Ja,' zei Neve.

'U wilt nog steeds geen advocaat?'

'Het enige wat ik wil is u de waarheid vertellen.'

'De waarheid,' herhaalde Hitching. 'Dat zou fijn zijn.'

Toen ze de kamer verliet wierp ze een blik op Celia Ryman, die dwars door haar heen leek te kijken.

Zevenenhalf uur later werd Neve door een agent naar huis gebracht. Ze had nog steeds de geleende vaalbruine spullen aan. Haar kleren en haar kleine rugzak had de politie gehouden en haar telefoon was in beslag genomen: even had de paniek toegeslagen bij de gedachte dat ze het gewiste berichtje zouden vinden dat een week geleden deze hele geschiedenis aan het rollen had gebracht. Ze had vanaf het bureau mogen bellen met Fletcher, die ze in het kort vertelde wat ze ook aan Hitching had verteld. Hij was nauwelijks in staat geweest iets te zeggen toen hij het hoorde. En toen hij iets zei was het alsof hij vastliep in herhaalde uitroepen van ongeloof. 'Will!' zei hij steeds, en 'Lieve god, is alles goed met je? Lieve god!'

Nu zat ze achter in de auto en zag het Londense verkeer voorbij glijden. Ze kon amper geloven dat deze dag werkelijkheid was. Hij lag achter haar als een film die ze lang geleden had gezien en waarvan ze zich alleen wat onsamenhangende flitsen kon herinneren. De fietstocht in alle vroegte, het rozige, gerimpelde gezichtje van de baby en haar donkere oudevrouwenogen, het moment waarop ze de deur van de flat open en weer dicht had horen gaan en wist dat het Will was, Mabel die zich door de kamer slingerde met die extatische blik op haar gezicht, het lichaam op de vloer in een grote plas bloed. Verschrikkelijk veel bloed.

Op het politiebureau had ze haar verhaal nogmaals gedaan, en toen nog een keer, totdat elk woord onzin leek, elke waarheid een leugen en elke leugen een idioot en doorzichtig verzinsel. Ze had op een plastic stoel gezeten en Hitchings blik dwars door zich heen voelen gaan. Ze had het ene glas water na het andere gedronken, zonder dat ze daarmee haar dorst leste, en verschillende bekers lauwe thee met melk, en ze had een hap van het broodje tonijn met mayonaise genomen dat iemand voor haar had neergezet; het kleffe brood was aan haar tanden blijven plakken en de smaak van de vis was om van te kokhalzen.

Wanneer had ze voor het laatst een fatsoenlijke maaltijd gegeten? Wanneer had ze voor het laatst een hele nacht doorgeslapen? Ze voelde zich hol van de honger en haar ogen brandden. Maar ze was op weg naar huis.

Toen de auto vlak bij haar straat was vroeg ze de chauffeur te stoppen. 'Ik wil er hier uit.'

'Weet u het zeker?' Hij haalde zijn schouders op en stopte.

Neve stapte uit. Ze wilde de wind in haar gezicht voelen, de grond onder haar voeten. Ze wachtte tot de auto was weggereden en ging toen bij de Portugese kruidenier naar binnen.

Erico was dozen aan het stapelen. Hij zette grote ogen op toen hij haar zag. 'Je gezicht,' zei hij.

'Alweer een ongelukje,' zei Neve.

'Stop toch met dat fietsen, Neve.'

'Ben ik nog op tijd voor wat boodschappen?'

'Natuurlijk.'

'Ik heb geen geld bij me. Mag ik morgen betalen?'

Hij maakte een weids gebaar met zijn armen. 'Dat heeft geen haast.'

Neve pakte een mandje. Ze vulde een papieren zak met kerstomaatjes en een met courgettebloemen, die haar aan haar verwaarloosde volkstuin herinnerden. Ze nam een paar handjes van een pikante slamelange, een paar avocado's, radijs en wat Padrónpepertjes, waar Fletcher zo van hield. De laatste herfstframbozen waren in de aanbieding en ze deed drie bakjes in haar mandje. Ricotta, parmezaan, een paar kuipjes romige hummus, falafel, olijven zonder pit, een royaal stuk zachte brie, een onsje flinterdunne plakken prosciutto, platte knoflookbroden, *salted caramel*-chocolade, gemberbier en twee flessen goede rode wijn. Toen dacht ze aan Connor en deed er nog een beker butterscotch-ijs bij.

Erico pakte alles zorgvuldig in een grote kartonnen doos, de lichte dingen bovenop. Hij hield de deur voor haar open en toen ze wegging zei hij: 'Pas goed op jezelf, Neve,' op zo'n vriendelijke toon dat Neve bijna ter plekke in snikken uitbarstte.

Ze liep naar huis, haar armen deden pijn. Ze belde aan. Ze hoorde iemand rennen, de deur ging met een zwaai open en daar stond Fletcher met een van angstige bezorgdheid vertrokken gezicht. Hij nam de doos uit haar handen, zette die op de grond en sloot haar in zijn armen; zijn baard schuurde tegen haar wang en ze voelde de druk van zijn vingers op haar huid. Ze dacht dat ze in honderd stukken uiteen zou vallen. Maar toen kwam Mabel de trap af, tree voor tree. Neve maakte zich los uit Fletchers omhelzing, deed een pas opzij en stak haar armen naar haar uit. Terwijl ze Mabel tegen zich aan drukte fluisterde ze: 'Het is oké, alles is oké. Het is voorbij.' Ze voelde het lichaam van haar dochter trillen tegen het hare, of misschien was zij het zelf die trilde.

'Will Ziegler,' zei Fletcher. 'Will fucking Ziegler.'

'Ik wil er niet over praten,' zei Neve. 'Niet vanavond.'

'Maar wie had ooit gedacht dat...'

'Niet nu, Fletcher. Ik kan het niet.'

Hij haalde zijn schouders op, knikte en keek naar de doos met boodschappen. 'Jij bent echt de enige die na zo'n dag met een doos vol etenswaren thuis kan komen. Maar ik wilde een afhaalmaaltijd bestellen. Ga jij maar in bad.'

'Ik weet het niet. Misschien is het Mabels laatste maaltijd thuis met ons, voor ze op kamers gaat,' zei Neve. 'Mabel?'

Mabel trok een zuur gezicht. 'Waarom zou ik ook maar een dag langer dan nodig is in dit gekkenhuis blijven?' zei ze.

'Zo ken ik mijn dappere dochter weer,' zei Neve.

Hun blikken kruisten elkaar. Mabel knikte. Een knikje van verstandhouding, van medeplichtigheid.

'Dus gaan we met z'n allen een echte maaltijd eten,' zei Neve. 'Is Renata er nog?'

'Die is terug naar huis,' zei Fletcher. 'Charlie kwam haar halen. Ik heb geen idee of dat een goed of slecht teken is.'

'Dus zijn we gewoon met ons vijven. Alleen wij. Fijn.'

Neve trok haar geleende kleren uit, ging onder de douche en trok een wijde jurk met lange mouwen aan. Ze kookte samen met Rory. Ze deed hem voor hoe je courgettebloemen vulde met ricotta en Parmezaanse kaas en vervolgens door een beslagje haalde. Met een geconcentreerde frons en zijn magere schouders gespannen frituurde hij de bloemen in porties, waarna hij ze op een bord legde en er honing over druppelde. Neve halveerde de kerstomaatjes, sneed de avocado's in plakken, schudde de sla in een kom, legde de kaas en de prosciutto op een plank, vulde een kommetje met olijven en schoof de platbroden in de oven. Buiten in de tuin, waar het donker werd en de nieuwe kas er leeg bij stond, trapte Connor een balletje. Hij juichte zichzelf toe en stak een vuist in de lucht bij een denkbeeldig doelpunt. Fletcher trok de wijn open en Mabel dekte de tafel.

Neve stak kaarsen aan en iedereen kwam aan tafel. Ze liet haar blik van gezicht naar gezicht gaan. Connor, zijn hoofd nog rood van de inspanning, werkte met grote happen zijn eten naar binnen. Rory prikte met precieze gebaren in zijn eten, laadde keurige hapjes op zijn vork en kauwde methodisch. Hij zag er tevreden uit, vond Neve. Haar hart deed er pijn van: er was zo weinig voor nodig. Fletcher leek nog steeds verbijsterd; hij keek haar telkens weer aan en deed zijn mond open om iets te zeggen, maar ontmoette dan haar strenge blik en bedacht zich.

En Mabel. Mabel was erg stil vanavond, maar het was niet de inktzwarte zwijgzaamheid die Neve en Fletcher in de loop van de jaren hadden leren vrezen; ze was nu eerder rustig en bedachtzaam. Ze leek erg klein en jong, dacht Neve, vast en zeker te jong om al uit huis te gaan. Was dit dan het eind van Mabels jeugdjaren? Ze dacht aan haar dochter als baby, aan hoe ze dat weke, zoet geurende lijfje in haar armen hield. Ze dacht aan haar als peuter, toen Neve haar kon optillen en troosten als ze een geschaafde knie had of van streek was. Aan toen ze voor het eerst naar school ging, met haar rode rugzak die bijna zo groot was als zijzelf. Als een enthousiast klein meisje dat niets liever wilde dan iedereen plezieren. Als een wilde en onbesuisde puber die uitviel naar iedereen die probeerde haar te helpen, die bijna haar eigen leven kapotgemaakt had en dat van iedereen die van haar hield erbij.

En nu ging ze uit huis.

Neve hief haar glas en vroeg met een vinger op haar lippen om stilte. 'Op onze fantastische Mabel.'

Iedereen hief zijn glas met wijn of gemberbier. 'Op Mabel.'

Mabel zelf trok een gezicht.

En Neve bleef maar glimlachen. Het was allemaal te veel; te veel liefde om te kunnen dragen.

Fletcher ruimde af terwijl Neve met Rory en Connor naar boven ging om er zeker van te zijn dat ze hun tanden poetsten, dat hun kleren voor de volgende dag klaarlagen en dat ze hun huiswerk in hun tas hadden gedaan. Ze gaf ze allebei een kus op hun voorhoofd, trok hun dekbed recht en deed het licht uit.

Ze liep Mabels kamer binnen. Daar stonden twee gepakte koffers, een doos met boeken en een doos met keukenspullen klaar. Ernaast lagen een dekbed – nog in de plastic verpakking –, nieuw beddengoed en handdoeken. Mabel zat op haar bed haar haar te vlechten.

'Ben je helemaal klaar voor morgen?' vroeg Neve.

'Zo klaar als maar kan.'

'Zal ik ook meegaan?'

'Nee, dank je.'

'O. Oké.' Ze deed haar best om niet gekwetst te klinken.

'Maar je kunt me komen opzoeken.'

'Ik zal je missen.'

'Je zal nog blij zijn dat ik er niet meer ben,' zei Mabel. 'Om jouw leven te verpesten.' Ze keek op naar haar moeder. 'Komt het goed met mij, denk je?'

Neve ging naast haar zitten en sloeg haar armen om haar heen. 'Ja,' zei ze. 'Natuurlijk komt het goed met jou. Dat is nu al zo. En als het niet gaat, bel me, dan ben ik er voor je.'

'Weet ik.' Het bleef even stil en toen vroeg ze: 'Wat heb je gedaan?'

'Dat hoef je niet te weten.'

Mabel knikte. 'Ik was doodsbang.'

'Jij hebt me gered,' zei Neve. 'Je hebt mijn leven gered.'

'Jij dat van mij,' zei Mabel. 'Al zo vaak.'

9

UIT HUIS

Neve trok de jaloezieën op. De keuken kwam met een schok tot leven, als een leeg decor in afwachting van de vertrouwde show.

Het was tien over zeven. Ze vulde een glas onder de kraan en dronk het langzaam leeg. Ze trok haar ochtendjas strakker om zich heen, haalde diep adem en draaide zich om naar het vertrek. Op dat moment ging de keukendeur open.

Rory was de eerste, zoals altijd. Hij ging zitten, maakte zijn eigen grote kom met cornflakes klaar en begon met een boek voor zich op tafel te eten.

Fletcher kwam binnen, zijn haar nog vochtig van het douchen, en ging een pot thee zetten. Hij ruimde de vaatwasser uit terwijl Neve pap maakte voor Connor en vervolgens de lunch inpakte voor de jongens.

Fletcher liep naar de trap en riep omhoog naar Connor.

Even later was Connor er ook, zijn gezicht nog dik van de slaap, zijn schoenveters los, een beetje knorrig en op zoek naar ruzie.

Mabel kwam binnen. Fletcher goot kokend water op haar zakje gemberkruidenthee en zei iets over om negen uur vertrekken. Hij zette de radio aan voor het nieuws van halfacht en ging aan tafel zitten met zijn toast met marmelade.

Het gezinsleven, dacht Neve – tilt ons overal overheen.

Ze bracht de jongens tot het hek van het schoolplein en keek ze na tot ze opgingen in de menigte. In de verte zag ze Sarah. Ze staken allebei even hun hand op en liepen in tegenovergestelde richting weg.

Thuis was Fletcher bezig de auto in te laden. Mabel kwam met haar jack over de arm de trap af. Ze leek kalm, maar toen ze met een omhelzing afscheid namen pakte ze Neve heel stevig vast. 'Wat ga je vandaag doen?' vroeg ze.

'Misschien maar eens echt naar de tuin,' zei Neve, en op Mabels gezicht brak een grijns door.

Ze stapte in de auto, trok het portier dicht, opende het raampje en leunde naar buiten. Maar ze zei niets; ze keek alleen achterom toen de auto wegreed.

Neve was alleen thuis; de lege dag strekte zich voor haar uit.

Ze belde haar moeder en zei dat ze dacht dat Rory voor zijn verjaardag het liefst een verrekijker had.

Ze belde de ouders van Fletcher en maakte een afspraak om langs te komen.

Ze zette de ontbijtspullen in de vaatwasser en nam de tafel en het aanrecht af. De hele benedenverdieping stofzuigde ze en ze werkte de vlekken weg, alle sporen van de vorige week, toen het huis zo vol met mensen was geweest. Ze boende op een vlek in het tapijt: was dat Renata's bloed? Dat van haarzelf?

In de logeerkamer haalde ze Renata's bed af. Toen naar de kamers van Connor en Rory, waar ze de gordijnen opende, de dekbedden rechttrok en het vuile wasgoed verzamelde.

In de kamer van Mabel hing de klerenkast vol met hangers; de laden waren leeg. Er waren lichte plekken op de muren van waar posters hadden gehangen, en leemtes op de boekenplank. Ze pakte een truitje op dat Mabel in een hoek had laten liggen, drukte haar neus in de zachte plooien en snoof de geur van haar dochter op. Toen trok ze de lakens van het bed, zette de ramen open, pakte een mok op en ging weer naar beneden.

Ze deed de koelkast open om er het restje sla van de vorige avond uit te halen en liep ermee naar de tuin, waar ze in het vochtige gras naast Whisky's hok ging zitten. Toen ze hem zachtjes riep, wurmde hij zich uit een hoop stro en duwde zijn snuit tegen het gaas.

'Hallo,' zei Neve. 'Tijd voor de grote schoonmaak.'

Ze sloot de ren af, met het beestje veilig erin, en duwde een bosje paardenbloembladeren door het gaas. Toen schudde ze al het stro uit het houten nachthok, op de composthoop. Ze haalde een teiltje sop en wat spray, boende alles grondig schoon en legde een dikke laag zaagsel op de bodem, die ze aanvulde met vers stro. Het voerbakje maakte ze schoon en vulde ze met voer; de uitgespoelde waterfles werd met vers water gevuld en tot slot maakte ze het nachthok weer vast aan de ren.

'Weet je,' zei ze tegen de cavia. 'Er was niemand van wie ik niet dacht dat hij hem vermoord kon hebben. Ik verdacht de mensen die me het meest dierbaar waren en die ik het best kende. Mijn vrienden, mijn man en mijn prachtige dappere dochter.'

Ze zweeg even. De lucht was nu betrokken; er vielen een paar grote druppels.

'Dat Saul dood is komt door mij,' vervolgde ze. 'Hij liep gewoon in de weg. Ik was de bedoeling geweest. Het was gewoon een dom, een oerdom ongeluk.'

Het was stil in de tuin. Er stond nauwelijks een zuchtje wind.

'Ik hield van hem. Dat had niet gemoeten, maar ik hield heel veel van hem. Maar het is voorbij,' zei ze. 'Allemaal achter de rug. Ik ben weer thuis.'

Er was geen mens aan wie ze het kon vertellen. Zolang ze leefde zou ze met niemand kunnen praten over wat haar de afgelopen paar herfstweken was overkomen, toen ze verliefd was geworden op een man die zou sterven: wat ze had gedaan, wat ze had gevoeld, wat ze had geriskeerd, wat ze was kwijtgeraakt, en wat ze had behouden.

Haar verborgen leven. Haar geheime ik. Haar stuitende gouden tijd.

10

TERUG OP DE VOLKSTUIN

Ook al was het een doordeweekse dag, er waren verschillende mensen aan het werk op hun tuin: een bont gezelschap van vooral grijze vijftigers. Ze trokken niet veel met elkaar op en wisselden alleen af en toe een klacht uit over te weinig of te veel regen, of ze prezen beleefd Jenny's winterharde tuinbonen of de geurige herfstframbozen van een stokoude, gerimpelde man wiens naam Neve nooit goed had verstaan.

De afgelopen paar weken was Neve zodra ze maar even de tijd had hiernaartoe gekomen. Ze had vaak uren in de kou en regen doorgebracht om de laatste aardappelen en pompoenen te redden, het woekerende onkruid te lijf te gaan, de distels uit te steken en de frambozen terug te snoeien. Ze had eelt op haar handen gekregen van het spitten. Er zat aarde onder haar nagels.

In de verte zag ze Hitching door de lappendeken van tuinen zijn weg zoeken. Hij viel nogal uit de toon met zijn grijze pak en donkere das. Een vrouw onderbrak haar spitwerk en leunde op haar spade om naar hem te kijken terwijl hij langsliep en haar kort toeknikte. Neve vroeg zich af of zijn chique leren schoenen dit zouden overleven. Maar vooral vroeg ze zich af wat hij haar te zeggen had. Ze had hem in geen drie weken gesproken. Iets meer dan drie weken. Een maand bijna. Telkens wanneer er werd aangebeld had ze gedacht dat hij het was. Nu kwam hij hier. Hij was alleen. Of hij leek alleen te zijn. Om bij het volkstuincomplex te komen moest je een smalle doorgang tussen twee huizen aan Langham Road passeren. Best mogelijk dat daar een politieauto voor haar klaarstond. Want wat moest ze tenslotte, hier midden op de tuin, met haar spade, op haar zware laarzen? Hem een klap op zijn hoofd geven en er hard hollend vandoor gaan?

Toen hij nog een eindje bij haar vandaan was ontmoetten hun blikken elkaar en stak hij aarzelend een arm in de lucht bij wijze van groet. Toen volgde nog een wat ongemakkelijke minuut waarin de afstand te groot was om iets te zeggen en dus keek Neve om zich heen naar haar lapje grond alsof ze de stand van zaken opnam. Toen ze zich omdraaide stond Hitching naast haar.

'Ik was al bij u thuis,' zei hij. 'Uw man zei dat u hier was.'

'Winterklaar maken.'

'Ik zie het. Dat betekent veel spitten, stel ik me voor.'

'Nogal.'

'Hoe was de oogst?'

'Behoorlijk teleurstellend.'

'En hoe ging het met de courgettes en de pompoenen?'

Neve glimlachte beleefd. 'Af en toe konden we er een paar plukken. Ik heb nog wel wat aardappelen over. Die zijn niet zo kieskeurig. Ze liggen gewoon onder de grond te wachten tot je tijd voor ze hebt.'

'Maar al met al een teleurstellend jaar?'

'Ja.'

'Ondanks alle tijd die u hier hebt doorgebracht.'

Neve keek Hitching wat aandachtiger aan. Probeerde hij nog steeds haar uit de tent te lokken?

'Ik ben hier minder vaak geweest dan ik had gewild, in de periode dat het erop aankwam. Volgend jaar doe ik het beter.'

'Dat hou ik mezelf ook altijd voor,' zei Hitching. 'Maar het komt er nooit van.'

'Ik denk wel dat ik het beter zal doen. Nu mijn dochter uit huis is zal het...' Ze onderbrak zichzelf. 'Ik weet niet. Een leegte opvullen.'

'Mabel is gaan studeren?'

'Ja. Toch nog.'

'Hoe gaat dat?'

'Ze dreigt voortdurend ermee te stoppen, maar ze is er nog steeds. Dat is al heel wat. Bij Mabel gaat nooit iets vanzelf.'

Ze stonden een poosje zwijgend naast elkaar. Neve overzag haar pas omgespitte stuk grond en keek toen opnieuw naar Hitching, wiens blik somberder leek te zijn geworden.

'Dus,' zei hij, alsof hij van plan was een uitgewerkte verklaring af te leggen. 'Mijn collega Celia Ryman en ik hebben de afgelopen dagen het dossier nog eens doorgenomen. Dit hield onder andere in een nauwkeurige –'

'Sorry,' zei Neve. 'Maar kunt u de inleiding niet overslaan en meteen to the point komen?'

Hitching leek lichtelijk beledigd. 'Goed.' Toen hij verder ging was het alsof hij een tekst opzei. 'Na uitgebreid onderzoek zijn we tot de conclusie gekomen dat de dood van William Ziegler hetzij een ongeluk hetzij een geval van doodslag uit noodweer was en dat er geen aanleiding is om verdere actie te ondernemen. Elk detail van uw verhaal is getoetst aan de bevindingen op de plaats delict: en het was verbazingwekkend hoe keurig alles in elkaar paste, als een goed geoliede machine.

Meestal is het lang zo ordelijk niet.'

Neve hield haar blik op hem gericht.

'En omdat ik me kan voorstellen dat u daarin geïnteresseerd bent kan ik u ook melden dat Ziegler, hebben we moeten concluderen, inderdaad de moordenaar van Saul Stevenson was. Zelfs de hamer die hij tegen u gebruikte matchte met de hoofdwond van Stevenson. Dus, wat denkt u daarvan?'

Inderdaad, wat dacht ze daarvan?

Eerst dacht ze helemaal niets. Het was alsof de grond onder haar voeten wegviel. Ze vreesde dat ze flauw zou vallen en voorover in de modder belanden. Het kostte haar de grootste inspanning om op vlakke toon te antwoorden: 'Dat lijkt me juist.'

En het was ook juist. Er was sprake geweest van zoveel misleiding; er was zoveel verwarring gezaaid. Ze had gelogen tegen de politie, ze had gelogen tegen haar man, ze had gelogen tegen haar vrienden. Ze had tegen iedereen gelogen, behalve tegen Mabel.

Het politieonderzoek was op bijna alle onderdelen fout of misleidend geweest; doorslaggevende bewijsstukken waren verwijderd of vernietigd. Met hun reconstructie van de gebeurtenissen hadden ze er van begin tot eind naast gezeten.

Maar ondanks dat alles waren de conclusies juist.

Neve dacht bij zichzelf dat het misschien wel iets komisch had, behalve dat het dat helemaal niet was, in geen enkel opzicht.

'Het is aardig van u dat u gekomen bent om me dit te vertellen,' ging ze verder. 'Wie weet zal ik het nog gaan missen dat u telkens in mijn leven opduikt als ik er het minst op bedacht ben.'

'Ik dacht dat u het graag zou willen weten,' zei Hitching. 'Maar dat was niet de enige reden waarom ik hier gekomen ben.'

Neve voelde een blinde angst opkomen die haar afschuwelijk vertrouwd geworden was. Het had te maken met dat vage gevoel dat ze iets over het hoofd had gezien, een vergissing had begaan of iets doms gezegd.

'We gaan er vanavond een borrel op drinken,' zei Hitching. 'Twee zaken gesloten. Twee zaken opgelost. Mijn baas is erg blij en ze is ook erg blij met mij. Maar weet u wie er niet blij is?'

'Ik,' zei Neve. 'Ik ben niet bepaald blij op het ogenblik.'

'Afgezien van u, natuurlijk. Ik weet wat u hebt moeten doormaken. Maar ik had het over mijn collega, Celia. Celia Ryman.'

'En waarom is zij niet blij?'

'Ze wilde de zaak niet sluiten.'

'Waarom niet?'

Hitching maakte een weids gebaar. 'Precies. Dat zei ik ook. "We hebben twee zaken opgelost," zei ik tegen haar. "Geniet van je succes," zei ik. Weet u wat haar dwarszat?'

'Nee, wat?'

'De plaats delict,' zei hij. 'De eerste, bedoel ik. Zoals die hele flat van onder tot boven was schoongemaakt. Ze begreep niet waarom Ziegler dat gedaan zou hebben.'

'Hoor ik nu uw collega of hoor ik u?'

'Misschien allebei een beetje.'

'Dus wat u bedoelt te zeggen is dat de zaak niet echt gesloten is?'

Hitching schudde zijn hoofd. 'Nee, hij is wel degelijk gesloten. Afgetekend. Iedereen is weer op iets anders gezet. Wat nog volgt is het gerechtelijk onderzoek, maar dat is een formaliteit.'

'Dus dat was dat.'

'Min of meer,' zei Hitching. Hij stak zijn handen in de zakken van zijn pak en sloeg een bijna smekende toon aan. 'Weet u, een van de lastige dingen die je leert in mijn vak is dat het voor de wet niet gaat om erachter te komen wat er werkelijk is gebeurd. Het gaat om een vermoeden uitbouwen, aanwijzingen verzamelen en er het wettige en overtuigende bewijs voor leveren. Mijn eerste baas zei tegen me dat je sommige zaken wint en sommige verliest, en als je je al te erg vastbijt in wat er echt is gebeurd, dan word je gek.'

'Jullie hebben de juiste man,' zei ze. 'Waarom zegt u dit?'

'Dat zei ik ook tegen Celia. We hebben zeker de juiste man. Hij had tegen jullie gezegd dat hij net in Londen was aangekomen. Maar wat blijkt? Hij heeft bijna vier weken bij een vriend in Summertown gezeten.'

'Dus hij was er al die tijd al?' vroeg Neve.

'Al die tijd. We hebben met zijn eerste vrouw gepraat. Ze bevestigde uw verhaal. Hij was een boze man, zei ze. Hij was zijn halve leven geobsedeerd geweest door een meisje uit zijn studiejaar dat hij van alles de schuld gaf.'

'Renata,' zei Neve, die haar best deed een vragende toon te vermijden.

'Haar naam wist ze niet, maar dat klinkt aannemelijk.'

Hij trok zijn schouders wat naar achteren, alsof hij zich moest vermannen om iets te zeggen. 'Ik wil er geen onduidelijkheid over laten bestaan, Neve... Mag ik Neve zeggen?'

'Ja hoor.'

'Nou, Neve, zoals ik zei: de zaak is gesloten. Voor mij is het klaar. Ik werk al aan iets anders.' Hij deed een stap naar haar toe en sprak zacht, alsof hij bang was dat er iemand meeluisterde, al was er binnen een straal van dertig meter geen mens te bekennen. 'Ik heb het gevoel dat ik iets over het hoofd zie. Zou jij me kunnen vertellen wat dat is?'

'Waarom? Om u een beter gevoel te bezorgen?'

'Om mij een beter gevoel te bezorgen, ja. En wie weet jou ook.'

Neve voelde zich plotseling alsof ze weer in de flat was, met Sauls lichaam op de vloer, terug bij het moment waarop ze een beslissing moest nemen. Ze keek Hitching recht in zijn donkere ogen, zijn onpeilbare gezicht. De gedachte dat ze zich eindelijk van haar last kon ontdoen door alles te vertellen wat ze had meegemaakt en schuld te bekennen was zo verleidelijk dat ze de woorden al op haar tong proefde. Maar Hitching was geen priester of dokter, hij was rechercheur. Ze vertrouwde hem niet. Ze mocht hem niet vertrouwen.

'Ik weet niet wat u bedoelt,' zei ze koel. 'Will Ziegler heeft Saul Stevenson vermoord en geprobeerd mij te vermoorden en hij is overleden na een val. Dat is de waarheid; dat is uw zaak. Meer kan ik er niet over zeggen en ik weet niet welk stukje daarvan mij een beter gevoel zou moeten bezorgen.'

Zijn ogen leken zelfs nog donkerder te worden van teleurstelling. 'Prima,' zei hij zacht en met klem. 'Dan zijn we klaar, denk ik. Trouwens, u kunt binnen een dag of twee een brief verwachten. Daarin staat dat u een beroep kunt doen op slachtofferhulp, na wat u hebt meegemaakt. Ze zeggen dat het kan helpen om bij iemand je verhaal kwijt te kunnen.'

'Ik zal erover nadenken.'

Hitching knikte. 'Tot ziens dan maar. Ik zal ze missen, mijn bezoekjes aan jullie.'

'Ik werd er altijd een beetje nerveus van.'

'Hoezo nerveus?'

'Wordt niet iedereen nerveus van politiemensen?'

'U hoeft mij niet langer als een politieman te zien.'

Ze ontmoette zijn blik en hield die vast. 'Ik zal u altijd als een politieman blijven zien,' zei ze.

Hij knikte traag.

'Dat is dan duidelijk, zal ik maar zeggen.'

'Ik denk het wel.'

Hij draaide zich om en liep tussen de tuinen door naar de uitgang. Zelfs op de rug gezien zag hij er niet uit als een man die pas was gefeliciteerd met het succesvol afronden van een zaak.

Toen hij uit het zicht verdwenen was liet Neve zich op haar hurken zakken en groef met haar plantschepje een klein maar diep gat. Ze deed haar gouden kettinkje af, hield het een ogenblik in de palm van haar hand en keek ernaar. Toen liet ze het in het gat vallen, bedekte het en ging staan om de aarde aan te stampen met haar voet.

Plotseling rook ze iets. Het kwam aanwaaien van een brandende hoop takken aan de andere kant van het complex, vlak bij de rivier. Het was de geur van de herfst, de geur van verandering, van het laatste stukje van het jaar.

Ze pakte haar spade, zette haar laars boven op het blad, duwde het in de donkere zachte aarde en begon weer te spitten.

11

TIJD, JIJ DIEF

Hij zag haar voor het eerst toen ze de trap af kwam die hij op liep. Ze was met een stel kletsende en lachende mensen, maar die waren niet meer dan een vage vlek. Ze was vrij lang, niet dun maar ook niet mollig; ze had iets krachtigs. Ze had donker haar en toen hij dichterbij kwam zag hij dat haar ogen een lichte tint bruin waren, als van vijverwater. Ze droeg een spijkerbroek, een blauw T-shirt en witte pumps. Ze keek hem recht aan. Ze glimlachte. Ze glimlachte naar hem.

Toen was ze weg.

Maar hij bleef op de trap staan en liet de mensen langs stromen.

'Ik ben Will,' zei hij.

Het was op een feestje. Hij ging eigenlijk nooit naar feestjes maar hij had gehoord dat zij er zou zijn. Hij was bang geweest dat ze niet zou komen maar toen stond ze daar, achter in de kamer, te praten met een magere man met een bril. Hij liep naar haar toe. Ze droeg een hooggesloten lange jurk en om haar pols een oversized horloge. En nu stond hij eindelijk naast haar. De brug van haar neus was bespikkeld met sproeten.

'Neve,' zei ze.

Ze schudden elkaar de hand. 'Kom erbij,' zei ze, en ze maakte een plekje voor hem vrij in de kring.

Hij kwam naast haar zitten op het gras. Ze stelde hem aan iedereen voor. Tamsin, Renata, Gary, Alison, Jackie. De namen van die anderen was hij al snel weer kwijt.

Ze droeg een gele jurk en er zaten grassprieten in haar haar. Ze hield hem een mandje met aardbeien voor. Hij nam er een en stak hem in zijn mond. Fris en zoet.

Renata was een vergissing. Maar goed, toen het zover was, was het geen echte ontrouw aan Neve omdat hij het niet kon. Zij leek er helemaal niet mee te zitten. Ze moest erom lachen, gaf hem een kus op zijn wang en zei dat het kwam doordat ze allebei dronken waren en misschien was het zo maar beter ook. Ze konden gewoon vrienden zijn. Ze stak een sigaret op en zei dat vrienden uiteindelijk belangrijker waren dan minnaars.

Hij vroeg haar ten dans. Ze liet de man met wie ze stond te praten alleen, ging tegenover hem staan en tilde een punt van haar rok op. Ze droeg vaak lange rokken en jurken, felgekleurd, half versleten en weer versteld. Ze liep op blote voeten. Hij was geen geoefend danser maar hij probeerde te doen wat hij anderen zag doen en leek ermee weg te komen. Zij bewoog op de muziek. Ze glimlachte naar hem. Ze pakte zijn handen en maakte een ingewikkelde draai.

Het duurde maar even.

Het gesprek ging over liefde en trouw. Gary was ertegen. Volgens hem was het een bedenksel van het patriarchaat om de vrouwen eronder te houden en Tamsin begreep niet waarom je ooit voor de rest van je leven bij één persoon zou willen blijven – of liever gezegd, zei ze er somber bij, waarom iemand ooit bij haar zou willen blijven. Renata zei dat liefde één ding was maar trouw iets heel anders.

'Het gaat over keuzes maken,' zei Neve. 'Over een belofte afleggen. Hoe moeilijk dat ook is.'

Iemand vond dat niet erg romantisch klinken en Will schudde zijn hoofd.

'Nee,' zei hij. 'Ik ben het met Neve eens.'

In het café waar ze altijd naartoe gingen bespraken ze het weekend dat ze ergens op het platteland zouden doorbrengen. Het was een idee van Jackie: zij wist een huis dat ze mochten gebruiken. Ze zouden bordspelletjes en gin meenemen. Een man die Fletcher heette en die Will nog niet eerder had ontmoet maar die grappig en tegelijkertijd wat somber was, zei dat hij vuurwerk zou regelen. Renata stelde voor dat ze zich chic zouden aankleden voor het diner.

'Klinkt leuk,' zei Will ten slotte.

Er viel een stilte.

Toen legde Neve een hand op zijn arm. 'Waarom ga je niet mee?' vroeg ze. 'Er is nog wel plek voor iemand erbij.'

Het huis was enorm en prachtig, met bijgebouwen, een zwembad, een groot gazon en schaduwrijke boompartijen. Ze lootten om de kamers. Will kreeg een soort rommelkamertje boven in het huis, onder de vliering, waar, dacht hij, je muizen kon horen krabbelen en knagen. Neve trok de mooiste kamer, hoewel ze luid en duidelijk aan iedereen te kennen gaf dat dat voor haar niet hoefde. Het was een kamer op de benedenverdieping, met openslaande deuren naar een tuin met fruitbomen en rozen.

'Die is veel te groot voor mij alleen,' zei ze.

Will had het begrepen.

Ze bakten worstjes voor het ontbijt. Ze dronken gin en frisbeeden. In de middagwarmte lagen ze in het zwembad. Ze verkleedden zich voor het diner, aten quiches en dronken heel veel wijn. Gary speelde piano – niet al te best – en iedereen zong.

Ergens achter in een kast vond Jackie een stel flessen, en ze mixte alles tot een dodelijk oranje brouwsel.

Ze speelden scrabble. Fletcher won. Hij had een shirt van Neve aan en zij droeg zijn hoed, die haar te groot was en zwierig over één oog hing. Als Will naar haar keek voelde dat alsof hij naar een film keek of naar muziek luisterde.

Ze legden een vuurtje aan in de oude open haard, en toen er een vonk uit sprong en op het kleed terechtkwam, gooide Tamsin er haar whisky op en ontvlamde de boel. Ze renden met zijn allen gillend en lachend rond en goten er water op.

Ze gingen de tuin in en dansten op de muziek in hun hoofd.

Jackie trok haar kleren uit en sprong naakt in het zwembad. Iedereen volgde. Will wendde zijn hoofd af om hun glanzende lijven in het water niet te hoeven zien.

Ze hadden vuurwerk; felgekleurde lichtjes daalden op hen neer. Boven hen hing een halve maan. Wassende maan, zei Gary, die languit in het gras lag. Zelfs dronken gedroeg hij zich nog als een schoolmeester.

'Dit mogen we nooit vergeten,' zei Renata. Ze begon te huilen.

Will raakte even Neve's vingers aan en ze glimlachte naar hem. Haar ogen glansden.

Hij wilde iets zeggen, maar toen was ze weg.

Vlak voor zonsopgang verzamelden ze zich in de keuken. Jackie plunderde de vrieskist en kwam tevoorschijn met pizza's.

Maar Neve was er al niet meer bij. Will wist waar ze naartoe was. Hij liep naar haar kamer, aan de overkant van de gang. Het huis leefde van krakende geluiden en tikkende oude leidingen. Neve's deur was dicht. Moed verzamelend bleef hij een ogenblik staan. Toen duwde hij de kruk omlaag.

De deur draaide naar binnen toe open. In het raam hing een spookachtige maan die een flauw schijnsel over het bed, de poel van dekens en twee paar verstrengelde naakte benen wierp.

Hij deed blind een stap naar binnen en bleef staan. Heel even zag hij Neve's bleke gezicht; toen draaide ze zich om en viel haar donkere haar als een gordijn over haar en Fletcher heen, hem buitensluitend.

Hij stommelde de kamer uit, de keuken in.

'Neve en Fletcher,' zei hij. Alsof er opnieuw een brandje geblust moest worden.

Om hem heen barstten ze in lachen uit. Hij keek van gezicht naar gezicht. Zijn wangen gloeiden. Iedereen lachte, brulde van het lachen, want het was een reuze grap. Ze lachten aan één stuk door, jong, gelukkig en hoopvol. Behalve hij. Hij was de grap.

Hij liep de deur uit, het gazon over en langs het zwembad het bos in. Even was hij bang dat ze hem zouden komen zoeken, maar er kwam niemand.

Misselijk en rillerig ging hij in elkaar gedoken onder een boom zitten. De nacht was voorbij. De zon kwam op als een verschrikkelijke rode bol die in zijn hoofd heen en weer slingerde. Alles was voorbij – en pas begonnen.